Eva Munz

ODER SIND ES STERNE

Roman

Verlag Antje Kunstmann

IN A DREAM YOU SAW
A WAY TO SURVIVE
AND YOU WERE FULL OF JOY
Jenny Holzer

SAMEER
KABUL

KURZ VOR SONNENAUFGANG hat sich die Schlange noch gehäutet, dann ist sie eingegangen. Wie ein Geist zittert ihre abgestoßene Haut nun neben dem Kadaver in der Brise. Ein süßlicher Geruch hängt in der Hütte, die sich an den Berg im Norden der Stadt klammert. Der Tanz der Cobra sollte mein kaputtes Auge heilen, Mullah Usmeen und ich haben den ganzen Weg durch Kabul umsonst zurückgelegt. Der Mullah kräuselt seine Nase – sie ragt wie eine gebrochene Flöte aus seinem faltigen Gesicht – und spricht dem Schlangenbeschwörer Trost zu. Dann machen wir uns auf den Rückweg ins Waisenhaus.

Der rostige Ventilator hängt untätig von der Decke des Klassenzimmers, es ist unerträglich heiß diesen Sommer. Wir haben schon lange keinen Strom mehr. Unsere Stimmen verschmelzen beim Aufsagen der Sure, die besagt, dass nur Allah die Vögel in den Lüften hält. Wenn ich Flügel hätte, ich würde sie ausbreiten, den Wind durch die Federn wehen lassen und davonfliegen. Aber ich sitze hier am Boden fest.

Manchmal wünsche ich mir, ich wäre unsichtbar und niemand könnte mein rotes Teufelshaar oder meine Sommersprossen sehen, niemand würde seinen Blick von meinen grünen Augen abwenden müssen. Ich wünschte, niemand könnte erkennen, dass ich der Sohn einer Hure bin, die sich von einem sowjetischen Dreckschwein hat nehmen lassen. Die Sünden meiner Mutter stehen in meinem

Gesicht geschrieben. Jeden Tag muss ich dafür büßen. Einmal habe ich mir freiwillig eine widerliche Schnecke übers Gesicht kriechen lassen, in der Hoffnung, der Schleim würde die Punkte wegradieren, vergeblich. Früher wurde ich nur gehänselt, inzwischen haben sich alle gegen mich verschworen, und sobald die Erwachsenen weggesehen, bin ich fällig.

Irfahn wirft einen Kiesel auf meine *takke*, seinen Tritten habe ich das zugeschwollene Auge zu verdanken. Zu dritt haben sie mich verprügelt in jener Nacht, so schlimm war es noch nie. Ein andermal haben sie mir im Schlaf die Haare angezündet. Sie nutzen jede Gelegenheit, um mich zu quälen. Ich würde das Unheil anziehen, sagen sie. Langsam glaube ich es selbst.

Ich hätte schon lange abhauen sollen, weit weg von hier, aber am Ende traue ich mich doch nie. Die Bärtigen sammeln Buben von der Straße ein, bringen sie in die Berge und zwingen sie, schlimme Dinge zu tun, von denen nur hinter vorgehaltener Hand gesprochen wird. Im Frühling sind sie im Hof der Schule vorgefahren und haben AliAli geholt, er war der Einzige, der mich in Ruhe ließ. AliAli hieß eigentlich Ali, aber weil er alles doppelt und dreifach sagte und sich immer hin und her bewegte, nannten ihn alle AliAli. Er litt unter Anfällen, bekam oft Krämpfe, einmal quoll sogar Schaum aus seinem Mund. Meistens schwebte er auf einer Wolke des Glücks. Ich beneidete ihn, trotz der Krämpfe. Die Bärtigen kitzelten AliAli, und er wirbelte im Kreis wie ein besessener Derwisch. Mullah Usmeen kam angerannt und bat sie, ihn in Ruhe zu lassen. Er appellierte an den Glauben der Männer. Sie stießen den Mullah in den Dreck und warfen AliAli auf die Ladefläche ihres Wagens, dort, wo das Maschinengewehr befestigt war. Als sie abfuhren, winkte AliAli vom Wagen, lachend. Selbst Irfahn wischte sich Tränen weg.

Seitdem weiß ich, dass wir auch hier nicht sicher sind und dass die Gelehrten uns nicht schützen können. Das Böse lauert überall.

LEUTNANT RYDER
SAN DIEGO

RYDER IST GRUNDZUFRIEDEN mit diesem Tag. Ein Tag wie jeder andere. Die Sonne Kaliforniens scheint wie immer gelangweilt auf den Stützpunkt. Alltag und Routine sind eingezogen und haben die Vergangenheit weichgespült. Ryder hat die Ausbildung bei den Marines bestanden, seitdem ist das Soldatenleben ein Spaziergang. Militärkonfrontationen auf amerikanischem Boden unwahrscheinlich. Somalia ein unscharfer Fleck auf der Weltkarte. Truppen im Kosovo nur noch mit Friedenstauben bewaffnet. Kriegsführung zukünftig ferngesteuert. Der amerikanische Soldat im Schützengraben wird bald ein Anachronismus sein.

Ryder kann sich zurücklehnen. In ein, zwei Jahren wird er sich von einer Sicherheitsfirma anstellen lassen und bei Geldtransporten eine ruhige Kugel schieben oder ein paar Omas vor einem Waldbrand retten. Sogar die verkochten Rippchen in der Kantine sind bei diesen Aussichten akzeptabel.

Da grätscht ausgerechnet dieser General in seine geordnete Idylle. »Ah, ich liebe den Geruch von Meister Proper!«, ruft er und atmet tief ein. »Hygiene! Segnung der freien Welt!« Surfer-Bräune, silbriger Dreitagebart, Pilotenbrille. Die Uniform hängt locker am drahtigen Körper, als wäre sie vom Kostümverleih. Der General wirkt wie ein Schauspieler, der sich bemüht, gleichzeitig authentischer und unattraktiver daherzukommen, als er wirklich ist. Wie alt kann er sein? Fünfzig? Sechzig?

Das Namensschild *Bender*, Sterne und alle erdenklichen Orden dekorieren seine Jacke. Anscheinend ist er ein hohes Tier.

»Was hat der Spaßvogel hier verloren?«, fragt Ryder seinen Kumpel Kellogg, der ihm Nägel kauend beim Essen zusieht.

Der General kann den Schuss nicht gehört haben, wenn er vorhat, hier mit den Gefreiten zu speisen. Die Kantine des Stützpunkts ist nicht gerade für ihre Gourmetküche bekannt. Streunende Hunde drüben in Mexiko ernähren sich besser. Sogar der fiese Drill-Sergeant bringt sein eigenes Essen mit, dabei kann er seit dem Balkankrieg nichts mehr riechen.

Küchenkraft Lupe beobachtet den General aus dem Schützengraben ihrer rostfreien Anrichte.

»Wunderschönen guten Tag, Fräulein Lupe.«

Ryder kann Lupe aus der Entfernung schlucken sehen.

»Ich bin General Lawrence Bender, Freunde nennen mich Larry. Ich werde demnächst öfter in diesem Etablissement vorbeischauen, die Atmosphäre auf mich wirken lassen, sozusagen. Hätten Sie heute noch etwas anderes zur Auswahl außer den Rippchen? Ich bin Vegetarier, keiner dieser Fundamentalisten, also Eier sind durchaus in Ordnung.«

Lupes tätowierte Augenbrauen fahren hoch, und ihr Häubchen staut sich in ihrem Nacken. »Sir, ich hab noch Hühner-Curry mit Ananas, von gestern, Sir.« Sie wischt sich ein paar Schweißperlen vom Oberlippenflaum und klatscht das atomgelbe Zeug auf den Portionsteller. Ryder erinnert sich an das Aroma, süßlich, wie künstliche Piña Colada.

»Wow, Hühner-Curry. Danke, Fräulein Lupe.« Der General späht in den Raum und bleibt an Kelloggs rasiertem Kopf hängen.

»Achtung, General im Anmarsch!« Kellogg duckt sich.

Der General lässt sich neben Ryder auf die Bank fallen, schiebt seine Sonnenbrille nach oben und durchbohrt Kellogg mit stählernen Blicken. »Leutnant Kellogg, Sie haben ja gar nichts zu essen. Kann ich Sie für dieses exotische Hühnerfrikassee begeistern? Ich verzichte vorerst auf tierisches Eiweiß.«

»Sir, ich kann das leider nicht annehmen, Sir«, sagt Kellogg.

»Sie fasten zu Ramadan, Leutnant?«

»So ist es, Sir.«

Ryder bereitet sich innerlich auf die unvermeidliche Glaubensdiskussion vor.

»Ausgezeichnet. Ich mag charakterfeste Persönlichkeiten.« Der General trennt das Curry vom Kartoffelbrei. »Leutnant Shaikh Kellogg. Ihre Eltern stammen aus Pakistan, richtig?«

»Stimmt genau, Sir. Ich bin allerdings hier geboren, Sir.«

»Kellogg, ein eher ungewöhnlicher Name im Punjab, wenn Sie mir diese Bemerkung erlauben.«

»Sir, eigentlich ist Shaikh mein Familienname, ich habe es aufgegeben, das den Leuten klarzumachen, Sir.«

»Ihre Eltern haben Sie Kellogg getauft?«

»Korrekt, Sir. Mein Vater ist sehr leidenschaftlich, was amerikanische Frühstückskultur angeht, Sir.«

»Kann ich gut verstehen. Was mach ich jetzt mit dir, mein armes, vegetarisches Hühnchen?« Der General sieht von seinem Teller auf und nimmt Ryder ins Visier. »Ihnen scheint es immerhin zu schmecken, Leutnant.«

»Ich bin nicht sonderlich verwöhnt, Sir«, sagt Ryder vorsichtig.

»Was genau hat Sie noch mal zu den Marines gebracht, Leutnant?«

»Sir, ich hab im College Basketball gespielt, bei den San Diego Aztecs. Das Training hat mich abgehärtet. Ich dachte mir, hier kann ich meine körperliche Fitness sinnvoll einsetzen, Sir, für die Nation, Sir.« Ryder hofft, dass der General schnell wieder das Interesse an ihm verliert.

»Verstehe«, sagt der General und deutet auf Ryders Teller. »Wussten Sie, dass die Verdauungsgase von Rindern den Treibhauseffekt beschleunigen? Einer der Hauptgründe, warum ich mich zu einer Diät auf Pflanzenbasis entschieden habe. Abgesehen davon halte ich wenig davon, anderen Wesen das Leben zu nehmen, um ausgerechnet unsere Gattung zu erhalten. Die Schäden des Anthropozäns sind zwar irreversibel, aber jeder von uns kann dazu beitragen, dass die Löcher in der Atmosphäre nicht noch größer werden. Viele

Weltreligionen haben derartige Überlegungen in ihren Glauben eingebaut. Die Hindus zum Beispiel beten Kühe an. Ich glaube, auch die Zuneigung, die Japaner für elektronische Haustiere verspüren, sind Zeugnis unserer Humanität. Selbst das Recht, sogenannte falsche Götter anbeten zu dürfen …«

Meister Bender scheint geistig an ein fernes Universum angeschlossen. Ohne wirklich zuzuhören, lässt sich Ryder von der angenehmen Stimme berieseln. »Welchen beten Sie an, Leutnant? Gott? Welchen? Lassen Sie mich raten, Leutnant Ryder.«

Die Worte des Generals verklumpen in Ryders Gehirn.

Kellogg kommt ihm zu Hilfe. »Sir, für meinen Vater zum Beispiel ist Ryder ein Ehren-Muslime, wie eine Sonderausgabe von Cornflakes, wenn Sie wissen, was ich meine.«

Der General ignoriert Kellogg.

»Ich bin getauft, katholisch«, korrigiert Ryder.

»Sie sind in San Ysidro aufgewachsen, am Tijuana River, nicht wahr?«, fragt der General scheinheilig, als sei das eine schicke Adresse in Malibu.

»Ja, Sir.«

»Hartes Pflaster für einen Außenseiter irischer Abstammung. Kriminalität, Gangs, Drogen. Da rutscht man schnell ab. Sie haben Ihre Hausaufgaben gemacht und ein Vollstipendium fürs College bekommen. Beeindruckend.« Er nickt Ryder wohlwollend zu. »Ihre Eltern haben Sie gefördert?«

»So würde ich das nicht ausdrücken.« Ryder merkt, dass er rot wird. »Basketball hat sicher geholfen.«

»Aber sagen Sie, sind die Aztecs '98 nicht wegen Ihnen komplett abgeschmiert?«, fragt der General. »Hatten Sie nicht so etwas wie einen Nervenzusammenbruch? Ich hab das doch in Ihren Unterlagen gelesen.«

Seine Unterlagen? Ryder wäre nie auf die Idee gekommen, dass jemand sich die Mühe machen würde, eine verpatzte Saison im College-Basketball festzuhalten.

»Sir, es war ein eingeklemmter Nerv im Oberarm. Der Sportarzt am College hat das schnell wieder hinbekommen.« Er zuckt betont gelassen mit den Schultern.

Der General lässt nicht locker. »Das hatte eindeutig nichts mit Ihrem Arm zu tun, Leutnant. Die hätten einen Seelenklempner auf Sie ansetzen sollen. Ihre Nerven haben die ganze Saison ruiniert. Vorher waren Sie nicht aufzuhalten. Da muss doch irgendwas passiert sein. War das nicht genau zu der Zeit, als Ihr Vater gestorben ist? Oder war das davor?«

Es war genau zu der Zeit. Ryders Kiefer verhakt sich sofort bei dem Gedanken an seinen Alten.

»Das muss hart gewesen sein. Ausgerechnet der Vater«, sagt der General. »Dieses ganze Chaos beim Erwachsenwerden, das weiße Rauschen der Pubertät, die verkrusteten Vorstellungen von Männlichkeit bringen übrigens nicht nur Sportler um den Verstand. Wir könnten alle wesentlich mehr Achtsamkeit gebrauchen, finden Sie nicht?«

»Profisport war nie mein Ziel. Ich liebe es hier bei den Marines, Sir.« Das mit dem Lieben bereut Ryder sofort wieder.

»Schon mal darüber nachgedacht, etwas ambitionierter an das Leben ranzugehen, Leutnant? Es gibt ein paar exklusivere Programme, von denen Sie vermutlich noch nie gehört haben. Die suchen immer nach Persönlichkeiten wie Ihnen. Nach Leuten, die schon etwas erlebt haben. Ich sehe da Potenzial.«

»Nein, Sir.« Ryder ist verwirrt von der plötzlichen Schmeichelei. Er beißt sich in die Wange. Der rostige Geschmack wirkt beruhigend.

»Warum eigentlich nicht? Und hören Sie endlich mit dem albernen ›Sir‹ auf.«

»Körperlich würde ich das sicher packen, Sir. Bei dem Rest weiß ich nicht.«

»Der Rest? Ich möchte Ihnen einmal etwas erklären, Leutnant. Das Gehirn ist ein wichtiger Teil Ihres Körpers, dort lebt nämlich Ihre Seele. Das Denken jedes Einzelnen beeinflusst die Welt, in der er lebt. Sie sollten sich genau überlegen, wie Sie Ihre gestalten möchten.«

So hat Ryder das noch nie gesehen. Warum eigentlich nicht?

»Sie beide haben sich hier kennengelernt?«, fragt er.

»Ja, Sir. Alte Kriegskameraden«, sagt Kellogg.

»Machen Sie sich nicht lustig. Marines gehen durch dick und dünn, oft ein Leben lang. Wie sieht's bei Ihnen aus, Kellogg? Sie sprechen was genau: Dari, Farsi, Urdu?«

»Urdu, Sir.« Kellogg fummelt sich einen Nagelsplitter von der Lippe.

»Das heißt, Sie verstehen nicht nur Millionen Pakistanis, sondern auch ein paar Hundert Millionen Inder. Was haben Sie mit dieser Geheimwaffe vor?«

»Sir, ich kann Urdu kaum lesen oder schreiben, meine Mutter beklagt sich immer über meinen amerikanischen Akzent. Aber ich kann Ihnen sagen, wir – also Ryder und ich – haben noch so einiges vor. Wir haben uns nach der Grundausbildung für ein paar Kurse angemeldet, außerhalb der Marines. Theater, Performance, solche Sachen. Ich bin inzwischen schon recht gut im Ausdruckstanz. Ryder tut immer so bescheiden, Sir.«

Ausdruckstanz! Alle Augen in der Kantine sind nun auf Kellogg gerichtet. In der Küche knallt eine Blechschale auf den Boden und rollt scheppernd weiter.

Ryder kann es nicht fassen, was für einen Schwachsinn Kellogg, ohne mit der Wimper zu zucken, dem General erzählt. Der weiß doch, dass sie sich für nichts angemeldet haben. Er hat ihre Unterlagen gelesen. Wo auch immer dieses Kantinen-Rendezvous hinführen sollte, Kellogg hat es jetzt vermasselt.

Prompt schiebt der General den Teller weg und erhebt sich. »Die Herren? War nett, mit Ihnen zu plaudern, aber ich muss jetzt erst einmal in mich gehen.« Er tippt sich mit zwei Fingern an die Stirn. Im Gehen summt er eine Melodie. Ryder könnte schwören, dass es Britney ist.

Später, hinter den Baracken, abseits von den anderen Soldaten, versuchen Kellogg und Ryder, die extravagante Erscheinung zu enträtseln. Gerüchte von Sondereinheiten, die Camps nach Talenten durchkämmen, kursieren in letzter Zeit häufiger, aber Ryder hat sich diese Leute immer anders vorgestellt. Unauffällig. Als Spießer getarnte Kampfmaschinen.

»Dieser General ist doch wahnsinnig, bestimmt einer dieser durchgeknallten PSYOPS-Leute.« Kellogg schielt und malt Kreise in die Luft.

»Er wusste immerhin, dass du Ramadan einhältst«, sagt Ryder.

»Bin gespannt, ob wir von dem noch was hören.«

Ryder kann sich das nicht vorstellen, aber es ist das erste Mal seit Langem, dass er beim Militär jemandem begegnet ist, dem es nicht nur darum geht, recht zu haben, Macht auszuüben oder hart rüberzukommen. Er will rausfinden, was es mit diesem Anthropozän auf sich hat. Vielleicht sogar Vegetarier werden.

Ein paar Tage später überredet Kellogg Ryder, nach dem Dienst noch mit zu ihm zu kommen, um ein paar Runden *Snake's Revenge* auf Nintendo zu spielen. Das letzte Mal ist Ryder beim Verhör *truth gas* verabreicht worden, während Kellogg schon massenweise Geiseln befreit hatte. Das kann Ryder unmöglich auf sich sitzen lassen. Solange er vor Sonnenuntergang nach Hause kommt, wird seine Frau keinen Stress machen.

Auf dem Parkplatz vor Kelloggs Wohnung werden sie von zwei aalglatten Typen in Zivil abgefangen. General Bender hätte sie geschickt, sagen sie einsilbig. Der eine ist dünn, trägt einen blonden Bürstenschnitt auf rosa Kopfhaut, beige Hosen und beiges Hemd. Er sieht aus wie ein Stangenspargel. Der andere erinnert eher an einen Nachrichtensprecher.

Für Ryder riecht das nach Disziplinarverfahren. Wahrscheinlich sind Kelloggs unpatriotische Aktionen doch rausgekommen. Sie haben das Sweatshirt entdeckt, in dessen Innenseite er mit dem Elektrorasierer eine Swastika gefräst hat. Ryder gegenüber hat er das als Spinnrad deklariert, Zeichen postkolonialer Unabhängigkeit. Oder jemand hat das Foto von Halloween gefunden, auf dem Kellogg als

Freiheitsstatue mit aufgeschnittener Kehle zu sehen ist. Mit dem Theaterblut hat er bei der Party eine Riesensauerei in der Turnhalle gemacht. Nicht gut angekommen bei den Vorgesetzten.

Oben in Kelloggs Junggesellenbude sieht es aus, als hätte eine Bombe eingeschlagen. Auf dem einzigen Sessel steht der Fernseher. Kellogg bemüht sich, ein paar Kleidungsstücke vom Bett zu räumen, aber am Ende bleiben alle steif an der Küchentheke stehen. Die beiden Männer lassen sich nichts anmerken und versuchen krampfhaft, wie Kumpel rüberzukommen, doch ihr Ostküsten-Akzent und Ivy-League-Duktus entlarven sie. Schlaumeier.

Ryder und Kellogg hätten den General beeindruckt. Er hätte sie für eine Sondereinheit vorgeschlagen, sagt der Nachrichtensprecher.

»Das ist doch ein Witz, oder?« Kelloggs Augen springen zwischen den beiden hin und her.

»Negativ. Wir folgen den Anordnungen eines Viersternegenerals. Wir haben ein bisschen in Ihren Lebensläufen gestöbert und keine nennenswerten Verfehlungen finden können. Sie sind einigermaßen sauber«, sagt der Spargel, der andere räuspert sich auffällig. »Ob Sie wirklich etwas draufhaben, liegt im Ermessen des Generals.«

Ryder kann beim besten Willen keine Ironie heraushören.

Dann legen die Typen los. Die kompakte Einheit sei ein experimentelles Sonderprogramm im Grenzbereich zwischen Militär und Geheimdienst. Thinktank und Trainingslager in einem, spezialisiert auf Präventivmaßnahmen. Der General arbeite an Strategien, die US-Bürger im In- und Ausland vor Terroranschlägen schützen sollen. Ziel sei es, die Einheit später auf internationale Missionen zu schicken, um Terrorzellen aufzuspüren, zu infiltrieren, Drahtzieher auszuschalten.

Ryder schlägt der Puls bis zum Hals, das ist der Stoff aus Actionthrillern, nur der Begriff Thinktank macht ihn stutzig. Ihm leuchtet ein, dass sie Interesse an Kelloggs Sprachkenntnissen haben, aber spätestens in dieser Bruchbude muss den Leuten doch klar geworden sein, dass Kellogg ein Chaot und kein geheimdienstliches Präzisionswerkzeug ist. Und Ryder besitzt nicht einmal einen Reisepass.

Weil es sich bei dem Sonderkommando um eine sogenannte weiße Einheit handelt, so die Männer, hätten die wenigsten je davon gehört. Egal, ob Ehefrauen, Liebhaber oder beste Freunde – niemand dürfe etwas davon erfahren. Jegliche Namen müssten sofort vergessen werden, Diskretion und Geheimhaltung stünden an oberster Stelle. Falls Ryder und Kellogg die Probezeit bestünden, würden sie in die Eliteeinheit aufgenommen.

Obwohl die beiden zuerst so tun, als sei es eine Art Bewerbungsgespräch, wird klar, dass sie eigentlich nicht wollen, dass Kellogg und Ryder sich zu sehr den Kopf zerbrechen. Die Begriffe »Ehre« und »unsere Nation« fallen häufiger, alles andere bleibt vage.

Die Sache werde als Fortbildung für Friedenseinsätze kommuniziert und sie sollten sich an strikte Sprachformeln halten, wenn sie mit Freunden oder Familie darüber sprächen. Ideal für seine Frau, denkt sich Ryder. Katie hat sich bis heute nicht mit der Tatsache abfinden können, dass Töten zum Aufgabengebiet eines Marines gehört. Das Wichtigste an der Strategie sei, so der Spargel, die Leute mit Information zu überfluten und mit Jargon zu verwirren. Quantität sei wichtiger als Qualität. Immer weiterreden! Die Zuhörer sollten ermüdet werden, bis sie das Interesse am nicht vorhandenen Kleingedruckten verlieren. Alles würde ausschließlich mündlich vereinbart. Dann übt der Spargel noch ein paar Runden verbale Zuckerwatte mit ihnen.

Draußen dämmert es schon, als er Ryder die Hand hinhält. Ryder und Kellogg werden gar nicht mehr gefragt, ob sie überhaupt dabei sein wollen.

Die Privilegien des Soldatenlebens. Befreiung von der Qual der Wahl!

»Wird schon ok sein«, sagt Kellogg und schlägt ein. Sein Magen knurrt.

Ryder will sich im Gehen noch bei dem Spargel bedanken, kann sich aber nicht an seinen Namen erinnern. Haben die sich überhaupt vorgestellt?

HASIR ZAMAN
PARIS

DU STELLST DICH MIT DEINEM französischen Namen vor, Henri.

»Inès?«, sagt die Kellnerin, als sei sie sich nicht ganz sicher. Ihre großen Augen schwimmen unter schweren Lidern, die Wimpern werfen Schatten auf die hohen Wangenknochen, ein leichter Überbiss ragt zwischen den vollen Lippen hervor. Die Haut schimmert oliv. Das eigensinnige Haar ist mit einem dieser roten Haushaltsgummis halbherzig zum Chignon gezähmt. Die Nase war offenbar einmal gebrochen. Jeder Chirurg könnte das wahrscheinlich ambulant wieder in Ordnung bringen. Ihrer Stimme gibt es immerhin ein charmantes Timbre, als sei sie erkältet. Die dünnen Arme scheinen achtlos am mageren Körper angebracht. Als klassische Schönheit kann man sie nicht bezeichnen.

Aber sobald sie sich bewegt, fügt sich alles zu einer eigenwilligen, betörenden Choreografie. Es ist, als würde man durch die Schlitze eines Zoetrops blinzeln und das Pferd zum ersten Mal im Flackern des Lichts galoppieren sehen. Etwas Unheimliches und zugleich Vertrautes geht von ihr aus. Du hast auf einmal Sehnsucht. Heimweh. Ein körperliches Verlangen, das du seit Ewigkeiten nicht mehr gespürt hast.

Sie muss ziemlich verzweifelt sein, wenn sie im Chez Farida arbeitet, dem marokkanischen Restaurant, welches dein Freund Ziad geerbt hat. Ziad ist ein Ausbeuter und nicht gerade dafür bekannt, sein Personal fair zu behandeln. Du kennst ihn seit Studienzeiten, ein Playboy, der mit Baseballkappe und zerrissenen Jeans versucht, von Haarausfall und Midlife-Crisis abzulenken.

Das Restaurant ist wie immer voll, aber heute nimmst du die *bobos* und Touristen, die sich vom Marais hierher verlaufen haben, kaum wahr. Deine Aufmerksamkeit gilt nur ihr. Als sie wieder an deinen Tisch kommt, hinten am Fenster, fragst du, ob sie den Bordeaux oder den Wein aus dem Rhone-Tal empfehlen würde.

»Möchten Sie probieren?«, fragt sie angespannt, sie muss spüren, dass Ziad sie beobachtet.

Ziad sehe nicht her, behauptest du. Gelogen.

»*Bouf!* Bei dem weiß man nie. Ich bin neu hier. Haben Sie schon ein Gericht gewählt?« Auf ihrer Bluse zittern Fettspritzer, knapp über der Brust, ein krummes Ausrufezeichen, wie von einem Kind gezeichnet.

Die Speisekarte, geografisch unverbindlich, kennst du auswendig: Soupe à l'Oignon, Couscous Marocain, Boeuf Bourguignon. Die Tajine Farida ist nach Ziads Mutter benannt, die dafür Kalbfleisch statt Lamm verwendet hat. Angeblich soll die Matriarchin die Kälber eigenhändig geschlachtet haben. Du nimmst die Tajine, und Inès verschwindet in der Küche.

Ziad schlendert an deinem Tisch vorbei. »Eine *manouche*, keine Papiere, Zigeunerpack. Legasthenikerin, ein Wunder, dass sie überhaupt eine Bestellung aufnehmen kann. Unzuverlässig, kein Zeitgefühl. Sei bloß vorsichtig. Die kommen und gehen, können nicht anders. Sie hat es auf dein Geld abgesehen.« Trotz seiner abfälligen Worte scheint auch er fasziniert. Aber ihre Blicke gelten dir.

Später räumt sie den schweren Tontopf ab, die Tajine hast du kaum angerührt. »Nicht hungrig?«

Nicht besonders. Du fragst Inès, ob sie hungrig sei. Du willst, dass sie stehen bleibt, willst ihre heisere Stimme hören. Sie überlegt einen Moment.

»Immer, nur nicht nach Essen.« Melancholie schwingt in ihrer Antwort mit.

Ob sie Lust hätte, nach der Arbeit auszugehen, ihr könntet gemeinsam hungrig sein.

Sie schnalzt mit der Zunge und wendet sich ab.

Vor dem Restaurant zündest du dir eine Filterlose an und wartest trotzdem. Der Nieselregen verschleiert die Straßenbeleuchtung. Als Inès endlich herauskommt, zerrt sie den Gummi aus den Haaren, und ihre wilden Locken springen in der Feuchtigkeit auf. Sie nimmt einen Zug von deiner Zigarette, pflückt Tabakkrümel von ihren Lippen und bläst perfekt geformte Rauchringe in die Herbstluft.

»Wo willst du hin?«

In eine Bar?

Sie zuckt mit den Schultern, enttäuscht.

Les Bains?

»Ich sehe verboten aus.«

Sie könnte sich umziehen. Wo sie wohne?

»Ich kann mir nicht vorstellen, dass du dich jemals in diese Gegend verläufst.«

Du bietest an, sie zur Metro zu begleiten.

»Wie, das war's jetzt? Wo wohnst du denn?«

In der Nähe. Drüben im 11. Arrondissement.

»Warum gehen wir nicht zu dir? Das Wetter ist grässlich.«

Das vorzuschlagen hättest du nicht gewagt, zu dieser Uhrzeit.

»Du bist zu höflich, um mich anzuspringen.« Sie zittert in der Kälte.

Dass es Unvermögen, nicht Höflichkeit sei, verkneifst du dir zu sagen.

Auf dem Weg hältst du den Schirm über ihren zerschlissenen Trenchcoat. Dein Maßanzug wird nass.

»Ist Ziad ein Freund von dir?«

Ihr habt beide an der Sorbonne studiert. Film, lange her.

Sie schweigt, und du überlegst, was eure Freundschaft wirklich ausmacht.

Im Aufzug schlägst du vor, ein paar Platten aufzulegen, obwohl dein Musikgeschmack dein Alter verraten wird. Wie alt Inès wohl ist?

»Ja! Tanzen.« Ein Lächeln erhellt ihre Züge. Es erstirbt, als sie aus dem Aufzug ins Penthouse tritt. Selbst höhere Töchter, die du früher oft in Clubs aufgegabelt hast, waren eingeschüchtert, wenn sie in die Wohnung kamen, obwohl sie weder besonders groß noch teuer eingerichtet ist. Keine Kunst an den Wänden. Manche loben die Aussicht über Paris, den offenen Kamin, andere das Zusammenspiel verschiedener Designepochen oder die ungewöhnliche Farbgebung. Letztes Jahr hast du die Sessel eines obskuren italienischen Möbelmachers in staubigem Lila neu beziehen und die Wände in der Farbe des Vergessens streichen lassen. Die Beleuchtung ist dir gelungen, sie verleiht den Räumen eine gelassene Eleganz. Das Filmstudium war nicht völlig umsonst.

Inès reagiert auf etwas anderes. »Was ist das für ein Geruch?«

Oud, erklärst du und zündest ein brüchiges Stück Agarholz an, das du einem Gauner aus den Emiraten für eine obszöne Summe abgekauft hast.

Sie atmet den Rauch ein und schließt die Augen. »Es riecht magisch!«

Du streifst die Schuhe ab und hängst ihren nassen Mantel auf, das Ausrufezeichen auf der billigen Bluse ist nun verlaufen, der Nagellack an ihren Zehen abgeblättert. Vor dem Bücherregal legt sie den Kopf zur Seite und zieht das kommentierte Drehbuch von Antonionis *Il deserto rosso* heraus.

Du fragst sie, ob sie gerne lese.

»Ich mag Geschichten, die mich an andere Orte transportieren, zu fremden Kulturen und Menschen. Ich bin aber eher ein langsamer Leser.« Es klingt, als würde sie sich eines Verbrechens bekennen.

Geschichten. Orte. Menschen.

Du überlässt sie den Büchern und setzt in der Küche Tee mit Nelken und Zimt auf. Im Schlafzimmer schlüpfst du in trockene Sachen. Dein Herz rast.

Als du zurückkommst, sitzt sie auf dem Teppich und ist in das Fotoalbum deiner Kindheit vertieft. Das lose Foto von einer Schulklasse in Kabul rutscht heraus.

»Wo ist das?«

Afghanistan.

Sie fährt mit dem Finger über das Foto.

Es sei ein Waisenhaus, das du finanziell unterstützt. Das klingt viel großzügiger, als es ist, denkst du und bist froh, dass sie nicht nachhakt. Du erwähnst nicht, dass der Junge mit den roten Haaren und den Sommersprossen auf dem Bild dein Neffe ist.

Die Personen auf den eingeklebten Bildern stellst du vor. Deine Eltern neben einem Sportwagen vor der Villa in Kabul, bei den Pyramiden in Ägypten, vor der Freiheitsstatue in New York. Andere Bilder zeigen deinen Vater in seinem Arbeitszimmer neben einer Godrej-Schreibmaschine, Bekannte aus LA und Beirut, die Lkw-Flotte des Familienunternehmens, Zaman Logistics, blühende Mohnfelder. Ein größeres deiner Eltern, auf einem Sofa mit König Zahir Shah in dessen Exil in Rom. Die Augen von allen dreien rot angeblitzt.

»Sie sehen aus wie Aliens.« Inès erkennt den Monarchen nicht.

Bei den Aufnahmen eines *buzkashi*-Turniers hält sie inne. Reiter jagen über ein offenes Feld, die weiß gepuderten Gipfel des Hindukusch dahinter ragen in den Technicolor-Himmel. Dein Vater hatte deine Schwester und dich mitgenommen, du warst noch ein kleiner Junge.

»Was ist das? Ein Pferderennen?«

So ähnlich. Ein Sport aus Zentralasien, erklärst du.

In der Handschrift deiner Mutter steht darunter: *Uzma et Hasir 1976*.

»Wer sind Uzma und Asir?«

Uzma sei deine Schwester. Hasir mit H, betonst du, das H werde ausgesprochen, wie bei den Arabern. Es sei dein afghanischer Name.

»*Hhhhasir* mit *hasch*. Ich mag den Namen.« Sie runzelt nachdenklich die Stirn.

Du seist aber kein Araber.

»Dann musst du etwas Besseres als Tee im Haus haben. Cognac? Mir ist kalt.«

Du holst eine Flasche alten Armagnac aus dem Küchenschrank, schenkst ihr ein und überlegst, selbst ein Glas zu trinken. Auf das bisschen Alkohol kommt es jetzt auch nicht mehr an. Du wirst wie immer versagen.

»Wolltest du nicht Musik auflegen?«

Grace Jones' »Walking in the Rain« scheint dem Wetter angemessen.

Das Album auf dem Schoß, bewegt sich Inès zum Rhythmus und summt eine jazzige Gegenmelodie.

»Erzähl mir von dem Sport.«

Buzkashi sei Afghanistans Antwort auf Polo, sagst du. Zwei Mannschaften sogenannter *chapandaz*-Reiter versuchten, sich gegenseitig einen kopflosen Schafsbock abzujagen, den sie über ein Spielfeld zerren. Ziel sei es, den Kadaver vor dem Preisrichter abzulegen. Manchmal ginge so ein Turnier tagelang. Buzkashi sei in Zentralasien einmal sehr prestigeträchtig gewesen, doch Tadschiken, Usbeken und selbst Pakistanis hätten das primitive Spiel längst für modernere Sportarten aufgegeben. Nur die Afghanen hielten noch daran fest. Aus dir unerklärlichen Gründen.

»Beeindruckend, diese Bilder!«

Du hast sie seit Jahren nicht mehr angesehen. Die Fotos wirken wie eine Reportage aus dem *Life*-Magazine, dabei hat sie ein Teenager, Murtaza Sabari, aufgenommen. Murtazas Teleobjektiv ist ganz nah an die angestrengten Gesichter der Chapandaz herangekommen, die Mähnen der Pferde wie stürmische Pinselstriche, das Gebirge samtig in der Ferne. Dein Vater hat das Wunderkind der Sabari Studios oft beschäftigt, nachdem dessen Clan bei einem sowjetischen Luftangriff ausgelöscht wurde. Murtaza überlebte, verlor allerdings ein Bein. Du fragst dich, was wohl unter den Taliban aus dem Studio geworden ist.

»Das bist du, oder?« Inès zeigt auf das Bild eines Jungen, der aus einem roten Skianorak hervorgrinst. Deine kleine Schwester Uzma verzieht keine Miene. Dein Vater wollte sie zuerst nicht mitnehmen, es sei ein Männersport, aber Uzma konnte sich schon als Kind immer durchsetzen. Seine Hand liegt auf ihrer Schulter. Er trägt den Siegelring mit dem eingravierten Halbmond, den du nach seinem Tod in einer Schachtel gefunden und dir an den Finger gesteckt hast. Inès blickt auf deine Hand, die an dem Ring herumspielt.

»Buzkashi klingt eher japanisch.«

Buzkashi sei ein primitiver Sport, das Gegenteil japanischen Feinsinns. Japaner würden sogar Sterben zur Kunstform stilisieren. Melancholie, Verfall und Vergänglichkeit würden dort als wesentlicher Bestandteil des kreativen Schaffens und der Wahrnehmung von Kunst verstanden. Afghanistan hingegen serviere einem Leben und Tod mit der rohen Axt eines Schlachters, alles sei der Brutalität der Natur und den endlosen Kriegen unterworfen. Afghanistans Erde ist mit Blut getränkt. Sogar die Äpfel schmecken nach Fleisch.

Du spürst ein Pulsieren an der Stelle, wo sich eure Schultern berühren. Ihre Augen so nah, ihr Atem auf deiner Haut. Unerreichbar. Du wünschtest, sie würde aufhören, in deiner Vergangenheit herumzuwühlen, und fürchtest zugleich, sie würde sich mit dem Hasir der Gegenwart langweilen.

Wo sie herkäme?

»Herkunft ist nicht alles.«

Sie hat keine Ahnung von der Last eines Vaterlandes, beneidenswert.

»Warum hast du Afghanistan verlassen?«

Du hättest eine andere Kultur gesucht, um dich zu entfalten. Du hast dich mit den französischen Modegöttern befasst, mit den Künsten, der Politik, der Philosophie und dich vor allem im Dunkel der Kinos verzaubern lassen. Du genießt die Küche und bist sogar ihrer Akzent-, Zirkumflex-, und Cédille-befallenen Sprache Herr geworden.

»Du bist lustig, Hasir.«

Zum ersten Mal in deinem Leben gibst du zu, dass du fast geweint hast, als du endlich den Pass der Grande Nation in deinen Händen gehalten hast. Die Arabesken des Stils, der Klasse und Verführung hättest du trotzdem nie ganz gemeistert. Obwohl du es lange versucht hast. Du wolltest französischer werden als die Franzosen.

Bei Gott, und wie du es versucht hast!

»Sssccchhhh! Hasir mit *Hhhaasssccchhh!*«

Inès' Hände schlängeln sich durch die Oud-Schwaden, bis ein Finger auf deinen Lippen landet.

Eine einzige Geste, ein *Sssccchhhh*, und der Fluch des Unvermögens ist gebrochen.

SAMEER
KABUL

MEIN AUGE IST SCHLIMMER GEWORDEN, immerhin pocht es nicht mehr so, vielleicht bin ich nur zu schwach, um noch etwas zu spüren. Ameisen klettern über mein Fladenbrot. Irfahn schnappt es sich. Es ist mir egal, ich bekomme ohnehin keinen Bissen herunter. Nachts schwitze ich fiebrig, als sei ich schon in der Hölle. Einmal kam AliAli mich besuchen, er schwebte, durchsichtig wie die abgestoßene Haut der Schlange, lächelte, dann drehte er sich weg und verschwand wieder im Dunkel.

Tagsüber fröstelt mich, obwohl dies ein besonders heißer Sommer sein soll. Ich schließe auch mein heiles Auge, die gleißende Sonne scheint mir auf die Lider und bringt die Adern, die sich darin fein wie die Triebe der Zedern verästeln, zum Glühen.

Draußen im Hof poltert plötzlich die Stimme Hasir-saybs. Ich wusste gar nicht, dass er kommt. »Wo ist der Junge? Ich will ihn sofort sehen!« Der Onkel aus Paris klingt verärgert.

»Hasir-sayb, welche Ehre! Wir sind auf Ihren Besuch nicht vorbereitet.« Mullah Usmeen versucht, den Onkel zu besänftigen. Vergeblich.

»Wo steckt er denn?«

Alle im Klassenzimmer halten den Atem an. Der Lehrer schaut mich besorgt an. So spricht man nicht mit Mullah Usmeen. Er wird dem Onkel alles erzählen. Er wird ihm sagen, dass ich den Streit mit Irfahn angefangen habe. Dass Irfahn mich als den Sohn eines sowjetischen Dreckschweins beschimpft hat, wird er verschweigen. Der Mullah wird ihm verraten, dass wir den Frauen im Nachbarhaus beim Baden zugesehen haben, durch den Spalt. Der mit dem verkrüppelten Arm und der Dicken, deren Bauch über ihren haarigen Schritt hing. Wahrscheinlich weiß der Mullah auch, dass ich mich nachts selbst anfasse, bis meine Schlange ihr weißes Gift speit.

Er wird ihm sagen, dass ich behauptet habe, der Onkel aus Paris sei wirklich mein Onkel. Obwohl jeder weiß, dass er nur ein guter Muslim ist, der die fünf Säulen des Islam beachtet und uns Waisen Almosen gibt. Der Lehrer wischt mir mit dem Ärmel übers Gesicht, rückt die Takke zurecht und zerrt mich in den Hof. Jetzt werde ich auch noch dem Onkel aus Paris Schande bringen. Gnade!

Hasir-sayb steht wie ein Kinoheld vor einem weißen Toyota. Er trägt westliche Kleidung und streicht sich selbstbewusst das Haar aus dem glatt rasierten Gesicht. Sein Begleiter Behrooz dagegen, ein Berg von einem Mann, trägt einen stolzen Bart, die Spitzen noch rot vom Henna der Hajj, und schnippt mit seiner Gebetskette.

Als der Onkel mich sieht, spricht er plötzlich ganz leise. »Was ist denn mit dem Auge passiert? Ist er verprügelt worden? Ich zahle jedes Jahr Millionen von Rupien, um den Jungen zu ernähren, einzukleiden und ihn in die Schule zu schicken, genug, um das ganze Waisenhaus zu betreiben. Da komme ich einmal unerwartet und finde den Bengel abgemagert, schmutzig und krank.«

Mullah Usmeen verbeugt sich nervös. »Wir haben Sameer zum Schlangenbeschwörer gebracht, aber das Tier war verstorben. Hier wird niemand geschlagen, das ist ein zivilisierter Ort.«

Der Onkel schnalzt verächtlich mit der Zunge. »Ich halte Schlangenbeschwören nicht für ein Zeichen von Zivilisation.«

»Hasir-sayb, die Buben sind ungestüm in diesem Alter«, sagt der Mullah. »Er muss ausgerutscht sein.«

Ich sollte diese Lüge bestätigen, behaupten, ich sei hingefallen. Sonst bekommt der Mullah nur Probleme. Es ist zwar gelogen, doch auch in der Wahrheit lauert Sünde.

Der Onkel beugt sich zu mir, ich erwarte eine Ohrfeige, aber er deutet nur auf mein Gesicht. »Das Auge ist total vereitert!« sagt er angewidert.

Mir wird schwindlig, der staubige Boden verschwimmt, als der Onkel mich an sich reißt und ganz fest in die Arme nimmt. Sein feines Hemd riecht wie frisch gehacktes Holz und die Berge nach dem Regen. »Ihr solltet euch schämen. Er ist doch noch ein Kind.«

»Hasir-sayb, ich bitte Sie. Wir tun, was wir können«, sagt der Mullah.

Ich versuche, mich so still wie möglich zu halten. Dann werden die Stimmen auf einmal leiser, und der Boden gibt nach. Fühlt sich so Sterben an?

Eine grelle Lampe blendet mich. »Da bist du ja wieder, Sameer-jan! Geht es dir besser?« Ein Doktor hilft mir beim Aufsetzen. Auf seiner Glatze sprießen nur wenige Haare. »Schau meinem Finger nach«, sagt er und bewegt diesen nach rechts. »Stillhalten.« Ein kurzes Stechen im linken Auge taucht alles in Rot. Erleichterung. Der Druck lässt nach, und es öffnet sich. Ich kann wieder mit beiden Augen sehen! Der Doktor tupft mit einem Wattebausch blutigen Eiter weg. Jemand streicht mir über den Rücken.

»Du bist sehr tapfer, Sameer-jan!«, sagt der Arzt. Wahrscheinlich will er sich nur bei Hasir-sayb einschmeicheln. »Wir werden dich wieder gesund machen. Wie alt bist du? Zehn?«

»Ich bin dreizehn«, sage ich wahrheitsgetreu.

Der Doktor seufzt. »Der Junge muss mehr essen, sein Körper braucht Kraft. Er ist noch im Wachstum.«

Hasir-sayb begutachtet Instrumente in einer Vitrine. »Sie haben keine Ahnung, wie wütend ich bin, Doktor. Primitivlinge!« Er muss die Sowjets meinen. Selbst der Doktor sieht, dass meine Mutter sich von einem hat nehmen lassen.

Der Doktor wischt den Rost von einer Tube mit Salbe und demonstriert Behrooz, wie mein Auge gesäubert werden soll. »Antibiotika«, sagt er überdeutlich und hält ihm eine Dose mit Tabletten hin. »Der Junge muss jede Einzelne davon nehmen. Morgens und abends nach dem Gebet. Er darf keine auslassen. Sehen Sie zu, dass ihm niemand diese Pillen wegnimmt.«

Behrooz lässt die Dose in seiner Weste verschwinden.

»Das sind die allerletzten Antibiotika«, lamentiert der Doktor. »Sehen Sie sich um, Hasir-sayb. Wir brauchen dringend Material, um das Hospital weiter zu führen. Medikamente, Aspirin, Spritzen, Impfstoffe, Verband. Jedes Pflaster zählt.«

»Behrooz wird sich darum kümmern«, sagt der Onkel.

»Die Route Islamabad–Kabul wird neuerdings geplündert«, sagt Behrooz. »Wir werden es über den Iran versuchen.«

»Ich kann immerhin Desinfektionsmittel herstellen hier.« Der Doktor tippt eine der Flaschen an, die im Regal aufgereiht stehen. »Heimlich natürlich, wegen des Alkohols. Die Taliban glauben nicht an die Wissenschaft. *Alhamdulillah* für mein Stipendium in Moskau, Hasir-sayb. Wenn es etwas gibt, wofür wir den Sowjets dankbar sein können, dann für den Fortschritt, den sie uns gebracht haben.«

Warum lässt Hasir-sayb zu, dass der Doktor so gut über die Sowjets spricht? Meinetwegen?

Feierlich befestigt der Doktor eine schwarze Klappe über meinem Auge und zieht den Gummi fest. »Du wirst dich bald besser fühlen, Sameer-jan.«

Als wir rausgehen, jagt mir mein Spiegelbild in der gebrochenen Fensterscheibe einen Schrecken ein. Ein abgemagerter Rothaariger in Lumpen. Der Onkel liest meine Gedanken. »Lass uns zum Bazaar fahren, etwas essen und ein paar Klamotten kaufen. Ärztliche Anordnung.« Er gibt mir einen freundschaftlichen Schubs.

Auf dem Pul-e-Khishti-Bazaar sorgt der Auftritt des berühmten Hasir Zaman aus Paris für Aufregung. Wildfremde Leute stürzen auf ihn zu und wünschen ihm Gesundheit, halten seine Hand. Dem Onkel scheint das alles unangenehm. Behrooz ist damit beschäftigt, ihm das Gedränge vom Leib zu halten. Ich wittere die Gelegenheit wegzulaufen, bevor sie mich wieder in die Schule zurückbringen. Als ich mich in Richtung der Teppichgasse schleiche, landet Behrooz' schwere Hand in meinem Nacken. »Mach jetzt keinen Ärger, Sameer-jan. Dein Onkel ist ein guter Mann. Er wird für dich sorgen.«

In einem Restaurant setzen sie mir einen Berg gewürzten Reis mit einem ganzen Fleischspieß vor. Der Onkel raucht, während er mir beim Essen zusieht. Er ist ein wohlhabender Mann in feinem Tuch, zu dem die Leute aufsehen, aber in seinen Augen spiegelt sich Traurigkeit. Ich fürchte seine Wut, die ihn manchmal wie ein böser Jinn überfällt. Dabei hat er alles.

Behrooz zeigt mir, wie man den leuchtenden Saft von Orangen und Granatäpfeln durch einen Strohhalm trinkt, es schmeckt himmlisch. Inzwischen ist mir nicht mehr schwindlig. Als er zahlt, schnappe ich mir den Halm aus dem Müll und stecke ihn heimlich in den Ärmel.

Bei einem Kleiderhändler hält der Onkel Jeans hoch.

»Das erlauben die Mullahs nie«, sagt Behrooz.

Der Händler zeigt Hasir ein paar Hemden mit passenden Hosen, er faltet ein Kleidungsstück nach dem anderen auf. Der Onkel lehnt die meisten ab, nachdem er die Stoffe angefasst hat, schließlich hält er mir ein paar Sachen hin, zum Anprobieren. Mir stockt der Atem. Wir haben im Waisenhaus seit Ewigkeiten keine neue Unterwäsche mehr bekommen. Behrooz stellt sich vor mich, und ich schlüpfe verschämt in Hemden, Hosen, Westen, Jacken, sogar Pullover für den Winter. Der Onkel will die Kleider von allen Seiten sehen, er zupft an den Ärmeln und inspiziert die Nähte.

Der Händler ignoriert mich, ich bin seiner Ware unwürdig. Jedes Mal, wenn er den Mund aufmacht, schließt der Onkel die Augen, als würden ihm die Worte des Mannes Schmerzen bereiten. Wahrscheinlich ist er nur müde. Es dauert ewig, bis er zufrieden ist. Am Ende lässt er den halben Laden einpacken und fragt nach Unterwäsche. Zehn Paar würden genügen, vorerst. Meine Ohren werden heiß.

Ein Schuhverkäufer drängelt sich mit einem Turm aus Kartons herein. Er bietet Hasir-sayb Lederstiefel und Turnschuhe an.

»Welche gefallen dir besser?«, fragt der Onkel.

Ich weiß nicht, was ich darauf antworten soll.

»Also beide«, sagt er.

Der Verkäufer streift einen Turnschuh über meinen linken Fuß, einen Stiefel über den rechten und drückt an den Zehen herum.

Der Onkel starrt auf die Schuhe. »Die sind doch viel zu groß.«

Der Verkäufer knüllt Zeitungspapier zusammen und stopft es in die Spitze. »Das sollte die richtige Größe sein, Sayb. Für später.«

Alle warten auf Hasir-saybs Urteil. »Gib mir die großen Stiefel, ein Paar große Turnschuhe, und dazu je ein Paar, das ihm jetzt passt«, sagt er. »Und zwar ohne Papier. Ich kann Provisorien nicht ertragen. Das Leben findet heute statt.«

Das Leben findet heute statt. Ist das so?

Die Augen der Händler leuchten gierig, als sie Zahlen auf Karton krakeln. Noch bevor ein Preis genannt wird, beginnt Behrooz zu handeln. Das werde ich nie zurückzahlen können.

Hasir-sayb schiebt mich nach draußen in die goldenen Strahlen der Abendsonne. Er zündet sich eine Zigarette an. Den Ruf des Muezzins scheint er nicht zu hören.

Bald kommt auch Behrooz mit Taschen und Schachteln beladen heraus. »Willst du dich nicht bei Hasir-sayb bedanken, Sameer-jan? Hast du kein Benehmen?«

Mein Gesicht brennt schon wieder vor Scham. »Ich kann Ihre Großzügigkeit nicht annehmen, Hasir-sayb.«

»Keine Ursache, Junge. Das ist das Mindeste, was ich für dich tun kann.«

»Ich bin Ihrer Güte nicht würdig, Sayb.«

Der Onkel bleibt stehen. »Tu mir einen Gefallen und freu dich einfach. Es sind nur Anziehsachen. Ich kann diese falsche Bescheidenheit nicht leiden, die sie euch hier eintrichtern. Ein einfaches Dankeschön genügt.«

Falsche Bescheidenheit.

»Ich danke Ihnen. Allah wird Sie belohnen«, sage ich. »Friede sei mit Ihnen!«

Der Onkel schnippt die Zigarette weg. Ein Bettler schnappt sich den glühenden Stummel.

Auf der Rückfahrt halten wir vor dem eleganten Hotel Serena. Der Onkel steigt aus. »Im Winter komme ich wieder. Bis dahin wird Behrooz ab und zu nach dir sehen.« Er reicht mir eine kleine Karte mit fremden Buchstaben und Zahlen durchs Fenster. »Hier ist meine Nummer in Paris. Wenn es wieder Probleme gibt, ruf an. Wenn du irgendwas brauchst oder krank wirst, bin ich immer für dich da.« Er sieht mir an, dass ich das nie tun werde. »Du kannst Behrooz Bescheid geben.«

Ich nicke, aber er ist nicht überzeugt.

»Sag dem Mullah, dass er Behrooz anrufen soll, und er wird sich sofort mit mir in Verbindung setzen.« Aber er weiß doch, dass ich die Karte nicht lesen kann, dass ich weder ihn noch Behrooz anrufen werde. Weil ich noch nie jemanden angerufen habe. Weil ich niemanden kenne. Weil ich ein Niemand bin.

»*Inshallah*, Hasir-sayb.«

»Hör auf, mich Hasir-sayb zu nennen. Ich bin dein Onkel Hasir. Ich bin dein *mamoon*, verstehst du?« Er zeigt seine Zähne, die wie Perlen glänzen. »Ich werde dir einen Tutor besorgen, der wird dir Englisch beibringen. Privatunterricht. Es ist die Sprache der Zukunft. Ich möchte, dass du hier eines Tages weggehst, studierst, etwas aus dir machst.« Jeder weiß, dass das nie passieren wird.

»Vielen Dank, Hasir-sayb. Ich meine, Onkel Hasir. Friede sei mit Ihnen!«

Als der Onkel im Hoteleingang verschwindet, sagt er etwas in seiner Sprache, Französisch. Es klingt sanft und wird von kleinen Explosionen im Mund begleitet. Zwei Männer in Uniform salutieren ihm. Onkel Hasir. Ich habe keinen Onkel. Meine Mutter ist tot. Ich bin kein Zaman. Ich bin allein.

Ich muss bald verschwinden. Bald.

LEUTNANT RYDER
SAN DIEGO

KATIES WAGEN IST QUER über beide Stellplätze vor dem Mietshaus abgestellt, die Rücklichter brennen, die Fenster stehen offen, der Schlüssel steckt. Nichts Neues. Ryder hat erst letzte Woche eine neue Batterie eingebaut. Kaffeebecher, Fast-Food-Verpackungen, Klamotten und Nagellackfläschchen in allen Farben des Regenbogens liegen auf den Sitzen verstreut. Die Stereoanlage spielt leise Destiny's Child. Eine orangefarbene Pillendose von der Apotheke liegt in einer Cola-Pfütze im Fußraum, das Etikett ist aufgeweicht und unleserlich. Die Pillen sind weiß, wie Aspirin, eindeutig nicht Katies Antidepressiva.

Sie steht in der Küche und streicht mit den Händen nervös über den rosafarbenen Jogginganzug, den sie neuerdings rund um die Uhr trägt. Ryder schluckt seinen Ärger hinunter, umarmt sie und flüstert ihr ins Ohr. »Katie, ich hab super Neuigkeiten.«

Ihr Gesicht ist verquollen. Als er sie loslässt, schwankt sie leicht.

»Ich bin für ein Fortbildungsprogramm ausgewählt worden.« Ryder spreizt die Finger zum V.

»Heißt das, dass du wieder seltener nach Hause kommst?«

»Nur in der Anfangsphase.« Es ist stickig, Ryder öffnet ein Fenster. »Ein exklusives Programm für eine Handvoll Soldaten. Ich bin drin. Ich? Kannst du dir das vorstellen?«

Katies Blick bleibt stumpf.

Ryder erinnert sich daran, was der Spargelmann gesagt hat. Mit Information überfluten. »Da wird richtig angepackt. Vor Ort. Brunnen graben, Evakuierungs-Strategien, Deeskalation, Katastrophenschutz, solche Sachen. Ein paar Theorie-Seminare, abends, freiwillig, aber wichtig, jedenfalls am Anfang.«

»Wo soll das stattfinden?«

»Das weiß ich noch nicht. Wird spontan entschieden. Muss man sich drauf einlassen. Ich muss in der Probezeit beweisen, dass es mir ernst ist, sonst kann ich gleich einpacken. Das gilt für jeden, der mitmacht. Kellogg auch.«

»So besonders kann es nicht sein, wenn Kellogg dabei ist.«

Da flackert ein bisschen Sarkasmus durch, ein gutes Zeichen.

»Hör mal, ich denke, ich sollte die Zeit bei den Marines nutzen, um meine Karriere auszubauen. In dem Programm kann ich Erfahrungen sammeln, für später, einen friedlichen Bürojob zum Beispiel.« Ryder versucht, ihrer Lethargie mit Optimismus entgegenzuwirken.

»Was jetzt, Brunnen graben oder Bürojob? Verstehe ich nicht.« Katie stößt auf.

»Die Sache hat nur Vorteile, siehst du das nicht? Es gibt einen Wohnzuschuss, dann können wir endlich hier weg und in unser eigenes Haus ziehen. Mehr Geld, bessere Krankenversicherung, undsoweiterundsofort. Davon profitierst du auch.« Er weicht komplett vom Drehbuch ab, nur um eine positive Reaktion zu bekommen. Sie könnte sich wirklich einmal freuen.

»Wie soll ich je wieder schwanger werden, wenn du ständig weg bist?«

Schwanger werden. Kinder kriegen. Familienplanung. Jetzt fängt das wieder an. Familie ist weder für ihn noch für Katie mit glücklichen Erinnerungen verbunden. Früher hatte sie nicht die geringsten Ambitionen, Windeln zu wechseln. Es müssen die Hormone sein.

»Lass uns eine Pizza bei dem neuen Italiener bestellen, und ich erzähl dir alles.«

»Hast du doch schon. Wiederholen macht es auch nicht besser.« Sie gähnt dabei, ihre Worte sind kaum zu verstehen. Ihr vernebelter

Blick fällt auf seine Hände, die er zu Fäusten geballt hat. »Und kein Grund, so sauer zu werden.«

»Hörst du mir überhaupt zu, Katie? Können wir wenigstens so tun, als würden wir miteinander reden?«

Mehr Wischbewegungen über das Sweatshirt.

»Du wirst nie verstehen, wie das ist für eine Frau.«

Wahrscheinlich nicht. Es ist Monate her, seit sie das Baby – in Anführungszeichen – verloren hat. Wenn das »Baby« sie so hätte sehen können, in all ihrer zugedröhnten, ungeduschten rosa Jogginganzugs-Pracht, wäre es wahrscheinlich freiwillig abgegangen. Aber was Katie passiert ist, kann nicht als Abgang bezeichnet werden, weil sie gar nicht richtig schwanger war. Eine befruchtete Eizelle ist noch kein Baby! Fünfte Klasse Biologieunterricht. Dieses Null-Ereignis sollte keine Entschuldigung dafür sein, sich so gehen zu lassen. Er war Minentauchen, als sich das »Baby« verabschiedet hat, dabei ist ihm fast das Trommelfell geplatzt. Rein technisch gesehen, war der Moment, als sie das »Baby« angeblich »verloren« haben soll, einfach nur ein verzögertes Einsetzen ihrer Periode. Eine Fehlzündung der Eierstöcke, Eileiter oder wie man diesen Teil des menschlichen Reproduktionslabors nennt. Das Ei wurde vom Körper selbst disqualifiziert und das abgestorbene Gewebe konsequenterweise abgestoßen. Autodarwinismus! Ryder hat irgendwann Zugeständnisse gemacht und vom Baby ohne Anführungszeichen gesprochen, weil sie so gelitten hat.

Als sie ihm sagte, dass sie das Baby verloren habe, hat er ihren Vorschlag abgelehnt, sofort ein neues zu machen. Sie hatte noch ihre Tage, was hieß, dass sie gar nicht hätte schwanger werden können. Das hat er ihr erklären müssen! Dann machte sie sich über seine Männlichkeit lustig, wurde laut und fuhr große Geschütze auf. Ryder würde sie manipulieren und kontrollieren, hätte ihr immer ein schlechtes Gewissen gemacht dafür, dass sie Sex wollte, genau wie ihre Eltern, diese katholischen Fundamentalisten. Gleich darauf wollte sie sich wieder versöhnen. Mit Sex. Wahnsinn!

Wie vor drei Monaten wirft Katie auch jetzt ihr Heul-Programm an. »Komm, lass uns eins machen, bevor du wieder abhaust.« Sie greift nach seiner Hand, er weicht aus.

»Beruhig dich erst einmal.«

»Warum willst du mir keins machen?« Dann, in maximaler Lautstärke, damit die ganze Nachbarschaft etwas zu lachen hat: »Ich will ein Kind, Ryder! Was soll das denn für eine Ehe sein? Da stimmt doch was nicht. Das ist nicht normal!«

Katie tut wieder so, als sei Ryder der Irre. Dabei ist sie diejenige, die Pillen schluckt. In ihrem Zustand kann eine Schwangerschaft wirklich keine gute Idee sein.

Ja, es war zugegebenermaßen Ryders Vorschlag, dass sie eine Therapie macht. Er hat auch gehofft, dass der Therapeut ihr etwas gegen die Depression verschreibt. Aber er hat nicht erwartet, dass ihr das so zusetzen würde. Er holt die verklebte orange Pillendose, die er im Auto gefunden hat, aus der Hosentasche.

Katie, auf einmal hellwach, greift danach, aber Ryder hält sie in der Luft. »Die hab ich die ganze Zeit gesucht!«

»Sind das die Pillen von Dr. O'Hara?«

»Nein, vom Gynäkologen. Soll ich regelmäßig nehmen.«

»Schmerzmittel?«

Katie schnappt sich die Pillendose. »Nein, seit der Ausschabung habe ich hormonelle Fluktuationen, oder so was.« Sie wirft eine Tablette ein und trinkt vom Hahn. »Ich erwarte kein Verständnis für meinen Zustand, keine Angst. Von dir nicht. Das wäre offensichtlich zu viel verlangt.« Sie wischt sich mit dem Ärmel über den Mund.

»Ich mache mir aber Sorgen.« Er streicht ihr die strähnigen Haare aus der Stirn.

»Sorgen. Um was denn? Deine grandiose Soldatenkarriere?«

»Um dich, um uns.«

»Du kannst es einfach nicht erwarten, wieder bei deinen Jungs in den Baracken zu sein.« Sie lacht spöttisch. »Wow, du hättest gerade dein Gesicht sehen sollen.«

HASIR ZAMAN
PARIS

VON DER CHAISELONGUE AUS ist nur ein Ausschnitt des Himmels zu sehen, ein unregelmäßiges Pentagon, eingerahmt vom Fenster, der Jalousie und dem Giebel auf der gegenüberliegenden Straßenseite. Heute sind die Wolken dunkler, beinahe violett, ein Unwetter kündigt sich an. Du legst den Kopf zur Seite, jede Woche versuchst du, in Gedanken an den fünf Seiten dieser Form zu zerren. Als ob du geheilt wärst, sobald der Ausschnitt sich zu einer ansprechenden Form fügen würde. Geheilt vom Trauma, wie es Doktor Céleste Cohen nennt. Einmal hat sie dich als stillen Zeugen des Konflikts in Afghanistan bezeichnet. Du hast ihr nicht widersprochen. Inzwischen hast du dich an die wöchentliche Beichte gewöhnt, empfindest das Ritual sogar als angenehm und absolvierst es liegend, obwohl es dir anfangs affektiert erschien.

Du hättest eine Frau kennengelernt, sagst du und wünschst dir, du könntest deine Therapeutin jetzt sehen.

Dr. Cohen wartet, nicht zu lange, sie weiß, dass du Führung brauchst.

»Was mögen Sie an ihr?«

Sie sei nur eine Kellnerin, unklar, woher sie stamme. Geheimnisvoll und vertraut zugleich.

»Eine Projektionsfläche. Ist es das, was Sie attraktiv an ihr finden?«

Eher die Art und Weise, wie sie spreche und sich bewege. Du beschreibst, wie sie in deiner Wohnung tanzte, nur für sich. Sie habe nicht einmal versucht, dich damit zu verführen. Du hättest zum ersten Mal dein Unvermögen überwunden.

Dr. Cohen hält den Atem an, dein andauerndes Versagen steht, wenn auch indirekt, immer im Zentrum der Analyse.

Inès' Geruch erwähnst du nicht, ein olfaktorisches Echo, eine gestohlene Erinnerung. Noten von Hölzern und Moschus. Du erwähnst auch nicht, dass der Ring deines Vaters am nächsten Morgen nicht aufzufinden war, der mit dem Halbmond. Ein Rätsel, wie sie ihn abbekommen hat. Du verschweigst die irrationale Angst, sie nicht wiederzusehen. Die Befürchtung, dass sie und nur sie den Schlüssel zu deinem Verlangen in der Hand hat. Du wirst ins Chez Farida gehen heute Abend. Sie wird da sein. Mit oder ohne den Ring, der dir egal ist. Sie hätte die Uhr nehmen können, selbst die alberne Geldklammer ist mehr wert.

Das Geräusch eines heranfliegenden Hubschraubers reißt dich aus den Gedanken. Das ganze Gebäude vibriert, dein Herzschlag poltert. Du schließt die Augen und presst deine Faust auf die Brust, eine nutzlose Geste, medizinisch gesehen wirkungslos gegen Bluthochdruck und Arrhythmie. Die einhergehenden Panikattacken und die Schlaflosigkeit haben den Zustand verschlimmert, vielleicht ist es auch andersherum. Impotenz ist eine demütigende Nebenwirkung dieser Herzbeschwerden. Du kannst kaum atmen.

»Alles in Ordnung, Monsieur Zaman?« Dr. Cohens rostbraunes Ensemble – es war dir angenehm aufgefallen – raschelt. Sie schlägt wahrscheinlich gerade ein seidenbestrumpftes Bein über das andere oder öffnet den Knopf der Jacke. »Ist es der Hubschrauber?«

Selbst wenn du *madame le docteur* nicht sehen kannst, ist ihre Präsenz immer spürbar. Gebildet, schick, diskret parfümiert und mit der rauchigen Stimme einer Jazzsängerin, ist sie trotz ihres Alters eine anziehende Frau, eine *parisienne*.

Das Grollen wird lauter, und du siehst einen Sanitätshubschrauber durch das graue Pentagon fliegen. Der Druck in der Brust nimmt zu. Dr. Cohen reicht dir ein Glas Wasser über die Schulter. »Trinken Sie einen Schluck.«

Es gehe schon wieder. Du presst die Worte durch die Lippen.

»Es ist das Geräusch, das Sie irritiert, nicht wahr? Was assoziieren Sie damit?«

Die Entführung deiner Schwester, sagst du.

»Uzma?«

Uzma.

»Ihre Schwester wurde entführt? Das haben Sie mir nie erzählt.«

Es sei eine lange Geschichte.

»Jede Geschichte ist eine lange Geschichte.«

Als das Dröhnen nachlässt, wird dein Herzschlag ruhiger.

Du hättest nie herausgefunden, was wirklich geschehen ist. Du hättest mit unzureichenden Informationen arbeiten müssen. Damals, es sei Mitte der Achtzigerjahre gewesen, hättest du dir ihr Verschwinden selbst erklären müssen. Hättest dir eine Geschichte herbeiphantasiert, komplett mit dramaturgischem Bogen, dir Ursache und Wirkung zusammengereimt. Nichts davon habe mit der Wahrheit zu tun. Nichts.

»Dieses Nichts löst aber immer noch sehr starke Reaktionen aus. Da ist etwas, und es scheint eine große Wirkung auf Sie zu haben. Wir werden den roten Faden vielleicht nicht gleich finden, aber das muss auch nicht in einer Sitzung geschehen.« Es gelingt ihr immer, dich in die dunklen Gassen des Unterbewusstseins zu locken. Du glaubst nicht an die kathartische Kraft von Worten, aber du wirst versuchen, diese Geschichte zu rekonstruieren.

Du seist gerade nach Paris gezogen und hättest dich an der Sorbonne eingeschrieben.

»Ihre Eltern müssen stolz auf Sie gewesen sein.«

Ja, sie glaubten, du würdest Geologie an der ParisTech studieren.

»Sie haben gelogen.«

Du hättest gelogen.

Schweigend siehst du eine Zeit lang durch das Fünfeck in den tief verhangenen Himmel. Deine ersten Wochen in Paris. Die Stadt schillerte von Möglichkeiten. Dein weltgewandter Vater aber hätte deine Ambitionen – Kunst, Philosophie und Film – nie akzeptiert.

Du solltest ein Geschäftsmann werden und sein Unternehmen weiterführen.

Du hättest nicht nur deinem Vater etwas vorgespielt, sondern auch den anderen Filmstudenten und deinen neuen französischen Freunden. Du hättest ihnen ein Phantasie-Afghanistan beschrieben und die Rückständigkeit des Landes heruntergespielt. Du hast die Hippie-Legenden vom Karakorum Highway wiederaufleben lassen und vom Hasch geschwärmt, obwohl all dies nichts mit deiner Realität dort zu tun hatte. Die exotischen Geschichten kamen gut an bei den jungen Cineasten mit ihren *Cahiers du Cinema,* die sie wie die Mitgliedskarte zu einem geheimen Club mit sich herumtrugen, während sie das Ende des Kinos heraufbeschworen.

Am meisten hast du dir selbst vorgemacht, aber das verschweigst du. Du wolltest jemand anderes sein, eine bessere Variante von Hasir. Du warst besessen von Alain Delon, nachdem ein Mädchen, das du auf einer Party kennengelernt hast, behauptete, du sähest ihm ähnlich. Du hast dich leidenschaftlich in die neue Rolle geworfen, schamlos seinen Stil kopiert. Du hast Anzüge nachschneidern lassen, trugst die gleiche Armbanduhr wie Delon in *Le Samuraï,* auf der Innenseite des Handgelenks, und selbst im tiefsten Winter Maßschuhe ohne Socken. Du hast dir seine Gesten abgeschaut, den unterkühlten Duktus imitiert und den unergründlichen Gesichtsausdruck. Socken trägst du bis heute nicht.

»Was haben Sie Ihren Freunden von Ihrer Schwester erzählt?«

Wenig. Später, nach dem Vorfall, habest du immer behauptet, deine Schwester hätte sich den Autorenfilmern Hollywoods angeschlossen.

»Sicherlich Wunschdenken. Erzählen Sie mir von der Entführung.«

Es muss kurz vor Weihnachten gewesen sein, die Diskussion um Godards *Je vous salue, Marie* war in der Presse wieder aufgeflammt. Der Papst hatte sich in *Le Monde* oder *Figaro* darüber empört, dass der Film die Jungfrau Maria herabwürdige. Beim Frühstück in einem Café machten sich deine Freunde über den Katholizismus lustig. In derselben Zeitung war ein Foto aus Afghanistan abgebildet, ein Panzer mit sowjetischen Soldaten, gut gelaunt, einer von ihnen hatte eine Tulpe im Knopfloch stecken, als wäre er auf Klassenfahrt. In dem Artikel stand, sowjetische Soldaten hätten afghanische Frauen verschleppt.

Ein paar Wochen später rief dein Vater an, du warst mitten in den Prüfungen, Filmtheorie. Er sagte, deine Schwester sei nach der Schule von Soldaten gekidnappt worden. Sie hätten Uzma inzwischen wieder freigelassen. Dein Vater war kein Mann großer Worte. Es war völlig unklar, ob es sich um einen oder mehrere Männer handelte, wo Uzma überfallen wurde oder wie lange sie in deren Händen war. Uzma gab seitdem keinen Ton mehr von sich. Dein Vater wollte, dass du umgehend nach Kabul kommst, um sie zu trösten und aufzumuntern. Du musstest ihm versprechen, sie nicht mit der Erinnerung an den Übergriff zu quälen. Bevor du auch nur eine klärende Frage stellen konntest, legte er auf.

»Er hat Ihnen nicht gesagt, was während der Entführung passierte?«

Ein hübsches Mädchen aus gutem Hause in den Händen junger Soldaten, die seit Wochen oder Monaten keine Frau mehr gesehen haben. Was könnte das wohl heißen?

Du siehst in den auberginefarbenen Himmel. Vierzehn lange Jahre ist das her. Damals hast du zum ersten Mal das Stechen in der Brust gespürt. Es war der Beginn deines Versagens als Mann. Vierzehn Jahre des Versagens.

»Sind Sie dem Wunsch Ihres Vaters nachgekommen?«

Dein Vater habe ein Flugticket hinterlegen lassen. In den zweiundsiebzig Stunden zwischen dem Anruf und deiner Ankunft in Kabul hättest du versucht, aus den Versatzstücken ein mögliches Szenario zu entwickeln, eine plausible Sequenz. Weil sich damals alles in deinem Leben um Filmtheorie und Produktionstechnik drehte, hättest du die Entführung vor deinem inneren Auge als Spielfilm inszeniert, als imaginäre Hollywood-Produktion, erklärst du.

Das dunkle Fünfeck am Pariser Himmel blickt geduldig auf dich herab.

»Beschreiben Sie mir diese Filmversion.«

Es sei absolut lächerliches Theater gewesen und der Ernsthaftigkeit der wahren Ereignisse nicht gerecht geworden. Heute würdest du dich dafür schämen.

»Die Scham, am Leben zu sein, macht uns zum Menschen.«

Du erzählst deiner Therapeutin, dass die Geschichte von zwei Hitchcock-Klassikern inspiriert war, mit denen ihr euch damals an der Uni beschäftigt habt. *Der unsichtbare Dritte* und *Die Vögel*. Special Effects, Projektionsverfahren und Semiotik.

Du hättest dir deine Schwester in einem blassen Kostüm vorgestellt, ähnlich wie das von Tippi Hedren in *Die Vögel*, obwohl das überhaupt nicht ihr Stil war. Uzma spaziert in deiner fiktiven Version durch eine Parkanlage in Kabul, die Haare unter einem Seidentuch hochgesteckt, eine Handtasche an ihrem Arm baumelnd. Ein Springbrunnen plätschert, alles ist grün. Als plötzlich ein Doppeldecker über die Berge heranfliegt und sich der Stadt nähert. Darin läge aber bereits die erste Ungereimtheit. Doppeldecker seien schon nach dem Ersten Weltkrieg nicht mehr militärisch eingesetzt worden.

Uzma, die Hand über die Augen haltend, sieht sich in einem Low Angle Shot nach dem Flugzeug um. Es fliegt direkt auf sie zu. Uzma beschleunigt ihre Schritte. Das Geräusch des Fliegers wird lauter, er braust ganz dicht über sie hinweg, wirbelt ihre Haare auf, zieht wieder hoch, und als er fast hinter den Bergen verschwunden ist, wendet er, um erneut anzugreifen. Uzma läuft in die entgegengesetzte Richtung, das Knattern des Motors verfolgt sie, sie lässt sich ins Gras fallen, der Doppeldecker dröhnt wieder über sie hinweg, rosa Kirschblüten flattern um ihr Close-up. Sie rappelt sich auf und rennt weiter, so schnell der enge Rock und die Absätze es erlauben.

Wie geschmacklos, den Übergriff auf deine Schwester in ein buntes Abenteuer zu verwandeln.

»Erzählen Sie ruhig weiter, das ist ein interessanter Ansatz, mit Erinnerung umzugehen, Monsieur Zaman.«

Du beschreibst genau, wie du dir den Aufbau der Studioaufnahmen überlegt hast, mit aufwendigen Rückprojektionen des Himmels und der anderen Flieger, so wie das zu Hitchcocks Blütezeit üblich war. Uzma sei auf einem Laufband geflohen, rasender Stillstand. Ein Studioventilator habe die Luft und die Blüten zum kinotauglichen Sturm aufgewirbelt. Als der Doppeldecker zum dritten Mal angegriffen habe, sei der Motor verstummt, das Flugzeug lautlos dahingeglitten, Uzmas Augen vor Angst geweitet, lose Haarsträhnen um ihr Gesicht, zitternde behandschuhte Hände. Eine stilisierte Unterwerfung.

»Uzma wurde sozusagen nicht nur vom Flugzeug und dem Piloten, sondern auch vom Auge der Kamera bedroht.«

In deiner Filmversion sei die Unausweichlichkeit ihres Schicksals durch den Studioaufbau noch verstärkt worden. Das Flugzeug im Himmel sei als Projektion schließlich bereits wesentlich früher in der Produktionsphase in der Raum-Zeit-Achse verankert worden. In Gedanken versuchst du, noch einmal die verschiedenen Schichten der Repräsentation, der Deutungshoheit von Wahrheit, Kunst und Erinnerung auseinanderzunehmen.

Uzmas dramatischer Nahaufnahme sei dann ein Gegenschnitt auf den anfliegenden sowjetischen Piloten gefolgt. Seine blasse Haut von Sommersprossen gezeichnet, leuchtend grüne Augen und rotes Haar unter der Pilotenkappe.

»Wie sind Sie denn auf diese Details gekommen?«

Du antwortest beinahe, dann fällt dir ein, dass du damals noch nicht wissen konntest, dass Uzma schwanger war und dass ihr Sohn so aussehen würde.

Das hättest du dir alles ausgedacht, behauptest du. Der Pilot habe sich aus dem Flugzeug gelehnt, Uzma an der Taille ergriffen und in die Lüfte gehoben. Uzmas Schreie hätten über Kabul gehallt, die ganze Stadt wäre Zeuge ihres *petite mort* geworden.

Die Motorengeräusche von Flugzeugen bereiteten dir seitdem Panikattacken, egal ob es sich um Helikopter oder die Concorde handele. Überraschenderweise hättest du nie Angst vorm Fliegen entwickelt, eher das, was Chris Marker als Schwindel der Zeit bezeichnet hat. Ein Schwindel der Erinnerung. Dabei wäre Marguerite Duras' *Hiroshima mon amour* eigentlich ein viel besseres Beispiel gewesen. Niemand habe virtuoser mit dem Trugbild der Erinnerung gespielt, die Facetten so unwiderstehlich beleuchtet, fügst du hinzu. Du hörst, dass Dr. Cohen sich bei dieser Erkenntnis Notizen macht.

»So wie Sie sich erinnern: Was passierte, als Ihre Schwester in der Gewalt des Piloten war?«

Hier sei deine Geschichte zu Ende. Du hättest nie gewagt, weiterzudenken. Die Entführung deiner Schwester sei ein unfertiges Œuvre geblieben.

»Was sagte Uzma dazu? «

Du hättest ihr nie von der Filmversion erzählt.

Du verengst die Augen, um noch einmal das Pentagon in Form zu bringen. Ein dämliches, unreifes Unterfangen. Sinnlos.

SAMEER
KABUL

SEIT DER ONKEL DA WAR, ist das Leben etwas erträglicher geworden. Sogar Irfahn lässt mich in Ruhe, aber ich mache mir wenig Hoffnung, dass es so bleibt. Die zerschlissene Augenklappe trage ich weiter, als Talisman gegen die Schikanen, obwohl das Auge längst verheilt ist.

Vor dem Morgengebet schleiche ich in die Küche und stehle ein paar Scheine aus der Blechdose des Kochs, gerade genug für eine Busfahrt nach Herat und etwas zu essen. Auf der verknitterten Landkarte, die ich hinter dem Markt gefunden habe, sind nur wenige Straßen eingezeichnet, die in den Iran führen. Ohne Papiere werde ich nachts über die Grenze schleichen müssen. Inshallah werde ich bis Paris kommen. Ich werde dem Onkel danken, ihn aber nicht belästigen.

Ich habe mir gerade ein Fladenbrot unters Hemd gesteckt, als der Mullah mir auf die Schulter tippt. »Behrooz kommt dich gleich abholen«, sagt er und tut so, als hätte er das Brot nicht gesehen. »Heute beginnt dein Englischunterricht mit Agha Murtaza Sabari.«

Mullah Usmeen möchte, dass ich meine neuen Kleider anziehe. Ich frage erst gar nicht, ob dieser Agha Murtaza ein Talib ist. Der Mullah merkt aber, was mir auf dem Herzen liegt. »Die Sabaris waren eine gute Familie, die früher ein Fotostudio betrieben. Murtazas Großvater war der beliebteste Muezzin Kabuls. Sie nannten ihn die Nachtigall der Pul-e-Khishti-Moschee. Murtaza hat einmal in England gelebt und spricht Englisch wie seine Muttersprache. Sameer-jan, du darfst niemandem von der wahren Natur dieses Unterrichts erzählen. Wir müssen vorsichtig sein.«

Ich gebe ihm mein Wort. Das Wort eines Diebes, dessen Taschen mit fremdem Geld gefüllt sind. Ich muss verschwinden, bevor mir im Ghazi-Stadion die Hände abgehackt werden.

Der Mullah schaut mich mahnend über seine knorrige Nase an. »Fotos und besonders Filme brodeln vor Verlockungen. Die Tänze der heißblütigen Sirenen verdrehen selbst den standhaftesten Gläubigen den Kopf. Die Melodien und Gesänge wecken verbotenes Verlangen. Nimm dich in Acht.«

Ich weiß, dass Tanz und Musik die Männer verführen, ich habe aber nie ganz verstanden, warum Fotos *haram* sind. Die Bilder singen doch nicht.

Als Irfahn von meinen vermeintlichen privaten Koranstudien erfährt, lacht er sich kaputt. »Koranstudien! Das glaubst du doch selbst nicht. *Habibi, Habiiiibiiieee!*«, singt er und tanzt weibisch herum. »Du wirst tanzen lernen, Sameer! *O Habbiiieebiee!*« Die anderen Jungs machen mit. »*Habibi, Habbiiieebiee!*«

Für einen kurzen Augenblick dachte ich wirklich, ich würde Englisch lernen. Das ist natürlich Unsinn, Irfahn hat recht. Behrooz wird mich in die Berge fahren, und dort werden die Taliban unaussprechliche Dinge mit mir anstellen. Ich muss aus dem Auto flüchten, bevor wir Kabul verlassen. Jetzt bin ich froh, dass ich Geld gestohlen habe.

Alle drängeln sich um Behrooz' Toyota. Irfahn zieht hämische Fratzen. Behrooz fährt los, und im Rückspiegel wird das Tor der Schule immer kleiner.

»Die Sabari Studios liegen im Osten Kabuls auf der Straße nach Jalalabad«, sagt Behrooz und manövriert den Wagen durch die Esel, Karren und Motorräder. Auf dem Dach eines überfüllten Busses vor uns sitzt ein Junge in meinem Alter. Er sieht so aus, als wäre er schon lange unterwegs. Da würde ich jetzt auch gerne sitzen.

Als wir von der Hauptstraße abbiegen, deutet Behrooz auf den Rücksitz. »Meine Tochter Elham kommt heute ausnahmsweise mit uns.«

Ein kleines Mädchen, höchstens zehn, taucht unter einer Wolldecke auf. Sie lehnt sich zwischen die Vordersitze, wirft sich ihren gelben Blümchenschal über die Schulter und verschränkt die Arme. Die Augenbrauen sind vor Wut zusammengezogen, ihr Blick fegt an mir vorbei durch die Windschutzscheibe, selbst ihr Haar scheint erzürnt. »Ich hasse es, hinten zu sitzen! Wenn mir schlecht wird, ist es deine Schuld, Sameer«, schimpft sie.

Ich überlege, was ich darauf sagen soll, aber Behrooz kommt mir zuvor. »Elham-joon, sei nett zu Sameer. Ich habe eine Überraschung für dich, mein Schatz. Du wirst es nicht bereuen, deinen Thron aufgegeben zu haben.« Behrooz hält vor einem Markt und steigt aus. »Ich komme gleich wieder.«

»Warum trägst du diese schwarze Klappe über dem Auge?«, fragt Elham.

»Ich bin hingefallen und habe mir wehgetan.«

»Damit siehst du irgendwie gefährlich aus«, sagt sie. »Aber die vielen Punkte in deinem Gesicht, die sind lustig. Hast du schon mal versucht, sie zu zählen?«

»Was soll ich zählen?«

»Die Punkte, Sameer-jan! Es sind so viele. Es gibt gar nicht genug Zahlen auf der Welt, um sie alle zu zählen. Leben sie unter der Augenklappe und kommen nur raus, wenn die Sonne scheint? Wie Ameisen?« Sie rückt näher und kneift die Augen zusammen.

»Sie waren schon immer da und bewegen sich nicht. Das sind Sommersprossen.«

Elham zuckt mit den Schultern. »Vielleicht verschwinden sie nachts, wenn du schläfst, ohne dass du es merkst. Kann ich sie anfassen?«

Ich weiche ihren Fingern aus.

»Bei Sternen ist es umgekehrt, die sieht man nur, wenn es dunkel wird. Sterne sind die Sommersprossen der Nacht.«

So habe ich es noch nie betrachtet.

»Siehst du, es stimmt! Mein Papa sagt, du wirst Englisch lernen.«

»Ja.«

»Warum?«

»Es ist Hasir-saybs Wille. Englisch ist die Sprache der Zukunft.«

»Warum lernst du nicht die Sprache der Franzosen?«

»Weiß nicht. Das hat der Onkel entschieden.«

»Warum wohnst du nicht bei deinem Onkel?«

»Weiß ich auch nicht.«

»Du weißt ja gar nichts, Sameer-jan. Lernt ihr nichts in der Schule?«

Elham scheinen die Fragen nie auszugehen.

Behrooz kommt zurück mit zwei kleinen Päckchen.

»Babba!« Elham strahlt.

Er gibt uns je ein Päckchen, das Papier ist überraschend kalt. Elham stupst mich an. »Das ist *kulfi*, das Leckerste, was es auf der ganzen Welt zu essen gibt.«

Sie faltet das Papier auseinander und bringt eine mit Pistazien verzierte Süßigkeit zum Vorschein. Sie hebt das Papier zum Mund und schleckt die Masse in die Form eines Berges.

Ich koste vorsichtig. Eiskaltes Süß zerfließt auf meiner Zunge, der Geschmack von würzigem Kardamom zieht sich durch eine milchige Creme und knusprige Pistazien knacken zwischen den Zähnen. Ich esse langsam, ich will, dass der kostbare Geschmack anhält. Vielleicht werde ich doch Englisch lernen. Vielleicht wird Allah mich doch eines Tages in der Luft halten wie ein Vogel.

»Wie ist das, wenn man keine Eltern hat, Sameer-jan?«, fragt Elham mit vollem Mund, kleine Milchblasen explodieren in ihren Mundwinkeln.

»Lass den Jungen in Ruhe sein Kulfi essen, Elham«, sagt Behrooz und wendet sich an mich. »Sie ist ein gutes Mädchen, aber sie weiß nicht, was sie redet. Keine Manieren.«

Ich habe keine Ahnung, warum sich Behrooz bei mir entschuldigt.

Für einen Moment widmet Elham sich ganz dem Genuss der gefrorenen Süßspeise. Als sie fertig ist, beugt sie sich wieder zwischen den Sitzen vor.

»Vielleicht ist Sameer froh, dass er keinen Papa hat, mit dem er die ganze Zeit streiten muss wie ich! Mama will auch wissen, wie das ist ohne Eltern. Hat sie gesagt!«

Behrooz wird Elham schelten für ihre Respektlosigkeit.

»Also, Babba, erklär mir das mal.« Elhams kulfiverschmiertes Gesicht kommt mir ganz nah.

»Sameer-jan ist traurig, weil er keinen Vater hat, der mit ihm zum Stand fährt und ihm Kulfi kauft«, sagt Behrooz.

Das leuchtet ein, aber ich kann mir nicht erlauben, Partei zu ergreifen.

»Sameer braucht keinen Vater. Er hat einen reichen Onkel. Hat Mama gesagt! Und jedes Mal, wenn du ihn zum Englischlehrer fährst, wirst du ihm Kulfi kaufen. Das ist Logik, hast du mir beigebracht.«

»Das ist eine Betrachtungsweise, aber bei Weitem nicht die einzige, mein Schatz.«

Elham bemerkt, dass auf dem Papier in meiner Hand nur noch eine kleine Pfütze übrig ist. »Was ist denn los, Sameer? Magst du dein Kulfi nicht? Es ist ja schon geschmolzen.«

»Ich mag es sogar sehr, aber du magst es, glaube ich, noch viel lieber, Elham-joon. Möchtest du den Rest haben?«

Nach kurzem Zögern nimmt Elham das Angebot mit gespitzten Lippen an, saugt das zerflossene Eis auf und leckt das Papier sauber.

Behrooz schüttelt den Kopf. »Ich glaube, du hast recht, Elham. Ich glaube, Sameer ist ganz froh, dass ich nicht sein Vater bin. Das würde nämlich heißen, dass er jemanden wie dich als Schwester hätte. Eine gierige Person, die nur an sich selbst denkt und ihrem Bruder alles wegnimmt«, sagt Behrooz und hebt den Finger. »Du hast mich schon verstanden, Elham, du bist ein freches, gieriges Mädchen!«

Elham kichert erst, ihre Augen funkeln, und dann lacht sie von ganzem Herzen. Ich hoffe, dass sie über mich lacht, nicht über Behrooz, und dass er das weiß. Das Lachen kommt tief aus dem Inneren, sie schüttelt sich, und ihre Haare tanzen. Erst als sie keuchend Luft holt, merke ich, dass ich die ganze Zeit mitgelacht habe.

Das Gerüst eines ehemaligen Firmenschildes steht wie ein Skelett auf dem Gebäude, die Schaufenster sind mit Brettern vernagelt. Das ist also das Sabari Studio. Es existiert wirklich.

Als Murtaza Sabari an der vergitterten Tür erscheint, erkenne ich ihn sofort wieder. Er ist ein vornehmer Mann, er hinkt kaum merklich, seine Prothese klickt beim Gehen unter den feinen Kleidern. Einmal hat er uns in der Schule fotografiert. Alle waren ganz aufgeregt, aber am Ende bekamen wir das Foto nie zu sehen. Als Irfahn danach fragte, tat Mullah Usmeen so, als hätte er es sich eingebildet, für einen Moment war ich mir selbst nicht mehr sicher.

»Salaam!« Murtaza lispelt. Seine Augen blitzen vor Neugierde, Falten schießen aus den Winkeln. Er bittet uns herein und tauscht mit Behrooz Höflichkeiten aus.

Drinnen prangt die Panoramaaufnahme einer Wüstenlandschaft an der Wand. Elham reckt sich zu dem Kamel hinauf, dessen Kiefer zu einem schiefen Grinsen verzogen ist. Sie streicht über das Foto. »Ich will auf einem Kamel reiten! Dein Onkel ist so reich, Sameer, er soll dir eins kaufen. Aber warum wohnst du in einem Waisenhaus wie ein Bettler?«

»Sprich nicht so, Elham-joon«, warnt Behrooz. »Wir fahren jetzt.«

»Warum kann ich nicht mit Sameer Englisch lernen? Ich will auch Englisch lernen. Babba!«

Behrooz zerrt sie nach draußen. Er verspricht, mich in ein paar Stunden abzuholen.

»Beeindruckendes Mädchen«, sagt Murtaza, als er das Tor hinter ihnen schließt. »Bald wird auch sie die Welt nur noch durch ein Gitter aus blauem Nylon sehen dürfen.« Er lässt sich auf einem Polster nieder, enthüllt eine Beinprothese aus Metall und schenkt mir Tee ein, als sei ich ein ehrenwerter Gast. »Mir hat ein trauriges Schicksal die englische Sprache geschenkt, aber es hat mein Leben verändert auf eine Weise, die ich mir nie hätte erträumen können. Sprachen lassen einen die Welt entdecken, noch tiefgreifender als Bilder. Das Beste an Sprache ist, dass sie nicht greifbar ist, sondern in den Gedanken ein abstraktes Eigenleben entwickelt.«

Was meint er wohl damit? Ich frage lieber nicht, ich möchte, dass Murtaza Sabari gut über mich denkt.

»Abstrakt ist alles, was du nicht mit den Händen anfassen kannst, das Gegenteil von greifbar oder konkret. Diese Tasse oder mein Bein zum Beispiel sind greifbar. Furcht oder unser Glaube dagegen sind abstrakt. Trotzdem kann Abstraktes in unseren Gedanken sehr real sein, manchmal sogar realer als diese Beinprothese hier.«

Murtaza sieht mir meine abstrakten, unreinen Gedanken sicher an. Sie werden ihm preisgeben, dass ich gestohlenes Geld in den Taschen habe, dass ich weglaufen will und mehr Schande über den Onkel bringen werde.

»Sameer-jan, was ist los? Du zitterst ja.«

Meine Gedanken lassen sich nicht kontrollieren, sie galoppieren davon.

»Sieh mich an, Sameer-jan!«

»Vergeben Sie mir, Agha Murtaza. Meine Gedanken sind unrein.«

»Sameer-jan! Ich kann sie doch nicht lesen und will es auch gar nicht. Ich bin mit meinen eigenen beschäftigt. Die sind übrigens auch meistens sehr unrein«, sagt er amüsiert. »Allah hilft uns, sie zu organisieren. Er vergibt uns. Auch Allah ist abstrakt. Meine Mutter sagte immer: Allah, vergib mir, wenn ich Dich im Glück vergesse und nur an Dich denke, wenn ich traurig bin.«

Aus Murtazas Mund klingt Tugendhaftigkeit so einfach, wie ein Spiel.

»Weißt du, was das Beste an abstrakten Gedanken ist?«

Mir fällt nichts dazu ein. Ich kann ja nicht einmal die Fragen eines kleinen Mädchens beantworten.

»Das Beste daran ist, dass sie dir niemand wegnehmen kann.«

Wer würde schon die Gedanken eines Bastards wollen?

»Ich werde dir die traurige Geschichte des Sabari Studios erzählen.« Murtaza deutet auf eine Schwarz-Weiß-Aufnahme des Gebäudes an der Wand. »So sah das hier vor der Besatzung aus, bevor eine sowjetische Bombe auf das Haus fiel und den meisten von uns das Leben kostete. Ich verdanke mein Leben der Großzügigkeit der Familie deines Onkels und diesem Kamerastativ da. Es widerstand dem Gewicht des zusammenbrechenden Gebäudes. Nur mein linkes Bein wurde zerquetscht.« Murtaza massiert sein metallenes Bein, als sei es aus Fleisch und Blut. »Die Sabaris waren nie die Frommsten. Meinem Vater waren die bunten Bilder des *National Geographic* wichtiger als der Koran. Mein Großvater aber war immerhin ein angesehener Muezzin. In jener Nacht, als die Sowjets angriffen, rief er auf dem Minarett zum Gebet. Er erzählte mir, dass die Flugzeuge so nah vorbeiflogen, dass er den Piloten in die grünen Augen sehen konnte, die leuchteten wie Jade.«

Das ist das erste Mal, dass jemand von meiner Augenfarbe so spricht.

»Mein Großvater floh aus der Moschee und fand unser Haus in Schutt und Asche. Mit bloßen Händen grub er durch das Geröll und zog nach und nach unsere leblosen Körper heraus. Ich kann mich kaum erinnern, ich war entrückt vom Fieber. Meine Schwester erzählte Geschichten von den fernen Orten, die wir in Vaters Magazinen gesehen hatten. Die Schweiz, der Kilimandscharo, Hollywood. Als sie verstummte, verließen auch mich die Kräfte.« Murtazas Augen wandern über das Foto an der Wand. »Ich wurde nach London geflogen. Mein Großvater baute das Studio wieder auf, allein. Es gelang ihm, einige Landschaftsaufnahmen und Studioporträts zu retten. Die Negative unserer Kunden blieben unversehrt im Lager.«

Ich weiß nicht einmal, was Negative sind.

»Jahre später, als die Taliban meinen Großvater zwangen, sein Geschäft zu schließen, zündete er einen ganzen Stapel Abzüge auf der Straße an. Er behauptete, das sei alles, was von den Fotografien noch übrig war. Die Bärtigen hatten keine Ahnung von unserem Archiv, das eine ganze Gesellschaftschronik Afghanistans umfasste.«

Ich versuche, mir mein Unwissen nicht anmerken zu lassen.

»Die Ignoranz der Taliban war unser großes Glück. Mein Großvater starb kurz nach meiner Rückkehr aus London. Es schien, als habe er nur auf mich gewartet. Das Minarett blieb eine Woche lang stumm, bis sie Ersatz für ihn fanden. Viele Kabulis beschwerten sich über den neuen Muezzin. Er klang wie eine sterbende Katze.« Murtaza grinst verschlagen.

Dann holt er ein abgegriffenes Schulbuch mit fremden Buchstaben und bunten Bildern hervor. Das Englischbuch. Menschen aus der ganzen Welt sind darin abgebildet, sogar ein Mädchen mit Sommersprossen und rotem Haar. Viele Gebäude, aber keine einzige Moschee. Ich lerne ein paar fremd klingende Worte, bei manchen muss man die Zunge zwischen die Zähne stecken. Schon kann ich einen Satz sagen und dann noch einen: »Mein Name ist Sameer. Ich bin dreizehn Jahre alt und komme aus Kabul.«

Die Sonne ist längst untergegangen, als Behrooz mich abholt. Diesmal ist er allein. Auf der Rückfahrt wird mir ganz schwindlig von den vielen Eindrücken, Bildern und Worten. Der Toyota schaukelt mich schläfrig, bis der grelle Schein einer Taschenlampe mich jäh weckt.

»Wem gehört der?«, bellt der Mann an der Straßensperre und deutet mit dem Gewehrlauf durchs Fenster.

»Er arbeitet im Haus«, sagt Behrooz beiläufig. »Eine Waise aus dem Norden.«

In Behrooz' Nähe fühle ich mich einigermaßen sicher. Er ist ein Gläubiger, der bereits gepilgert ist, das sieht der Talib auch und winkt den Wagen durch.

»Primitivlinge!«, schimpft Behrooz.

LEUTNANT RYDER
NEW MEXICO

DIE HERUNTERGEKOMMENE RANCH liegt verlassen in der Prärie New Mexicos. Nichts verrät, dass sich hier das Trainingslager einer Eliteeinheit verbirgt. Ein überwucherter Mähdrescher und eine wackelige Windturbine ragen in das Brachland. Insekten surren, die Luft riecht faulig.

Als Ryder und Kellogg wortlos aus dem Wagen steigen, taucht ein schmächtiger Mann in eng anliegendem roten Samtanzug auf und begrüßt die beiden enthusiastisch. »Willkommen! Ich bin Sakchin, euer Coach, Manager, Ernährungsberater, Trainer, alles in einem.« Er spricht mit indischem Akzent, seine Augen leuchten neugierig über dem wilden Bart, das Hemd ist bis zum Bauchnabel aufgeknöpft, die Haare fallen bis auf die Schultern. Auf der knochigen Brust baumelt ein Amulett mit dem Schwarz-Weiß-Porträt eines bärtigen Weihnachtsmannes. »Seht euch um, bis die anderen kommen. Haviland baut in der Scheune die Schlafplätze auf, er kann ein paar helfende Hände brauchen.«

Kellogg bedient den quietschenden Pumphebel eines altertümlichen Brunnens. »Wann ist Appell, Sir?«

Sakchin schmunzelt. »Heute Abend gibt es ein großes Lagerfeuer, da werden wir uns alle kennenlernen.«

Kellogg sieht Ryder fragend an.

In der Scheune treffen sie auf ein Muskelpaket im Unterhemd, auf dessen Schulter ein Tattoo prangt: *Alle haben etwas gegeben, manche haben alles gegeben.* Er stellt sich mit überraschend sanfter Stimme als Haviland vor. »Ihr seid die Joker aus San Diego«, sagt er kryptisch und gibt ihnen Matten und Baumwolllaken.

Nach und nach finden sich fast zwanzig Soldaten ein, die wie zufällig aus Army, Luftwaffe, Marines und Küstenwache zusammengewürfelt scheinen. Kellogg und Ryder sind die einzigen Marines.

Jamie, ein schlaksiger Bastler, installiert bedächtig Moskitonetze im Raum. »Soll fiese Insekten hier geben, kenn ich aus der Karibik. Ich hab vorsichtshalber Netze für alle gekauft.«

Der gut aussehende Anwar mit scharfen, dunklen Zügen strahlt Kellogg an. »Du musst Kellogg Shaikh sein«, sagt er. Selbst seine Zähne sind perfekt. »Ich bin der andere Mossie, meine Großeltern stammen aus Ägypten.«

Santiago Morales, eher klein und bullig, entdeckt beim Auspacken einen Skorpion am Boden. Das Tier hebt seinen Stachel. Morales tritt genüsslich drauf, es knirscht unter seinem Stiefel.

»War das nötig?« Haviland verzieht das Gesicht. »Das war ein Geißelskorpion, genau genommen eine ungiftige Spinne.«

»Auf die Viecher kann ich verzichten.« Morales bekreuzigt sich. »Ich gehe keine Risiken ein. Weder für mich noch für einen von euch.«

Ein nervöser Typ im Overall und mit randloser Brille räuspert sich. Er wendet sich Morales in einer seltsamen Sprache zu. Der antwortet auf Englisch. »Nicht schlecht, hast dir den Namen Zulu verdient. Den Dialekt sprechen höchstens noch ein paar Tausend von uns.« Fragt sich nur, was er damit in New Mexico anfangen soll, denkt Ryder.

Brook ist schon etwas älter, er hat ein riesiges, himbeerfarbenes Feuermal im Gesicht. Er war bei der Navy und ist später mit dem Geheimdienst auf der Welt herumgekommen. »Spezialgebiet Charakterstudien.« Er mustert Ryder. »Du bist das Ass der Aztecs.« Ryder und er stoßen die Fäuste gegeneinander.

»Respekt, Mann«, sagt der einzige Schwarze im Raum.

»Das ist Tyrone, ein legendärer Scharfschütze«, ergänzt Brook mit einem entwaffnenden Grinsen, das sein Feuermal zum Leuchten bringt. »Ich sehe schon, das wird ein Spaß mit euch.«

Als der General abends vor dem offenen Feuer aufmarschiert, wird nicht einmal salutiert. Alle sitzen entspannt auf dem Boden herum.

»Unsere Spezialeinheit hat den Codenamen Drishti. Weiß jemand, was das Wort bedeutet, Drishti?«, fragt der General.

Ryder spielt Kopf-Bingo und lässt die einzelnen Buchstaben in Gedanken wie auf einer Anzeigetafel flattern.

Shritid. Thrisid. Ithrisd.

Ihm fällt nichts Brauchbares ein. Es muss eine Abkürzung sein.

Der General zeigt auf ihn. »Was meinen Sie, Ryder? Drishti?«

Ryder spürt, wie er rot wird.

»In Ihnen rattert es doch, Leutnant. Spucken Sie's aus!«

Ryder steht auf. »Sir, ich glaube es ist ein Akronym.«

»Interessant. Wofür sollen die Buchstaben stehen?«

»Akronym?«, flüstert Kellogg von unten herauf und kitzelt ihn mit einem Strohhalm an der Wade. Ryder stampft auf, aber das Kitzeln wird stärker. Er wird sich mit dem Akronym lächerlich machen. »Sir, Drishti steht für Delegation radikal intelligenter Soldaten mit hervorragendem und totalem Insiderwissen.« Ryder hat es ausgesprochen. Laut. Er kann es nicht mehr zurücknehmen.

Der General nimmt ihn mit seinem stählernen Blick auseinander. »Delegation intelligenter Soldaten mit hervorragendem was, bitte?«

»Delegation radikal intelligenter Soldaten mit hervorragendem und totalem Insiderwissen, Sir.«

Der General klatscht. »Falsch, aber genial.«

Ein Raunen geht durch die Gruppe, Santiago pfeift anerkennend. Anwar grinst Ryder mit seinen perfekten Zähnen an, und Ryder erschrickt, als Zulu ihm auf die Schulter klopft. »Drishti ist kein Akronym. Es ist ein Wort aus dem Sanskrit.«

»Korrekt, Zulu.« Der General deutet zwischen seine Augen. »Es bedeutet so viel wie drittes oder allsehendes Auge. Sie werden hier lernen, Ihre Wahrnehmung zu schärfen. Drishti ist ein völlig neues

Militär-Programm, ein Labor, ein Thinktank. Wir experimentieren mit neuen, innovativen Techniken psychologischer Kriegsführung. Seit dem Ende des Kalten Kriegs haben wir es mit einem neuen Feind zu tun, Terrorismus. Terrorvereinigungen wie Al-Qaida arbeiten in dezentralisierten Splittergruppen, die zu einem Netzwerk gehören. Was hält sie zusammen?«

Keiner antwortet. Brook meldet sich gelangweilt, aber der General übergeht ihn.

»Morales, was hält diese Kämpfer zusammen?«

Morales steht langsam auf und sieht sich um. »Ein starker Anführer?«

»Genauer, Morales! Wer ist dieser Anführer? Wie heißt er?«

»Es ist keine Person, keine richtige.« Morales faltet die Hände zum Gebet und blickt nach oben. »Es ist Gott. Ihr Gott, Allah.«

»Korrekt, Morales. Moderne Terrorgruppen kann man nicht an ihrer Arbeitsweise erkennen. Moderner Terror definiert sich über eine Art zu denken, über den Glauben an etwas. Wir werden hier versuchen, uns in andere hineinzudenken. Dazu müssen wir zuerst uns selbst verstehen lernen. Sakchin wird Ihnen dabei helfen.«

Am nächsten Tag werden die Arbeitsaufgaben der Kommune, wie Sakchin es nennt, verteilt. Ryder wird beauftragt, abends das Lagerfeuer in Gang zu bringen. Brook zaubert im Dämmerlicht VHS-Kassetten, einen Videorekorder und einen alten Fernseher hervor. »Ich hab ein paar alte Lehrfilmchen aus dem CIA-Archiv hier«, sagt er verschmitzt. »Eher alte Schule.«

Auf der Ranch gibt es kaum Elektrizität, nur das wenige, was die alte Windmühle generiert. Jamie bringt das improvisierte Kino mit einer Autobatterie in Gang.

Der General stellt sich vor den Monitor. »Was Sie hier sehen werden, ist das genaue Gegenteil von dem, wie wir arbeiten wollen. Damals verließ man sich auf technische Geräte. Geheimagenten, die im Auftrag ihrer Regierungen die Welt unsicher machen. Aber sowas überlassen wir dem CIA. Wir suchen nach Glaubenskriegern, nach

Männern, die ihren Kampf spirituell verstehen, die ihr Leben dafür lassen würden, unabhängig von ihrer Nation. Uns interessieren flexible Splittergruppen von Jakarta bis Algier. Wir haben es mit einem Vexierbild zu tun. Amüsieren Sie sich.«

In den unfreiwillig unterhaltsamen Filmen werden alte Geheimdienstmanöver nachgestellt. Männer in Hawaiihemden, das Mikrofon in der verspiegelten Pilotenbrille versteckt, flanieren durch tropische Parkanlagen und flüstern sich hinter Eiskugeln Geheimcodes zu. Verführerische Agenten-Fräuleins lassen vergiftete Maraschino-Kirschen in feindliche Cocktails plumpsen. Baupläne von Nuklearsprengköpfen werden mit Spionkameras abgelichtet, Tresortüren in die Luft gesprengt, Wolgas jagen durch einsame Schneelandschaften.

»Diese Bilder erinnern mich an etwas«, sagt der General, als die Show vorüber ist, »an etwas, an das ich mich gar nicht erinnern kann. Hollywood und die Medienberichterstattung haben so viel von dem geprägt, was wir zu wissen glauben. Unser Ziel ist es, diese Vorstellungen, dieses kollektive Bewusstsein gezielt wieder zu verlernen. Die Bilder haben riesige tote Winkel in unseren Köpfen produziert, welche die Terrororganisationen ausnutzen. Ich glaube sogar, dass die Extremisten uns etwas voraushaben mit ihrem Bilderverbot. Die Bilderflut des westlichen Kapitalismus hat uns blind gemacht. Ich sehe das gerade ganz deutlich.« Der General starrt mit weit aufgerissenen Augen in die Dunkelheit. »Wir müssen anders sehen lernen, damit wir Attentate im Vorfeld stoppen können. Hellseherisch. Mit unserem dritten Auge.«

Als die Drishtis später in ihren Laken in der Scheune liegen, fragt Kellogg vorsichtig ins Dunkel: »Wie ernst meint der General das eigentlich mit dem Hellsehen?«

Jamie setzt sich auf. »Wenn der General so begeistert vom Bilderverbot ist, warum trägt dann Sakchin das Porträt von diesem indischen Sektenführer um den Hals? Das ist doch Idolatrie.«

»Ehemaliger Sektenführer. Osho hieß der, ist inzwischen tot«, sagt Haviland. »Hatte in Oregon eine Sex-Kommune aufgezogen. Rajneeshpuram. Ich bin ein paar Meilen weiter nördlich aufgewachsen.«

Ryder wird hellhörig. »Sex-Kommune? Wie bei den Mansons?«

»Auch durchgeknallt, aber anders«, sagt Haviland. »Wir sind oft mit dem Moped nach Antelope gefahren, nur um uns diese Irren in ihren roten Roben anzuschauen. Dort habe ich auch den General zum ersten Mal gesehen.«

»Im Ernst?« Auch Tyrone wird aufmerksam.

Ryder knipst seine Taschenlampe an und leuchtet Haviland damit ins Gesicht. »Du wusstest das und bist trotzdem hierhergekommen?«

»Der General weiß, dass ich es weiß. Er weiß auch, dass ich weiß, dass er weiß, dass ich von Rajneeshpuram weiß. Ich dachte, ich sehe mir das mit meinen eigenen drei Augen an.«

»Sie haben ihn deswegen beim Militär nicht rausgeschmissen?«, fragt Zulu ungläubig.

»Im Gegenteil«, sagt Haviland. »Sie haben ihn ins Stargate-Projekt aufgenommen und sich dort von Oshos Ideen inspirieren lassen.«

»Was ist denn Stargate?«, fragt Kellogg.

»Ein progressives Militärprojekt der Siebziger- und Achtzigerjahre«, sagt Brook und malt jetzt mit seinem Lampenschein Kreise an die Scheunendecke, »bei dem New-Age-Techniken zur psychologischen Kriegsführung eingesetzt wurden. Hypnose, Fernwahrnehmung, Hellsehen. Alles schön vom Senat bewilligt. Da muss verrücktes Zeug passiert sein. Die Stargate-Typen haben angeblich Ziegen hypnotisiert, bis sie umgekippt sind. Herzstillstand.«

Ryder beißt sich in die Wange, plötzlich unsicher, auf was er sich mit Drishti eingelassen hat.

»Ein paar Marines haben bei Stargate immerhin versucht, mit neuen Trainingsmethoden zu arbeiten und anders an die verkrusteten Feindbilder heranzugehen«, sagt Brook. »Beim CIA sind wir wirklich zu lange dem verstaubten Hollywood-Drehbuch gefolgt.

Ich hab noch in Schlaghosen sowjetische Atomwissenschaftler zum Überlaufen gebracht. Plötzlich war der Kalte Krieg vorbei. Unter Clinton wurde ich nach Tansania versetzt, es sollte ein langweiliger Strafposten werden. Als in Daressalam dann die Botschaft in die Luft flog, saß ich in einer Hotelbar bei meinem zweiten Manhattan. Es war halb elf am Vormittag. Al-Qaida hat uns kalt erwischt. Wir wussten gar nicht, nach wem wir suchen sollten, weil von den meisten Leuten keine Fotos existieren.«

»An dem toten Winkel ist schon etwas dran«, sagt Anwar. »Der Islam ist kaum in Bildern kanonisiert, wir haben unseren Glauben ganz anders verinnerlicht. Ich weiß nicht, ob ich mich richtig ausdrücke, aber bei uns entwickelt jeder seine eigene Vorstellung, ganz individuell. Deshalb sind wir, was den Glauben anbetrifft, vielleicht nicht so leicht manipulierbar. Was meinst du, Kellogg?«

»Oder genau umgekehrt«, sagt der, »leichter manipulierbar? Beides?«

»Jedenfalls verausgabt sich der Westen beim Schattenboxen.« Zulu stößt ein paar Fäuste in Ryders Lichtkegel.

»Ich glaube, der General will es noch einmal wissen, bevor er pensioniert wird«, sagt Haviland. »Er will den Leuten im Pentagon etwas beweisen. Drishti ist sein letzter Versuch, Geschichte zu schreiben.«

»Wenn die uns mit Ziegen oder sonstigem Tierzeugs kommen, bin ich raus.« Morales zieht sich das Laken über den Kopf. »Und jetzt haltet endlich das Maul.«

Das Kommunenleben auf der Ranch, Sakchins sonderbares Trainingsprogramm und sein Hippie-Vokabular sind gewöhnungsbedürftig, aber im Prinzip harmlos.

Sakchin spricht viel von Bescheidenheit und Selbstlosigkeit. Das Ego sei der größte Feind einer erfolgreichen Organisation, Einsicht in die eigenen Schwächen fundamental. Menschen hätten bei Drishti einen viel höheren Stellenwert als Maschinen, geistige Stärke sei wichtiger als körperliche, unreflektiertes Gruppendenken bedeute den Tod. Er wird ihnen das Denken neu beibringen, sie von Konventionen und Vorurteilen befreien.

Atmen ist Sakchins Lieblingsthema. Schöner, besser, lauter, gleichmäßiger atmen! Atmen wie die Brandung des Ozeans. Atmen und meditieren, an nichts denken oder, besser noch, überhaupt nicht denken. Ryder machen das Nichtstun und Nichtsdenken nervös. Außerdem nörgelt Sakchin ständig an seinem Körper herum. Er behauptet, die Muskelmasse würde ihn schwerfällig machen. Es hat Ryder Jahre gekostet, seinen Panzer aufzubauen. Laut Sakchins blumiger Doktrin bräuchten Drishtis die Ausdauer eines Kamels, die Geschwindigkeit einer Gazelle und die Flexibilität einer Schlange.

Zum Abnehmen scheucht der General ihn im Morgengrauen raus, für ein paar Meilen sogenannter bewegter Meditation, während die anderen noch gemütlich in der Scheune träumen. Bei einem dieser Läufe beobachtet Ryder, wie Anwar und Kellogg gemeinsam ihre Gebetsteppiche aufrollen, lachend. Sie sehen ihn nicht.

Nach wenigen Wochen ist Sakchin einigermaßen zufrieden. Sie würden sich endlich bewegen wie exotische Katzen, die den großen Diamanten aus dem Palast stehlen wollten. Als Krönung will er jedem ein geheimes Mantra geben. Eine Art Gebet, das sie immer dann einsetzen sollen, wenn sie unter Druck stehen, wenn das Adrenalin steigt und die Fluchtreflexe überhandnehmen. Das Mantra würde für Klarheit, Ruhe und innere Stärke sorgen. Sakchin hat es auf die *persona* eines jeden zugeschnitten. Warum kann der Typ nicht einfach Person sagen?

Sakchin geht vom einen zum anderen, hält Hände, schaut in Augen und atmet mit jedem eine Runde, bevor er jedem dieses Mantra zuflüstert. Morales' scheint kurz zu sein. Warum stellt Brook bei seinem so viele Fragen? Jamie ist zuerst skeptisch, scheint dann aber amüsiert. Zulu ist so ergriffen, dass er sich Tränen unter der Brille wegwischt. Kellogg lehnt seinen rasierten Kopf zu Sakchin und jault dann mit kindischer Begeisterung. Er gibt Sakchin und Anwar ein High-Five und streift Ryder mit einem komischen Seitenblick.

Ryder wird das nicht an sich heranlassen, das Mantra nicht und keines dieser ungebetenen Gefühle. Er wird sich nicht von einem Irren aus einem Sex-Kult sein Motto vorbeten lassen. Er wird sich einfach ein neues ausdenken.

»Für dich habe ich was ganz Spezielles, Ryder«, sagt Sakchin. »Du strahlst so einen intensiven Lebenswillen aus.« Sakchin hält den Atem an, lange, lässt ihn wieder ausströmen und reinigt dabei seinen Körper von allem Übel der Welt, wie er zu sagen pflegt. Ryder macht es ihm halbherzig nach.

»Dein Mantra ist relativ komplex. Du musst es an deine Atmung koppeln. Du wirst es lieben.«

Ryder spürt die Aufmerksamkeit der anderen.

»Bereit?« Ein harziger Geruch geht von Sakchin aus, intensiv, aber nicht unangenehm. Er flüstert Ryder ins Ohr, und es ist, als würde er ihm direkt in die Seele hauchen. »Einatmen: *Wieso?* Luft anhalten: *Weshalb?* Ausatmen: *Warum? Was soll's?* Versuch dir die Worte vorzustellen.«

Wieso, weshalb, warum? Was soll's?

Wieso, weshalb, warum? Was soll's?

Wieso, weshalb, warum? Was soll's?

Ryder atmet mit den Worten, er atmet im Rhythmus der Silben tief ins Zwerchfell. Gelassenheit breitet sich in ihm aus. Ruhe.

Sein Mantra ist genial!

Wieso, weshalb, warum? Was soll's?

Als Ryder später wie gewohnt das Lagerfeuer vorbereitet, kündigt der General eine spirituelle Zeremonie an. Ein peruanischer Schamane fährt in einem klapprigen Ford Mustang vor. Mit seinen ausgetretenen Flip-Flops, der *chullo*-Mütze und dem T-Shirt mit der Aufschrift *pura vida* sieht er eher wie die verwahrlosten Gangster aus Ryders alter Nachbarschaft San Ysidro aus. In einem Kessel über dem Feuer kocht der Schamane Kräuter und murmelt dabei einen Sprechgesang.

»Der Tee hier öffnet den präfrontalen Kortex«, sagt der General.

»Dort sitzt einer der primitiveren Bereiche unseres Gehirns, die Psyche, das Unterbewusstsein. Es werden starke Gefühle hervorbrechen. Wir schicken Vergangenheit und Zukunft auf Kollisionskurs, und da kommen oft Erinnerungen hoch, die Sie vielleicht lieber vergessen wollen. Aber ich verspreche Ihnen, Sie werden ein tieferes Verständnis für sich und andere erlangen.« Der General bleibt mit seinem Blick an Ryder hängen. Vielleicht bildet er sich es auch nur ein. »Dieses Erlebnis wird Sie von den negativen Erfahrungen befreien, die Sie in Ihrer Entwicklung hemmen. Gute Reise!«

Nacheinander trinken die Männer von der verbeulten Blechtasse des Schamanen.

Plötzlich lässt sich Kellogg neben Ryder auf den Boden fallen, ist schon eine Weile her, dass sie sich unterhalten haben. Er nimmt einen großen Schluck und zieht eine Grimasse. Ryder benetzt nur die Lippen, der beißende Geruch steigt ihm in die Nase, der Geschmack ist widerlich. Für ihn ist die Vergangenheit recht gut aufgehoben, dort, wo sie ist. In der Vergangenheit.

»Stell dich nicht so an«, lacht Kellogg. »Zu Hause gibt's wieder Margaritas.«

Die Drishtis schauen erwartungsvoll in die Runde.

Grillen zirpen. Der Schamane singt. Moskitos stechen. Feuer knistert.

Sonst nichts.

Tyrone greift nach einem brennenden Ast, schwingt ihn über dem Kopf. Dann steht der General auf und hüpft schwer atmend auf der Stelle. Das Lagerfeuer wärmt. Der Vollmond scheint herab. Kellogg nuschelt vor sich hin, die Lider auf einmal schwer, als hätte er gekifft. »Sarahs kleine Katze, überfahren. Kopf war noch intakt. Wusste gar nicht, dass es ihre Katze war. Seidiges Fell. So weich.« Er streicht sich über den kahlen Kopf. »Weiche Katze. Ich mochte Sarah. Dann ist sie weggezogen. Weg.« Eine Träne rollt Kelloggs Wange hinunter, glitzernd wie ein Diamant. Er wischt sie weg, strampelt sich aus seinen Kleidern und wirft sie ins Feuer. Ein goldenes Amulett blitzt auf seiner Brust.

Zulu faselt von seinem Papa, überglücklich, und knöpft sich den Overall auf.

Ryder will nicht an seinen Alten denken. Als die Tasse wieder an ihm vorbeikommt, nimmt er doch einen richtigen Schluck. Diesmal schleicht der Tee angenehm durch seinen Körper. Zuerst kitzelt es an Hals und Ohren, dann explodiert es scheinbar in ihm, als hätte jemand Wunderkerzen in seinem Kopf angezündet.

Ryder dreht sich vom Feuer weg, sieht hinaus in die Weite. Eine Schlange schlängelt auf ihn zu, richtet sich auf und spreizt ihren Hals. »Bist du bereit?«, zischt sie.

Ryder meint zu nicken, und schon verschwindet sie in der Wüste.

Das Gesicht des Generals, die Pupillen seiner drei Augen zu Stecknadeln verkleinert, schwebt nun vor ihm und saugt die Worte auf, die aus Ryders Mund lodern.

Erinnerungen. Ryders Alter im Badezimmer. Der Rauch seiner Zigarette im Neonlicht. Der Duschvorhang kreischt über die Stange.

Zzzwwwiiirrrschhhhh!

Wasser spritzt. Giftiger Atem. Schwielige Hände auf Kinderbeinen. Vaseline.

Ryder spürt nichts. Er sieht nur zu. Kaum anwesend.

Wut fährt in die zitternde Kinderhand, sie reckt sich nach dem Vorhang, zieht ihn vor dem Alten zu. Die Ringe kreischen.

Zzzwwwiiirrrschhhhh!

Schon ist die Fratze weg. Verschwunden. Licht.

Zurück am Lagerfeuer, richtet Ryder sich auf, wächst zu Kellogg empor. Sie wirbeln wie Funken ums Feuer. Draußen in der Wüste locken wabernde Regenbogenfarben, und die beiden werfen sich der bunten Ferne entgegen, dorthin, wo der Himmel auf die Erde trifft, bis die Ranch am Horizont abgleitet. Kelloggs Grinsen taucht in Ryders Lippen. Endlich!

Der Wind weht ein wundersames Lied herbei. Ein Chor nähert sich, in blaue Seide gehüllt.

Wieso, weshalb, warum? Was soll's?
Whiskey India Echo Sierra Oscar?
Whiskey Echo Sierra Hotel Alpha Lima Beta?
Whiskey Alpha Romeo Uniform Mike?

Violinen schwellen, die Seide wogt wie die Tränen in einem gigantischen Auge. Ein kolossales Drishti, das dritte und allsehende Auge. Blau.

DRISHTI!

HASIR ZAMAN
PARIS

IN JENER ERSTEN NACHT hatte Inès sich noch vor Sonnenaufgang aus der Wohnung geschlichen. Als du aufwachtest, war sie bereits verschwunden, und mit ihr der Ring deines Vaters. Du zähltest dein Geld, aber es fehlte nichts, und du schämtest dich, es gezählt zu haben.

Am selben Abend gingst du wieder ins Chez Farida. Sie trug eines deiner weißen Hemden, mit den Perlmuttknöpfen, aus ägyptischem Baumwoll-Twill, die Ärmel aufgeschlagen. Was für einen Unterschied dieses Hemd machte. Sie war distanziert, professionell.

»Ich musste etwas anziehen. Ich gebe es dir zurück«, flüsterte sie, sobald Ziad außer Hörweite war. »Kannst du auf mich warten, draußen?«

An diesem Abend regnete es nicht. An der Ampel zog sie wieder den roten Gummi aus der Mähne. Ihr schwiegt. Im Aufzug überlegtest du dir, ihn anzuhalten, du konntest dich kaum zurückhalten, aber behieltst schließlich deine Phantasien für dich, bis ihr in der Wohnung wart. Dort ließt du dich von ihren Bewegungen, ihrem Atem, ihrem Blick und ihrer warmen Haut überwältigen.

Am Morgen ist sie immer verschwunden, wie ein Spuk. Den Ring hast du nie wiedergesehen, nur ihren Geruch, den lässt sie da; er schwebt über dem aufgeschlagenen Fotoalbum. Sie ist besessen von diesen Bildern. Du bist besessen von ihr. Monate vergehen, und du weißt noch immer nichts über sie. Nur ihren Namen, Inès.

Bis sie ein paar Tage nicht im Restaurant erscheint. Ziad ist amüsiert. »Beruhige dich, sie hat sich freigenommen. Ganze zwei Wochen wollte sie wegbleiben«, sagt er. »Wenn sie am Wochenende nicht wiederkommt, ist sie den Job los. Kannst du ihr gerne ausrichten.«

Am Samstag fängst du sie an der Metro ab. Wo sie gewesen sei?

»Zu Hause.«

Mit wem?

»Mit niemandem. Jemandem. Was soll das? Ich muss zur Arbeit.«

Du bettelst darum, dass sie mit dir nach Hause kommt.

»Jetzt sofort?«

Jetzt. Bitte.

Kaum in der Wohnung, führt sie deine Hand unter ihren Rock.

Die Tür fällt ins Schloss. Es geht schnell, zu schnell.

»Ich muss los.« Sie schließt den Rock mit einer Sicherheitsnadel.

Nein! Du greifst zu hart nach ihrer Hand.

Langsam dreht sie ihr Handgelenk aus deinem Griff, ihr Blick ist kalt.

»Ich bin nicht einmal gekommen.«

Du entschuldigst dich.

Sie blinzelt gelangweilt, als du ihr Bein entlangstreichst. Deine Hand wandert um ihren Schenkel nach innen. Sie sieht auf deine Armbanduhr.

»Drei Minuten.«

Du gehst auf die Knie und tust, was dir eine Prostituierte in Beirut beigebracht hat. Dein Vater hatte sie dafür bezahlt, dir zu zeigen, wie man eine Frau zum Höhepunkt bringt. Du warst noch jung, ein Teenager, aufgeregt. Es war ein kleiner Triumph, aber hauptsächlich hast du dich geschämt.

Inès kommt in kurzen, heiseren Wellen.

»Hasir mit dem *Hhhhsssschhhh*. Jetzt muss ich wirklich gehen.«

Sie solle bleiben, sich krankmelden.

»Ich brauche die Arbeit.«

Dieses alberne Trinkgeld, Almosen von gönnerhaften Gästen. Du ziehst ein Bündel Scheine aus der Tasche.

»Für wen hältst du mich?« Mit spitzen Fingern zählt sie die Scheine, lässt sie in ihrem Lederbeutel verschwinden und wirft die Geldklammer auf die Anrichte. Du hasst dich. Zum Abschied küsst sie dich auf den Mund.

»Du schmeckst komisch.« Ein belustigter Zug huscht über ihre Lippen.

Du legst dich in die Badewanne und weinst.

Spätabends wartest du vor dem Restaurant in einer dunklen Ecke und bittest sie um Verzeihung.

»Du bist mir immer noch so fremd.« Ihre perfekt gerauchten Ringe hängen in der Nacht. »Irgendetwas muss sich ändern.«

Du würdest alles tun.

Morgens weckt dich Geklapper aus der Küche. Ihre Kleider liegen noch auf dem Boden verstreut. Nackt hält sie dir eine Tasse Kaffee hin. »Ich habe keine Milch gefunden.«

Du würdest Milch hassen.

»Milch ist widerlich.« Ein schattiges Lächeln.

Ekelhaft.

»Ich habe Hunger.«

Du würdest etwas besorgen. Ob sie noch da sei, wenn du wiederkommst?

»Wo denn sonst?«

Du ziehst die Sachen vom Vorabend an. Du kannst dich nicht erinnern, wann du das zuletzt getan hast, vielleicht noch nie. Du musst dich beeilen, sie darf dir nicht wieder entwischen.

Als du zurückkehrst, blättert Inès in dem Album.

»Wer sind die Kinder im Waisenhaus?« Sie beißt in ein Croissant.

Während der sowjetischen Besatzung hätten viele von ihnen die Eltern verloren. Der junge Rothaarige, das sei dein Neffe.

»Dein Bruder ist gestorben? Wie schrecklich, das tut mir leid.«

Nein, der Junge sei der Sohn deiner Schwester. Sie lebe im Ausland.

»Onkel Hasir.« Sie strahlt dich an. »Was macht der Kleine dann im Waisenhaus?«

Eine berechtigte Frage, die du dir selbst nie wirklich gestellt hast.

Du erzählst Inès, dass deine Schwester von einem sowjetischen Soldaten vergewaltigt worden sei. Dass sie den Jungen weggegeben habe. Dass sie nach LA geflohen sei. Geflohen vor der schmerzlichen Erinnerung.

»Hat sie das so formuliert? Geflohen vor der schmerzlichen Erinnerung?«

Zugegebenermaßen deine Worte.

»Besucht sie ihn manchmal?«

Nein, sie wolle nichts von ihm wissen.

»Merkwürdig, sie hat ihn doch zur Welt gebracht.«

Sie habe sein Schicksal deinen Eltern überlassen.

»Wieder so leere Worte. Sie hat ihn sicher nicht leichtfertig zurückgelassen, das kann ich dir versprechen. Wie heißt er?«

Sameer.

»Er sieht so unschuldig aus, ganz zerbrechlich. Du musst die beiden zusammenbringen.«

Uzma hätte mit Afghanistan abgeschlossen.

»Das heißt nicht, dass sie mit ihm abgeschlossen hat.«

Sie sei eine schwierige Person, nicht gerade mütterlich.

»Du kannst sie also nicht ausstehen?«

Im Gegenteil, du würdest sie sehr vermissen und jedes Jahr nach LA reisen.

»Nimm den Jungen mit.«

Das würde nur Salz in offene Wunden streuen.

»Faule Ausreden. Lass sie das selbst entscheiden.«

Ob du ihr weniger fremd wärest, wenn du Sameer mit nach LA nähmst?

»Soll das ein Witz sein? Ich verstehe die Frage nicht.«

Inès solle mitkommen.

»Nach LA? Ich kann nicht. Ich muss mich um meine eigenen Angelegenheiten kümmern.«

Du würdest alles bezahlen.

»Du hast nichts verstanden, Hasir mit dem *Hhhhhsssschhhhhh*.«

SAMEER
KABUL

HEUTE MUSS ICH WIEDER Verben deklinieren. Ich hatte gehofft, Murtaza würde mir weiter die Geschichten des Engländers aus dem *Dschungelbuch* vorlesen, aber nein. Ich mache alles falsch, trotzdem bleibt Murtaza geduldig.

»Sameer, *hattest* du gestern Englischunterricht?«

»Nein, gestern *hatte* ich keinen Unterricht *gewesen*.«

»Falsch! Gestern *hatte* ich keinen Unterricht. Wo *warst* du gestern?«

»Gestern *begleitet* ich Behrooz in die Provinzen.«

»*Begleitete*. Du *hast* Behrooz *begleitet*. Seid ihr zu den Bauern gefahren?«

»Nein, die Ernte *ist* vorüber. Der Mohnsaft *wurde* längst *getrocknet* und *abtransportiert*.«

»Schlafmohn«, murmelt Murtaza abwesend. »Was habt ihr unternommen?«

»Wir waren in den Bergen. Wir fuhren so hoch wir konnten und gingen dann zu Fuß. Ein Hirte hat uns auf einen Gipfel gebracht. Ich habe die Wolken von oben gesehen!« Es war wunderschön und erhaben dort. Ich wünschte, Behrooz hätte Elham einmal mitgebracht, ich habe sie seit letztem Sommer nicht mehr gesehen.

»Was wird dort oben angebaut?«

»Dort wächst nichts mehr. Aber es gibt Höhlen und Verstecke der Schmuggler und der Mujahideen. Der Hirte hat sie uns gezeigt.«

Murtaza arrangiert seine Beinprothese auf dem Polster am Boden.

»Agha Murtaza, wie lange haben Sie gebraucht, um die Zeiten zu beherrschen?«

»Ich mache auch heute noch manchmal Fehler. Du hast große Fortschritte gemacht, Sameer-jan. Bald brauchst du mich nicht mehr.«

Murtaza will mich nicht mehr unterrichten.

»Nein! Ich muss noch sehr viel lernen, Agha Murtaza! So viel.«

»Dein Onkel hat mich heute angerufen.«

Der Tag musste kommen. Ich hatte gehofft, immer weiter Englisch lernen zu dürfen. Ich hatte gehofft, mehr von der großen weiten Welt zu erfahren, die mir Murtaza eröffnet hat. Mein Leben vor den Sabari Studios kommt mir inzwischen wie eine Dichtung aus den Büchern vor, die wir hier heimlich lesen.

»Wer ist der Onkel?« Murtaza sieht mich gelassen an. Worauf will er hinaus?

»Hasir Zaman aus Paris.«

»Wie ist er mit dir verwandt?«

»Ein Onkel.« Eine anmaßende Aussage.

»Genauer. Dein Onkel ist der Bruder deiner Mutter.«

»Das kann nicht sein«, sage ich leise.

»Sprich mir nach: Mein Onkel ist der Bruder meiner Mutter. Meine Mutter ist die Schwester von Hasir Zaman.«

»Sie kann nicht Hasir-saybs Schwester gewesen sein. Onkel Hasir ist ein respektabler Mann aus einer einflussreichen Familie. Er ist wohlhabend und besitzt Ländereien. Er hat das Lycée Esteqlal besucht, genau wie Shah Ahmad Massoud, der Löwe von Panjshir.«

»Wer ist deine Mutter?«

Murtaza weiß doch, dass sie eine Hure war. Er will, dass ich das Wort ausspreche und mich an das unreine Blut erinnere, das durch meine Adern fließt. Die Sünde hat mein Gesicht fleckig gemacht und wächst in feuerroten Schlangen aus meinem Kopf. Meine Mutter ist tot. Eine tote Hure.

»Deine Mutter ist …«, er schaut mich aufmunternd an.

»Meine Mutter war eine Hure.«

»Das stimmt nicht, Sameer-jan! Ich möchte nicht, dass du so über Menschen sprichst. Nicht in diesem Haus. Das Sabari Studio ist ein Ort, an dem Mann und Frau respektiert werden.«

»Verzeihen Sie mir, Murtaza. Meine Mutter war keine respektable Person. Sie hat die Sowjets verführt. Ich verstehe nicht, wie Sie mich hier dulden können.«

»Kannst du dich an deine Mutter erinnern?«

»Ich kann mich dunkel an eine Frau erinnern, aber das war nicht meine Mutter. Die Sowjets haben sie umgebracht.«

»Sameer, deine Mutter …«

»Die Schweine haben sie abgeschlachtet, nachdem ich geboren wurde.« Meine Stimme versagt. Zum ersten Mal tut mir meine Mutter leid.

»Nein, nein!«

»Die Taliban haben sie im Ghazi-Stadion gesteinigt.« Ich wünschte, ich hätte nie das Foto sehen müssen, das Irfahn mir einmal gezeigt hat und auf dem Männer mit spitzen Steinen auf eine Frau unter einer blutigen Burqa zielten. Danach war ich überzeugt, dass auch meine Mutter bei den Tribunalen hingerichtet wurde. Ich habe mich lange gefürchtet, jemanden zu fragen, aus Angst vor der Antwort.

»Sie lebt!«, sagt Murtaza. »Deine Mutter ist am Leben. Dein Onkel hat angerufen. Er wollte, dass ich dir das sage.«

Ein schriller Ton kreischt in meinem Kopf, alles wird taub, aber meine Füße tragen mich in die Dunkelkammer. Ich verriegle die Tür. Das rote Licht schluckt die schändliche Haarfarbe und lässt die Flecken auf meiner Haut verschwimmen. Ich sehe fast normal aus.

Murtaza klopft. »Sameer-jan, lass mich rein.«

Ich werde alles auslöschen. Mit der großen Papierschere schneide ich meine Locken so kurz wie möglich. Die sowjetischen Strähnen flattern auf den Boden. Dann nehme ich mir die Augenbrauen vor.

»Sameer-jan, lass es mich erklären. Wir haben alle versagt. Mach auf!« Murtaza rüttelt an der Tür. Die kalten Klingen schaben weiter über meine Haut.

Ein Knall, die Klinke fällt zu Boden, und die Tür schwingt auf. Murtaza lässt eine Axt zu Boden sinken, nimmt mir die Schere aus der Hand und wischt mit seinem feinen Schal das Blut aus meinem Gesicht.

Nachdem ich mich etwas beruhigt habe, holt er eine Blechschachtel mit der Aufschrift *Zaman* in die Dunkelkammer. »Da ist ein Foto von deiner Mutter drin, als sie noch jung war. Ich muss es nur finden.« Er stopft den blutigen Schal in das Loch, wo zuvor die Klinke war, und der Raum ist wieder ganz in dunkles Rot getaucht. »Sie war ein unglaubliches Mädchen, sehr beliebt und intelligent. Unerreichbar. Alle sahen zu ihr auf.« Die Schachtel ist gefüllt mit Dutzenden Negativstreifen. »Ich suche ein ganz bestimmtes Foto. Es zeigt drei Frauen, die über den Schulhof des Lycées gehen. Die Bücher in den Armen. Eine von ihnen trägt eine weiße Bluse. Es ist deine Mutter. Du wirst sie sofort erkennen. Wie dein Onkel sprach sie fließend Englisch und Französisch. Im Gegensatz zu ihm war sie sehr diszipliniert.«

Ich habe keine Ahnung, was das alles zu bedeuten hat. Ich will keine voreiligen Schlüsse ziehen. Ich halte die Negative ins Licht. Ich suche die Vergangenheit in den umgedrehten Farben. Die Haare der Leute sind weiß, ihre Hemden schwarz. Bilder von einem Mann und einer Frau vor verschiedenen Landschaften, in fremdländischen Häusern, überall Blumen. Auf einem Bild sind Pferde. Es muss ein Buzkashi-Turnier sein. Kinder, ein Mädchen, ein Junge. Auf einem der Streifen finde ich endlich das Bild, das Murtaza gesucht hat. Drei Frauen in westlicher Kleidung, mit Büchern in den Armen.

Murtaza legt das Negativ in die Bildbühne. »Du weißt ja, wie man scharf stellt.« Im Lichtstrahl des Vergrößerers erscheinen die Frauen, modern wie die in den Filmen, die wir manchmal heimlich auf Murtazas Fernseher ansehen, den er unter den Holzdielen versteckt hält. Wie die Frauen aus fremden Ländern, wo die Menschen ein buntes Leben führen und gemeinsam lachen, singen und tanzen. Wo Frauen Ärztinnen und Forscherinnen werden, die furchtlos mit wilden Tieren in Afrika leben.

Murtaza legt ein großes Papier in den Rahmen darunter. »Wie viele Sekunden?«

Seit ich denken kann, ist meine Mutter tot. Wie lange kann es dauern, eine Tote zum Leben zu erwecken? Das Bild meiner Geistermutter brennt sich auf das Fotopapier. Sie wirkt stolz, wissend und gelassen. Ich kann kaum glauben, dass diese Frau die Dinge getan hat, deren Zeugnis ich bin.

»Sieht sie nicht umwerfend aus? Deine Mutter heißt Uzma.«

Uzma.

Langsam erweckt das Fixierbad meine Mutter zum Leben. Das Foto muss lange bevor es mich gab aufgenommen worden sein, vor der Schande. Deshalb wirkt sie so fröhlich. Eine Brosche steckt an ihrer weißen Bluse, ihr Haar ist in der Mitte gescheitelt und fällt in Wellen um ihr Gesicht. Alle drei Frauen sehen glücklich aus, aber meine Mutter strahlt ganz besonders. Sie muss die Anführerin sein. Das Bild passt nicht zu dem, was später geschah, zu dem sowjetischen Soldaten.

Murtaza klemmt das Bild an die Leine. Seine Prothese knirscht und erinnert mich daran, dass das hier kein Traum ist. Es ist die Wirklichkeit. Meine Mutter ist fast greifbar geworden. Sie lebt. Wer ist sie?

»Deine Mutter wurde von den Besatzern verschleppt, sie war kaum älter als du jetzt. Frauen leiden in Kriegen oft am meisten. Wir Afghanen haben versagt, wir konnten sie nicht beschützen. Wir sind alle schuldig.« Murtazas Worte klingen stumpf, aber frei von Scham. »Ich wusste, dass sie am Leben war. Als mir klar wurde, was aus dir einmal werden würde, in dieser Welt, wusste ich, dass wir es dir sagen müssen. Ich hoffe, dass du uns das eines Tages verzeihen kannst, Sameer-jan. Dein Onkel will, dass du sie kennenlernst. Sie lebt in Amerika, in Los Angeles.« Murtazas Hände hängen in der Luft, als hätte er meine Mutter mit seinen Worten herbeigezaubert.

»Deshalb wollte dein Onkel, dass du Englisch lernst. Er wollte, dass du mit ihr Englisch sprichst, wenn du sie dort besuchst.«

Alles scheint plötzlich verkehrt. Die Welt steht kopf.

»Ich bin so stolz auf dich, Sameer-jan.«

Die Neuigkeiten sind zu groß für diese kleine rote Kammer, in der Menschen auf Papier erscheinen wie Geister.

»Ich habe Uzma sehr bewundert, ich war wie verzaubert von ihr. Sie forderte jeden heraus, sogar die Lehrer, die sie mit wenigen Worten besiegte. Dein Onkel wollte sie immer beschützen.«

Hasir-sayb konnte meine Mutter nicht vor mir schützen. Er wünscht sich sicher, dass es mich nicht gäbe.

Ich bin überglücklich, dass sie nicht sterben musste wegen mir. Aber dem Glück ist nicht zu trauen, es scheint wie gestohlen. Die unergründlichen Augen meiner Mutter, Uzma, beobachten mich von der Leine aus. Ein Tropfen bebt am unteren Rand des Fotos.

LEUTNANT RYDER
NEW MEXICO

SEIT DER NACHT MIT DEM SCHAMANEN hat Ryder Frieden mit dem Drishti-Programm geschlossen. Er wird nichts mehr anzweifeln. Weder das Atmen noch das Meditieren, weder das Mantra noch Sakchin.

Wenn sich auf der Ranch die Blicke der Soldaten kreuzen, breitet sich ein wissendes Grinsen auf ihren Gesichtern aus. Die Erfahrung, die sie mit dem Tee gemacht haben, hat sie einander nähergebracht. Ryder fühlt sich inzwischen sogar Anwar verbunden.

»Die Wildkatze war irre«, sinniert Kellogg, obwohl er der Einzige ist, der das Tier gesehen hat. Ryder ist nur ein abstraktes Nachbild geblieben, eine warme Atmosphäre, befreiend und voller Licht. Aber an die Funken, die von dem Ast stoben, den Tyrone durch die Luft wirbelte, kann er sich genau erinnern, vielleicht waren es auch Sterne.

In der nächsten Phase des Dristhi-Trainings werden sie zum HALO-Fallschirmspringen ausgebildet, dem Absprung aus großer Flughöhe, wobei der Fallschirm erst nahe am Boden geöffnet wird.

Klassisches Fallschirmspringen war schon bei den Marines Ryders liebste Disziplin. Der General beordert ihn, bei der Ausbildung der anderen die Führung zu übernehmen. Ryder überprüft penibel jeden Fallschirm. Er lässt die Männer so viele packen, dass sogar der geduldige Tyrone sich beschwert.

Irgendwann nimmt Kellogg Ryder beiseite. »Du nervst. Wir sind hier nicht mehr bei den Marines.«

Ryder bleibt stur. Als er Anwars Fallschirm falsch zusammengelegt findet, meldet er es dem General.

»Ich sollte Sie rausschmeißen, Anwar«, sagt der General. »Dieses eine Mal lasse ich es durchgehen, aber der Nächste, der mich enttäuscht, fliegt.«

Endlich lässt der General ein Flugzeug für den Absprung aus großer Höhe kommen. Der freie Fall versetzt Ryder in einen bisher unbekannten Glückszustand. Die Geschwindigkeit, die Distanz, der Wind, der an der Kleidung zerrt, selbst die Akustik des Sauerstoffhelms berauschen ihn. Die Luft ist sein Element. Das Gefühl der Unendlichkeit ist stärker als die Angst, jedes Abrollen in den weißen Dünen New Mexicos wie eine Mondlandung.

Beim letzten Sprung aus viertausend Metern Höhe passiert es.

Kelloggs Fallschirm geht nicht auf. Auch sein Ersatzfallschirm versagt.

Sie kratzen ihn von einer Landstraße.

Ryder hat Kelloggs Fallschirm nicht kontrolliert. Wie konnte das passieren? Warum Kellogg? Warum?

»Alles ok, Ryder?«

»Es war nicht deine Schuld.«

»Wir kommen da gemeinsam durch.«

Jedem tut es leid, ungeheuer leid. Sie sprechen vorsichtig mit Ryder, jedes Wort überdeutlich. Er bekommt Fieber und liegt die ganze Nacht wach. Bei Sonnenaufgang holt Anwar ihn nach draußen, und sie beten gemeinsam.

Später am Lagerfeuer wischt sich Tyrone eine Träne weg. Da bricht es aus Ryder heraus. Haviland, Zulu, Ryder, Brook, Anwar, Sakchin und sogar der General umarmen ihn, bis sie ein großes Knäuel bilden. Er würde sein Leben für die Jungs geben. Für Kellogg hätte er getötet.

Kellogg wird nicht wiederkommen. Nie wieder.

»Fahren Sie nach Hause, machen Sie sich eine gute Zeit mit Ihrer Frau. Schreiben Sie eine Rede für Ihren Freund. Sagen Sie ihm alles, was Sie ihm gerne gesagt hätten. Das heilt.« Die Stimme des Generals kommt von weit her.

Machen Sie, tun Sie, vergessen Sie, schreiben Sie, sagen Sie, heilen Sie.

Trauern Sie!

Ryder kann sich nichts Deprimierenderes vorstellen. Zweisamkeit mit Katie.

Katie empfängt ihn in einem normalen T-Shirt und Jeans. Nichts mehr zu sehen von den trashigen Girlie-Klamotten. Ihre blondierten Haare riechen gut. Sie scheint wieder voll da zu sein. Sogar die Wohnung ist einigermaßen aufgeräumt. Sie beschwert sich nicht einmal, dass er so lange weg war.

»Ich hab mir ein paar Gedanken für die Trauerrede gemacht«, sagt sie vorsichtig. »Du hast einmal gesagt, dass Kellogg Hunter S. Thompson gut findet.«

»Ich kann mir nicht vorstellen, dass Kellogg jemals etwas anderes als die Spickzettel für seine Nintendo-Spiele gelesen hat«, sagt Ryder.

»Kellogg war unglaublich lustig.«

Ryders Frau ist wieder da. Wie früher. Damals im College, als sie sich kennenlernten, trug sie oft ein Baseball-Shirt, auf das sie mit schwarzem Filzstift die Worte *Sex is eklig* gekrakelt hatte. Ihre Turnschuhe waren in zwei unterschiedlichen Farben gefärbt, die Ohren mit einem halben Dutzend Ringen verziert, auch in der Nase hatte sie einen, das platinblond gefärbte Haar an den Seiten kurz rasiert. Sie war berüchtigt, rotzfrech zu den Lehrern und unverschämt zu den Jungs, die alle insgeheim unsterblich in sie verliebt waren. Ihre Augen verbarg sie hinter einer gelben Plastik-Sonnenbrille, ihr schiefes gelangweiltes Grinsen schüchterte nicht nur Ryder ein. Die Jungs fühlten sich von Katie provoziert, aber sie schien drüberzustehen. Ryder hätte sich nie getraut, sie anzusprechen, jeder wusste, wo er herkam, konnte sehen, dass er *white trash* war. Eines Tages mussten Katie und Ryder gemeinsam nachsitzen. Als der Lehrer ihnen den Rücken zudrehte, setzte sie zwei Finger an die Schläfe, drückte ab und ließ den Kopf zur Seite fallen. Sie sah aus wie tot. Als sie entlassen wurden, riefen die Popper Katie anzügliche Schimpfwörter hinterher. Katie griff nach Ryders Hand, einfach so, mitten auf dem Schulhof. Erst als sie außer Sichtweite waren, brach sie zusammen und weinte. Aus tiefstem Inneren. Ein unsichtbarer Schmerz, der Ryder Angst machte, weil er ihm so vertraut war. Er stand da wie ein Idiot. Nachdem sie sich ausgeheult hatte, schob sie sich ihre Sonnenbrille wieder ins Gesicht, nahm seine Hand und ging mit ihm zur Bushaltestelle. Sie wurden unzertrennlich. Ryders Ansehen schoss von null auf hundert.

»Ich hab ein paar verboten scharfe Tacos gemacht.« Katie sieht ihn besorgt an. »Du hast ganz schön abgenommen, Ryder. Aber der Bart steht dir ganz gut.«

Es ist ein echtes Abendessen. Sie hat sogar neues Tabasco besorgt und die alte verklebte Flasche weggeworfen.

Nach dem Essen zeigt Katie ihm die handgeschriebene Rede. »Es ist nur ein Entwurf. Da gibt es noch einige Lücken, aber es ist ein Anfang.«

Obwohl Ryder die neue-alte Katie gefällt, traut er ihr nicht. Sie will sicher wieder mit ihm schlafen.

»Kellogg könnte eine Kloschüssel zum Lachen bringen, hast du mal gesagt.« Ihr Mund zuckt verdächtig, und ihre Augen werden feucht. »Ich war am Anfang ziemlich eifersüchtig auf ihn. Er konnte dir etwas ganz Besonderes geben.«

Wie recht sie hat.

Ryder schaltet den Drishti-Modus ein. Ausklinken, Atmen, Mantra. Keine Kritik. Totale Affirmation.

Er liest den Brief.

Kellogg,

ziemlich schwach, dass du dich frühzeitig aus dem Programm abmeldest. Du wirst immer mein Joker bleiben. Dir hab ich zu verdanken, dass ich die Ausbildung bei den Marines geschafft habe. Auch wenn es oft peinlich mit dir war. Ich kann mich noch gut daran erinnern, als du mir im Schlaf eine Augenbraue abrasiert hast. Das sah vielleicht verboten aus. Kaum zu glauben, dass sie mich nicht rausgeschmissen haben. Meine Frau hat dann die andere auch weggemacht und mir mit Kajal zwei Linien ins Gesicht gemalt. Ich sah fast aus wie Lupe aus der Kantine.

General Bender wird sicher eine bessere Rede halten, eine mit komplizierten Begriffen, für die man einen Doktortitel oder ein Wörterbuch braucht. Ich weiß bis heute nicht, was das Anthropozän ist. Vielleicht kannst du das Wort da oben für mich nachschlagen.

Zum Abschied werde ich dein Idol Hunter S. Thompson zitieren, obwohl ich wette, dass du nie ein Buch von ihm gelesen hast:

»Im Grab sollte man nicht im gut erhaltenen Körper ankommen. Nein, man sollte mit blockierten Rädern in einer Rauchwolke ins Ziel schlittern, vollkommen verbraucht, total am Ende, und schreien: ›Wow! Was für eine Fahrt!‹« Wenn ich im Jenseits vorfahre, erwarte ich, dass mich dort dein Grinsen empfängt. Heb mir ein paar von den Jungfrauen auf, die ihr im Paradies bekommt, du brauchst nicht alle zweiundsiebzig.

Bis später,

– Ryder

Ein Wunder ist geschehen. Ryder erinnert sich wieder, was er an Katie mochte.

»Was meinst du, Ry? Ist ein Anfang, oder?«

»Meine Frau ist ein verdammtes Genie.«

»Wie gesagt, nur ein Entwurf.«

Katie bringt ihn dazu, mit ins Schlafzimmer zu kommen.

»Wir müssen nicht über Kellogg sprechen«, sagt Katie. Sie dreht einen riesigen Joint und erzählt ein paar Kellogg-Witze, dann schlafen sie ein. Später, es wird schon hell, wacht Ryder auf, und Katie sitzt rittlings auf ihm. Er bringt es hinter sich.

Am Morgen ist Katie nervös. »Ryder, ich bin so froh, dass du die Rede magst. Aber ich komme nicht mit zur Trauerfeier. Ich glaube, das schaffe ich nicht.«

»Ist schon ok. Nimm dir Zeit«, sagt er. Vielleicht ist es besser.

»Ich kann noch nicht mit so vielen Leuten umgehen«, sagt Katie. »Dr. O'Hara ist auch dagegen. Ich soll vorsichtig sein, bis ich etwas stabiler bin. Bei Angstzuständen wird Adrenalin ausgeschüttet, und das bringt die Hormone durcheinander. Und das wirkt sich dann auf meine Libido aus. Sagt er.«

Libido. Er hat es geahnt, es geht wieder nur ums Kinderkriegen.

Das Baby. Mein Baby. Dein Baby. Unser Baby.

Ryder hat gerade seinen besten Freund verloren.

»Meint jedenfalls Dr. O'Hara«, wiederholt Katie.

Wieso, weshalb, warum? Was soll's?

HASIR ZAMAN
PARIS

ES GEBE KEINEN GRUND MEHR für die Sitzungen. Dein Herz würde kaum noch rasen und dein Unvermögen hättest du nun auch überwunden.

»Sie möchten die Therapie beenden«, konstatiert Dr. Cohen seelenruhig.

Du hast nicht erwartet, dass sie es dir so leicht machen würde.

Es hätten sich einige Dinge sehr positiv entwickelt, sicher das Resultat dieser Gespräche, fügst du hinzu.

»Das freut mich natürlich außerordentlich, dass Sie Ihre Arbeit hier als hilfreich empfinden. Können Sie etwas konkreter auf die positiven Veränderungen eingehen?«

Du würdest Verantwortung übernehmen und Uzmas Sohn mit nach LA nehmen.

Dr. Cohen rückt in ihrem Sessel herum. »Ich verstehe nicht ganz. Uzma hat einen Sohn? Und wo lebt er?«

Da dämmert dir erst, dass du Sameer Dr. Cohen gegenüber noch nie erwähnt hast.

Uzma habe ein Kind bekommen. Von dem Sowjet. Sie sei bei der Entführung schwanger geworden. Schwanger und lebensmüde.

Dr. Cohen schweigt eine halbe Ewigkeit. »Was verstehen Sie in diesem Zusammenhang genau unter lebensmüde?«

Du hast die Konsequenzen der Vergewaltigung nie ausgesprochen, obwohl du überzeugt davon warst, dass du Dr. Cohen längst eingeweiht hast.

Uzma habe sich die Pulsadern aufgeschnitten. Deine Mutter habe sie bewusstlos in einer Blutlache im Badezimmer gefunden. Sie sei davon überzeugt gewesen, dass Uzma von einem Jinn dazu getrieben wurde, vielleicht von einer Jinniya. Ein Wesen, das gut oder böse sein konnte.

Du musst unbedingt bei der Geisteridee bleiben. Westliche Akademiker mit einem Faible für Orientalismus trauen sich selten, Übersinnliches und Spirituelles anzuzweifeln. Eine wunderbare Taktik, Rassismus gegen sie zu verwenden.

Uzma habe das Rasiermesser deines Vaters benutzt, das mit dem Perlmuttgriff. Die Stiche seien sehr tief gewesen, und die Narben bis heute zu sehen. Die Ärztin habe die Eltern hinausgeschickt. Sie müsse geahnt haben, dass Uzma schwanger war. Frauen wüssten so etwas.

»Ich halte diese vermeintlichen mütterlichen Instinkte für überbewertet, ein bequemes Relikt des Patriarchats.«

Manchmal könnten die Gedanken deiner Therapeutin direkt aus Uzmas Mund kommen. Eines Tages wirst du deiner Schwester von Dr. Cohen erzählen.

»Hat Ihre Schwester den Mann, von dem sie schwanger war, beschrieben? Hat man versucht, ihn zu identifizieren?«

Nein. Die Besatzer hätten kaum Interesse daran gehabt, derartige Fälle zu untersuchen. Selbst in Frankreich würden Vergewaltigungen nur selten zur Anzeige gebracht.

»Da haben Sie leider recht, Monsieur.«

Dein Vater habe zunächst einen befreundeten Gynäkologen in LA angerufen, Dr. Esfahani. Esfahani habe deinem Vater von einer Abtreibung abgeraten, weil die Schwangerschaft offenbar schon zu weit fortgeschritten war.

»Hier muss ich noch einmal nachhaken: Wenn Sie nie darüber gesprochen haben, könnte es dann nicht sein, dass Ihre Schwester einfach mit jemandem geschlafen hat?«

Deine Schwester habe nicht einfach mit jemandem geschlafen, stellst du richtig. Junge Mädchen mögen damals in Kabul Röcke getragen und an Universitäten studiert haben, aber sie seien nicht mit Männern ausgegangen.

»Ist es nicht möglich, dass Uzma verliebt war? In einen anderen Studenten?«

Intime Beziehungen hätten vor der Ehe nicht existiert. Selbst in den Achtzigern nicht.

»Immerhin bemerkenswert, dass Sie die Existenz dieses verlorenen Sohnes hier bisher verschwiegen haben.«

Du würdest nicht gerne daran erinnert.

»Wie ging es denn Ihrer Schwester damit?«

Deine Schwester habe sich in ihr abgedunkeltes Zimmer verkrochen. Du hättest ihr das neue Grace-Jones-Album mitgebracht, *Island Life*. Ganz Paris sei damals von der jamaikanischen Chanteuse verzaubert gewesen. Im Halbdunkel ihres Zimmers hast du Uzma ein paar Tanzbewegungen beigebracht, die im Les Bains angesagt waren. Als ihr noch klein wart, habt ihr oft die komplizierten Choreografien der Bollywood-Filme nachgetanzt, die ihr im Fernsehen oder im Kino anschauen durftet. An jenem Abend vor fünfzehn Jahren hast du euer Kindheitsritual wiederaufgegriffen und für sie getanzt. Du hast sogar ihren Namen in den Text eingearbeitet:

Uzma, Uzma in the rain,
Uzmahaha, Uzmaaaaa!

Irgendwann sei sie dann aus dem Bett gekrochen. Blass und müde, die Haare am Kopf platt gedrückt, hätte sie sich der Musik hingegeben. Originell und mysteriös habe sie getanzt, sie sei dir wie eine erfahrene Verführerin erschienen.

»Sehen Sie die Parallelen? Das Tanzen? Als Sie Inès kennengelernt haben?«

Natürlich! Wie konntest du das übersehen? Es war sogar dasselbe Album von Grace Jones.

»Können Sie Ihre Gefühle zu Inès inzwischen näher beschreiben?«

Du hättest unglaubliche Angst, auch sie zu verlieren.

»Auch?«

Nachdem Uzma den Jungen zur Welt gebracht habe, sei sie fluchtartig nach LA gezogen. Während du dich in Paris amüsiert hättest.

»Deshalb erlaubten Sie sich von da an nicht mehr, sich zu amüsieren? Lust zu empfinden?«

Ist es das, was dich hemmte?

»Inès erlaubt Ihnen vielleicht, sich wieder hinzugeben, wenn ich das so sagen darf. Was ist an Inès anders? Was glauben Sie?«

Es sei ja nicht einmal eine richtige Beziehung. Du wüsstest nichts über sie.

»Diese Anonymität scheint befreiend auf Sie zu wirken.«

Sie sei so eigenwillig, autonom. Genau das mache dir Angst.

»Uzma lebt auch ihr eigenes Leben. Wie kam sie eigentlich nach LA?«

Uzma heiratete den Sohn des Gynäkologen, Babak Esfahani, ein Geschäftsmann. Er war so bezaubert von dem, was er über sie gehört hatte, dass er aus der Ferne um ihre Hand anhielt. Dein Vater sah in Babak eine außergewöhnliche Chance, die Ehre seiner Tochter zu wahren. Dr. Esfahani ließ durchblicken, dass der Bräutigam chirurgische Maßnahmen für unnötig halte. Sie müssten die Jungfräulichkeit nicht wiederherstellen, Babak nehme sie auch mit dem Kind.

Dr. Cohens Kostüm raschelt.

Deine Mutter, eine gewiefte Diplomatin, lobte die feingeistigen Perser in höchsten Tönen, zeigte Uzma ein Foto von Babak, im Doppelreiher, die Haare akkurat gescheitelt, ein Grübchen im markanten Kinn und große Augen, die eine gewisse Tragik ausstrahlten. Babak sah aus wie ein Stummfilm-Schauspieler und lebte immerhin in Hollywood. Du wolltest nur, dass Uzma wieder normal würde, also rietst du ihr zu.

Sobald die Zukunft deiner Schwester gesichert war, bist du nach Paris zurückgekehrt. Du nahmst an, dass Uzma das Kind mit nach LA nehmen und es dort mit dem persischen Geschäftsmann aufziehen würde, aber Uzma packte, gleich nachdem sie im Haus eures

Vaters einen gesunden Jungen zur Welt gebracht hatte, ihre Koffer und flog allein ab. Sie würdigte den Jungen keines Blickes, gab ihm noch nicht einmal einen Namen. Es war deinen Eltern überlassen, was mit ihm geschehen sollte. Die Haut des Jungen soll sehr weiß gewesen sein, rötlicher Flaum bedeckte seinen Kopf.

Deine Mutter konnte es nicht ertragen, einen Zaman auszustoßen. Sie taufte ihn Sameer, den Beliebten, und drängte deinen Vater, sich eine würdige Lösung für ihn zu überlegen. Dein Vater fand schließlich eine Witwe mit fünf Kindern, die den Kleinen aufziehen wollte, wenn er ihr den Unterhalt zahlte.

Dir sei es in der Zeit danach schwergefallen, weiter zu studieren. Als bei deiner Mutter Krebs diagnostiziert wurde und die Krankheit langsam die Oberhand gewann, seist du erneut nach Kabul gereist.

»Welche Form von Krebs hatte Ihre Mutter?«

Das wüsstest du nicht.

»Sie haben nicht gefragt?«

Nein.

An ihrem Sterbebett schwärmte sie von ihren Besuchen bei Sameer. Als es mit ihr zu Ende ging, teilte sie dir die Adresse der Witwe mit und nahm dir das Versprechen ab, dich um ihn zu kümmern. Dann erloschen ihre Augen.

Du kannst dich nicht mehr erinnern, wie lange du ihre Hand gehalten hast. Plötzlich hörtest du deinen Vater im Korridor nach ihr rufen. Er kam herein, sah seine tote Frau und kollabierte. Infarkt. Wiederbelebungsversuche blieben erfolglos. Innerhalb weniger Minuten wurdest du elternlos.

Du riefst deine Schwester in LA an. Ihr Ehemann Babak sprach sein Beileid aus und gab Uzma den Hörer. Sie wolle dem Begräbnis nicht beiwohnen, sie sei dem emotional nicht gewachsen, sagte sie. Dir ist es nicht anders ergangen.

Behrooz, der Manager der Firma, organisierte eine große Trauerfeier. Leute aus ganz Afghanistan reisten an, viele aus dem Ausland. Sogar Bauern, die dein Vater jahrzehntelang ausgebeutet hatte, zeigten ihre Dankbarkeit. Mujahideen hatten sich herausgeputzt, die

Waffen mit Plastikrosen dekoriert. Alle standen sie Schlange, um dir Beileid zu wünschen. Du kanntest nur die wenigsten. Du hast dich selbst dabei beobachtet, wie du ihre Hände schütteltest, ihre Wangen küsstest. Es war, als würdest du einen Dokumentarfilm ansehen.

Du hast dich noch nie so allein gefühlt.

»Was ist mit dem Jungen passiert? Mit Sameer?«

Die Witwe habe regelmäßig Alimente erhalten. Vor ein paar Jahren hättest du den Jungen persönlich treffen wollen, also seist du zu der Adresse gegangen, die dir deine Mutter gegeben hatte. Das Haus sei leer gestanden.

Du kannst dich gut an den Wurf Katzen erinnern, der sich vor dem Haus tummelte. Ein orangefarbenes Kätzchen nahmst du mit. Wo du es gelassen hast, weißt du nicht mehr.

Die Frau und ihre Kinder waren jedenfalls weggezogen. Die Nachbarn erkundigten sich nach deiner Verbindung zu der Witwe, deuteten ihren zweifelhaften Ruf an. Sie habe sich unzüchtig benommen, man habe sie sogar laut singen hören. Ein Nachbar beschrieb eines ihrer Kinder. Mit den feuerroten Haaren habe es ausgesehen wie der Teufel. Da wusstest du, dass du am richtigen Ort warst. Die Witwe sei mit ihren Kindern zu Verwandten nach Pakistan gezogen, so der Nachbar. Das Teufelskind habe sie vor einer Moschee zurückgelassen. Man hätte es ihr nicht übel nehmen können.

»Das Versprechen an Ihre Mutter haben Sie nicht eingehalten.«

Nicht ganz. Eins der vielen Dinge, die du bereust. Du hättest weiter nach dem Jungen gesucht und ihn am Ende in einem Waisenhaus nahe der Pul-e-Khishti-Moschee gefunden.

»Er muss es schwer gehabt haben. Wie alt ist er jetzt?«

Er werde im Sommer fünfzehn.

»Ein Teenager.«

Du hörst, wie Dr. Cohen etwas in ihr ledergebundenes Notizbuch schreibt, und fragst dich, welches Detail ihr wohl bemerkenswert erscheint.

»Die Tatsache, dass er doch keine Waise war, muss ihn erleichtert haben.«

Die Mullahs, die Lehrer und du, ihr wäret euch einig gewesen, die Dinge vorerst einfach zu halten und ihn nicht einzuweihen.

»Einfach? Einfach für Sie und all die anderen Leute, die ihr Gesicht nicht verlieren wollten? Das war Ihnen wichtiger als die psychische Gesundheit eines geächteten Jungen, der noch sein ganzes Leben vor sich hat?«

Ihr wäret euch einig gewesen, ihn nicht zu verwirren.

»Wen meinen Sie mit ›wir‹, Monsieur Zaman? Ich glaube, ein ›ich‹ ist völlig angemessen hier. Übernehmen Sie ruhig die Verantwortung. Sie wollten den Jungen tatsächlich im Glauben halten, dass seine Mutter tot ist.«

So emotional hast du Dr. Cohen bisher noch nie erlebt.

Inzwischen hättest du ihn über das wahre Schicksal seine Mutter informiert. Du hättest damals nur versucht, die Wünsche aller zu erfüllen. Den Wunsch deiner Schwester, zu vergessen, den Wunsch deiner Mutter, sich um Sameer zu kümmern, den Wunsch deines Vaters, die Familienehre zu retten. Immerhin hättest du dich finanziell um ihn gekümmert.

»Was sagt Ihre Schwester dazu?«

Deine Schwester wisse nichts davon.

Dr. Cohen ist nicht erfreut über diese Offenbarungen, ihre Armreifen klimpern mit jeder fahrigen Bewegung. »Monsieur Zaman, meine Aufgabe besteht nicht darin, meinen Patienten – Pardon, Klienten – zu sagen, wie sie ihr Leben leben sollen, ich kann ihnen nur helfen, es besser zu verstehen. In diesem Fall werde ich meine Grenzen überschreiten. Ich schlage vor, Sie klären Ihre Schwester auf.«

Vielleicht solltest du darauf hinweisen, dass deine Schwester keine weiteren Kinder bekommen hat, dass sie sich mit feministischen Theorien befasst und jeden Gedanken an eine Familie verworfen hat. Seit jenen Tagen in ihrem abgedunkelten Zimmer ist sie Jahr für Jahr zynischer geworden. Ihre Ehe scheint nicht mehr zu sein als ein höfliches Arrangement. Uzma hat sich nie nach ihrem Sohn erkundigt. Du hast sie nie verstanden. Deine Schwester hat dich immer überfordert. Aber du erwähnst besser nichts von diesen Gedanken. Ein andermal vielleicht. Du wirst die Therapie also doch fortsetzen.

»Bereuen Sie, Ihre Schwester damals nicht mit nach Paris genommen zu haben?«

Jeden Tag.

»Es ist nicht Ihre Schuld, Monsieur Zaman.«

Du blickst in den grauen Himmel. Du wünschst dir, die Dinge in Afghanistan lägen so einfach, das Leben dort verliefe so unaufgeregt und monochrom wie hier.

SAMEER
KABUL

DIE STARTBAHN FLIMMERT IN DER SONNE, als ich die Stufen zum Flugzeug hinaufsteige. Wie dieser Vogel aus Metall, größer als das ganze Waisenhaus, fliegen soll, ist mir ein Rätsel. Klappernd rollt er über den Asphalt, die Landschaft schmiert am ovalen Fenster vorbei, immer schneller. Plötzlich verstummt das Dröhnen, und die Erde fällt weg. Ich fliege. Ein Wunder.

Er will, dass ich fliege, also fliege ich.

»Allahu akbar!«, murmelt der alte Mann neben mir, eines seiner Brillengläser hat einen Sprung.

Das Flugzeug schraubt sich vor den Bergen, die Kabul umgeben, in die Höhe. Weiße Wolken haben sich aufgetürmt. Der Pilot muss sie sehen können, aber er versucht nicht einmal, ihnen auszuweichen. Wir tauchen ein, sanft und ohne Widerstand, verschwinden im dichten Weiß, ich kann den Flügel nicht mehr sehen. Nach einem kurzen Beben bricht gleißendes Licht in die Kabine. Die Wolken wölben sich nun unter uns wie Watte.

Murtaza erklärte mir einmal, dass Wolken aus Wasser bestehen. Aus kleinsten Tröpfchen, die in der Luft schweben. Er schaltete das Licht aus und ließ nur den schmalen Strahl des Diaprojektors in die Dunkelheit scheinen. Er sprühte Wasser aus einem Zerstäuber hinein, und ein Regenbogen erschien. Manchmal kam mir Murtaza vor wie ein Magier, der Bilder auf weißes Papier oder in die Nacht malt. Der die Welt zähmt, mit Worten jongliert, sie in andere Sprachen übersetzt, ihnen neue Bedeutung gibt. Er lässt die Lehren des Propheten in poetischem Licht erstrahlen.

Bergkronen kratzen durch die Wolken. Ein See glitzert blau in der Form eines Auges, wie das *nazar*, das vor dem Bösen schützen soll. Es blinzelt mich an und jagt mir einen Schauer über den Rücken. Ich kneife die Augen zu, murmele ein paar Verse. Der Flugbegleiter klappt ein Tischchen vor mir aus, reicht mir eine Tasse und schenkt mir aus einer Blechkanne Tee ein. Ich solle viel trinken.

Es ist Zeit fürs Gebet. Der alte Mann neben mir erhebt sich. Der Flugbegleiter bittet ihn, sitzen zu bleiben, aber immer mehr Leute stehen jetzt auf und fragen nach der Richtung der *qibla*. Ich beobachte die Reisenden verstohlen durch die Rücklehnen, bedacht, nicht zu viel von meinem Äußeren preiszugeben.

Ein Afghane in Jeans deutet auf die Fenster der linken Seite. Da sei Westen. Ein anderer Mann, rauchend, blättert in den Seiten eines abgegriffenen Magazins, bis er eine Landkarte findet. Er zeichnet mit goldenem Kugelschreiber eine gepunktete Linie von Kabul bis Dubai ein. Mein Zielflughafen. Weiter links steht ein Halbmond und das Wort Mekka. Die Qibla müsse in Richtung des Cockpits liegen, sagt er. Ein zustimmendes Raunen geht durch die Reihen der Passagiere, einige wiegen noch unsicher die Köpfe. Der Flugbegleiter widerspricht, die Karte sei vereinfacht und würde die Erdkrümmung nicht berücksichtigen. Er krakelt eine neue Linie in das Magazin. Die Sonne habe in tausend Jahren noch nie ihren Weg um die Erde verlassen, also sei Westen immer an der gleichen Stelle. Er spricht von Zeitzonen, und Uhren, die umgestellt werden müssten. Vielleicht müsse man sich nach dem Zielflughafen richten. Von hinten meldet sich jetzt eine Frau, die ihre Burqa nach oben geschoben hat. Sie trägt dunklen Lippenstift und setzt sich über ihren Mann hinweg, der sie am Sprechen hindern will. Vielleicht schminkt sich meine Mutter auch. Gläubige seien auf Reisen von der Pflicht des Betens enthoben, Flugbegleiter sollten so etwas eigentlich wissen, tadelt sie.

Ich habe auch schon einmal gehört, dass unterwegs nicht gebetet werden muss. Andererseits ist so ein Flug nicht so beschwerlich wie das Reisen zu Zeiten des Propheten. Wir sitzen ja nur herum.

Der junge Mann in Jeans zieht die Antenne aus seinem Mobiltelefon und wählt eine Nummer. Er will einen Imam anrufen, mit dem er letztes Jahr auf Hajj war. Die anderen Passagiere drängeln sich um ihn. Dem Flugbegleiter gefällt das nicht, er verbietet ihm, an Bord zu telefonieren. Es sei gefährlich und würde das Flugzeug zum Absturz bringen. Aber alle sind neugierig, was der Imam dazu zu sagen hat, und bleiben stehen. Ich staune darüber, wie der junge Mann in westlicher Kleidung mit seinem kahlen Gesicht eines Neugeborenen es wagt, diesen ehrenwürdigen Mann anzurufen, einfach so.

Der Mann in Jeans hält den Finger an die Lippen, um für Ruhe zu sorgen. Als eine Stimme aus dem Hörer erklingt, ruft der Mann, wir seien gerade über dem Iran und in Kabul wäre jetzt Zeit für das *ischa*-Gebet. Er hält den Hörer hoch. Die Worte des Imam sind unverständlich, aber der junge Mann nickt eifrig. »Kein Gebet!«, ruft der Jeansträger schließlich.

Ich habe mich immer gefragt, was sich unter dem Granit der Kaaba wirklich versteckt. Irfahn hat einmal behauptet, dort würden sich die Jungfrauen für die Märtyrer verbergen. Inzwischen weiß ich natürlich, dass das Unsinn ist und es die Jungfrauen nicht wirklich gibt, aber dass sie als Idee ein wichtiger Teil des Glaubens sind. Das habe ich von Murtaza gelernt. Es gibt so vieles, was sie uns im Unterricht nicht erklären. Ich muss noch sehr viel lernen. Meine Mutter wird erfahren, wie unwissend ich bin. Meine intelligente, disziplinierte Mutter wird enttäuscht sein.

Plötzlich warnt der Co-Pilot über Lautsprecher vor Turbulenzen. Alle sollen sich sofort hinsetzen und anschnallen. Der Flugbegleiter eilt den Gang entlang und verschüttet den Tee aus der Kanne. Wir fliegen direkt auf eine dunkle Wolkenwand zu, und diesmal taucht das Flugzeug nicht sanft ein, sondern holpert wie ein Geländewagen über ein Schlagloch. Es gelingt mir gerade noch, den Gurt festzuziehen, bevor die Maschine erneut vom tobenden Himmel geschüttelt wird. Der alte Mann neben mir verliert die Brille und tastet mit den Händen um sich. Obwohl mein Herz wie verrückt schlägt, habe ich Vertrauen. Allah bestimmt, wohin die Reise geht. Wenn Er will, dass wir abstürzen, wird Er walten. Ich werde mich Seinem Willen unterwerfen, denn Er ist der Größte. Inshallah wird Er mich zu meiner Mutter bringen.

LEUTNANT RYDER
JOSHUA TREE

»WIR HABEN UNSEREN SOHN GLEICH begraben, so wie es der Brauch verlangt.« Imran Shaikh klopft Ryder auf die Schulter, er will gar nicht mehr aufhören. »Kellogg war das schönste Geschenk, das Gott uns geben konnte. Mein Sohn hat immer viel von dir erzählt, Ryder. Wenn es jemals etwas gibt, was wir für dich tun können …« Seine Stimme versagt. Hinter dem trauernden Vater hängt ein gerahmter Druck von George Washington beim Überqueren des Delaware River.

Die ganze Drishti-Bande ist gekommen. Haviland hat seine schwangere Frau mitgebracht. Nachbarn, Kelloggs alte Klassenkameraden und Imrans Kollegen halten sich bedrückt an ihren Getränken fest. Ryder ist jetzt doch froh, dass Katie nicht mitgekommen ist.

Zulu wendet sich an Kelloggs Mutter, die in schwarze Stoffbahnen gehüllt ist. Sie schlägt beeindruckt die Hände vor den Mund, als er etwas auf Urdu sagt und auf Ryder deutet. Ryder hat ihren Namen vergessen. »Danke dir, mein Freund«, sagt sie und hält ihm einen goldverzierten Teller mit Süßigkeiten hin.

»Kelloggs Schwester hat die Kekse gebacken.« Imran deutet auf das Gebäck. »Pakistanische Twinkies.«

Ryder nimmt einen Keks, aus Höflichkeit, und hält ihn in der Hand. »Es muss sehr schwer für Sie sein, Frau Shaikh«, sagt er mit zugeschnürtem Hals, so wie es ihm Katie aufgetragen hat. Vielleicht hat er es schon ein paar Mal gesagt.

»Danke dir, Freund«, antwortet sie wieder und sagt dann etwas auf Urdu zu ihrem Mann. Eine Katze springt fauchend vom Fensterbrett, als eine Teenagerin in einem überdimensionalen Pink-Floyd-T-Shirt die Treppe herunterkommt. Das muss Kelloggs Schwester sein, sie sieht ihm sehr ähnlich. »Schneeflocke ist eine Perserkatze aus dem Himalaja. Total verfressen, sie mag Süßes, genau wie ich.« Sie wirft ihren langen Zopf über die Schulter und sieht vorwurfsvoll auf das klebrige Gebäck in Ryders Hand. »Ich bin Tiffany, Kelloggs Schwester. Den Kommentar zu meinem Namen kannst du dir sparen.«

Ryder hebt zum Gruß die Hand.

»Komisch, ich hab dich mir anders vorgestellt.« Sie zuckt mit den Schultern. »Obwohl er dich genau so beschrieben hat. Nur ein bisschen größer.«

Die Mutter zischt ihr etwas zu. Tiffany verdreht die Augen.

»Ich hab etwas für dich. Meine Mutter meint, Kellogg hätte gewollt, dass du es kriegst.« Tiffany drückt ihm Kelloggs goldene Kette mit dem Allah-Anhänger in die Hand. »Du musst es ja nicht tragen.«

»Danke dir, Freund«, sagt die Mutter wieder.

»Wenn ihr mich jetzt entschuldigt.« Tiffany dreht sich um und verschwindet mit schwingendem Zopf nach oben.

Der General unterhält sich mit einer Gruppe älterer Herren. Sie hören ihm andächtig zu. Bestimmt erzählt er Kriegslegenden.

An der Wand hängt ein Kinderfoto von Kellogg und Tiffany. »Das sieht gar nicht nach Kellogg aus«, sagt Anwar. »Irgendwie dachte man, er sei schon immer glatzköpfig gewesen.«

Ryder geht auf die Toilette, verriegelt die Tür und legt sich die Kette um. Aus dem Spiegel blickt ihn Kellogg an. Erinnerungen flackern auf. Kellogg, der in der Methodisten-Kirche zu Allah betet. Kellogg, der sich bei einer Josua-Palme nach deren Arthritis erkundigt. Kellogg, der sich als Putzfrau verkleidet auf ein Konzert schmuggelt. Kellogg als blutige Lady Liberty. Kellogg weinend am Lagerfeuer. Nägel kauend. Lachend. Schlafend. Kellogg.

Wieso, weshalb, warum? Was soll's?

Ryder wirft sich Wasser ins Gesicht.

Jemand klopft.

»Wir verschwinden jetzt«, sagt der General durch die Tür. »Ab in die Bar, das Bier trinken, das Sie Kellogg im Jenseits versprochen haben.«

Ryder lässt Kelloggs Kette in sein Unterhemd fallen und knöpft das Hemd bis zum Kragen zu.

Der General führt die Drishtis im Konvoi zu einer Kneipe in der Nähe. Für einen Wochentag im August ist es überraschend voll. Irgendwer bestellt einen ganzen Pitcher Margarita. Der General geht zur Jukebox und wählt einen Dylan-Song aus. Sie trinken und reden, Schultern werden geklopft. Jemand erzählt schwache Witze, angeblich aus Kelloggs Repertoire. Ryder bestellt ein paar Schnäpse und dann noch ein paar, bis er die Lieder nicht mehr unterscheiden kann und sich die Zeit auflöst.

Irgendwann steht nur noch der General da und zieht ihn nach draußen. Dort wirft Ryder der Alkohol in seinen Adern fast um. Er kotzt auf den Parkplatz.

»Gut so. Lassen Sie alles raus.« Der General nimmt Ryder den Autoschlüssel ab. »Sie werden noch gebraucht.«

In der Nacht schreckt Ryder hoch, er liegt in einem Liegestuhl am Motelpool. Die Plastikschnüre schneiden in seine Haut. Auf der anderen Seite des Pools sitzt eine große Blondine auf dem Schoß des Generals und lacht, ihre Mähne strahlt im Licht eines Neonröhren-Flamingos.

Ein Kind mit Cowboyhut hockt neben Ryder, es trägt ein zerrissenes Spitzenkleid über der langen Trainingshose. Das Kind steht auf. Es ist ein Mädchen, knochige Schultern, flache Brust, Zahnlücke, volle Lippen.

»Er ist aufgewacht!«, ruft das Mädchen mit Helium-Stimme.

»Pass auf ihn auf, Wamblee. Dem geht's nicht so gut«, sagt die Blonde.

Wieso, weshalb, warum? Was soll's?

Als Ryder die Augen wieder aufmacht, hat Wamblee eine Glaspfeife im Mund. Die Flamme eines Souvenir-Feuerzeugs mit einer Freiheitsstatue darauf züngelt an einem farblosen Brocken. Das Mädchen saugt an der Pfeife, bis der Klumpen glüht und Rauch durch den transparenten Pfeifenhals steigt. Sie hält die Luft an, ihr Gesicht verzerrt sich. Als sie ausatmet und der Rauch durch die Zahnlücke quillt, lockern sich ihre Züge. Sie hält Ryder die Glaspfeife hin. Er meint, den Kopf zu schütteln.

Sie schürzt die Lippen, als würde sie Ryder füttern, und führt ihm das heiße Mundstück ein. Er zieht.

Das Mädchen schiebt den Cowboyhut zurück, summt eine Melodie und wiegt sich berauscht, ein Schweißfilm flimmert auf ihrer Haut, betont jeden Muskel. Die trägen Wellen des Pools reflektieren das Flamingo-Licht und werfen rosa Muster an die Wände des Motels. Die Luft knistert.

»Wer bist du?«, hört Ryder sich sagen.

Sie öffnet die prallen Lippen, und er schaut in ihre Zahnlücke, so breit, so schön. Ryder grinst wahrscheinlich auch. Er greift nach ihrem kalten Arm und taucht in ihren Mund. Sie schmeckt nach Lakritze.

Grelle Sonnenstrahlen fallen durch die Jalousie. Schmerz schreit in Ryders Stirn. Seine Hand auf dem erhitzten Körper des Mädchens. Es liegt neben ihm auf dem Bauch. Es knirscht im Schlaf mit den Zähnen. Er schläft wieder ein.

Später erwacht Ryder allein, schweißgebadet. Das Motelzimmer riecht nach Alkohol. Er tastet nach der Fernbedienung der Klimaanlage und findet eine handgeschriebene Notiz auf dem Nachttisch.

Montag Appell auf der Ranch um 6:00 B.

Der General.

Wo ist das Mädchen? Wenn er sich nur an ihren Namen erinnern könnte.

Drei Kondome im Nachtkästchen, ungenutzt. Unter dem Bett nur Staubwolken. Ryder hievt seinen bleiernen Körper in die Vertikale, wankt ins Badezimmer. Die verschimmelte Falttür an der Dusche erspart ihm das verhasste Geräusch des Duschvorhangs. Eine Kakerlake entwischt in den Abfluss.

Bilder der letzten Nacht blitzen auf, verschwommen wie Polaroids. Die Augen des Mädchens, ungleich, eines grau, das andere grün. Der bleiche Schein der Pfeife unter dem Cowboyhut. Schmale Finger an seinem Gürtel. Männerhände in verfilztem Haar. Das Spitzenkleid.

HASIR ZAMAN
PARIS

IN DER CONCORDE-LOUNGE am Charles de Gaulle lässt du zufrieden die Pfirsichtöne, die indirekte Beleuchtung und die mütterlichen Hostessen auf dich wirken. Du hast dir ausnahmsweise einen Überschallflug nach New York gebucht, von dort aus wirst du eine Linienmaschine nach LA nehmen. Wofür soll das ganze Geld sonst gut sein? Du nimmst sogar einen Schluck Champagner, obwohl du davon Sodbrennen bekommst.

Sameers Reise ist inzwischen bestens organisiert, auch wenn das etwas Kreativität erforderte. Ein befreundeter Anwalt in LA hat das Visum für die USA besorgt. Die größte Hürde war der Reisepass, der von einer nicht existierenden Geburtsurkunde abhing. Darum hat sich Behrooz gekümmert. Seine Frage, wer Sameer in diesen Dokumenten sein sollte, kam dir zuerst lächerlich vor. Er gab zu bedenken, dass ein Sameer Zaman bei den Behörden der Taliban unnötige Aufmerksamkeit auf den Jungen, auf das Familienunternehmen und damit auf dich lenken würde, und schlug einen unauffälligeren Namen vor, Sameer Ali Muhammed, Eltern unbekannt. Ihr habt euch auch darauf geeinigt, sein Geburtsdatum ein paar Jahre früher anzusetzen. Ein allein reisender Minderjähriger birgt nur zusätzliche Komplikationen. Bei den Details – Bestechungsgelder und Reiseroute – hast du ihm freie Hand gegeben, es hätte dich zu sehr deprimiert. Innerhalb weniger Wochen hatte er tatsächlich alle Dokumente beisammen. Die Magie der Korruption. Sameer wird kurz nach dir in LA eintreffen. Inshallah, sagte Behrooz. Allahs Wille hat damit wenig zu tun, aber du weißt, wann es ratsam ist, den Mund zu halten.

Hier in der Lounge plagen dich nun doch Zweifel. Die letzten Telefonate, die du mit Uzma geführt hast, sind nicht gerade aufschlussreich gewesen. Trotz deiner vielen Anspielungen konntest du nicht heraushören, ob sie bereit ist für ihren Sohn. Du hast eine Überraschung angekündigt, aber Uzma hat es nicht auf sich bezogen. Sie glaubte, es ginge um dich. Wie immer hast du es nicht fertiggebracht, die Dinge beim Namen zu nennen. Außerdem klagte sie über Unwohlsein. An einem Tag sei sie müde, am anderen habe sie schlechte Laune und kaum Lust auf Gesellschaft. Was dich besonders alarmiert, ist die Tatsache, dass sie in letzter Zeit sogar zu erschöpft ist, um sich zu streiten. Der Überraschungsbesuch ihres bezaubernden Sohnes wird alles verändern. Sie wird ihm nicht widerstehen können.

Als die Concorde abhebt, scheint der Horizont wie Zellophan um die Welt gespannt. Du massierst dein rasendes Herz, da siehst du sie in der Reihe vor dir sitzen: Grace Jones. Sie trägt einen Satin-Overall, hat einen Latex-Schal zum Turban um den Kopf gewickelt und blättert durch die Seiten von *Paris Match*, in der Fotos von ihr abgedruckt sind. Du erinnerst dich wieder an den Tag vor fünfzehn Jahren, als du Uzma *Island Life* vorgespielt hast. Das muss ein Zeichen sein.

Sie dreht sich nach dir um und schenkt dir ein heiseres »Bonjour« aus Glitter-Lippen. »Kennen wir uns?«

Du glaubest nicht, dass sie dich kenne. Aber du habest das Gefühl, ein Leben lang zu ihrer Musik getanzt zu haben, sagst du mutig.

Sie kneift die Augen zu schmalen Schlitzen zusammen. »Warten Sie, waren Sie nicht öfter im Bains Douches?«

Immer.

»Kleine große Welt. Monsieur?«

Hasir. Hasir Zaman.

»Wir sehen uns sicher wieder, Hasir.«

Wenig später, nach der Landung, bist du immer noch ganz aufgedreht. Die Realität New Yorks holt dich im Taxi schnell wieder ein. Der unhöfliche Fahrer ist dem Namen und dem Akzent nach ein Afghane. Es ist der Anblick deiner ehemaligen Landsleute, der dich hier immer irritiert. Hoffnungsvolle Immigranten, die noch nicht mitbekommen haben, dass der amerikanische Traum ohne sie geträumt wird. Du konntest New York noch nie leiden. Du konntest dich nie für die krude Ellenbogenmentalität, die maßlose Angeberei und die Wolkenkratzer begeistern. In Paris kannst du dir die Probleme Afghanistans schönreden, kaum ein Flüchtling verläuft sich dort ins Marais.

Als du vor dem Hotel aussteigst, verscheucht ein Portier in aufwendigem Livree einen Junkie. Im Zimmer mit Aussicht auf den Central Park summt die Klimaanlage so verlässlich, dass du beschließt, vor der Weiterreise das Hotel nicht zu verlassen. Du wirst den Widersprüchen des Kapitalismus auf der 5th Avenue aus dem Weg gehen. Du willst nicht an dein unübersichtliches Erbe erinnert werden. Es ist und bleibt unsauberes Geld, auch wenn es inzwischen größtenteils in Aktien und Fonds angelegt ist. Während zu Hause ein Putsch den anderen jagte, eine Regierung die nächste stürzte, Politiker ermordet und Analphabeten von Ausländern bewaffnet wurden, florierte das Geschäftsimperium deines Vaters. Er wusste, dass die zarten Blüten des Mohns jeder Revolution trotzen und jedem Panzer die Stirn bieten würden. In weiser Voraussicht hielt er sein Fähnchen in den Wind. Das schwarze Gold bescherte Hunderten von Bauern und Mujahideen ein solides Einkommen. Nebenher vergab er diskrete Zuwendungen an wechselnde Machthaber, schmierte, wenn nötig, Provinzbeamte und Polizisten, verteilte Spendengelder an Moscheen und unterstützte Ahmad Shah Massouds Nordallianz. Früher oder später waren ihm alle einen Gefallen schuldig. Dein Vater brachte dir bei, dass alles Verhandlungssache ist und jede Person ihren Preis hat. Erst die sowjetischen Soldaten, die sich an deiner Schwester vergriffen, brachten dieses Weltbild ins Wanken. Du wirst es wieder ins Gleichgewicht bringen. Die Familie zusammenführen.

Du legst dich früh schlafen.

Zum ersten Mal kommen dir Los Angeles' unbefangene Palmenkulisse, die Pastellfarben und der Hollywood-Kitsch nicht lächerlich vor. Selbst der Körperkult und die Obsession mit Sex und Jugend wirken im Sonnenschein unschuldig. Die Architektur ist nicht an vertikaler Vorherrschaft interessiert. Du stehst im Stau und flirtest mit einer Frau im Cabriolet, deren aschblondes Haar auf gebräunte Schultern fällt. Optimismus liegt in der Luft. Der Glaube an eine bessere Welt.

Der Concierge im Chateau Marmont freut sich über deine Rückkehr. Dein Zimmer mit Blick auf den Pool steht bereit, ein Extrabett an der Balkontür. Du wirst deine Schwester erst anrufen, wenn Sameer tatsächlich angekommen ist. Für den Fall, dass er den Anschluss in Dubai verpasst oder seinen Papieren kein Glauben geschenkt wird. Du willst dir nicht ausmalen, was wäre, wenn du ihn Uzma ankündigtest, und er dann doch nicht käme.

Am nächsten Morgen siehst du Sameer schon durch die große Fensterscheibe der Ankunftshalle, bevor er dich entdeckt. Er trägt seine afghanische Kleidung, sein Käppchen, eine übergroße Packung M&M's unter dem Arm und wartet am Gepäckband. Du hättest Behrooz sagen sollen, dass er ihn angemessen anziehen soll. Eine hochgewachsene Stewardess in roter Uniform unterhält sich angeregt mit Sameer, an ihrem roten Hütchen ist ein Schleier befestigt, der ihr um das blasse Gesicht streicht. Er gestikuliert, die M&M-Packung in der Hand. Die Frau lacht. Sein Englisch muss passabel sein, denn er hat ihre volle Aufmerksamkeit. Sameer nimmt eine dieser karierten Plastiktaschen, die bei Afrikanern im Goutte d'Or beliebt sind, vom Gepäckband, und die beiden kommen durch die Schiebetür.

»Gloria Willburg«, stellt sich die Stewardess vor. »Ich hatte das Vergnügen, mit diesem jungen Mann fliegen zu dürfen.«

Du fragst sie, ob er sich gut benommen habe.

Sameer wird schlagartig ernst.

Sei nur ein Spaß gewesen, sagst du.

»Sameer und ich haben uns prächtig verstanden, stimmt's? Er hat mir viel von seinem berühmten Onkel erzählt.« Willburgs Englisch hat eine leicht australische Färbung. »Sameer hat sich diesen neuen Film angesehen, *Crouching Tiger, Hidden Dragon*. Er möchte auch zum Film, wie Sie.«

Du schenkst ihr ein bescheidenes Lächeln, das Lächeln eines Hochstaplers.

»Er ist ein wunderbarer Geschichtenerzähler«, sagt sie begeistert.

Was er ihr wohl erzählt haben mag? Du nimmst ihm die karierte Tasche aus der Hand, die Trageschlaufen sind klebrig.

Die Flugbegleiterin deutet auf die M&M's. »Wie gesagt, iss sie bald, Sameer, sie schmelzen sonst in der Hitze.« Sie umarmt ihn zum Abschied fest. »Ich vermisse dich jetzt schon.«

Sameer wird rot und sieht ihr traurig nach, wie sie beschwingt in der Menge verschwindet.

Du solltest mehr lachen und weniger planen. Du solltest nicht überall Probleme wittern. Was auch immer hier in Los Angeles passieren wird, es liegt nicht allein bei dir.

Von der Begeisterung der Stewardess angesteckt, heißt du Sameer in Hollywood willkommen. Das sei die Traumfabrik. Hier würde aus Träumen Wirklichkeit.

SAMEER
LOS ANGELES

IM ZWEITEN FLUGZEUG BEDIENT MICH eine Frau. Sie heißt Gloria und lässt mich einen chinesischen Film ansehen, in dem Kriegerinnen in märchenhaften Palästen ihre Schwerter schwingen. Sie springen mutig und leichtfüßig durch Bambushaine, gleiten über Seen und schweben wie Geister durch die Nacht. Dazu spielt ergreifende Musik, die ihren Kampf wie einen Tanz wirken lässt. Ich schlafe ein, und in meinen Träumen funkeln die Sterne aus dem Ozean.

Onkel Hasir holt mich vom Flughafen in Los Angeles ab. Im Taxi weiß ich gar nicht, wo ich hinschauen soll. Bilder und Farben kitzeln meine müden Augen. Fotos von Menschen, von Essen, Autos, Landschaften und vor allem von Frauen, überall, so groß wie Häuser.

»Das sind Werbeplakate«, erklärt mein Onkel.

Eins davon zeigt drei junge Frauen in silbernen Kleidern, ihre Haut ist golden, ihr Haar glänzt. Alle drei schauen mir direkt in die Augen, ihr Blick verfolgt den Wagen. Onkel Hasir lehnt sich hinüber. »Das sind Destiny's Child, sehr beliebte Sängerinnen, Popstars. Du wirst ihre Musik mögen. Musik macht Leute glücklich, egal, was die Mullahs euch weismachen wollen.«

Wenn er von meinen unreinen Gedanken wüsste.

Das Chateau Marmont ist ein wahres Schloss. Auch hier kennt jeder meinen Onkel Hasir, aber man grüßt ihn mit seinem amrikanischen Namen Henry. Anders als in Kabul sind sie hier nicht so unterwürfig, sondern behandeln ihn wie einen Freund. Alles ist unglaublich rein, kleine Wunder verbergen sich in jedem Winkel. Die Leute gehen leise über polierten Stein, ohne ihre Schuhe abzustreifen, Lichter flackern, Ventilatoren surren geschäftig an den Decken. Musik schlängelt sich durch das Labyrinth der Korridore, durch gewundene Gänge, treppauf und -ab. Zwischen den Mauern wachsen üppige Pflanzen, riesige Blüten explodieren aus saftigem Grün. Das muss das Paradies sein.

Als wir in Onkels Herberge ankommen, habe ich die Orientierung verloren. Er schlägt vor, ich solle duschen. Im Waschraum mit den blauen Kacheln dreht er an den silbernen Hähnen und wird selbst ganz nass vom Strahl, der plötzlich hervorschießt. Er lacht nur und wickelt ein frisches Stück Seife aus. Das warme, weiche Wasser fällt von der Decke wie ein Sommerregen, alles riecht wunderbar. Im Spiegel sieht mich ein magerer Junge an. In letzter Zeit bin ich schneller gewachsen, als ich essen konnte. Auf das schneeweiße Handtuch ist ein Satan mit Hörnern gestickt, der Flöte spielt. Ich trockne mich so ab, dass er nicht mit mir in Berührung kommt. Mein Onkel hat mir westliche Kleidung gekauft. Ein kurzärmeliges Hemd und karierte Shorts liegen auf meinem Bett.

»Ich hab den Muezzin gar nicht gehört«, sage ich.

»Hier gibt es keine.« Mein Onkel legt zwei Handtücher so auf den Boden, dass man die Stickerei nicht sieht. Wir beten.

Später schiebt ein junger Mann einen Wagen mit einer silbernen Kuppel herein. »Hi Sameer, wie geht's?« Er kennt meinen Namen. Er hebt die Kuppel hoch und zeigt auf einen Turm aus Brot, Gemüse und Fleisch. Kartoffeln sind in dünne Stäbe geschnitzt. »Dein BLT-Sandwich mit Pommes frites. Guten Appetit.«

Alles ist warm, bunt, süß und salzig zugleich. Irgendwann bin ich so voll, dass mir der Bauch wehtut, und ich schäme mich ein bisschen für meine Gier. Der Onkel hat gar nichts gegessen. Die Sonne ist noch nicht einmal untergegangen, aber ich bin schon müde. Onkel Hasir schickt mich schlafen. Das Bett an der Balkontür schließt mich in weiße Wolkenarme.

Als ich wieder aufwache, ist es noch dunkel. Ich weiß nicht, wo ich bin, zuerst glaube ich, ich träume, bis ich meinen Onkel schnarchen höre. Die Balkontür steht offen, und ich schlüpfe hinaus. Ein Swimmingpool leuchtet blass im Mondlicht wie die Seen, die ich vom Flugzeug aus gesehen habe. Die Sonne muss bald aufgehen. In der Ferne rauscht Verkehr, aber hier ist es ganz still. Der Himmel ist klar und voller Sterne, den Sommersprossen der Nacht, wie sie Elham nannte.

Ich hatte sie ewig nicht gesehen, als sie mir kurz vor der Abreise auf der Mandawi Road begegnete. Zwei Frauen in Burqas kamen auf mich zu, eine ältere, eine jüngere. Die Ältere balancierte eine Nähmaschine auf dem Kopf. Ich spürte ihre Blicke. Wie beiläufig tauchte die Hand der Jüngeren unter dem Stoff zu einem vorsichtigen Gruß auf. Es waren Elhams Finger, ich erkannte sie sofort, da tauchten sie schon wieder ab. Als die beiden an mir vorbeigegangen waren, blieb ich stehen und flüsterte Elhams Namen. Sie drehte ihren Kopf ein wenig zur Seite. Eine Antwort. Da war mir alles egal und ich rief laut: »Elham!« Sie stolperte, und die Frau mit der Nähmaschine schlug ihr auf die Schulter. Es muss ihre Mutter gewesen sein.

Ich habe jetzt auch eine Mutter. Ob Elham das weiß? Ob Behrooz es ihr erzählt hat? Ob sie je nach mir gefragt hat? Heute könnte ich Elham viele ihrer Fragen beantworten. Warum mein Onkel wollte, dass ich Englisch und nicht Französisch lerne, zum Beispiel.

Ich krieche in die weichen Laken zurück. Still forme ich ihren Namen mit meinen Lippen und mir wird ganz schwindlig vor Sehnsucht. »Elham. Elham-joon.«

Onkel Hasir nimmt mich zu einer persischen Familie mit, den Balalis. Der Hausherr Farhad ist ein berühmter Anwalt, aber die meiste Zeit redet seine wunderschöne Frau. Es ist eine Feier für wenige Gäste, der ganze Tisch ist mit Essen überhäuft. Farhad-saybs Ehefrau bittet mich, neben ihr Platz zu nehmen, und serviert mir angebräunten Reis mit Granatapfelkernen, die wie Rubine glitzern. Ihre Fingernägel sind dunkelrot lackiert, Armreifen klimpern mit jeder Bewegung, und ein geheimnisvoller Duft verbreitet sich, wenn sie ihr Haar über die Schultern wirft. Sie fasst mich ständig an, streicht mir über den Rücken. Ihr Gesicht kommt mir nah, und mir wird ganz anders, wie sie mich so betört.

Sohn Rafiq füllt die Gläser der Gäste mit Alkohol wie ein Bediensteter, aber es scheint ihm nichts auszumachen. Seine Haare stehen wie ein zackiges Gebirge von seinem Kopf ab, und der muskulöse Oberkörper sprengt fast das enge T-Shirt. Seine Hosen sind dagegen weit und rutschen über seinen Hintern. Er geht breitbeinig, damit sie nicht zu Boden fallen. Seine jüngere Schwester Zainab ist dick. Sie trägt einen silbernen Ring im Nasenflügel, ihr Haar ist an manchen Stellen rasiert. Sie muss einen Unfall gehabt haben. Sie stochert schmollend im Essen.

»Maaaaaamaaa! Mami!« Zainab unterbricht die Unterhaltung der Erwachsenen.

»Was gibt es jetzt wieder, Habibi?« Ihre schöne Mutter ist plötzlich irritiert.

»Bitte, Mama, ich will noch ein Piercing! Nur noch ein einziges! Bitte!«

»Das reicht, Zainab! Nein, Ende der Diskussion.«

Zainab wirft ihre Serviette auf den Tisch und stapft lärmend die Treppe hinauf. Keiner beachtet sie weiter.

Die Erwachsenen sprechen mehrere Sprachen gleichzeitig. Französisch, Englisch, etwas Dari und Farsi, was sehr ähnlich klingt. Sie diskutieren Gesetze, Reisedokumente und Visa, ab und zu ein Inshallah. Mit mir sprechen sie Englisch, nur etwas langsamer. Sie loben meine Kenntnisse in den Himmel. Niemand erwähnt meine Mutter. Obwohl alle sehr freundlich sind, sind ihre Augenbrauen in ständiger Sorge erhoben. Mein Onkel zieht Luft durch die Zähne.

Nach dem Abendessen klingelt es an der Tür, und ein Mann mit schwarzer Haut kommt herein. Er stellt sich als JJ vor. Es klingt nicht nach einem richtigen Namen, aber alle scheinen ihm zu glauben. Zainab poltert die Treppe herunter. Sie trägt ein dünnes Nachthemd, schwere Stiefel wie die Mujahideen und schleift einen Rucksack über den Boden. Zainabs Mutter ist sehr freundlich zu dem Mann namens JJ und sagt ihm, er solle Zainab vor Mitternacht nach Hause bringen. Wo er Zainab wohl hinbringt?

Später rauchen die Männer auf der Terrasse.

»Lass uns oben PlayStation spielen gehen, Sameer«, sagt Rafiq.

»Ich will dich nicht stören.« In Wahrheit möchte ich lieber bei seiner Mutter bleiben.

»Entspann dich, Bro, das hier ist nicht Kabul. Hier gibt's Spaßprogramm.«

In seinem Zimmer hängt ein riesiges Plakat von einem starken Mann in Schwarz-Weiß, der nur Unterhosen trägt. Er muss ein Ringer sein. Wie bei Rafiq stehen auf dem Bund die Worte *Calvin* und *Klein*.

Rafiq besitzt viele elektronische Geräte mit Kabeln und hat sogar seinen eigenen Fernseher. Sein ganzer Stolz ist das Videospiel namens *Grand Theft Auto*. Man muss Autos stehlen, Gangster überlisten und darf sich dabei nicht von der Polizei erwischen lassen. Je mehr man stiehlt, überlistet und flieht, desto besser. Die Figuren sind aus klitzekleinen Vierecken gemalt und bewegen sich ganz abgehackt. Es kommen sogar Frauen vor, Rafiq nennt sie Bräute. Er zeigt mir geduldig, wie man mit den Autos durch die Straßen fährt. Zuerst habe ich keine Lust, dann merke ich, dass es ganz einfach ist, wenn ich mich konzentriere. Einmal gelingt es mir, mehrere Minuten lang ohne Unterbrechung durch die Wolkenkratzer zu rasen, und mein Herz pocht vor Aufregung. Als ich in einer Kurve aus der Bahn geschleudert werde und der Wagen in Flammen aufgeht, bin ich tot und richtig enttäuscht.

»Du bist ein Naturtalent, Sameer.« Rafiq ist beeindruckt.

Kaum habe ich an dem Spiel Gefallen gefunden, will Rafiq schon wieder etwas anderes tun. Er dreht die Musik lauter, bis der Boden vibriert. Eigentlich klingt es überhaupt nicht wie Musik. Es ist nur ohrenbetäubender Lärm und unverständliches Gebrüll. Dazu stampft er unbeholfen herum, während ihm die Hose tiefer unter den Hintern rutscht.

»Eminem ist ein Genie. Was hörst du so?«

Ich habe wieder keine Antwort parat.

»Komm, sag schon, welche Bands, welche Sänger?«

Mir fallen nur die Frauen von dem Plakat ein, die mir Onkel Hasir gezeigt hat. »Destiny's Child!«

»Destiny's Child sind verdammt heiß. Die spielen am Wochenende downtown. Mein Vater kennt Leute bei Columbia. Kann sein, dass er uns Gratis-Tickets besorgen kann. Vielleicht sogar Backstage-Pässe. Hast du Lust?« Rafiq deutet mit einer komischen Dreifinger-Geste auf mich, aber ich verstehe nichts. Columbia. Downtown. Backstage.

»Ja danke, Rafiq. Sehr gerne. Du bist so großzügig.« Ich versuche, keine falsche Bescheidenheit zu zeigen, obwohl ich keine Ahnung habe, ob ich überhaupt selbst entscheiden darf, mitzukommen. Da fällt mir siedend heiß ein, dass ich seit dem Morgen nicht mehr gebetet habe. »Haben wir jetzt das Gebet verpasst?«

»Das läuft hier anders«, sagt er gelangweilt. »In LA beten wir in der Heiligen Moschee des Rap, Bruder. Wann wir wollen.«

Niemand in Kabul wird mir glauben, wie es in Amrika zugeht.

Als wir uns verabschieden, gibt einer der Männer meinem Onkel ein kleines Paket mit. »Etwas zum Entspannen«, sagt der Mann. »Das hast du dir verdient, Hasir-jan. Bei all der Mühe, die du dir gibst. Farhad wird eine Lösung finden.«

Die nächsten Tage ist der Onkel sehr gesprächig. »Kannst du dich an Destiny's Child erinnern, die Sängerinnen auf dem Plakat?«

Wie könnte ich diese Frauen vergessen? Mein Onkel zaubert eine CD mit ihrem Bild hervor und schiebt sie in die Stereoanlage.

Helle, weiche Stimmen füllen den Raum. Mein Onkel schließt die Augen, breitet seine Arme aus und tanzt zu der Musik. »Destiny's Child sind Engel! Ein Vorgeschmack aufs Paradies! Man muss sie einfach anbeten.«

So kenne ich ihn gar nicht, voller Begeisterung, seine Worte scheinen von Herzen zu kommen. Er strahlt wahrhaftig vor Glück und bewegt sich voller Hingabe. Jetzt wird mir klar, warum er so berühmt ist. Das ist Hasir-saybs wahres Gesicht.

»Rafiq hat gesagt, hier wird in der Heiligen Moschee des Rap gebetet.« Mein Onkel soll merken, dass ich schon etwas dazugelernt habe. »Deshalb gibt es auch keine Muezzins.«

»Gar nicht so dumm, dieser Rafiq«, sagt er. »Musik und Gebet gibt es im Islam schon lange. Denk nur an die Sufis! Lass uns tanzen, Sameer-jan.« Onkel Hasirs Augen leuchten. Es ist sicher nicht das erste Mal, dass er so betet. Allerdings hat er auch die Pfeife geraucht, die ihm die Perser mitgegeben haben.

Ich lasse meinen Körper zu den Klängen treiben, und ihre Stimmen füllen mein Herz mit Licht. Erst als das Lied vorüber ist, merke ich, dass Onkel Hasir sich wieder hingesetzt hat und weiterraucht.

»Rafiq nimmt dich auf ein Konzert mit«, sagt er. »Du solltest dich amüsieren, etwas von LA sehen und die Mullahs für eine Zeit vergessen.«

Rafiq holt mich in einem Cabriolet ab. Er gibt mir ein T-Shirt, auf dem *Calvin Klein* steht.

»Danke, Rafiq. Wer ist dein Held, dieser Calvin Klein? Wofür ist der berühmt?«

»Nichts, das ist einfach nur ein cooles Label.«

Ich kann mich nicht weiter von den Verwirrungen der Amrikaner ablenken lassen, also nehme ich meinen ganzen Mut zusammen und komme zum Punkt. »Rafiq, ich bin hier, um meine Mutter kennenzulernen. Meine richtige Mutter, die mich geboren hat. Kannst du mich zu ihr bringen? Bitte! Ich werde dich belohnen.«

»Mann, würde ich sofort machen, aber ich kenne deine Mutter gar nicht.«

An der Ampel zeige ich Rafiq das Schwarz-Weiß-Foto meiner Mutter. »Sie ist das Mädchen in der Mitte, da war sie noch jung. Sie soll immer noch sehr schön sein.«

»Ich kenne sie nicht, wirklich. LA ist riesig.«

Ich wünschte, ich könnte sie besser beschreiben. Rafiq fragt gar nicht erst nach meinem Vater, wahrscheinlich weiß er von der Geschichte. Auf einmal habe ich das Bedürfnis, meine Mutter zu verteidigen, ihre Ehre. »Mein Englischlehrer Murtaza hat gesagt, dass sie Literatur studiert hat. Dass sie intelligent und diszipliniert ist.« Wie beliebt sie war, erwähne ich lieber nicht, das könnte den falschen Eindruck erwecken.

Rafiq lacht und mustert mich von der Seite. »Pass auf, Sameer. Ich kenne sie nicht. Ich kenne deinen Onkel kaum. Bloß weil meine Mutter will, dass du sie Tante nennst, heißt das noch lange nicht, dass wir verwandt sind. Sie meint es gut, aber manchmal übertreibt sie. Ihr tut immer alles wahnsinnig leid, Bro. Wir haben ständig Leute wie dich zu Besuch. Und wenn ich Bro zu dir sage, dann meine ich auch nicht, dass du mein Bruder bist, sondern das ist einfach –«

»Hast du gerade gesagt, dass ich deiner Mutter leidtue? Weil ich ein Bastard bin?« Mein Hals schnürt sich zu vor Wut. Dabei war die Frau so nett zu mir.

»Nein, nein, nein! Du verstehst das alles falsch.«

Rafiq sucht nach Worten.

»Bro, hier in den Staaten sind wir alle irgendwie Bastarde. Stolze Bastarde. Deshalb ist mein Vater Anwalt geworden. Er ist iranischer Jude, falls dir das was sagt. Meine Mutter ist Palästinenserin. Mein Vater hat meinen Onkel aus Gaza rausbekommen. Lebend. Weißt du, wo das ist? Es ist wie ein riesiges Freiluftgefängnis. Bei uns zu Hause sind ständig Leute, die von irgendwo herkommen und eingebürgert werden wollen. Mein Vater hilft ihnen dabei, Amerikaner zu werden.«

»Er hilft Leuten mit unehrenhaften Vätern wie mir? Wer sagt denn, dass ich Amrikaner werden will?«

»Mein Dad hat beim Abendessen gesagt, dass irgendwas mit deinem Pass nicht stimmt«, sagt Rafiq in gelangweiltem Ton.

»Was denn?«

»Keine Ahnung, vielleicht aus dem falschen Land, falsches Visum, abgelaufen. Irgendwas ist immer. Ehrlich gesagt, verstehe ich das auch nicht so genau, obwohl bei uns über fast nichts anderes geredet wird und mir das langsam zum Hals raushängt.«

Jetzt kann ich die Tränen nicht mehr halten. Sie kommen einfach herausgelaufen.

Rafiq hält den Wagen an und nimmt mich in den Arm.

»Tut mir leid, Sameer. Ich bin ein Idiot. Das muss so hart sein für dich.«

»Wo ist meine Mutter?«

»Ich weiß es nicht, Bro. Vielleicht ist sie umgezogen. Sie wird wiederauftauchen!« Er klopft mir auf den Rücken. Für einen Moment fürchte ich, ihm das Hemd zu verschmutzen, dann fällt mir ein, dass ich wahrscheinlich noch nie so sauber war.

»Mein Vater kriegt das schon hin. Sie nennen ihn nicht umsonst Vater Teresa.«

Ich bin zu erschöpft, um nachzufragen, wer Vater Teresa ist. Über LA geht die Sonne unter. Hier vom Hügel aus leuchten die Lichter der Stadt wie die Juwelen einer Prinzessin. Eines Tages werde ich meine Prinzessin Elham heiraten, Inshallah.

»Lass uns auf das Konzert gehen, Bro!«

Destiny's Child treten in einer Arena auf, die so groß ist wie das Ghazi-Stadion, nur überdacht. Händler verkaufen Süßigkeiten und Getränke. Hunderte von Leuten sind gekommen, vielleicht Tausende, mehr als ich zählen kann. Die Bühne liegt noch im Dunkeln.

Plötzlich durchzucken Blitze die Halle, ein Trommeln, ein entfernter Donner, und auf der Bühne plustern sich Wolken auf. Ein Dröhnen wie von einem Panzer lässt den Boden erbeben. Es ist, als würde sich ein Sturm zusammenbrauen. Rafiq bemerkt mein Unbehagen. »Keine Sorge, das ist Teil der Show.«

Dann schreien alle auf, und die drei Frauen von dem Werbeplakat erscheinen auf der Bühne: Destiny's Child!

Das Licht ist nur auf sie gerichtet. Ihre Kostüme glitzern, das

Haar wirbelt ihnen um die Gesichter. Ihre Stimmen elektrisieren die Arena, und ein wohliger Schauer erschüttert mich.

Die Zuschauer werfen ihre Hände in die Luft und singen begeistert mit, *I'm a survivor*. Auch ich lasse mich von der Musik in den Bann ziehen, singe, tanze, juble mit der Menge. Ich bin so verzückt, dass ich die Augen schließe und vor Freude in die Luft springe. Inmitten der Zuschauer fühle ich mich nicht mehr wie ein Außenseiter, sondern wie ein Teil dieser großen Bewegung. Die Gesänge dieser Engel sind so bezaubernd, sie streichen über meine Haut, tauchen in mich hinein und beleben mich in meinem tiefsten Innern.

Er ist es, Allah der Schöpfer, der dieses Wunder vollbringt. Er wirft meine Arme in die Höhe, erweckt alle meine Sinne, und auf einmal werde ich mir des riesigen Universums und der Macht unseres Glaubens bewusst. Die Lebensart der Amrikaner übertrifft alles, was ich mir je erhoffen konnte. Das hier ist besser, größer und wahrhaftiger als jedes Freitagsgebet. So nah habe ich mich Allah noch nie gefühlt. Das ist es also, wovon mein Onkel sprach.

Da nimmt ein Mädchen mit roten Haaren meine Hand und singt in mein Ohr. Ihr Atem riecht nach Kirschen. Als ich sie nach dem Geruch frage, beißt sie die Hälfte ihres Kaugummis ab und schiebt ihn mir in den Mund. Sie sagt, ich sei wunderschön und dass sie meine Sommersprossen mag. Sie streicht mir mit ihren Fingern zärtlich über das Gesicht. Keiner dreht sich nach uns um.

»Ich bin ein sowjetischer Bastard!«, schreie ich, obwohl sie so nett zu mir ist.

»Wirklich? Super! Ich bin auch Russin!« Es scheint ihr egal zu sein, dass die anderen es hören. Sie sieht mir dabei tief in die Augen, und dann küsst sich mich, einfach so. Ihre Lippen öffnen sich, die beiden Kaugummihälften schwimmen zwischen unseren Zungen hin und her, und mein Mund wird glitschig von der süßen Kirsch-Spucke. Ich wünschte, ich hätte so mit Elham Kulfi essen können. Das ist ein Vorgeschmack aufs Paradies.

Ergriffen schreie ich ihr ins Ohr. »Gott ist groß! SO GROSS!«

LEUTNANT RYDER
NEW MEXICO

KELLOGG LIESS SICH IMMER mit einem lauten Schrei – irgendetwas mit Allah – aus dem Flugzeug fallen, bis der Wind seine Stimme erstickte. Er beugte sich an der Rampe so weit vor, dass er in der Luft einen Salto schlug, bevor er Arme und Beine zum Stern von sich streckte. Seine Energie war ansteckend. Er hatte Mut und Phantasie und verwandelte die bedeutungslosesten Momente in unvergessliche. Wenn Ryder mit Kellogg zusammen war, hatte auch er das Gefühl, etwas Besonderes zu sein. Auf Spott antwortete Kellogg nur mit einem Schulterzucken, selbst den fiesesten Ausbildern gelang es nicht, ihn fertigzumachen. Kellogg stand über den Dingen. Unangenehme Erfahrungen verbuchte er als Streiche, die einem das Leben spielte. Er nahm sich selbst nicht wichtig. Manchmal redete er sich auch auf seinen Glauben heraus. Allah hätte sein Schicksal im Griff.

Wahrscheinlich einer der Gründe, warum er so nachlässig war, für einen Marine regelrecht schlampig. Ryder hätte Kelloggs Fallschirm prüfen sollen, auch den Ersatzschirm, jedes Mal. Wie konnte er nur so verblödet sein? Jetzt ist es zu spät. In Kellogg hatte Ryder endlich so etwas wie einen Bruder gefunden. Nur um ihn gleich wieder zu verlieren. Schon als Kind hat Ryder andere oft um ihre Geschwister beneidet. Er sehnte sich nach einer richtigen Familie, mit einem Vater, der einen soliden Beruf hat, anstatt sich vollzudröhnen, und einer Mutter, die Essen macht und bei den Hausaufgaben hilft, anstatt sich über das teure Schulmaterial zu beschweren oder beim

Elternabend durch Abwesenheit zu glänzen. Er hat versucht, die Verlässlichkeit stabiler Familien mit Katie nachzustellen, das Zusammengehören. Es ist ihnen nicht gelungen. Etwas an ihrer Zweisamkeit fühlt sich immer falsch an.

Irgendetwas muss in den Stunden, die er mit dem Schamanen in der Wüste verbracht hat, passiert sein. Irgendein Knoten hat sich gelöst. Ryder wünschte, er könnte dieses Gefühl, das der Tee bei ihm ausgelöst, das die verlorene Zeit bei ihm hinterlassen hat, wiederherstellen. Mit Kelloggs Tod ist es ihm wieder entglitten. Wenn er sich nur erinnern könnte. Er war Kellogg so nah. Er war sich so nah. Er fühlte sich so frei, so verstanden. Ohne Kellogg ist das Leben wieder vollkommen sinnlos.

Benommen taumelt Ryder durch die Tage auf der Ranch. Nachts kann er nicht schlafen. Die Drishtis durchkämmen weiter Geheimdienstmaterial nach Verdächtigen aus dem Al-Qaida-Dunstkreis. Brook analysiert mit Zulu Ton- und Videoaufnahmen. Araber tauchen darin in wechselnder Aufmachung und Gesichtsbehaarung an verschiedenen Orten auf, am Flughafen Schiphol, an der Universität in Kairo, in einer Moschee in Brüssel, einem Terror-Trainingscamp in Afghanistan. Anwar, Haviland und Tyrone bereiten die Informationen über die Männer, ihre Verbindungen, ihre Bewegungen mit Fotos auf einer Weltkarte an der Wand auf. Die feinen Verbindungslinien ergeben ein verwirrendes Netzwerk. Ryder fällt es schwer, sich zu konzentrieren.

Auf einmal wirkt der General fahrig und nervös. Er hält das Foto eines strahlenden Mannes mit Filzhut hoch. »Wer ist dieser Mann?«

Das charismatische Gesicht mit den tief gegerbten Falten ist eines der wenigen, die sich Ryder sofort eingeprägt haben. »Afghanischer Kriegsherr, Massoud, Sir«, sagt er.

»Ahmad Shah Massoud«, fügt Haviland hinzu. »Der Löwe von Panjshir.«

»Was wissen Sie noch?« Der General fixiert Ryder weiter.

»Afghanistans Antwort auf Che Guevara«, ergänzt Anwar.

Brook meldet sich. »Im Gegensatz zu Che gegen den Marxismus. Drängte die sowjetischen Besatzer zurück.«

»Tadschike, kurzzeitig Verteidigungsminister, Kommandant der Nordallianz«, sagt Jamie.

»Mehr!« Der General schwenkt das Foto nachdrücklich in der Luft, als würden dadurch neue Informationen freigesetzt.

»Er will Autonomie für Afghanistan«, wirft Brook hinterher, »traut dem pakistanischen Geheimdienst ebenso wenig wie den Mujahideen, die wir unterstützen, und will die internationalen Jihadis mit ihren Trainingscamps loswerden.«

»Sehr gut«, der General nickt.

»Gebildet, spricht Französisch«, sagt Zulu. »Zitiert Lyrik. Gläubig, aber moderat. Hält nichts vom Steinzeit-Islam der Taliban.«

Die Augen des Generals springen zwischen den Männern hin und her. »Ich habe gerade eine alarmierende Nachricht erhalten. Massoud ist gestern getötet worden. Ein Selbstmordkommando hat sich mit ihm in die Luft gesprengt. Laut Geheimdienstberichten waren es Araber.«

»*Mierda!*«, murmelt Morales.

»Korrekt, Morales. Warum? Ryder!«

»Weil sich diese Araber in die Politik eines unabhängigen Landes einmischen.« Es ist nicht die Antwort, die der General hören will.

Er lehnt sich zu Ryder. »Ok, aber warum ist das schlecht für uns? Wir sind ziemlich weit weg.«

Anwar antwortet statt Ryder. »Massoud hat im April in Brüssel an das Europäische Parlament appelliert, sie sollten ihn unterstützen. Er hat vor Anschlägen auf die USA gewarnt.«

Der General baut sich vor Ryder auf, ganz nah. »Genau. Massoud hat die USA gewarnt. Vor was? Vor wem? Spucken Sie es aus.«

Als Ryder den Atem des Generals im Gesicht spürt, hält er es nicht mehr aus und stößt ihn weg. Bevor der General Ryder packen kann, drängelt Anwar sich zwischen die beiden. Ryder stolpert rückwärts.

»Osama bin Laden«, sagt Anwar und hält beschwichtigend die Hände hoch, »bin Laden soll sich in Afghanistan aufhalten. Ein ungebetener Gast.«

Der General greift nach dem Satellitentelefon. »Ich werde jetzt ein paar Leute in Washington aus ihrem Schneewittchen-Schlaf holen. Hoffentlich ist es nicht zu spät.« Er zieht die Antenne heraus und marschiert hinaus in die Landschaft.

»Ich steige aus!«, sagt Ryder.

Drei Worte. Freiheit.

Er geht in die Scheune, greift nach seinen Sachen und läuft zu seinem Auto. Haviland und Anwar sind ihm auf den Fersen. »Überleg dir das, Ryder!«

»Ich kann nicht mehr«, murmelt er. Als er losfährt, steht der General noch immer auf dem offenen Feld. Ryder wird ihn anrufen und alles erklären.

Kaum hat Ryder die Interstate erreicht, sieht er den Wagen des Generals im Rückspiegel. Er hält an. Der General steigt aus, justiert die Sonnenbrille, heute glänzt sogar eine Heckler & Koch am Gürtel. Mini-Sandtornados wirbeln um seine Stiefel, und ein Steppenläufer rollt über die Landschaft. »Sie können nicht so einfach alles hinwerfen, ohne meine Zustimmung schon gar nicht, das ist Ihnen hoffentlich klar.«

Ryder sucht nach Worten, aber er befürchtet, loszuheulen, wenn er den Mund aufmacht.

»Es ist hart, jemanden zu verlieren. Es reißt einen Krater in die Seele, und man kann sich eine Zeit lang nicht vorstellen, dass er sich je wieder schließen wird.« Der General starrt in die Ferne. »Mein Vater war auch Soldat, ein ziemliches Arschloch, als Vater völlig untauglich. Hat im Zweiten Weltkrieg gedient, ganz jung, einen seiner Kumpels verloren damals. Er ist nie drüber weggekommen. Ich hatte lange keine Vorstellung davon, was er erlebt haben muss, das Leiden, diese Gewalt. Ich bin trotzdem zur Armee gegangen, wahrscheinlich wollte ich ihm etwas beweisen.« Er malt mit dem Stiefel

Kreuze in den Boden. »Als ich dann in Vietnam war, hat sich das geändert. Ich sah dort einmal ein junges Mädchen, das vor mir weglief. Nahe Hoi An, an einem Fluss, nur ein kleines Dorf, primitive Hütten, Reisfelder. Genau wie in den Filmen. Jedenfalls rannte sie vor mir weg und sie hatte etwas in der Hand, vielleicht eine Handgranate. Ich hatte den Finger am Abzug, aber ich brachte es nicht übers Herz, abzudrücken.« Der General streicht sich das bügelfreie Hemd glatt. »Dann ist sie explodiert. Bumm! Auf eine Mine getreten. Ihr zerfetzter Körper landete vor mir auf dem Boden. Nur ihr Kopf war unversehrt, aus dem sahen mich ihre Augen an. Ein Kind. Ich bin das Bild nicht mehr losgeworden.« Er blinzelt in die Sonne. »Ich hatte eine unglaubliche Wut, als ich aus Nam wiederkam. Auf alles. Ich habe jeden gehasst und alles darangesetzt, mein Leben und das aller anderen, die mit mir zu tun hatten, zu ruinieren.« Er sieht Ryder jetzt direkt an. »Wamblee ist das Wort für Adler in ihrem indianischen Dialekt. Wamblee ist im April siebzehn geworden.«

Minderjährig, Indianerin, Drogen. Volltreffer. Ein Mädchen, das aus einem der Reservate vor Armut, Alkohol und Spielsucht davongelaufen ist. Nur um wieder bei Armut, Crack und Prostitution zu landen. Das hätte Ryder auch passieren können mit seinem Junkie-Vater.

»Die Welt ist ein riesiger wunderbarer Ort, und dieses Land hier«, jetzt streckt der General militaristisch die Brust vor, »dieses Land hier gehört uns gar nicht. Wir sind hier nur zu Gast bei den Indianern. Egal, was in unserem kleinen blauen Pass steht.«

»Sir, ich …« Ryder weiß nicht, was er sagen will.

»Ich habe keine Ahnung, was Sie mit dem Mädchen gemacht haben. Ich habe nicht vor, das zu melden, Ryder. Vorerst. Dadurch kommt Wamblee auch nicht in die Schule.«

»Mir ist die Sicherung durchgebrannt.«

»Ich kenn das. Damals nach Vietnam bin ich auch abgeschmiert, ziemlich heftig. Bis ich endlich den Schamanen getroffen habe. Als ich Sie da draußen in der Wüste gesehen habe, das war eine der beeindruckendsten Szenen, die ich je erlebt habe. Wie Sie sich geöffnet haben, was Sie zugelassen haben. Sie sind sehr tief in sich gegangen. Ich glaube, Sie haben selbst das Zeug zum Schamanen.«

Ryder sinkt in die Knie.

»Kellogg kann nicht ewig für Ihre Fehler herhalten, genauso wenig wie Vietnam für meine. Oder mein Vater, oder Ihrer.«

Sein Alter lässt ihn einfach nicht los.

»Ryder, ich bin nicht sicher, wie ich es ausdrücken soll. Ihr Vater hätte ins Gefängnis gehen sollen für das, was er mit Ihnen gemacht hat. Wenn er noch am Leben wäre, würde ich ihm persönlich einen Besuch abstatten. Ich würde ihm eigenhändig –«

Ein schriller Ton kreischt in Ryders Ohr.

»Sie waren noch ein Kind. Was Sie erlebt haben, muss grauenhaft gewesen sein. Unaussprechlich. Schmerzhaft. Diese Art von Missbrauch und Gewalt sollte niemand durchmachen müssen. Niemand hat so einen Vater verdient.«

Ryder hat gebeichtet. In der Wüste. Alles. Im Detail. Dem General, Kellogg, Sakchin und allen, die sonst noch zugehört haben.

»Was Ihr Vater getan hat, war falsch. Nichts rechtfertigt seine Handlungen. Verstehen Sie das? Alles, was Sie damals gefühlt haben, all die verwirrenden Empfindungen, die Sie bis heute verfolgen, sind manipuliert, von ihm. Nichts davon Ihre Schuld.«

»Ich habe es mit mir machen lassen.«

»Sie hatten damals keine Wahl. Sie waren noch ein Kind.«

»Ich bin verseucht. Widerlich.«

»Davon haben Sie sich in der Nacht hier in der Wüste freigeschwommen. Sie haben Ihren Alten hinter sich gelassen. Sie werden jetzt diesen Vorhang wieder vorziehen, so wie Sie es Kellogg und mir gezeigt haben. *Zwirsch!* Sie sind damit fertig. Es war eine Erfahrung, nicht mehr. Das Leben ist voll von diesen Ereignissen, manche angenehm, andere nicht. Jetzt sind Sie erwachsen, nicht mehr der kleine Junge von damals. Ihr Vater ist tot.«

»Es tut mir leid, Sir.«

»Mir sind Sie nichts schuldig, Ryder. Sie haben jeden Tag aufs Neue die Chance, etwas Gutes zu tun. Linda mag nicht die beste Ersatzmutter sein, aber sie ist die einzige, die sich Wamblee angenommen hat.«

Er hält Ryder einen Zettel mit einer Nummer hin.

»Sie sollten sich mit Ihrem Verhalten auseinandersetzen. Ich verstehe, dass Ihnen das schwerfällt.«

Ryders Tränen fallen auf das Blatt.

»Jeder Atemzug, den wir im Laufe unseres Lebens tun, ist unwiederbringlich. Jeder Schritt, den wir auf dieser Erde tun dürfen, einzigartig. Welchen wollen Sie heute gehen? In welche Richtung? Was sollen Ihre Hände als Nächstes anpacken? Wen wollen Sie berühren? Welche Worte wollen Sie aussprechen? Das können nur Sie bestimmen. Das kann niemand anderes für Sie tun, aber diese Freiheit kann Ihnen auch niemand nehmen.«

Ryder wird sich etwas einfallen lassen.

»Sie haben nur ein Leben. Machen Sie was daraus. Retten Sie einen Käfer, rufen Sie jemanden an, zu dem Sie vor Jahren ekelhaft waren, lauschen Sie von mir aus den Stimmen auf einem Friedhof. Lassen Sie sich bei Linda blicken.«

Ryder sagt lautlos Danke.

»Und wenn Sie schon in der Gegend sind, Ryder, dann schauen Sie bei Kelloggs Eltern vorbei und sagen Sie ihnen verdammt noch mal, wie sehr Sie ihren Sohn geliebt haben. Wie sehr Kellogg Sie geliebt hat. Stehen Sie dazu, wer Sie sind. Ich glaube an Sie und werde Sie nie im Stich lassen. Nie. Nur über meine Leiche. Ich werde Sie mit allem, was mir zur Verfügung steht, beschützen. Das ist ein Versprechen.«

»Ich werde Sie nicht enttäuschen, Sir.«

»Das weiß ich. Halten Sie sich bereit. Ich habe eine ungute Vorahnung.«

Der General wendet sich ab, steigt in seinen Wagen. Als er am Horizont verschwindet, bleibt Ryder am Straßenrand sitzen und heult.

Er wird nach Joshua Tree fahren. Er wird die Nacht durchfahren.

Er hat nur ein Leben.

HASIR ZAMAN
SANTA MONICA

DAS TAXI HÄLT VOR UZMAS GRUNDSTÜCK in Santa Monica. Du wirst dich nicht länger telefonisch abwimmeln lassen. Du wirst sie zum Karaoke nach Koreatown ausführen. Du bist nicht den ganzen Weg hierhergekommen, um ihr Sameer am Telefon vorzustellen. Heute ist er auf dem Konzert, und wenn alles gut läuft, kannst du ihn schon morgen herbringen.

Das Sirren der Heuschrecken wird von einem nahenden Polizeihubschrauber übertönt, dessen Lichtkegel den Smog erhellt. Als der Druck in deiner Brust nachlässt, gibst du dem Fahrer ein paar Scheine und sagst, er solle die Uhr laufen lassen. Die Farbe am schmiedeeisernen Tor blättert ab, die vertrockneten Wedel einer Palme hängen müde am Stamm, Unkraut wuchert zwischen den Terrakotta-Fliesen; die Bougainvillea ist verkümmert, untypisch für deine Schwester, die sonst immer darauf bedacht ist, mit geschickter Bepflanzung von der protzigen Architektur – ein unseliger Stilbruch – abzulenken. Du wirst die Ästhetik der Amerikaner nie verstehen, auf deine Schwester hat sie glücklicherweise nur teilweise abgefärbt. Letztes Jahr an einem Grillabend zauberte Babak am Tisch eine motorisierte Pfeffermühle hervor. Uzmas und dein Blick trafen sich, und ihr musstet bei dem Motorgeräusch laut lachen. Babak seufzte, suchte nach einem Grund, das Utensil zu behalten, und Uzma schlug vor, damit Gras zu mahlen. Babak nahm das Gerät und stellte es neben den Gartenstuhl, wo er gewöhnlich seinen Gute-Nacht-Joint rauchte.

»Zufrieden?«, fragte er.

»Sehr«, antwortete Uzma und streifte dich mit einem ihrer vielsagenden Seitenblicke. Ein träges Flattern der Lider, Versuchung und Strafe zugleich, immer mit leidenschaftlicher Langeweile ausgedrückt. Auch Inès ist eine Meisterin darin. Es ist eindeutig eine Frage des Chromosoms. Der Abend damals wäre der perfekte Moment gewesen, um Uzma über ihren Sohn aufzuklären, aber du wolltest die Vertrautheit nicht gefährden, die sich in diesem Moment zwischen euch auftat.

Später seid ihr nach Koreatown in eine Karaoke-Bar gefahren, eine alte Geschwister-Tradition, um durch die Popmusik Dinge auszusprechen, die ihr nicht laut sagen könnt. Uzmas *cri de cœur* war Cindy Laupers »Girls Just Wanna Have Fun«, manchmal sang sie sogar Madonnas »Like A Virgin«. Erst jetzt erkennst du die versteckten Anspielungen. Babak war nie für Karaoke zu begeistern, also hattest du Uzma an diesen Abenden nur für dich.

Du klingelst. Babak kommt barfuß zum Tor, im dunklen Anzug, das Hemd bis oben hin zugeknöpft, die Krawatte mit einem Windsor-Knoten festgezurrt. Er sieht aus, als sei er einem Sarg entsprungen, dabei ist seine Frau diejenige, die sich nicht gut fühlt.

»Salaam, Hasir-jan, sie ist sehr erschöpft. Willst du nicht morgen wiederkommen?«

Was aus seiner Gastfreundschaft geworden sei? Du seist zwölftausend Kilometer gereist, um deine Schwester zu sehen. Du seist immerhin Familie.

Er winkt dich hinein.

Uzma liegt auf dem Sofa zusammengerollt, eine Häkeldecke bedeckt ihren zerbrechlichen Körper wie ein Spinnennetz. Ihre Augen über den harten Wangenknochen erscheinen noch größer, ihre Haut ist fahl, das Haar liegt schlaff auf dem Polster.

Uzma-joon! Was denn los sei? Ob sie ihren Friseur umgebracht hätte?

Sie blinzelt müde und schluckt angestrengt. »Mach dir nichts vor, du bist auch gealtert«, sagt sie leise.

Ja, du könntest ein paar Pfund abnehmen, aber all die Butter und der Wein … Sie hätte es mit ihrer Diät ein bisschen übertrieben. Ob sie jetzt auch auf den Heroin-Chic hereingefallen sei? In Paris sei man darüber längst hinweg.

Sie hustet. »Du bist so oberflächlich.«

Ihr umarmt euch. Sie riecht verlässlich nach Shalimar.

Mit gespreizten Fingern und gespielter Abscheu hebst du die Häkeldecke an. Du würdest morgen mit ihr nach Beverly Hills fahren, zum Einkaufen. Der Rentner-Look stünde ihr nicht.

Endlich lacht sie, verächtlich, und schlägt dir die Decke aus der Hand.

Was ihr denn fehle?

»Sie haben etwas gefunden, Wucherungen. Eine wurde gestern herausgenommen, ambulant. 25 Millimeter. Das ist jetzt im Labor«, sagt sie nüchtern.

Vielleicht eine Zyste?

»Wenn, dann mehrere. Mir geht es schon länger nicht gut, aber ich habe es immer verdrängt. Können wir bitte über etwas anderes sprechen? Zumindest, bis die Ergebnisse zurückkommen.«

Du musst es ihr sagen. Jetzt sofort.

Du bittest Babak, dich mit deiner Schwester allein zu lassen.

Er verschwindet rückwärts in die Küche, wie ein Butler.

Ihr solltet nach Koreatown fahren.

»Ich bin absolut nicht in der Lage, auszugehen. Was willst du mir sagen?«

Du willst mit ihr ausgehen.

»Glaubst du etwa, es geht schon zu Ende mit mir? Bist du deshalb gekommen? Das ist nicht dein Stil, Hasir.«

Ihre Hand ist kalt und trocken. Du wärmst sie an deiner Wange.

»Sag schon, was los ist. Du wirst heiraten, stimmt's? Wird langsam Zeit.«

Nein, es ginge um sie. Du hättest eine Überraschung!

»Ich mochte alles, was du mir von Inès erzählt hast.«

Nein, du seist nicht der Grund.

»Sei nicht albern. Es geht doch immer nur um dich.«

Du bist froh, dass sie ihre Stimme wiedergefunden hat, ihre Haltung.

»Inès scheint dir gutzutun. Du siehst zumindest glücklich aus. Gealtert, aber immerhin.« Sie mustert dich.

Vorsichtig ziehst du das Foto von Sameer aus dem Jackett.

Sein Name sei Sameer.

Uzma hält die Hände vor den Mund.

Er sei ein wunderbarer Junge. Intelligent, ganz die Mutter.

Sie schüttelt den Kopf.

Selbst Koranstudien hätten ihm den Charme nicht austreiben können.

Sie schnappt sich das Foto und sieht es genauer an.

Es sei an der Zeit, sich mit der Vergangenheit zu versöhnen, sagst du.

»Es war meine Entscheidung.«

Sie habe keine Wahl gehabt.

»Du hast kein Recht, dich einzumischen, Hasir.«

Dann versagt sowohl dein Englisch als auch die Muttersprache. Nur auf Französisch kannst du den linguistischen Engpass überwinden.

Der Junge, Sameer, sei ihr nicht auf- – *au dessus* – gedrängt worden, sondern *dedans* – in sie hinein. Und egal, wie sehr sie es versuchen würde, sie würde ihn nicht wieder hinaus- – *au dehors* – zwingen können. Die brutalen Implikationen der Präpositionen.

»Du hast alles falsch verstanden.«

Sie gibt dir das Foto zurück und verschränkt die Arme.

Das sei ihr Sohn, die Ähnlichkeit sei nicht zu verleugnen.

»Es war alles ganz anders. Du weißt doch überhaupt nicht, was wirklich passiert ist.«

Gleich wird dir deine Schwester einen ihrer Vorträge halten. Über patriarchalische Deutungshoheit, Brutalität der Sprache, die Limitationen des binären Verständnisses der Geschlechter oder womit auch immer sie sich gerade beschäftigt. Sie streift die Decke ab und setzt sich mit einem leisen Seufzen auf.

»Ich bin nicht vergewaltigt worden,« sagte sie mit weicher, seltsam entspannter Stimme. »Ich war verliebt. Dachte ich zumindest.«

Sie muss eine Art Stockholm-Syndrom erlitten haben.

»Nein, hör mir einmal zu, ein einziges Mal. Ich war nicht in einen sowjetischen Soldaten verliebt. Den hatte ich erfunden, er war ein Konstrukt.«

Sie könne kaum von jemandem, den sie erfunden habe, schwanger geworden sein.

»Ich wusste, wenn ich von einer Vergewaltigung spreche, wird mir keiner Fragen stellen.«

Aber wer sei denn nun der Vater?

»Jetzt willst du es auf einmal wissen, Hasir.«

Du hättest sie damals nicht belasten wollen.

»Du wolltest es nicht wissen. Ihr habt mich alle ignoriert, wolltet es totschweigen, die Fassade musste aufrechterhalten werden. Wie es mir dabei ging, war euch egal.«

Sie sei diejenige gewesen, die wochenlang geschwiegen hätte.

»Kannst du dich noch an Monsieur Astruc erinnern? Asterix?«

Ansel Astruc, der Lehrer am Lycée Esteqlal. Natürlich.

»Mathe und Französisch. Lustiger Vogel.«

Asterix! Plötzlich entfaltet sich alles wie eine Blüte im Zeitraffer. Der nervöse, neurotische Ansel Astruc. Der Lehrer, der wie ein Wasserfall plapperte, ein Woody Allen mit Sommersprossen und wildem, rotem Haar. Halb verwirrter Professor, halb Clown, mit einer Vorliebe für Hosenträger. Ein diskussionswütiger Intellektueller. Natürlich fühlte sie sich zu ihm hingezogen, natürlich fühlte er sich zu ihr hingezogen.

Uzma habe Ansel Astruc das Herz gebrochen.

»Nein. Ich habe ihn verführt. Bilde ich mir zumindest ein, ganz unschuldig war er auch nicht.«

Sei die Schule zu dem Zeitpunkt nicht schon geschlossen gewesen?

»Astrucs Frau und seine Kinder waren bereits zurück in Frankreich, er wollte die diplomatische Krise aussitzen. Ich glaubte, es sei meinetwegen.«

Astruc liebte Kabul. Er hatte unorthodoxe Lehrmethoden, unternahm Ausflüge mit den Schülern ins Umland, die er als Al-fresco-Studien bezeichnete, lehrte Geometrie anhand islamischer Architektur in den Moscheen. Sogar die Mullahs konnten ihm nicht widerstehen. Wie konntest du das nur übersehen?

»Als er dann ging, machte er mir unmissverständlich klar, dass es für immer sei.«

Sameers Ähnlichkeit mit dem Franzosen ist frappierend.

»Das Einzige, was ich an dem Märchen von der Vergewaltigung bereue, ist, dass ich mich damit zum Opfer machte.«

Dir hätte sie wenigstens die Wahrheit sagen können!

»Ich habe es versucht, Hasir. Mehrmals.«

Du hättest bis heute Angst, wenn du Hubschrauber hörst.

»Was hat das mit Astruc zu tun?«

Sie sei doch von Fallschirmjägern überfallen worden.

»Wer hat das behauptet? Papa?«

Nein.

»Von mir stammt das nicht.«

Du hättest dir so viele Vorwürfe gemacht, könntest seitdem keine Frau anfassen.

Uzma lässt sich zurück ins Sofa fallen, als Babak hereinschleicht.

»Wie geht es dir, Uzma-joon? Alles gut?«, fragt er.

»Das ist mein Sohn«, sagt sie und deutet auf das Foto.

Der persische Geschäftsmann reißt dir das Foto aus der Hand.

»Musst du ihr das antun, ausgerechnet jetzt?« Wahrscheinlich meint er: Warum tust du mir das an?

Ob sie nicht neugierig gewesen sei, was aus ihm geworden ist?

»Was denkst du, Hasir?«

Der Junge sei hier in LA. Du hättest ihn mitgebracht.

»Großartig! Du glaubst, du kannst hier aufkreuzen, den Heiligen spielen und Entscheidungen für mich treffen? Mir die Pistole auf die Brust setzen?«

Der arme Junge habe jahrelang geglaubt, sie sei tot.

»Ich habe ihm das nicht erzählt.« Uzma wird lauter.

Sameer spreche Englisch. Du hättest ihn unterrichten lassen.

»Die Vaterrolle scheint dir ganz gut zu gefallen.«

Dann müsstest du dem Jungen sagen, dass seine Mutter ihn nicht sehen wolle. Sie sei gerade unpässlich.

»Verschwinde, Hasir. Ich lasse mich nicht von dir bevormunden.«

Du würdest halten, was du deiner Mutter versprochen hast, dich um den Jungen kümmern. Wenn sie ihn nicht haben wolle, würdest du nun die Verantwortung übernehmen. Sameer mit nach Paris nehmen. Du würdest das Versprechen sogar sehr gerne halten, du jedenfalls seist kein Unmensch.

»Ausgerechnet du willst mir etwas von Menschlichkeit erzählen? Weißt du, was es heißt, eine Frau zu sein? Ein weiblicher Mensch? In Kabul?«

Ob sie zu kalt und zynisch geworden sei, etwas zu empfinden? Sehnsucht, Liebe?

»Das ist doch dein Spezialgebiet.«

Du würdest wenigstens versuchen, dich von den Lügen-Konstrukten eures Vaters, all den verschleierten Wahrheiten zu befreien.

»Ich kann mich sehr gut daran erinnern, was es zu verschleiern galt«, sagt sie eisig. »Ein Mädchen, das genauso frei sein wollte wie sein Bruder.«

Babak streicht Uzma beruhigend über die Schultern.

Eure Eltern seien also schuld daran, dass sie ihren Lehrer verführt habe.

»Das reicht!« Babak erhebt sich abrupt.

Du würdest selbst hinausfinden. Du greifst nach dem Foto, entwindest es Babak und hältst es mit geballter Faust vor die stotternde Brust.

Das Tor zur Villa fällt hinter dir ins Schloss.

Immerhin wartet das Taxi noch auf dich.

SAMEER
LOS ANGELES

STIMMEN STREICHELN MICH im Schlaf, ich muss träumen. Ich will nicht aufwachen, ich will bei den Sängerinnen bleiben, bei dem Lied, »Survivor«. Ich kneife meine Augen fest zu, um noch etwas länger im Traumland zu bleiben, aber die Stimme meines Onkels holt mich raus.

»Es war sehr spät gestern. Hat dir das Konzert gefallen?«, fragt mein Onkel und streicht über die schneeweiße Bettdecke.

»Es war wunderschön, Onkel Hasir. Ich habe ein Mädchen kennengelernt, die auch ein russischer Bastard ist. Sie ist sogar stolz darauf.«

Das Kinn meines Onkels beginnt zu zittern. »Ach, Sameer-jan! Du bist doch kein Bastard.«

Mein Hochmut hat ihn verstimmt. Ich hätte mich lieber bei ihm bedanken sollen, ohne falsche Bescheidenheit, dafür, dass er mich nach Amrika gebracht hat, in einen Palast. Dafür, dass ich mit Rafiq auf das Konzert gehen durfte. Ich will mich entschuldigen, aber er schließt mich in seine Arme, mit derselben Kraft wie damals, als mein Auge krank war. Mein Onkel, der Berge versetzt, um mich mit meiner Mutter zusammenzubringen.

»Tut mir leid, ich wollte nicht undankbar sein. Das Konzert war wundervoll.«

Er lässt mich los. Seine Freundlichkeit kann die Enttäuschung nicht verbergen. »Lass uns an den Pool gehen. Ein bisschen frische Luft schnappen, Sonne tanken.«

Dort liegen die schönsten Frauen um das Becken arrangiert, nur klitzekleine Stofffetzen bedecken ihre Körper. Ihre Augen sind hinter Sonnenbrillen versteckt, sie sehen aus wie Insekten. Als wir uns nähern, heben sie die Köpfe hinter ihren Magazinen.

Ein junger Mann öffnet einen großen Schirm für uns. »Schön, Sie wiederzusehen, Henry! Ist das Ihr Neffe?«

»Ja, das ist Sameer«, er wendet sich zu mir. »Sameer, das ist James, der Poolboy.«

»Sameer, nett, dich kennenzulernen. Du solltest hohen Lichtschutzfaktor auftragen, bei deinen Sommersprossen. Ich hab da etwas.«

Mein Onkel nickt nur geistesabwesend, auch seine Augen sind hinter dunklen Gläsern verborgen. Irgendetwas liegt ihm auf dem Herzen.

Der Poolboy verteilt klebrige Creme auf meinen Armen und Beinen. Ich behalte das T-Shirt lieber an.

Plötzlich steht Onkel Hasir auf und wischt sich entschlossen die Haare aus dem Gesicht. »Ich muss dich kurz allein lassen, Sameer, ein paar Telefonate führen.«

Hoffentlich ruft er meine Mutter an.

»Wenn du irgendetwas brauchst oder Hunger hast, sag Bescheid«, sagt James.

Ich wünschte, ich hätte auch eine Sonnenbrille, hinter der ich mich vor den Blicken der Frauen verstecken könnte. Ich blättere in dem Magazin aus dem Flugzeug und hoffe, dass sich meine Mutter nicht so entblößt.

Eine Frau mit gelber Badekappe und rotem Lippenstift springt elegant mit dem Kopf voran in den Pool. Die Oberfläche schillert, sie legt sich reglos mit ausgestreckten Armen auf den Rücken. Sie vertraut darauf, dass das Wasser sie trägt, und geht tatsächlich nicht unter.

Onkel Hasir winkt mir vom Balkon aus zu. Er telefoniert an dem weißen Apparat mit dem gekringelten Kabel.

Ein junger Mann in einer glänzenden Jacke mit aufgesticktem

Drachen schiebt sich vor die Sonne. Er hält zwei silberne Schalen mit blassgrüner Eiscreme in der Hand. »Hey, wie geht's. Ich hab hier eine Eiscremesorte, die solltest du probieren. Schmeckt abgefahren.«

»Vielen Dank, aber ich kann Ihre Großzügigkeit nicht annehmen.«

»Das wirst du bereuen. Ich halte den Geschmack von grünem Tee für eine Jahrhunderterfindung, besser als Gras. Ich glaube nicht, dass es legal ist, das abzulehnen«, sagt er streng.

»Hat mein Onkel Sie geschickt?«

»Nö. Dieses Eiscreme-Angebot hat nichts mit Familienpolitik zu tun. Ich bin aus freiem Willen hier.«

James winkt mir von der anderen Seite des Pools aufmunternd zu. Ich nehme einen der Becher an.

»Ist dein Onkel der Typ mit der Alain-Delon-Frisur?« Der Mann streicht sich die Haare aus dem Gesicht, genau wie der Onkel. Ich weiß zwar nicht, wer Alain Delon ist, aber die Geste stimmt.

»Die Handbewegung ist Brauch der Männer in Paris«, behaupte ich.

»Wusste ich's doch. Paris, Delon. Cool. Kommst du auch aus Paris, Mann?«

»Nein, ich komme aus Kabul.«

»Kabul, Afghanistan?« Seine Stimme überschlägt sich.

»Ja, es ist mein Heimatort und die Hauptstadt.«

»Wahnsinn, ok. Mann, das erklärt den exotischen Akzent. Ich bin Spike.« Er reicht mir die Hand. Ich schüttle sie kräftig.

»Wie, und du hast keinen Namen, Mann?«

Ich wünschte, ich hätte einen Namen wie Spike oder JJ, aber eigentlich gefällt es mir, dass er mich Mann nennt. Ich sage vorsichtshalber nichts. Es ist besser so, das habe ich schon gemerkt. Die Leute hier mögen keine Stille und füllen sie schnell mit ihren eigenen Wahrheiten.

»Ganz mysteriös, unser Mann aus Kabul. Du spielst in einem großen Film mit, stimmt's? Dein Agent will nicht, dass irgendwas durchsickert. Schlau.« Er grinst, und ich grinse zurück.

»Wer führt Regie? Kannst du mir das sagen? Nein? Das Genre? Auch nicht, ok.«

Ich schüttle meinen Kopf nur ein klein wenig, und Spike scheint nicht einmal gekränkt.

»Open Skies?« Spike blättert in dem Magazin.

»Die Flugbegleiterin Gloria hat mir das Heft gegeben, ein Geschenk«, sage ich und stütze meine Arme auf die Oberschenkel, so wie Spike das tut.

»Ihr seid mir zwei Playboys, du und dein Onkel. Ich werde einfach Ellen, meine Casting-Direktorin, fragen, wer du bist. Ellen Lewis. Die weiß alles.«

»Inshallah.« Meine Ohren werden heiß, ich bin geschmeichelt, dass Spike glaubt, ich würde Leute wie diese Ellen Lewis oder Alain Delon kennen.

»Volltreffer! Du bist total rot geworden. Ellen hat dich gecastet. Du siehst aus wie jemand, den sie gefunden hat. Sie ist so groß! Liebst du diese Frau nicht auch abgöttisch?« Spike blättert zufrieden durch mein Heft, bis er zur Weltkarte kommt. »Wo ist Kabul? Hier?« Sein Finger wandert über die Berge zum Ozean.

»Kabul ist hier, südlich der Berge. Es liegt nicht am Meer. Ich verstehe nicht, warum sie das Wort Kabul nicht dazugeschrieben haben.«

»Skandalös! Wir werden diese Nachlässigkeit korrigieren. Emirates, die Fluglinie der Vereinigten Arabischen Ignoranten.« Er lacht. »Ok, das war nicht lustig.«

Spike fragt den Kellner nach einem Stift, und er bringt gleich zwei davon. Schwarz mit dem Namen des Hotels in Gold. Als ich den zweiten wieder zurückgeben will, winkt er ab und gibt mir noch ein paar mehr. Ich werde einen Elham schenken, einen Murtaza, einen Mullah Usmeen, obwohl ich dann keinen Stift für mich selbst habe.

Nach einer Weile verabschiedet sich Spike, und ich gehe wieder nach oben. Ich kann die wütende Stimme meines Onkels bereits im Korridor hören. Er spricht Französisch. Als ich eintrete, wird er still, er hat mit sich selbst gesprochen. Der kleine Brenner, den die Perser ihm gegeben haben, flackert. Die Pfeife ist kurz und durchsichtig, ganz anders als die langen hölzernen, die die Männer in Kabul benutzen.

»Deine Mutter ist verreist«, sagt mein Onkel schließlich. Es ist ihm unangenehm. »Wir müssen etwas Geduld haben, ich weiß nicht genau, wann sie wiederkommt.«

»Natürlich werde ich geduldig sein. Ich danke dir, Onkel Hasir.« Ich darf meine Enttäuschung nicht zeigen, sonst brüskiere ich den Onkel.

»Willst du etwas essen, Sameer-jan? Du musst mehr essen.« Er wählt eine Nummer. »Ein BLT-Sandwich mit Pommes frites und extra Mayonnaise. Nur einmal. Danke.«

Verreist. Ich wüsste so gerne wohin, mit wem und vor allem wie lange. Vielleicht wusste sie nicht, dass ich komme. Was, wenn sie mich gar nicht sehen möchte?

Ein Diener bringt das hoch aufgestapelte Sandwich. Ich reihe die Kartoffelstreifen der Größe nach auf. Am besten schmecken sie, wenn man sie zuerst in den Ketchup und dann in die Mayonnaise tunkt. Nur dass dann weiße Soßenreste das schöne Rot des Ketchups verunreinigen, stört mich.

Der Onkel beobachtet mich.

»Onkel, du solltest auch etwas essen.« Er schüttelt den Kopf. »Hier. Wenigstens ein paar Kartoffelstreifen.«

»Nein. Ich habe wirklich keinen Hunger«, sagt er bedrückt. Ich halte ihm dennoch eine dreieckige Hälfte des Sandwichs hin, aber er kichert und hustet nur.

»Bist du krank, Onkel?«

»Du bist ein Geschenk, Sameer! Schmeckt dir das BLT?«

»Ja, Onkel. Danke. Es schmeckt mir sehr gut.«

Er kriegt sich gar nicht mehr ein und bringt kaum einen ganzen Satz heraus. »Weißt du, wofür das B in BLT steht?«

»Das B? Nein.«

»Es steht für Bacon, also Speck, und das ist knuspriges fettes

Schweinefleisch. Schweinischer geht's nicht«, keucht er und rollt sich belustigt auf dem Teppich herum.

Ich stürze ins Badezimmer und wasche mir den Mund aus, obwohl ich eigentlich gar nicht möchte, dass der Geschmack weggeht. Ich beiße in die Seife, spüle, gurgle, mehrmals hintereinander.

»Tut mir leid, Sameer-jan. Ist mir selbst gerade erst eingefallen, es war keine Absicht. Ich wollte dich nicht hintergehen. Gott wird dir vergeben. Er ist gütig. Gott ist groß«, ruft er aus dem Zimmer. »Magst du nicht noch mal runtergehen? Ich muss ein paar Dinge organisieren. Du kannst dir unten etwas anderes bestellen.«

Der Pool liegt fast verlassen im Schein des Vollmonds. Nur die Frau mit der gelben Badekappe lässt sich den Bademantel von den Schultern gleiten, am Beckenrand dreht sie sich zu mir um. »Hey! Willst du nicht auch schwimmen? Es gibt nichts Schöneres, als im dunklen Wasser zu liegen und die Sterne anzusehen.«

Meine Schlange erhebt sich in der Hose. Ich setze mich schnell auf die Liege.

»Komm schon. Ich werde es dir beibringen!«

Eine Gestalt schleicht durch das Gebüsch heran und stößt die Schwimmerin ins Wasser. Es ist Spike. Er will sie umbringen dafür, dass sie mit mir gesprochen hat. Sie kommt wieder an die Oberfläche und zieht Spike vom Beckenrand ins Wasser. Sie kämpfen. Die Frau schreit, geht unter, sie braucht Hilfe. Ich kann nicht schwimmen!

»Es ist meine Schuld, Spike, lass sie los! Sie hat nichts getan!«, rufe ich.

Die Frau kommt spuckend hoch und taucht nun Spikes Kopf unter. Er wedelt hilflos mit den Armen, sie schiebt ihn tiefer unter Wasser und lacht dabei hinterhältig. Sie ist stark. Vielleicht kann Spike auch nicht schwimmen. Irgendwann wehrt er sich nicht mehr, die Frau lässt ihn los und hält sich keuchend am Beckenrand fest. Spikes Drachenjacke bläht sich im Wasser, und er treibt mit dem Gesicht nach unten an der Oberfläche. Wo ist der Poolboy?

»Spike!«, schreie ich verzweifelt.

Spike wirft seinen Kopf zurück, holt Luft und prustet vor Lachen. Die Frau spritzt ihn an. »Spinner!« Die beiden umarmen und küssen sich. Es war alles nur ein Spiel. Ich flüchte nach oben.

Spike ruft mir hinterher: »Hey, Mann, komm zurück!«

Tage vergehen. Onkel Hasir erwähnt meine Mutter mit keiner Silbe. Wir fahren ans Meer. Zum ersten Mal spüre ich den weiten Ozean an meinen Füßen. Ich gehe nur ins seichte Wasser. Der Onkel wirft sich ungestüm in die Wellen, aber ich fürchte sie. Das Bild des leblosen Spike mit der aufgeblähten Drachenjacke lässt mich nicht mehr los. Die Leute gleiten auf Brettern durch die Brandung, fahren auf Fahrrädern oder in Stiefeln mit Rollen über die Promenade. Andere laufen halb nackt und schwitzend voreinander davon. Alle scheinen wie besessen von der Fortbewegung, rasen ohne erkennbares Ziel durch die Gegend. Wohin wollen diese Menschen?

Wohin ist meine Mutter gegangen? Was passiert hier?

Rafiq und Zainab kommen mich abholen, um mir Hollywood zu zeigen. Wir fahren den Berg hinauf, klettern einen kargen Abhang entlang, einen Hügel entfernt von den Buchstaben, das sei besser für ein Foto, behauptet Rafiq unwillig. Zainab schweigt. Es stellt sich heraus, dass Hollywood nur ein Gerüst aus Buchstaben ist, ein leeres Versprechen. Keiner von uns will hier sein.

Zainab kauft einem Händler drei rote Ballons ab, die wie Herzen geformt sind. Sie fragt einen Fremden, ob er mit ihrer Kamera ein Foto von uns machen kann. Der Mann bittet uns, *cheese* zu sagen. Zainab streckt ihre Zunge raus, die ein silberner Nagel durchbohrt. Sie muss etwas Schlimmes angestellt haben. Dabei kann ich mir gar nicht vorstellen, dass ihre liebenswürdigen Eltern sie so hart bestrafen würden.

Wir sitzen eine Weile an dem steinigen Abhang und schauen über die Stadt, die von einer gelblichen Wolke überzogen ist, wie das Laken eines Jinns.

Zainab öffnet vorsichtig den Knoten ihres Ballons und atmet die Luft daraus ein. Sie dreht sich zu mir und fragt mit einer Babystimme: »Hallo, Mister Sameer, wie geht es Ihnen?« Ihr Gesichtsausdruck bleibt ernst, was die Stimme noch unheimlicher wirken lässt. Ich muss sofort loslachen.

»Was ist daran lustig, Sameer? Magst du meine neue Stimme nicht?«, quakt sie.

Rafiq muss jetzt auch lachen.

Zainab gibt mir den Ballon. »Das ist Helium«, sagt sie. »Zieh an dem Ballon wie an einer Zigarette.«

Ich atme so viel wie möglich ein.

»Ich hab noch nie geraucht«, sagt eine Babystimme aus meinem Mund. Der helle Klang bringt mich noch mehr zum Lachen. Sogar mein Gelächter ist anders. »Das hört sich an, als würde eine Jinniya aus mir sprechen.« Jetzt sind wieder alle fröhlich.

»Was soll denn bitte eine Jinniya sein, Sameer?«, fragt Zainab.

»Eine Jinniya ist ein weiblicher Geist, die Seele einer Frau.« Ich bekomme die Worte kaum über die Lippen, so komisch hört sich das an.

Zainab öffnet ihren Ballon noch mal und saugt das Gas tief ein. »Weißt du, was eine Abtreibung ist, Sameer?«, fragt sie mit ihrer Babystimme.

»Keine Ahnung, Zainab, tut mir leid«, sage ich kichernd.

Rafiq wirft einen großen Stein den Abhang hinunter, seine Heiterkeit ist wieder verflogen.

»Gib mir deinen Ballon, Rafiq«, ruft Zainab.

Rafiq schüttelt den Kopf, ohne Zainab anzusehen.

»Komm schon, Rafiq! Gib mir den beschissenen Ballon! Das ist das Einzige, was mich jetzt verdammt noch mal aufheitern würde. Kannst du mir nicht diesen einen Gefallen tun? Ich bin verdammt noch mal deine scheiß Schwester!« Obwohl mir ihre Schimpfworte unangenehm sind, kann ich nicht verstehen, warum Rafiq seiner Schwester nicht den Wunsch erfüllt.

Widerwillig gibt er ihr dann doch den Ballon. Zainab sticht mit einem ihrer Ringe hinein, und das Herz explodiert mit einem Knall wie von einem Gewehr, rote Gummifetzen regnen auf den Boden. Ein böses Omen. Zainabs trauriger Blick schweift in die Ferne. Ich halte ihr meinen Ballon hin.

»Lass nur, behalte ihn, Sameer. Ich hab dich lieb!« Sie umarmt mich und schluchzt leise an meiner Schulter.

»Was hast du denn, Zainab-joon?«

Amrikaner nehmen sich zu jeder Gelegenheit in die Arme, egal ob sie traurig oder glücklich sind, ob sie sich wiedersehen oder verabschieden, ob sie überrascht sind oder sich einfach nur Geborgenheit geben wollen. Auf dieser Reise werde ich jeden Tag mindestens einmal in die Arme geschlossen. Fast jeden Tag von einer anderen Frau. Das wird mir in Kabul niemand glauben.

»Was ist denn nun eine Abtreibung?«, frage ich vorsichtig.

»Nichts Schönes. Das willst du gar nicht wissen.« Zainab wischt ein paar Tränen weg.

»Bitte, Zainab, sag es mir doch. Ich verstehe so wenig von eurem Leben hier. Für euch ist es selbstverständlich. Ich muss mich erst bilden.«

»Wehe, Zainab!«, sagt Rafiq und wirft noch einen Brocken den Abhang hinunter.

»Ihr denkt, dass ich zu dumm bin, weil ich aus Afghanistan komme!«

»Eine Abtreibung ist, wenn sie ein Baby umbringen im Körper der Mutter. Wenn es noch ganz klein ist. Sie töten das Kind und holen es raus, die Mutter lebt weiter«, sagt Zainab.

Mir stockt der Atem. »Wirklich wahr?«

»Ja, Ärzte machen das. Manchmal, um die Ehre einer Frau zu retten. Eigentlich schützt es nur faule Jungs davor, echte Männer zu werden«, sagt Zainab in Richtung Rafiq, ihr Kinn bebt vor Wut.

»Großartig, Zainab! Kannst du nicht wenigstens Sameer mit deiner verkackten Scheiße in Ruhe lassen? Er hat dir verdammt noch mal nichts getan!« Rafiq macht sich auf den Weg zum Parkplatz.

Ich verstehe nicht, warum sie keine Abtreibung gemacht haben, als meine Mutter mit mir schwanger war. Warum ich noch am Leben bin. Was soll ich auf dieser Welt, in der mich keiner haben will?

Das Chateau Marmont flackert im Licht mehrerer Feuerwehrautos. Ein Polizeiwagen blockiert die Anfahrt. »Den Rest musst du zu Fuß gehen«, sagt Rafiq und lässt mich aussteigen. »Mein Vater kriegt die Krise, wenn ich in irgendwas reingezogen werde.«

Hotelgäste stehen vor dem Eingang, mein Onkel schimpft wütend. Der Poolboy James kommt angelaufen und zieht mich zum Hintereingang. Ich versuche mich loszureißen, aber James hat mich fest im Griff. »Onkel Henry kommt gleich wieder. Er muss nur noch etwas klären. Es gab ein Missverständnis mit dem Feueralarm.« Er lenkt mich durch ein kleines Treppenhaus. »Die Feuerwehr überprüft euer Zimmer, wir gehen inzwischen in ein anderes.«

Er schaltet den Fernseher ein. »Super, *Six Feet Under*. Das ist eine Serie über eine durchgedrehte Familie und ihr Bestattungsinstitut. Alle verrückt. Ich liebe die Mutter, schau!«

Mir gefällt die Tochter besser. Ihr Haar ist rot, fast wie meins. Doch als sie sich ihrer Mutter gegenüber schlecht benimmt, mag ich sie nicht mehr. Sie ist böse. Im Keller des Hauses gibt es eine Art Krankenhaus, obwohl alle schon tot sind. Ein Mann wäscht die Leichen, zieht ihnen schöne Kleider an und legt sie in dekorierte Kisten. In Kabul wickeln wir die Toten nur in Tuch. Der Vater des Mädchens mit den roten Haaren lebt auch nicht mehr, erscheint aber dem Sohn als Geist. Wenn tote Väter ihre Söhne aufsuchen, heißt das, dass mein Vater noch lebt? Weder er noch meine Mutter haben mich je heimgesucht. Das muss ein gutes Zeichen sein.

James frage ich etwas anderes. »Die Babys von den Abtreibungen, werden die auch so hübsch angezogen und geschminkt für die Beerdigung?«

James sieht mich schockiert von der Seite an. »Nein, nach einer Abtreibung gibt es keine Beerdigung. Das Baby ist zu dem Zeitpunkt noch kein richtig geformter Mensch, nur so ein glibberiger Fötus, obwohl die irgendwann auch schon einen Pulsschlag haben. Ich glaube, die schmeißen die im Krankenhaus einfach weg.«

»Es war eine dumme Frage, Mister James. Tut mir leid«, sage ich, weil ihn mein Gerede offenbar irritiert.

»Nein, das ist sogar eine sehr interessante Frage. Ich habe nur noch nie darüber nachgedacht. Die müssen zumindest einen speziellen Behälter haben. Die können ja nicht einfach so einen Minimenschen auf die Müllkippe werfen.«

Irgendwann kommt Onkel Hasir reingestolpert, ganz aufgebracht, seine Zunge schwer. Der Poolboy verabschiedet sich. »Wahrscheinlich bin ich mit der Pfeife zu nah an den Rauchmelder gekommen. Ich hätte das Fenster aufmachen sollen.« Seine Augen glühen noch immer von der Wirkung des Rausches. »Weißt du was, ich habe genug von LA.«

Murtaza hatte recht. Mein Onkel ist undiszipliniert. Er redet nur und füllt die Luft mit seinen unbedeutenden Worten, die sich wie Rauch verflüchtigen. Leere Versprechungen, die mich Dinge begehren lassen, von denen ich nicht wusste, dass sie existieren. Inzwischen hat er vergessen, weshalb wir hierhergekommen sind. Ich war so lange davon überzeugt, dass meine Mutter tot ist.

Ich verschwinde ins Badezimmer. Ich bin zu leichtgläubig. Mein Onkel hat mir ein Bild in den Kopf gesetzt von einer Frau und so lange die Geschichte einer Mutter darum gesponnen, bis ich eine haben wollte. Was hat der Onkel davon? Ich dachte, wenn ich eine Mutter hätte, dann würde ich dazugehören. Zu dieser Welt. Ich wollte meine eigene Mutter. Ich habe mich so darauf gefreut, eines Tages Elham von ihr zu erzählen. Dabei habe ich keine Mutter. Die Frau auf dem Foto existiert nicht. Wenn sie echt und greifbar wäre, hätte sie sich eine Abtreibung geben lassen. Alles ist gelogen. Die Ungläubigen machen sich so lange etwas vor, bis sie irgendwann glauben, dass es Wirklichkeit wird. Aber für mich bleibt es abstrakt. Wer hätte gedacht, dass ich Mullah Usmeen, Kabul und das Waisenhaus einmal vermissen werde? Vielleicht ist sogar Irfahn gar nicht so ein schlechter Mensch.

»Ich hab mir etwas überlegt, Sameer«, ruft der Onkel aus dem Zimmer. »Wir sollten eine Reise machen, durch die USA, mit dem Auto. Uns das Land ansehen.«

Der Fremde, der mich aus dem Spiegel anblickt, ist ein Idiot. Ein Waisenkind von einer Niemandsmutter und einem Niemandsvater, dessen Augen in jeder Lüge Wahrheit vermuten, dessen Ohren jedes Wort, das sie aufschnappen, für bare Münze nehmen. Ich kann keinen Unterschied zwischen der Wahrheit und der Lüge erkennen. Vielleicht gibt es tatsächlich keinen.

Ist eine Geschichte, die nicht passiert ist, immer eine Lüge? Sind gesprochene Worte weniger wahr als geschriebene? Liegt in alten Überlieferungen mehr Wahrheit als in neuen? Weil Propheten sie geschrieben haben?

Was für ein minderwertiges Wesen ich doch bin. Ein Niemand, der glauben will, dass es ihn gibt. Kaum habe ich eine Wahrheit erkannt, verändert sie sich wieder. Vor meinen grünen Augen.

Nichts steht geschrieben. Nichts.

HASIR ZAMAN
LOS ANGELES

DIE GANZE FEUERWEHR VON LA rückte an, dabei war es nur Rauch. Viel Rauch um nichts. Als der Alarm aufheulte, wurden die Gäste in die Lobby getrieben. Der Poolboy hat freundlicherweise die Pfeife und das Gras verschwinden lassen.

Die Feuermelder seien sehr empfindlich, sagte der Concierge, du hättest mit Myrrhe hantiert, ein religiöses Ritual, erklärte er den Feuerwehrmännern. Sie trampelten trotzdem durch das Hotel.

Als auch noch die Polizei aufkreuzte, wurdest du zugegebenermaßen ausfallend. Deine Wut galt deiner Schwester und am meisten dir selbst, aber das konnte keiner wissen. Die Beamten taten nur ihre Pflicht. Sameers neuer Freund Spike stand an einer Säule und nahm alles mit einer Videokamera auf.

»Hier im Chateau Marmont ist jeder Popstar!«, rief er.

Da hast du die Lampe geworfen. Du hast auf seine Videokamera gezielt. Er hätte beiseitetreten, die Lampe am Boden landen sollen. Dann hättest du für die Reparatur bezahlt und alles wäre vergessen gewesen. Dass der Polizist ausgerechnet in diesem Augenblick direkt in die Flugbahn trat, konnte keiner vorhersehen. Der Lampenschirm streifte ihn am Kopf. Ungünstiger Winkel, schlechtes Timing, kleiner Kratzer.

Als du dem Polizisten ein paar Scheine zustecken wolltest, funkte der Concierge wieder dazwischen, nahm den Mann beiseite und redete auf ihn ein. Wahrscheinlich hat er ihm weiß Gott was erzählt. Dann zogen die Beamten endlich ab, aber du musstest dir einen

Vortrag über Verhaltensregeln im Schlösschen Marmont anhören. Du hast brav die lauwarme Cola getrunken, aus der sie die Kohlensäure herausgerührt hatten, Trinkgelder verteilt und versprochen, am nächsten Morgen abzureisen. Keiner hatte Einwände.

Dein Plan ist gescheitert. Die Idee mit der Überraschung war nicht durchdacht. Du hättest Uzma langsam an ihren Sohn gewöhnen sollen. Von Paris aus. Mit deinem Überfall hast du alles verdorben.

Beim Auschecken überreicht der Concierge dir eine Postkarte und einen Wäschebeutel des Hotels, in dem ein Geschenk für Sameer steckt. Spikes seidene Baseballjacke mit der Drachenstickerei. Auf der Postkarte stehen ein paar handschriftliche Zeilen:

Sammy!

Ich hab gehört, dass ihr abreist. Ich hoffe, du nimmst dir das Familientheater nicht zu sehr zu Herzen. Henry ist ein cooler Onkel. Du solltest mal meinen Onkel sehen, Zach, der rastet jedes Mal an Rosh Hashanah aus. Dagegen war der Sechstagekrieg Sesamstraße.

Ich weiß leider immer noch nicht, in welchem Film du mitspielst. Da niemand damit herausrückt, muss es eine Megaproduktion sein.

Die Drachenjacke schenke ich dir, als Erinnerung an unsere Tage im Chateau, weil du Martial-Arts-Filme so magst und dein Onkel offensichtlich gerne mit Feuer spielt. Ruf an, wenn du wieder in der Stadt bist. Nummer steht unten.

Dein Freund Spike

Du wirst eine Bildungsreise mit dem Jungen unternehmen, eine alte Familientradition. Dein Vater fuhr mit dir allein nach Beirut, Rom und Istanbul. Deine Mutter zog es mit Uzma eher nach Paris oder Venedig. Du wirst Las Vegas ansteuern. Zeit gewinnen. Uzma könnte ihre Meinung noch ändern. Du musst sie überzeugen.

Auf dem Weg zur Autovermietung starrt der Junge mit glasigen Augen aus dem Fenster und klammert sich an den Wäschebeutel. Du solltest ihm sagen, dass seine Mutter nicht vergewaltigt wurde. Das könnte ihn erleichtern, vielleicht macht es aber auch alles noch schlimmer. So fromm wie Sameer ist, kannst du ihm auf keinen Fall sagen, dass sein Papa ein Jude ist. Im Moment ist dir viel zu übel, um einen klaren Gedanken zu fassen.

Das Lincoln Town Car lässt sich glücklicherweise mühelos steuern. Der weich gefederte Rentnerwagen segelt wie ein Boot über den Highway, die Ledersitze suggerieren eine längst vergangene Ära der Vereinigten Staaten, in der elektrische Haushaltsgeräte und die Mondlandung die gewagtesten Konzepte der Zukunft waren.

Auf der Interstate bemerkst du, wie der Junge dich von der Seite mustert.

»Soll ich fahren, Onkel?«

Er solle sich lieber die Landschaft ansehen, entspannen.

Viel gibt es auf diesen eintönigen Straßen, die mit dem Lineal durch die Landschaft gezogen wurden, nicht zu sehen. Du schaltest das Radio ein und lässt Popmusik laufen.

Du warst nicht begeistert, als Behrooz dir erzählte, dass er dem Jungen fahren beigebracht und Sameer den Geländewagen gut im Griff habe. Immerhin ließ er ihn nur auf abgelegenen Landstraßen ans Steuer. Du musst im gleichen Alter gewesen sein, als du mit deinem Vater geübt hast.

Im Drive-in gibt es Burger und Cherry Coke für Sameer, du versuchst, dir mit Wasser den Kater aus dem Körper zu spülen.

Sameer beäugt dich weiter.

»Onkel Hasir, kennst du Behrooz' Tochter, Elham?«

Nein, nur seiner Frau seist du einmal begegnet, aber sie war verschleiert.

»Elham ist sehr intelligent und diszipliniert.«

Seltsame Formulierung, denkst du. Ob sie zur Schule ginge?

»Ich glaube nicht.«

Zurück auf dem Highway, hältst du ihm einen Vortrag über die Unzulänglichkeiten der Talibanregierung. Besonders die Stellung der Frau sei katastrophal. Du würdest auch wenig davon halten, heutzutage noch Scharia-Gesetze anzuwenden. Du kommst richtig in Fahrt. Nicht alles am Kommunismus sei schlecht gewesen. Die meisten Ideen der Sowjets seien besser gewesen als die der Taliban. Unter den Sowjets gingen Mädchen und Jungen gemeinsam zur Schule. Natürlich gebe es in jeder Gesellschaft schwarze Schafe. Die sowjetischen Soldaten, die nach Afghanistan kamen, seien sehr jung gewesen, hätten Tausende von Kilometern zurückgelegt und nicht gewusst, ob sie jemals zurückkehren würden oder wofür sie ihr Leben riskierten. Im Prinzip ist das alles irrelevant, weil nun ja kein sowjetisches Blut durch Sameers Adern fließt. Du denkst immer noch in der alten Weltordnung, die alles bestimmte, bevor Uzma den Hebel umgelegt hat.

»Onkel Hasir, wie ist es, eine Schwester zu haben?«, fragt Sameer, die Augen nun fest auf den Highway gerichtet.

Der Junge hat die Frage nach der Mutter, die Mutter aller Fragen, schon aufgegeben.

Eine Schwester. Uzma.

Ein Lkw hupt. Ein paar Windmühlen stehen reglos in der Wüste.

Wie ist es wirklich?

Deine Schwester, seine Mutter, sei die wichtigste Frau in deinem Leben, sagst du und unterdrückst einen Schluchzer. Du lässt das Seitenfenster herunter. Der Fahrtwind trocknet dein Gesicht.

Die Aussicht vom Luxor über Las Vegas erinnert an *Blade Runner*. Die Pyramidenstruktur sei eine Nachbildung der ägyptischen Bauwerke, ein Fake, erklärst du Sameer. Er sieht überfordert aus. Die wechselnden Szenenbilder und Inszenierungen um das Mysterium seiner Mutter müssen ihn ausgelaugt haben.

Dir gehen langsam die Themen aus, mit denen du das Unaussprechliche geräumig umschiffen könntest. Du bringst es nicht fertig, ihm zu sagen, dass er kein sowjetischer Bastard ist. Du wirst es niemals fertigbringen, ihm zu sagen, dass seine Mutter ihren Lehrer verführt hat. Dass Sameers Vater, Astruc, mit Uzma seine Ehefrau betrog und seine Kinder verriet. So, wie die meisten Männer im Westen ihre Ehepartner betrügen, irgendwann. Vor allem wirst du es nie fertigbringen, dem Jungen zu sagen, dass seine Mutter ihn nicht sehen möchte. Dass sie kein Interesse daran hat, ihn in ihr sorgfältig arrangiertes Leben einzulassen. Dass sie vergessen möchte. Afghanistan, die Familie, die Liebe. Dass sie nun krank ist. Sie darf nicht krank sein. Du wirst nichts davon aussprechen können.

Wie oft kann man die Wahrheit verdrehen, bis sie einem abhandenkommt? Wie oft kann man die Biografie einer Person umschreiben, bis sie einem entgleitet?

Du wirst einen Spaziergang machen, vielleicht ins Casino gehen. Sameer möchte im Zimmer bleiben.

Du versuchst dich am Roulette und setzt auf Rot. Eine Chinesin in eleganter Couture platziert einen Stapel Jetons auf der Vier. Soweit du dich erinnerst, ist das in chinesischer Numerologie die Zahl des Todes. Der Croupier dreht am Rad, sie fingert nervös an ihrer diamantbesetzten Armbanduhr herum. Die Kugel kreist langsamer und landet schließlich im schwarzen Fach der Zahl Vier. Dein Blick trifft den der Chinesin. Sie lächelt hinter vorgehaltener Hand. Du steckst den letzten roten Jeton als Souvenir ein.

Am Ausgang des Casinos streitet ein Betrunkener in einem schlecht sitzenden Anzug mit dem Portier. Sein blonder Schnurrbart ist aufgezwirbelt, seine Krawatte mit dem Eiffelturm bedruckt. Du hast Heimweh. Wünschst dir einen französischen Film, deine Wohnung, das Alleinsein. Ein Taxi fährt dich ins Restaurant Pamplemousse. Du bestellst irgendeinen Bordeaux und Steak frites.

Farhad hatte große Bedenken angemeldet, Sameer mit einem abgelaufenen Visum in LA allein zu lassen. Er würde im bürokratischen Sumpf der Einwanderungsbehörde untergehen. Der Prozess könnte Jahre dauern.

Die Kellnerin räumt den Teller ab. Das Fleisch war ungenießbar, sehnig und versalzen, auch die matschigen Pommes frites hast du kaum angerührt. Du bist nicht hungrig, nicht einmal nach *nicht* Essbarem. Die Kellnerin ist nicht dein Typ, ihr flachsfarbenes Haar auftoupiert, Nevadas Vorstellung von Brigitte Bardot. Du hörst, wie sie »Creme Brühler« sagt, und bestellst die Rechnung.

Wie sehr du dich nach Inès sehnst. Der Frau ohne Vergangenheit, ohne Familie und ohne Adresse. Ohne die fragwürdigen Moralvorstellungen der *petite bourgeoisie*. Frei.

Sameer hört dich nicht eintreten. Seine Augen sind geschlossen, und er tanzt zu Destiny's Child. Seine Bewegungen sind zu einer gewagten Choreografie gereift, synkopisch, eigenwillig, wie Uzmas. Er ist ihr Sohn, er gehört zu ihr. Du trittst zurück vor die Tür und wartest, bis der Song vorbei ist. Dein Herz rast.

Der Fernseher weckt dich im Morgengrauen. Sameer starrt auf den Bildschirm, auf dem zwei Flugzeuge in das World Trade Center krachen. Immer wieder, auf allen Kanälen die gleiche Sequenz aus verschiedenen Perspektiven. Weitere Flugzeuge sind in Pennsylvania und nahe dem Pentagon abgestürzt. Unfassbar.

»Kommen sie auch hierher?«, fragt Sameer.

Wer?

»Die Flugzeuge. Kommen die auch hierher, zu uns hier in der Pyramide?«

Nein. Du wüsstest es nicht.

Das Nachrichtenspektakel verschlingt eure gesamte Aufmerksamkeit. Die Zeit verflüchtigt sich. Der Luftraum über den Vereinigten Staaten wird abgeriegelt, die Fluggesellschaften beantworten den Anrufsturm mit blechernen Warteschleifen. *Für Elise*. Das Luxor leert sich, die Spielcasinos sind wie ausgestorben. Kolonnen von Bussen und Mietautos schlängeln sich durch die Wüste davon. Im einsamen Pool spiegelt sich der wolkenlose Himmel. Laken werden gewechselt, Betten aufgeschlagen, Teewagen rollen herein und heraus, silberne Deckel werden gelüpft. Verschanzt in Kingsize-Betten unter Bezügen aus ägyptischer Baumwolle, verfolgt ihr den Horror auf dem Bildschirm.

Präsident Bush rezitiert einen Psalm.

»Aus welchem Buch stammen diese alten Worte?«, fragt Sameer.
Aus der Bibel, dem Koran der westlichen Welt, sagst du.

Als es dir endlich gelingt, Flüge zu buchen, hat Sameer sich vollständig in sich zurückgezogen. Du klärst ihn nicht über seine Mutter auf. Vorerst. Irgendwie wirst du sie schon überzeugen.

Er müsse für eine Weile zurück nach Kabul, sagst du zu ihm. Bis seine Papiere fertig seien. Das nächste Mal würde er seine Mutter sehen.

Du bist ein Monster.

Auf dem Weg nach LA haltet ihr an einem Diner. Laminattische, Neonbeleuchtung, unterbezahlte Kellnerinnen, klebrige Speisekarten, Fast Food. Auch hier starren alle auf die Bildschirme. Nachrichtensprecher verkünden traurige Botschaften, entschlossene Botschaften, Botschaften der Hoffnung. Überschminkte Ansagerinnen legen professionelle Empathie an den Tag. Staubüberzogene Feuerwehrmänner, Osama bin Laden, Mujahideen, die zischenden Düsen von Jagdbombern.

Sameer arrangiert die Pommes frites auf dem Teller, kaut lange auf jeder herum. Er sieht zerbrechlich aus, geistesabwesend. Er steckt den Strohhalm in den Ärmel. Früher hat er das heimlich getan. Weiße Milchflecken sickern durch den Stoff der Jacke. Später wird er den Halm in den Wäschesack geben, zu seiner afghanischen Kleidung, dem Brief von Spike, dem Calvin-Klein-T-Shirt, der Destiny's-Child-CD und seinem wertvollsten Schatz: dem Schwarz-Weiß-Foto von Uzma. Aus glücklichen Tagen.

Du hast versagt. Deine Augen brennen. Die Kellnerin mit der Himmelfahrtsnase klickt nervös mit ihrem Kugelschreiber. »Noch einen Milchshake für den Jungen und einen Kaffee für Sie? Das geht auf mich. Wir müssen zusammenhalten«, sagt sie und fährt mit einer Hand über Sameers rote Locken.

An der Pinnwand vor den Toiletten wirbt eine Visitenkarte für einen Club drüben in Kalifornien, das 8th House. Nostalgische

Pop-Art-Lippen küssen den Himmel, es muss ein Bordell sein. Das 8th House liegt nahe Joshua Tree, nur ein kleiner Umweg auf der Fahrt nach LA, der perfekte Abschluss für Sameers Reise.

Vor dem 8th House wartet der Junge im Auto, während du das Gelände inspizierst. Du hast keine Ahnung, wonach du suchst. Hundebellen. Eine Frau mit blonder Perücke grüßt durch das Fliegengitter und bittet dich herein. Sie stellt sich als Linda vor. Der Empfang ist mit Tiki-Kitsch dekoriert, es riecht süßlich nach Kokosnuss.

Du erklärst Linda Sameers Situation, Afghanistan verschweigst du. Er sei noch nie mit einem Mädchen allein in einem Raum gewesen. Er habe seine Mutter nie gekannt. Du willst nur, dass jemand nett zu ihm ist, ihn ein bisschen verwöhnt oder tröstet. Er soll Zuneigung erfahren, so wie sie nur Frauen geben können. Es muss ja nicht das ganze Programm sein. Es klingt, als würdest du von dir selbst sprechen.

»Ich verstehe schon. Wir werden uns um ihn kümmern.« Linda nimmt deine Hand in ihre. »Holen Sie doch Ihren Neffen. Ich habe da jemanden für ihn, ein ganz besonderes Mädchen.«

Du erklärst Linda, was für ein guter Junge Sameer ist. Nur ein Teenager, der kaum die Welt versteht. Unschuldig.

»Ich bin mir ganz sicher, dass er wunderbar ist. Er hat einen einfühlsamen Onkel«, sagt Linda und streicht dir zärtlich das Haar aus der Stirn.

Sameer folgt dir zögerlich. Ein Mädchen in seinem Alter grüßt ihn. Sie trägt zerrissene Shorts und einen grünen BH mit eingefallenen Körbchen. Ihr staubiges Haar ist ungekämmt. Man könnte meinen, sie hätte Augen in unterschiedlichen Farben, aber es muss die bunte Beleuchtung sein.

»Sameer, das ist Wamblee. Geht nach oben ein bisschen spielen, ok?«, sagt Linda. Wamblee offenbart eine Zahnlücke und nimmt Sameer an der Hand.

»Wollen Sie sich nicht auch verwöhnen lassen, Hasir?«, fragt Linda. »Stress abbauen, etwas entspannen. Was meinen Sie?«

Sie hält dir einen krummen Joint hin.

Du würdest sehr gerne einmal ziehen. Du würdest dich natürlich erkenntlich zeigen.

»Erkenntlich zeigen? Sie müssen Krebs sein, oder Waage.«

Stier.

»Ziemlich materialistisch. Aber auch bodenständig und familienverbunden. Gleichzeitig verlässlich und besitzergreifend.« Linda klopft auf das Kissen neben sich auf dem Bambussofa.

Du zögest es vor, auf dem Boden zu sitzen. Alte Angewohnheit.

Ein elektrisches Kaminfeuer knistert. Die Sorglosigkeit gegenüber stilistischen Prinzipien wirkt erfrischend.

Linda zündet den Joint an.

»Erzählen Sie mir alles, Hasir. Von Anfang an.«

LEUTNANT RYDER
JOSHUA TREE

KAUM HAT RYDER DEN HIGHWAY verlassen, kündigt sich ganz sachte die aufgehende Sonne an und taucht seinen Rückspiegel in dunkles Violett. Er wird sich in einem Motel ausruhen, in sich gehen, entscheiden, ob er zuerst zu Linda oder zu Kelloggs Eltern fährt, zu einer zivilen Uhrzeit.

Er hält an einer dieser altmodischen Tankstellen, die früher als futuristisch galten. In der Ecke des Ladens sitzt ein alter Mann in einem Korbstuhl, die Beine in eine Wolldecke geschlagen. Er starrt wie eingefroren auf einen Fernseher, der über dem Chips-Regal montiert ist, der Ton ist abgedreht. Ryder nimmt ein paar Dosen Cola aus dem Eisschrank und geht zum Kassierer, ein Latino mit Elvis-Tolle und aufgedrehtem Schnurrbart. Er ist gefesselt vom stummen Bildschirm und ignoriert den Zwanziger, den Ryder auf den Tresen legt. Ryder öffnet die Dose, die Cola schäumt aus der Öffnung. Kurz bevor der Schaum am Dosenrand überläuft, fällt er in sich zusammen. Magie des Alltags. Kellogg konnte sich stundenlang mit so was beschäftigen. Kellogg. Immer wieder Kellogg.

Vielleicht hat Ryder gar nicht mit dem Mädchen geschlafen. Er war viel zu weggeschossen von dem Zeug, das das Mädchen ihm gegeben hat. Es muss Crack gewesen sein. Ihr Crack. Linda wird das doch auch gesehen haben. Ryder kann sich noch vage an die Blondine auf dem Schoß des Generals erinnern und an die Pfeife, danach hatte er einen Filmriss.

»Haben Sie Eiswürfel?«, fragt er den Mexikaner und sieht auch zum Fernseher hinüber. Der zeigt gerade die Skyline von Manhattan in ihrer ganzen angeberischen Pracht. Strahlend blauer Himmel, glitzernde Wolkenkratzer. Eine dunkle Rauchwolke quillt aus einem der Türme des World Trade Centers. In einer Nahaufnahme sieht das Loch im Gebäude aus wie das zahnlose Maul eines Monsters.

»Es gibt wichtigere Dinge im Leben als weiße Zähne, mein Sohn«, pflegte sein Alter durch die Ruinen seines eigenen ausgebombten Mundes zu sagen, bevor er sich wieder etwas so Wichtigem hingab, wie eine Stange Zigaretten zu rauchen und seine Leber in billigem Brandy zu marinieren. Gott sei Dank liegt der Scheißkerl unter der Erde.

Wieso, weshalb, warum? Was soll's?

Die dunklen Wolken auf dem Bildschirm sehen aus wie schlechte Special Effects, wahrscheinlich ein ausländischer Actionfilm oder eine dieser Serien aus den Siebzigern.

»Was ist das für ein Film?«, fragt Ryder durch das Summen der Klimaanlage.

Der Mexikaner schaut entsetzt zu Ryder und flüstert, als wolle er keine bösen Geister wecken: »Das ist kein Film. Das ist live! Nachrichten. CNN News.«

Auf dem Ticker am unteren Bildschirmrand steht:

BREAKING NEWS: PLANE CRASHES INTO WORLD TRADE CENTER

Es mag realistisch aussehen, aber für einen Actionstreifen ziemlich lahm, denkt Ryder. »Wenn Sie den Ton aufdrehen, verspreche ich Ihnen, kommt Filmmusik.«

»Wehe«, sagt der Mexikaner immer noch flüsternd. »Der Boss kann nichts mehr sehen, aber wenn er das hört, wird er wieder vom Teufel anfangen. Und wenn ich vom Teufel spreche, dann meine ich Satan selbst. Den wollen wir hier nie wieder haben.« Der Mann bekreuzigt sich. Beunruhigt beobachtet er den Alten im Korbstuhl, der jetzt den Kopf vor- und zurückwirft.

Ryder verspürt den Impuls, den Mann zu belehren, einen Fremden, den er in einer Stunde bereits vergessen haben wird. Stattdessen schnappt er sich die Fernbedienung und dreht den Ton auf. Worte der Verzweiflung, Ohnmacht und scharfes Luftholen begleiten jetzt die Bilder. Keine Musik. Nachrichtensprecher. Da fällt Ryder auf, dass es noch keinen einzigen Schnitt gab, keinen einzigen Schauspieler.

»Ein Flugzeug ist in den Wolkenkratzer reingeflogen«, sagt der Mexikaner. »Da muss etwas richtig schiefgelaufen sein. Ein Unfall.«

»Ein Flugzeug?« Kaum hat er die Frage ausgesprochen, kommt wieder ein Flugzeug ins Bild und fliegt in Richtung des bereits demolierten Gebäudes, sehr niedrig. Ein Rettungsteam? Die würden doch einen Helikopter zur Evakuierung schicken. Wer hat sich nur dieses Fernseh-Desaster ausgedacht? Stimmen vereinen sich zu einem Crescendo:

O mein Gott! Was ist da los? Noch eine Maschine. Jesus!

Das Flugzeug verschwindet hinter dem qualmenden Turm. Eine Explosion leuchtet im Hintergrund auf. Die Kamera wackelt und zoomt näher an die Flammen. Der Chor der Stimmen aus dem Off schwillt an.

Der alte Mann im Korbstuhl kreischt.

»Er mag das nicht«, sagt der Mexikaner, als sei das nicht offensichtlich.

»Ich auch nicht«, sagt Ryder.

»Ich habe Ihnen doch gesagt, dass es echt ist. Schalten Sie gerne um, aber drehen Sie in Gottes Namen die Lautstärke runter!«

Ryder stellt den Ton leiser und schaltet um. Auch der nächste Sender zeigt die brennenden Türme, aus einer anderen Perspektive. Das gleiche Geschehen, dieselben Untertitel, Stimmen. LIVE blinkt in der Ecke. Jetzt kann man den hinteren Turm sehen. Eine Wiederholung zeigt, wie ein großes Passagierflugzeug sich zur Seite neigt und dann in das noch unberührte Gebäude kracht. Es wirkt wie sanftes Eintauchen. Ryder schaltet weiter. Überall dasselbe.

Noch ein Flugzeug, ein zweites Flugzeug ist ins World Trade Center geflogen!

O Gott! Nein!
Eine Fehlfunktion im Flughafentower?
Wie ist das möglich?
Unsere Nation – kein Zufall – Angriff – Jesus – Nein!

Es ist weder ein Film noch eine schlechte Serie. Entsetzen kribbelt über Ryders Kopfhaut wie eine Perücke, die ganz langsam abgestreift wird.

Der alte Mann schreit und sabbert unbeholfen.

»Er kann das nicht ertragen. Sehen Sie doch!« Der Mexikaner reißt Ryder die Fernbedienung aus der Hand und schaltet auf stumm.

Der Alte beruhigt sich.

Ryders Vater war während seiner letzten Tage genauso unbeholfen, ein Zombie, der mit einsamen Augen ins Leere glotzte. Eine von Ryders fettleibigen Halbschwestern kümmerte sich um ihn, sie hätte Ryders Mutter sein können. Mit einer Hand wischte sie ihm den Speichel vom Kinn, in der anderen hielt sie eine Zigarette zwischen nikotingefärbten Fingern, voller Hass und Verachtung, die Ryder galten, nicht dem Vater. »Dich hat er wenigstens in Ruhe gelassen, für die Mädchen gab's immer Prügel«, fauchte sie. Ryder hat ihr nicht widersprochen.

Der Mexikaner erstarrt erneut. Von der Fassade des World Trade Centers fallen Trümmer. Auf einmal erkennt man, dass Menschen in die Tiefe springen, um den Flammen zu entkommen. Anzugjacken flattern, ein aufgeplusterter Rock, Krawatten im Wind. Die Kamera zoomt zurück in die Totale, als hätte sich gerade jemand daran erinnert, dass es sich um echte Menschen und wahre Schicksale handelt, die sich dort in Echtzeit abspielen. Die Leute werden wieder zu anonymen Pixeln.

Der Mexikaner hält Ryder ein Telefon mit abgewetzten Tasten hin. Ryder wird Katie anrufen. Er ist erstaunlich klar. Er weiß, welchem Protokoll er folgen muss. Er wird tun, was jetzt wichtig, was jetzt nötig ist, sich nur damit beschäftigen, was er direkt beeinflussen kann, was ihn persönlich jetzt betrifft.

Der Mexikaner geht zu dem alten Mann im Korbstuhl hinüber und streichelt ihm sanft über den Kopf. »Die Null hängt manchmal. Da müssen Sie fest drücken.«

»Brauchen Sie das Telefon nicht selbst?«, fragt Ryder, berührt von dem Paar.

»Nein, ich kenne niemanden mehr in Nueva.« Der alte Mann küsst die Hand des Mexikaners.

Ryder wird den Besuch bei Kelloggs Eltern aufschieben, auch Wamblee und Linda müssen warten. Er will so schnell wie möglich nach Hause. Am besten, bevor Katie von dem Unglück erfährt. Er wird ihr vorsichtig die Nachrichten beibringen, sanft mit ihr umgehen. Seine Ehe wird er nicht retten können, aber er kann sie jetzt unmöglich im Stich lassen. Er wählt seine Nummer. Katie nimmt ab, schlaftrunken, die Bettdecke raschelt im Hörer.

»Katie!«

»Hi!« Sie ahnt nichts.

»Ich bin auf dem Weg nach Hause. Ich werde in ein paar Stunden da sein.«

»Ok«, murmelt sie.

»Schlaf noch ein bisschen, bin gleich da.«

»Bis gleich.«

Er muss es ihr sagen. Er wird ihr sagen, wer er ist.

SAMEER
KABUL

DER HEIMFLUG IST NACHTS. Ein dunkler Abgrund liegt unter mir, der Ozean träge wie nasse Tinte, darin ein Glitzern, vielleicht sind es Sterne.

Beim Abschied am Flughafen tat der Onkel traurig und versprach, ich würde meine Mutter das nächste Mal sehen. Bald. Dann würde ich ganz nach LA ziehen. Sie würden mich auf eine angesehene Schule schicken. Immer wieder fragte er mich, wie ich das fände. Lächerlich. Mein Onkel stellt keine Fragen, in Wahrheit befiehlt er, bestellt, ordnet an, kauft. Ich konnte ihm ansehen, dass er es selbst nicht mehr glaubt.

Onkel Hasir schenkte mir sein kostbares Lächeln, aber die Augen verrieten, dass es nur eine billige Ausrede war. Warum konnte er mir nicht sagen, was mit meiner Mutter ist? Wer sie ist? Wo sie ist? Und was passiert ist, damals, als ich auf die Welt kam, und heute. Wohin sie in den letzten Wochen verschwunden ist.

Mein armer reicher Onkel ist einsam, für ihn ist das Leben ein Spiel, abstrakt wie die Filme, an die er glaubt. Er hat nicht einmal eine eigene Familie, keine Frau, keine Kinder. Nur Reichtum.

Ich will nicht noch einmal nach Los Angeles und dort vergeblich auf eine Mutter warten. Ich bin froh, ins Waisenhaus zurückzukehren, das ist mein Zuhause. Ich freue mich, den Mullah wiederzusehen, den Koch, sogar Irfahn habe ich vermisst. Aber am meisten geht mir Murtaza ab. Seine ruhige Art, die Welt zu erklären, Dingen Bedeutung zu geben und die Scham aufzulösen. Ich vermisse Behrooz' Gutmütigkeit. Und Elham. Meine Elham. Ich muss den Mut aufbringen, um ihre Hand anzuhalten.

Diesmal zeigen sie nur dumme Filme im Flugzeug. Ein Film spielt angeblich in der Zukunft, *Matrix*. Da laufen Menschen in glänzenden schwarzen Uniformen durch die Gegend, und wenn sie schießen, hält die Zeit für sie an. Sie können auch in der Luft schweben, aber nicht so anmutig wie die chinesischen Kämpferinnen. Alles wird von dunklen Mächten regiert, von Maschinen, Computern, Batterien und Kabeln. Die Ungläubigen beten die Technik an. Sie verherrlichen Unzucht. Sie glauben, sie können die Vergangenheit ungeschehen machen, wenn sie sich in die Zukunft phantasieren. Sie verstecken sich vor dem echten Leben hinter den Fernsehleben und spielen Videospiele, deren Moral auf Sünde basiert. Mein Onkel verhält sich genau wie sie.

Ich bete in Gedanken um Vergebung, auch ich habe mich verführen lassen. Aber die Erinnerung an die Nacht mit Wamblee schlägt immer wieder wie Blitze der Verzückung in mich ein. Ihre Finger auf meinen Sommersprossen, ihre bebenden Hüften, die beflügelten Worte aus ihrem Mund, die es vermochten, mich die Welt aus der Sicht eines Adlers betrachten zu lassen. Erhaben und so viel wahrer als die blutleeren Gestalten in den Filmen. In Wamblees Erzählungen wurden Tag und Nacht noch von Sonne und Mond bestimmt und nicht von technischen Illusionen. Sie war so rein und doch so sündhaft.

Irgendwann glätten die Suren die Arabesken in meinem Kopf, und ich schlafe endlich ein. Auf dem Weiterflug von Dubai nach Kabul ist die Kabine fast leer. Es ist kalt, und selbst die seidene Flamme des Drachens auf Spikes Jacke will mich nicht wärmen.

Am Flughafen in Kabul grüßt mich ein deprimierter Behrooz. »Wir müssen stark bleiben, Sameer-jan. Gott ist groß!« Er scheint genauso traurig zu sein wie die Amrikaner. »Was ist nur aus der Welt geworden? Was sagt dein Onkel dazu?«

Es ist mir gleichgültig, aber das sage ich nicht. Früher habe ich zu ihm aufgesehen, inzwischen bin ich seiner Manöver müde.

»Ich muss noch heute zur Beerdigung aufbrechen. Es ist eine lange Fahrt«, sagt Behrooz.

Wovon spricht er nur?

»Massoud wurde umgebracht«, sagt Behrooz. »Wusstest du das nicht? Wir haben unseren Helden, den Löwen von Panjshir, verloren.«

»Im Gefecht?«

»Nein, eine Gruppe Reporter wollte ihn interviewen. Sie hatten Sprengstoff dabei. Unser Land wird wieder von Ausländern bedroht. *Ya Allah!*«

»Ich komme mit zur Trauerfeier!«

»Das muss ich erst mit deinem Onkel absprechen, dafür ist jetzt keine Zeit.«

»Ich kann das selbst entscheiden«, behaupte ich kühn. »Mein Onkel hat gesagt, ich sei jetzt ein Mann.«

Behrooz bugsiert mich zu seinem Wagen, auf der Ladefläche sitzen bewaffnete Mujahideen. »Das ist Hasir-saybs Neffe. Er hat gerade die Vereinigten Staaten von Amrika besucht. Er hat gesehen, wie die Flugzeuge in die Türme geflogen sind, mit seinen eigenen Augen.« Ein dunkler Typ mit längeren Haaren macht mir in der Kabine Platz und steigt nach hinten um.

Ich gebe natürlich nicht zu, dass ich während der Attacken auf der anderen Seite Amrikas war und alles nur auf dem Bildschirm verfolgt habe.

»In Afghanistan wimmelt es von Ausländern«, sagt Behrooz nervös. »Viele Araber unter ihnen sprechen Englisch. Du wirst mir irgendwann mit Übersetzen helfen müssen.«

»Inshallah«, sage ich. »Es ist mir eine Ehre, Behrooz-sayb.« Ich werde ihn beeindrucken, und er wird mir seine Tochter anvertrauen. Er wird erkennen, wie pflichtbewusst ich bin. Ich werde ihm beweisen, dass ich ein guter Muslim bin, ein ehrenwerter, disziplinierter Mann mit Prinzipien.

»Du weißt jetzt, wie man mit den Ausländern spricht, und verstehst ihre Sitten«, sagt er weiter. »Das ist sehr viel wert.«

Tatsächlich habe ich von den Amrikanern gelernt, dass man weder den leeren Worten ihrer Sprache noch den bunten Bildern ihrer Fernseher trauen sollte. Sie können sich nicht entscheiden, was gut und böse ist, Wahrheit oder Lüge. Auch das behalte ich für mich. »Ich stehe Ihnen zur Verfügung, Behrooz-sayb«, sage ich. »Ich werde alles tun. Sie waren immer gut zu mir. *Mashallah.*«

Ich werde Elham ein guter Ehemann sein. Ich werde sie wie meinen Augapfel hüten und dafür sorgen, dass auch sie eine Ausbildung bekommt. Sie wird Englisch lernen, vielleicht Literatur studieren. Eines Tages werde ich Elham meiner Mutter vorstellen, falls es sie doch gibt.

Behrooz greift hinter den Sitz nach seiner Kalaschnikow. »Hier, für dich, Sameer. Ich habe sie Elham getauft«, sagt er mit einem Augenzwinkern.

Ich nehme das Geschenk ohne falsche Bescheidenheit an. »Behrooz-sayb, Sie sind zu großzügig.« Die Waffe ist schwerer, als ich dachte, sie liegt gut in der Hand, das Metall des Laufs ist kühl, der hölzerne Schaft glatt poliert.

»Ich bringe dir bei, damit umzugehen. Es ist ganz einfach.«

Ich lege das Gewehr an und ziele durch die Windschutzscheibe. Ich sehe mich schon damit durch Kabul spazieren.

Behrooz lacht. »Du weißt, wie viel sie mir wert ist. Enttäusche sie nicht.«

Als wir in einem kleinen Ort Benzin kaufen, steigt einer der Mujahideen nach vorne, und die anderen machen mir auf der Ladefläche Platz.

Ich setze mich neben einen Jungen in meinem Alter, er heißt Taimur. Auch er trägt eine Kalaschnikow. Sein Auge zuckt. Ein dunkler, magerer Mann mit schulterlangem Haar stellt sich als Mirwaïs vor. »Ich habe an Kommandant Massouds Seite gefochten, bis ich verwundet wurde.« Er lüftet seinen Wollhut, eine wulstige Narbe verläuft von der Stirn über den ganzen kahlen Schädel. »Ich habe immer noch Schrapnell im Kopf, das lässt mich schneller denken. Jetzt helfe ich Behrooz im Geschäft deines Onkels.« Er lacht und deutet auf einen untersetzten Mann. »Das hier ist Isaad, er ist kein guter Kämpfer. Zu langsam und zu verfressen.« Isaad zuckt mit den Schultern und spuckt Pistazienschalen aus. Er hält mir den Beutel mit den Nüssen hin. Da stiehlt Mirwaïs ihm den Hut vom Kopf, wirft ihn Taimur zu, und der wirft ihn mir zu. Isaad versucht, uns den Hut wieder abzuluchsen, während der Wagen über die Straßen holpert.

»Eines Tages kann ich für dich arbeiten, Sameer«, sagt Mirwaïs.

»Für mich? Nein, ich werde Ihnen zu Diensten stehen.«

»Hasir-sayb hat keine Kinder. Du bist wie ein Sohn für ihn. Eines Tages übernimmst du bestimmt sein Geschäft.« Mirwaïs meint es ernst, aber ich habe genug von Onkel Hasir.

Als der Wagen weiter in den Norden fährt, wird Mirwaïs neugierig. »Wie haben die Amrikaner auf Shah Ahmads Tod reagiert?«

»Die Amrikaner waren nur mit ihren brennenden Türmen beschäftigt. Während ich dort war, haben sie ihn kein einziges Mal erwähnt.«

»Die tun nur so! Die Ungläubigen stecken doch selbst dahinter. Sie haben ihn umbringen lassen!«, ruft Taimur.

»Hör nicht auf ihn, Sameer«, sagt Mirwaïs. »Taimur kommt aus einem Flüchtlingslager drüben in Peschawar. Für die Pakistanis sind die Amrikaner an allem schuld.«

Isaad verpasst Taimur einen Klaps auf den Hinterkopf. »Die Attentäter waren bestimmt Araber.«

»Die Amrikaner wünschen Massoud doch schon lange den Tod. Sie wollen die ganze Welt beherrschen«, sagt Mirwaïs weiter. »Aber wenn sie sterben, erwartet sie kein Paradies. Die Ungläubigen opfern sich nicht selbst.«

Alle reden aufgebracht durcheinander.

»Nein, es waren die Taliban. Die hatten es schon lange auf ihn abgesehen!«

»Sie träumen nur davon, einmal so viel Einfluss wie Shah Ahmad zu haben!«

»Die Taliban brauchen keine Ausländer für ihre schmutzigen Geschäfte.«

»Al-Qaida wollte ihn kidnappen gegen Lösegeld.«

»Das pakistanische Militär steckt dahinter!«

»General Musharraf ist eine Marionette der USA!«

»Die Haqqanis sind schuld.«

Mirwaïs hebt die Hand. »Was sagen die Amrikaner über unser Land, Sameer?«

Alle sehen mich an. Wenn sie wüssten, wie sündhaft ich mich dort benommen habe.

»Die Amrikaner können Afghanistan nicht einmal auf der Landkarte finden. Sie interessieren sich nur für sich selbst, in ihren Häusern hängen überall Spiegel. Sie verbringen ihre Zeit damit, dem Geld hinterherzulaufen, um es dann gleich wieder zu verschwenden. Sie jagen der Zukunft hinterher, um die Erinnerungen an ihr lasterhaftes Leben hinter sich zu lassen. Die Muezzins haben es aufgegeben, zum Gebet zu rufen.«

»Was hältst du von den Taliban, Sameer?«, fragt Mirwaïs.

Die Augen der Männer durchbohren mich förmlich, aber heute weiß ich, dass es nicht meinem Aussehen gilt. »Die Taliban wollen nicht, dass wir selbst denken. Sie verabscheuen Bildung. Unsere Krankenhäuser sind zu arm, um Kranke zu heilen. Die Familien der Märtyrer verhungern, weil die Witwen sie nicht ernähren können. Frauen werden gesteinigt für die Taten, die Männer ihnen antun.« Die Worte sprudeln nur so aus mir heraus. Ich muss gar nicht groß nachdenken, Murtaza hat es mir oft erklärt, so ist es mir ergangen, und manches, was mir der Onkel auf der Fahrt in die Wüste beschrieben hat, leuchtet auch ein.

»Sollen wir etwa wie die Ungläubigen leben?«, fragt Mirwaïs.

»Nein, es gibt andere Wege, Frieden zu finden. Allah wird uns helfen.«

Ich muss allerdings auch an die himmlischen Gesänge von Destiny's Child denken, ich kann das Licht und die Kraft meines Glaubens, die ich dort gespürt habe, nicht leugnen. »Denkt an Massoud, er hat sogar seine Töchter in die Schule geschickt.«

Isaad schnappt nach Luft, aber bevor er etwas sagen kann, fällt ihm Mirwaïs ins Wort. »Er hat gesagt, dass Frauen den Schlüssel für Afghanistans Zukunft in den Händen halten!«

Es ist wunderbar, einen Afghanen so reden zu hören.

»Seine eigene Ehefrau hat an einer Universität studiert, während er unser Vaterland verteidigt hat«, sagt Mirwaïs. »Er war der größte Kämpfer, den wir je hatten.«

»Alhamdulillah!«, sagen die Männer gleichzeitig.

Ich bin so glücklich, einer von ihnen zu sein.

Als die weißen Gipfel der Berge direkt vor uns auftauchen, verteilt Mirwaïs Decken auf der Ladefläche. Taimur beäugt mich argwöhnisch. »Würdest du eher eine amrikanische Frau mit Bildung heiraten oder ein afghanisches Mädchen?«

Meine Ohren werden heiß. Nie wäre mir in den Sinn gekommen, eine Ausländerin zur Frau zu nehmen, obwohl alle, die ich getroffen habe, reizend waren. Das sowjetische Bastardmädchen, das mich geküsst hat, Rafiqs betörende Mutter, Spikes Frau, die mir schwimmen beibringen wollte, und vor allem Wamblee, deren Augen von zwei verschiedenen Menschen gestohlen schienen. Sie alle sind mir nah gekommen und gleichzeitig so fremd geblieben. Die Einzige, die mein Herz zum Glühen bringt, ist Elham. »Ich werde nie eine Ausländerin heiraten. Ich werde ein afghanisches Mädchen zur Frau nehmen.«

»Hat dein Onkel jemanden für dich arrangiert?«, fragt Taimur.

»Nein, ich werde selbst um ihre Hand anhalten.« Ich wünschte, Behrooz könnte mich jetzt hören.

»Wer ist die Glückliche?«, drängelt Mirwaïs.

»Alles, was ich euch sagen kann, ist, dass sie wunderschön ist, intelligent und sehr diszipliniert.«

»Diszipliniert«, wiederholt Taimur.

»Ich werde euch alle auf meine Hochzeit einladen. Es wird das größte Fest, das Kabul je gesehen hat. Es wird Musik spielen, und die Leute werden tanzen, ob es den Taliban gefällt oder nicht. Wir werden das Leben feiern und den Islam. Inshallah!«

Spätnachts kommen wir in einem Dorf im Panjshir-Tal an und legen uns zu Dutzenden anderen Trauernden in einen überfüllten Stall. Ich falle in traumlosen Schlaf.

Der Ruf des Muezzins weckt mich, ich bete gemeinsam mit den Fremden im Dunkeln. Die aufgehende Sonne legt einen kühlen Schimmer über den Fluss, der sich wie ein flüssiger Türkis durch das Tal windet. Eine dichte Menschenmenge schiebt sich bereits am Ufer entlang. Die Flagge der Nordallianz flattert über den Männern, die Kampflieder der Mujahideen singen.

Mirwaïs gibt mir einen *pakool*-Hut, genau so einen, wie ihn Shah Ahmad immer trug, und wir klettern einen steinigen Hügel hinauf. Von oben ist die Sicht auf die Tausenden Männer, die dem Leichnam Massouds auf dem Lastwagen folgen, noch atemberaubender. Ein einziger Panzer ächzt durch die Menge, hie und da ein Pferd an den Ausläufern des Zuges. Immer wieder wird Massouds Name gerufen.

Commander Massoud! Der Löwe von Panjshir! Shah Ahmad Massoud!

Der Trauerzug erinnert an Mekka, wo eine träge Schlange mit unzähligen Köpfen, Herzen und Augen, aber mit einem einzigen Glauben sich um das Heiligtum wickelt. Hier hat sich ein Meer von Anhängern zusammengefunden, die mit geeinter Stimme einem ihrer größten Helden die Ehre erweisen.

Kinder und Ziegen springen über die Hügel. Ich lasse mich treiben, und bald verliere ich Behrooz und Mirwaïs aus den Augen. Befreit von der Enttäuschung über die Reise in die USA und die erfolglose Suche nach meiner Mutter, singe ich aus vollem Hals die Lieder von Kämpfen, die ich nie ausgefochten habe, mit Brüdern, die ich nie gekannt habe, an Orten, die ich nie gesehen habe. Mein Hals schmerzt schon vom Singen, als ich zu dem überladenen sowjetischen Panzer gedrängt werde, dessen Ketten sich in den unwegsamen afghanischen Boden krallen.

Ein sehniger Mann hält mir die Hand hin, hilft mir hinauf. Er zeigt auf die Bergkette und zählt die Gipfel ab. »Hier haben wir den Sowjets diesen Panzer abgenommen. Wir haben sie in einen Hinterhalt gelockt. Ein Überfall, ganz schnell und leise. Es ist kaum ein Schuss gefallen. Wir haben drei Männer festgenommen, zwei von ihnen waren noch Kinder, nicht älter als du. Sie weinten, als wir sie laufen ließen.« Er zieht ein Foto aus der Brusttasche, auf dem er hinter Massoud steht und durch ein riesiges Fernglas schaut. »Meine Augen waren noch gut damals, messerscharf wie die eines Adlers. Ich konnte geradezu durch die Berge hindurchsehen.«

Die Stimmen und Lieder, deren Echo von den Bergen widerhallt, wühlen mich noch mehr auf als das Konzert von Destiny's Child. Hier oben auf dem Panzer bin ich auf einmal ganz stolz auf meine Heimat. Diese Männer haben ihr Leben riskiert, um uns gegen die Eindringlinge zu verteidigen, aber es stört sie nicht, dass ich unter ihnen weile. Sie behandeln mich nicht wie einen Schandfleck. Es schlummert so viel Güte in meinen Landsleuten.

Auf dem Rückweg nach Kabul darf ich wieder vorne bei Behrooz sitzen. Ich glaube, er ahnt schon, dass ich um die Hand seiner Tochter anhalten werde, und kündigt an, dass er in nächster Zeit sehr beschäftigt sein und keine Zeit haben wird, mich zu Murtaza zu fahren. Die Firma hat neue Auftraggeber, Amrikaner. Behrooz reckt sein Kinn vor, zieht die Mundwinkel hinunter und bewegt die Schultern hin und her. »So gehen die Amrikaner doch, oder? Wie Maschinen!« Behrooz wirft ein paar Worte Phantasie-Englisch hinterher. Ich muss lachen. Er erinnert mich an Rafiq, an sein Videospiel und seine Schrei-Musik.

Da sehe ich erst das Radio im Armaturenbrett. Es ist ganz verstaubt, aber als ich an dem Knopf drehe, gehen die Lichter an. Ich suche nach einem Sender, und endlich knistert eine Melodie durch das weiße Rauschen, gefolgt von einer Frauenstimme, die einen unbekannten Dialekt spricht.

»Das ist ein tadschikischer Sender«, sagt Behrooz. »Aus den Mündern der Tadschikinnen mit ihren goldenen Zähnen klingt die russische Sprache wie Musik. Als würde eine Blüte über deine Wange streichen.« Er grinst träumerisch.

»Ich dachte immer, die Sprache der Sowjets würde wie Erbrechen klingen.«

»Bei Männern vielleicht. Aber hör der Dame genau zu und du wirst eine zarte Rose spüren, die dich streichelt.«

Ich schließe die Augen. Für einen Moment glaube ich wirklich, die Blüte auf meiner Haut zu spüren, bis die Stimme verebbt und der Sender wieder schweigt. Ermutigt von der Unbeschwertheit des Augenblicks hole ich die Destiny's-Child-CD aus dem Wäschebeutel. »In Amrika gibt es besonders betörende Blüten.«

Die CD gleitet mühelos in den Schlitz der Anlage, und die göttlichen Stimmen der Sängerinnen erfüllen den Toyota.

»Die amrikanischen Muslime lauschen dieser Musik wie einem Gebet«, erkläre ich. »Wie die Sufis. Die Sängerinnen nennen sich Kinder des Schicksals. Sie stehen für die Jungfrauen, denen die Märtyrer im Paradies begegnen.«

Ich drehe die Musik so laut auf, dass auch die Männer auf der Ladefläche sie hören können. Sie pressen ihre Gesichter an die Scheibe.

Ich reiche die CD-Hülle mit den leicht bekleideten Frauen nach hinten. Die Männer sind begeistert, Taimur küsst das Plastik. Ich singe mit, und sogar Behrooz scheint angetan.

»Das Lied ›Survivor‹ ist ein Lied für die Märtyrer auf dem Weg ins Paradies.« Weil ich nicht jedes Wort verstehe, erfinde ich Teile der Übersetzung. »Destiny's Child singen von den Nöten der Menschen, ihren Zweifeln. Davon, dass der Glaube und das Gebet uns stärker und reicher machen. Wir müssen Ihm, dem Allmächtigen, vertrauen. Und sie singen davon, wie Frauen und Kinder zurechtkommen sollen, wenn der Mann vom guten Pfad abkommt oder stirbt.«

»Hat das dein Onkel gesagt?« Behrooz runzelt die Stirn. »Ich habe noch nie von diesen Frauen gehört. Ich glaube, du schwindelst ein wenig.«

»Wenn Sie sich darauf konzentrieren, Behrooz-sayb, ist es wie mit den Stimmen der Russinnen. Wie Blüten auf der Seele.«

Hinter einer Kurve taucht plötzlich ein Kontrollposten der Taliban auf. Behrooz bremst scharf. Panisch drehe ich an den Knöpfen, zuerst versehentlich lauter, bis der Ton schließlich verebbt.

Ein älterer Talib und ein jüngerer weisen uns an, auszusteigen. Verstohlen schiebe ich die Gummimatte auf dem Boden über meinen Hotelbeutel. Sie lassen uns auf der Straße in einer Reihe stehen, und der Alte fährt mit dem Gewehrlauf in den Kragen meiner glänzenden Drachenjacke. Er spuckt spöttisch auf den Boden.

»Wo kommt ihr her?«, fragt er.

Behrooz antwortet für alle. »Wir kommen aus dem Panjshir-Tal. Wir haben um Massoud getrauert.«

»Shah Ahmad war ein Verräter.«

Mirwaïs ergreift das Wort. »Er war ein Patriot. Tausende kamen, um ihn zu feiern. Wir werden uns neu aufstellen müssen, um uns gegen die ausländische Bedrohung zu wehren. Sie kommen von überall.«

Der jüngere der beiden Taliban entdeckt die CD-Hülle auf der Ladefläche. »Wem gehört dieses Bild?«

Keiner antwortet. Ich sende ein Stoßgebet, dass sie den CD-Spieler nicht anschalten.

»Ich frage ein letztes Mal: Wem gehört dieses unzüchtige Bild?«

Mirwaïs räuspert sich. »Einer aus den Bergen muss es liegen gelassen haben. Bergvolk ist nicht zu trauen.«

Der Talib erkennt nicht, dass es eine CD-Hülle ist, offensichtlich glaubt er, es sei ein Foto in einem Plastikrahmen.

Er wirft die Hülle auf den Boden und stampft mit seinem Stiefel darauf. Ich kann mir lebhaft vorstellen, wie die Plastikscherben die Gesichter und Körper der Frauen zerstechen, ihre silbernen Kleider zerfetzen. Die Bärtigen dürfen auf keinen Fall meine Sachen finden. Vor allem nicht das Bild meiner Mutter.

»Wir Afghanen müssen zusammenhalten, Bruder«, sagt Behrooz. »Das Blut, das die Sowjets hier vergossen haben, ist kaum getrocknet, und schon ist unser Land voll mit Arabern. Bald werden auch die ungläubigen Amrikaner kommen und den Saudi suchen. Geht mit uns! Wir brauchen furchtlose Männer wie euch in unserem Kampf gegen die Ausländer.« Behrooz weiß, dass die beiden die Einladung nicht annehmen werden.

Der jüngere Talib reißt die Fahrertür auf. »Verschwindet. Lasst euch hier nicht mehr blicken.«

Wir steigen alle ganz schnell ein, und im Rückspiegel kann ich sehen, wie der Ältere die zersplitterte CD-Hülle aufhebt.

»Primitivlinge!«, zischt Behrooz und schaltet die CD wieder an. »Ein Glück, dass sie deinen Pass nicht gefunden haben, Sameer-jan. Die hätten uns, ohne mit der Wimper zu zucken, erschossen.«

Er stellt die Gesänge der Schicksalskinder laut, sehr laut.

Survivor!

HASIR ZAMAN
PARIS

DIE VERREGNETE PARISER VORSTADT verschwimmt hinter dem Fenster des Taxis. Auf deinem Mobiltelefon ist nur eine Nachricht von Farhad, dem Anwalt, der dich um Rückruf bittet. Du wählst seine Nummer in LA, wo es bereits spät sein muss.

»Du hättest den Jungen nie an den Wachhunden der Schengenzone vorbeischmuggeln können«, sagt Farhad, Eiswürfel klimpern in seinem Glas.

Du würdest dir unendliche Vorwürfe machen, dass du ihn zurück nach Kabul geschickt hättest.

Farhad schweigt ein ominöses Anwaltsschweigen. Sogar die Eiswürfel verstummen.

»Die USA sind vorläufig vom Tisch, Hasir«, sagt er nach einer Weile. »Eure Reise ist verdächtig genug. Der Zeitpunkt … Würde mich nicht wundern, wenn die CIA bereits auf dich aufmerksam geworden ist. Die hören uns wahrscheinlich gerade ab.«

Wie schmutzig Paris im Herbst aussieht. Der stürmische Regen verwandelt es in eine Geisterstadt, die wenigen Gestalten auf der Straße sind vom Nass verschleiert.

»Du solltest Sameer so schnell wie möglich in Sicherheit bringen, nach Frankreich. Das wird kein gutes Ende nehmen in Afghanistan, die US-Regierung meint es ernst. Ich werde einen Kollegen in Paris kontaktieren, vielleicht gibt es doch eine Möglichkeit, ihm ein Visum für Europa zu besorgen. Wir dürfen keine Zeit verlieren.« Du hörst ihn einen Schluck aus dem Whiskyglas nehmen. »Schon mal darüber nachgedacht, ihn in einem Lkw aus dem Land zu schmuggeln? Ich kann ihn in Teheran unterbringen, bis sich die Lage entspannt.«

Es sei viel zu riskant, wenn jemand erführe, dass er mit dir verwandt ist.

»Du hast leider recht. Dann wird er entführt, und du wirst um Lösegeld erpresst.«

Wenn er anonym bliebe, würden die Schmuggler ihn allerdings zwischen Reissäcken ersticken lassen. Ob er jemals die verspiegelten Paläste der Menschenhändler im Iran gesehen habe?

Farhad seufzt. »Am besten wäre also wieder eine neue Identität. Kannst du irgendwie an französische Papiere kommen? Einen Reisepass mit einem neuen Namen?«

Ein Königreich für einen korrupten französischen Beamten.

Deine Haushälterin hat die *Le Monde*-Ausgaben der letzten Wochen im Flur gestapelt. Obenauf liegt die Titelseite mit dem World Trade Center in Flammen und der Schlagzeile *»Nous sommes tous Américains«*. Wir sind alle Amerikaner. Selbst das warme Bad und das gebügelte Hemd danach nehmen dir nicht die Beklemmung. Es hämmert in deiner Brust. Du suchst das Medikament, das Dr. Cohen dir vor Monaten verschrieben hat. Nur für den akuten Notfall, als letzter Ausweg. Du steckst es in die Jacketttasche – ein pharmazeutischer Talisman – und machst dich auf den Weg ins Chez Farida. Zu Inès.

Ziad hat ein neues Mädchen angestellt. »Inès ist schon vor Wochen verschwunden. Ich hab dich gewarnt. Im Herbst schlagen die Zigeuner ihre Zelte woanders auf. Rumänien, Mazedonien, Türkei, wer weiß. Das neue Mädchen stammt aus den französischen Alpen. Sie hat einen festen Wohnsitz, die schnörkelige Handschrift einer Teenagerin und eine Steuernummer.«

Du hättest gar nicht gewusst, dass er Steuern zahle, bemerkst du.

»Deine amerikanischen Freunde sind da«, sagt Ziad. »Sie haben schon einmal nach dir gefragt. Fast hätte ich ihnen abgenommen, dass sie von hier sind. Ihre Aussprache ist ziemlich perfekt.«

Zwei Männer sitzen an deinem Tisch in der Ecke, verdächtig unverdächtig, auffällig gewöhnlich und noch dazu sehr jung. Die Outfits müssen sie beim Kirchenchor bekommen haben. Farhad hat es geahnt!

»Sie wollten tatsächlich Cola Light«, sagt Ziad. »Ich musste das Mädchen zum Bahnhof schicken, um welches zu besorgen.« Ziad weiß genau, dass du die beiden noch nie gesehen hast.

Du verschwindest in die Toilette. In der Kabine massierst du deine Brust so fest, dass sich ein Knopf vom Hemd löst. Das ist genau der Moment, für den das Notfallmedikament vorgesehen war. Außerordentlichere Notfälle gibt es nicht. Du drückst eine Tablette durch den Alufilm direkt in den Mund und zerkaust sie langsam. Sie schmeckt wie Karton. Du sammelst Spucke und zählst bis dreißig. Nichts. Du zählst weiter bis sechzig. Dann wirfst du noch eine Pille hinterher und arbeitest dich durch die kalkige Pampe. Während du deinen Kiefer beim Mahlen im Spiegel beobachtest, entdeckst du eine Stelle, die du beim Rasieren übersehen hast. Du könntest einen Haarschnitt gebrauchen. Ausnahmsweise trinkst du etwas Wasser direkt aus der Leitung hinterher und fährst dir mit den nassen Händen durch die Haare. Dann holst du tief Luft und gehst ins Restaurant, um dem Unheil ins Auge zu schauen.

Du näherst dich deinem Tisch unter amerikanischer Besatzung und stellst dir vor, inspiriert von einer Werbekampagne für ein Produkt, an das du dich nicht mehr erinnern kannst, ein Dobermann ginge an deiner Seite. Du kneifst das imaginäre Halsband des Hundes enger, und der Köter fletscht die Zähne. Dann lässt du mit vorgetäuschter Langeweile deinen Blick über die Tische schweifen, streichst dir eine feuchte Strähne aus dem Gesicht, und in diesem Moment fängt dich das Medikament ein und bremst alles sanft ab.

Das Chez Farida wirkt nun angenehm gedämpft, wie in einer Unterwasseraufnahme, der Geräuschpegel schaukelt ein paar Oktaven tiefer. Selbst die Amerikaner scheinen verlangsamt. Einer der beiden, dünn und blond, wie eine fahle Bohnenstange, steht auf, als begrüße er einen alten Freund. Er streckt dir seine rosarote Hand hin. Du siehst sie an und schüttelst sie nicht, woraufhin er sie unsicher wieder zurückzieht und auf sein Herz legt. Das muss er aus einem Reiseführer haben. Du lässt den imaginären Dobermann los und streckst ihm nun doch deine Hand entgegen. Erleichtert nimmt er sie in seine, feucht und warm.

Seine farblosen Lippen sprechen einen Namen aus, aber du vergisst, hinzuhören.

»Spencer«, wiederholt er, und noch irgendwas.

Der andere Mann – muskulös, dunkelhaarig – wischt sich die eckige Lesebrille von der Nase und hält dir eine Visitenkarte hin. Um dem Schwindel entgegenzuwirken, liest du laut vor, was auf dem billigen Papier steht. Du betonst jede einzelne Silbe:

Mark Viviona, Deputy Logistics Consultant
Alpha Risk Management, Inc.
Central and South Asia Division
Voie des Pyramides, La Defense, Paris Cedex

Spencer und Mark. Marks & Spencer. Schlechte Künstlernamen.

Du bemühst deine Mundwinkel nach oben. Auf Englisch erinnerst du die Herren daran, dass Sonntag ist und dass du hoffst, sie wollten nicht heute schon risikominimieren.

Du wirfst die Karte auf den Tisch und lehnst dich im Stuhl zurück. Das Beruhigungsmittel wirkt ausgezeichnet, beruhigend. Für einen Augenblick ist dir alles egal.

Der Dünne setzt zur Erklärung an und wird von Ziad unterbrochen, der um den Tisch herumwuselt und dir ein Glas vom Hauswein einschenkt, den die beiden ablehnen.

Wenn Marks & Spencer glauben, sie könnten dich an einem Wochenende in deinem Lieblingsrestaurant überfallen, mit ihrer Kaufhaus-Identität, ihren grässlichen Turnschuhen und ihrer Cola Light, dann haben sie in Sachen Gleichgültigkeit vermutlich die Oberhand. Adrenalin rauscht in deine Blutbahn, während du versuchst, einen raffinierten frankoafghanischen Geschäftsmann zu verkörpern, der so sehr assimiliert ist, dass er sich nicht vorstellen kann, was zwei als Risikomanager getarnte Amerikaner mit lächerlichen Decknamen kurz nach den größten Terrorattacken der Weltgeschichte von dir wollen könnten.

Mark oder Spencer – du hast sofort vergessen, wer wer ist – schenkt sich und dem Partner dann doch noch etwas Wein ein und hebt das Glas. Du nimmst einen Schluck und tust, als würdest du die Karte lesen. Es ist viel zu voll im Restaurant für ein konspiratives Treffen. Sie hätten dir an einem Dienstag vor Dr. Cohens Praxis auflauern können oder an einem verregneten Morgen im Café. Wer sind diese Männer? Für wen halten sie dich?

Du empfiehlst ihnen die Tajine Farida und erzählst von den Hausschlachtungen der legendären Farida, als sei sie deine Mutter gewesen. Du referierst über die Vorliebe der Franzosen für junges Fleisch. Die Tajine Essaouira, die mit ausgewachsenem Hammel zubereitet wird, sei dir persönlich zu intensiv, ergänzt du beiläufig. Ob das Fleisch von Jungtieren – Babys – in den USA immer noch verpönt sei?

»Wir werden nicht zum Essen bleiben. Wir werden Ihnen nur unser Projekt umreißen«, sagt der Dünne.

Welche Art von Projekt?

»Transport und Logistik in Afghanistan«, sagt der andere. »Wir vertreten einen internationalen Kunden.«

Vielleicht ist es nicht so schlimm, wie du befürchtest. Vielleicht sind es keine Undercoveragenten, sondern nur zwielichtige Drogenhändler. Wer weiß, wie so etwas abläuft.

»Wir brauchen ein schlankes Team und Fahrzeuge«, sagt der Dünne. »Geländewagen, Allradantrieb, Fahrer, Übersetzer, Bergführer, bewaffnete Männer mit Erfahrung.«

Mujahideen, nuschelst du hinter vorgehaltener Hand.

»Leute, denen man vertrauen kann. Sie haben ein gutes Team.«

Deine Hände zittern.

Die neue Kellnerin hat ein niedliches Gesicht und spitze Eckzähne. Nicht dein Typ. Dein Typ kommt nicht aus den französischen Alpen. Dein Typ wird heute nicht mit dir nach Hause gehen, keine Rauchringe in die Nacht blasen, sich nicht mit ihrer heiseren Stimme über den Restaurantgeruch beschweren. Sie wird sich weder die Kleider vom Leib reißen noch billiges Patschuli auftragen, dessen Aroma sich besonders im Flaum an den Lendenwirbeln entfaltet. Dieser Geruch wird dich heute nicht willenlos machen. Nichts davon wird heute passieren.

Inès. Du musst sie wiederfinden.

»Mister Zaman?« Marks & Spencer aus der Ferne.

Natürlich, sagst du und streichst über die Papiertischdecke.

Der Dünne lächelt, sogar seine Zähne sind beige. »Um die Risikoanalyse kümmern wir uns selbst, Wetter, Schutzmaßnahmen, diese Dinge. Wir brauchen die absolut besten Leute, die Sie haben.«

Der andere streift deine unstete Hand mit einem beiläufigen Blick. Du nimmst die Kreide der Kellnerin und malst die Umrisse Afghanistans auf die Papiertischdecke. Zackiges Gebirge für den Hindukusch und ein Stern für Kabul. In welcher Gegend?

»Hauptsächlich im Osten des Landes.«

Du malst noch einen Stern außerhalb der Landesgrenzen und schreibst Islamabad darunter. Du strichelst eine Linie zwischen den beiden Hauptstädten und einen kleinen Bogen, der den Khyberpass darstellen soll. Diese Gegend?

Die Amerikaner nicken.

»Uns interessieren die abgelegenen Gebiete, vor allem das Spin-Ghar-Gebirge, Mister Zaman«, sagt der Dunkle.

Als sie deinen Namen sagen, bist du auf einmal total erleichtert. Es ist alles ein riesiges Missverständnis, eine Verwechslung. Das hättest du dir gleich denken können. Sie hätten den falschen Zaman, sagst du. Du fängst an zu lachen, würdest am liebsten aufstehen und tanzen. Der Zaman, den die Herren suchen, sei Hajji Zaman Gamsharik. Gamsharik kenne diese Gegend wie seine Westentasche. Gamsharik habe geopolitische Interessen.

Welch ein Segen, denkst du. Ausgerechnet auf der Beerdigung deines Vaters ist er aufgekreuzt, dieser Kerl mit fragwürdigen Allianzen, und hat sich angebiedert. Wer weiß, was er sich davon versprach. Grobschlächtig, eitel, bedingt fromm, dafür rasend ambitioniert. Genau die Art von Mensch, den Marks & Spencer suchen. Natürlich! Die Weltordnung ist wiederhergestellt.

Die Gesichter der Männer bleiben undurchsichtig.

»Wir kennen Gamsharik. Deshalb wenden wir uns an Sie.«

Du seist nutzlos für diese Art von Unternehmen. Du hättest aufgegeben, dich für die politischen Entwicklungen deines Heimatlandes einzusetzen. Genau genommen habe Afghanistan dich nie sonderlich interessiert.

»Unser Kunde ist außerordentlich großzügig«, sagt der Dunkle.

Du seist finanziell unabhängig.

»Das freut uns, dass die Dienste Ihrer Firma nicht das Budget sprengen werden«, sagt der Dünne.

Das Medikament hat etwas an Schwung verloren. Geistesabwesend kritzelst du deinen Namen unter die Landkarte. In Großbuchstaben. Marks & Spencer neigen die Köpfe zur Seite. Du hast das »Z« in Zaman in einen Davidstern verwandelt. Eine alte Angewohnheit aus dem Lycée. Du schraffierst befangen darüber, bis nur noch ein unscharfer Fleck auf der Tischdecke prangt.

Sie würden nichts Brauchbares finden in Afghanistan, sagst du ganz leise weiter auf Englisch. Nichts, was mit den Terrorattacken zu tun habe. Die Gotteskrieger, die sie suchten, seien alle Araber. Die Taliban hassten im Prinzip Ausländer, egal ob Glaubensbrüder oder nicht. Deiner Meinung nach würde der einäugige, selbst ernannte Weise, Mullah Omar, nie mit einem saudischen Millionärssohn gemeinsame Sache machen. Aber vielleicht irrst du dich auch, du wirst diese Leute nie verstehen. Omar sei zu sehr damit beschäftigt, Afghanistan eigenhändig gegen die Wand zu fahren.

Bevor du Osama bin Ladens Namen aussprechen kannst, fallen sie dir ins Wort. »Wir wissen, dass Sie gute Verbindungen haben, auch wenn Sie ein Außenseiter sind. Massouds Leute, das ist die Perspektive, die uns interessiert.«

Massouds Vater habe deinen ganz gut gekannt, aber dich habe

mit dem Sohn wenig verbunden, der viel älter war. Massoud habe schon auf dem Schulhof eine treue Gefolgschaft gehabt, von Guerillataktiken und Kriegsführung geredet. Seine militante Vorstellung von Freiheit habe nicht deinem Temperament entsprochen, du hättest weder das Zeug zum Mitläufer noch zum Patriot. Aber Massoud habe Charisma gehabt und Respekt genossen, ohne den Leuten die Hände abhacken zu müssen, sagst du, die Taliban verachteten ihn für seine Medienwirksamkeit. Er sei Afghanistans Popstar gewesen. Jetzt sei er ein Popmärtyrer, plapperst du weiter. Keiner sonst im Restaurant scheint zuzuhören.

Eines muss man seinen Attentätern lassen, denkst du. Die Idee, den Sprengstoff in der Videokamera zu verstecken, war ein medientheoretischer Geniestreich. Marshall McLuhan hätte sich kein perfideres Komplott ausdenken können. Die Medikamente und der Rotwein haben sich eingeschaukelt.

»Wir sind uns sicher, dass Ihre Firma genau die richtige ist für unsere Ziele.«

Zaman Logistics sei nicht für Charlie-Wilson-Abenteuer aufgestellt.

»Wir mögen Ihre Denkweise, Mister Zaman«, sagt der Dunkle.

Sie sollten sich nichts vormachen. Schon andere Weltmächte hätten versucht, diesen Wahnsinn in den Griff zu bekommen. Die Briten, die Sowjets, Dschingis Khan.

»Dieser eine Auftrag ist sehr eng definiert. Wir werden methodisch vorgehen. In ein paar Tagen wird alles vorbei sein«, sagt der Dünne.

Du massierst deine Brust und lehnst erneut ab. Du seist für das Vorhaben ungeeignet. Du sähest dich zurzeit außerstande, deinen Geschäften dort nachzugehen. Zaman Logistics sei geschlossen. Müdigkeit rekelt sich in dir.

»Wir sehen uns auch nach ein paar Leuten mit Führungsqualitäten um, die wir tatkräftig unterstützen werden, sobald die Taliban ausgerottet sind. Falls wir Sie für eine langfristige Zusammenarbeit begeistern können?«

Dir seien kurze Affären lieber.

»Sie werden eine Ausnahme machen.« Der Ton des Dünnen wird auf einmal schärfer. »Unser Staat nimmt Urkundenfälschung, den Konsum von Rauschmitteln und Geldwäsche ziemlich ernst. Wir haben einige verdächtige Devisentransaktionen verfolgt, dafür könnten sich die Kollegen in Paris interessieren. Die Beweislage ist erdrückend.«

Der Dunkle lehnt sich über den Tisch. »Wir können über all das hinwegsehen. Ich habe ein sehr interessantes Angebot für Sie, Mister Zaman.«

Was du interessant fändest, solle er dir überlassen, sagst du.

»Eine Zukunft für Ihren Neffen Sameer«, sagt der Dünne, und da fällt dir auf, dass er keine Wimpern hat. Keine einzige. »Wir können ihm einen amerikanischen Pass besorgen, ein Stipendium an einer guten Schule. Mit oder ohne den Segen Ihrer Schwester.«

Du sitzt metertief in der Falle.

»Wir sind auch für andere Vorschläge offen. Haben Sie sich jemals überlegt, Sameer zu adoptieren?«

Adoption. Diese Form der Vaterschaft hast du noch nicht in Erwägung gezogen. Draußen überrascht ein Platzregen einige Passanten, die unter der Markise Zuflucht suchen. Die Lichter der Autos verschwimmen. Du hast Marks & Spencer unterschätzt. Und sie haben dich überschätzt.

Für deinen Neffen würdest du alles tun, sagst du vorsichtig. Aber Afghanistan sei ein schwieriger Ort, unzivilisiert, widersprüchlich. Überall sei Sand im Getriebe. Die Probleme würden nicht einfacher, nur weil man sie als PowerPoint-Präsentation aufbereitet.

Du nimmst noch einen großzügigen Schluck.

Sie sollten sich vorstellen, jemand hätte eine Ziege mit Chanel N° 5 eingesprüht. Würden sie die Ziege verführen wollen, nur weil sie wie eine Frau riecht, die sie begehrten?

LEUTNANT RYDER
SAN DIEGO

»MENSCHEN HABEN SICH aus dem Fenster geworfen«, stammelt Katie, ihre Augen springen nervös hin und her. »Es war der einzige Ausweg.« Das Wohnzimmer hat sich wieder in ein Krisengebiet verwandelt. Take-out-Verpackungen, Pizzakartons, Getränkedosen, Kleidung, Taschentücher liegen überall verstreut, sie wischt sich über den rosa Jogginganzug. »Es ist so traurig. Die armen Leute!«

Ryder schaltet den plärrenden Fernseher aus. Er nimmt sie hoch, bringt sie in die Küche und setzt sie auf der Kücheninsel ab. »Was hast du alles genommen, sag schon, Süße! Muss ich mir Sorgen machen?«

In Katie schwelt ein tiefer Schmerz, der ihr manchmal Wut und Energie gibt oder sie, so wie jetzt, völlig aussaugt, ihr alles nimmt.

»Nicht mehr als sonst.« Sie wischt sich den Rotz weg und starrt auf den glänzenden Faden zwischen ihrer Nase und dem Handrücken. »Ich bin einfach geschockt, das ist doch normal. Wir werden attackiert! Beunruhigt dich das nicht?«

»Doch, natürlich«, sagt Ryder.

»Wir sind als Nächstes dran«, sagt sie. »Gibt's in San Diego überhaupt Bunker? Oder erwarten die, dass wir uns alle in den vom Stützpunkt quetschen?«

Ryder kann sich nicht erinnern, dass es auf dem Stützpunkt einen Bunker gibt, aber das muss seine Frau nicht wissen. Er nimmt den Telefonhörer von der Wand und wählt die Nummer des Generals. Belegt. Anwar, Jamie, er kommt zu niemandem durch.

»Die Leitungen sind überlastet«, sagt Katie. »Ich hab's auch schon überall versucht.«

»Willst du dich nicht hinlegen, du siehst ganz schön durch den Wind aus.«

»Ich lasse mir lieber ein Bad ein«, sagt sie.

Ryder muss die Aussprache mit Katie verschieben, bis sie etwas stabiler ist. Dann kann er auch nach Joshua Tree fahren. Eins nach dem anderen.

Er räumt gründlich auf. Als er klein war, wucherte Schimmel im Kühlschrank, lange nachdem dort feste Nahrung aufbewahrt wurde. Der Teppichboden war wellig, und den Gestank saurer Körperflüssigkeiten hat er nie vergessen können. Ryder saugt, wischt, poliert. Er wechselt die Laken, wirft die Waschmaschine an. Der scharfe Geruch von Bleiche wirkt beruhigend, er mag sogar, wie sie auf der Haut brennt.

Abends auf der Veranda entdeckt er einen Zettel, der unter dem Fliegengitter hindurchgeschoben wurde.

Bleiben Sie auf Abruf – B

Er sieht die Straße hinunter, aber die Gegend ist wie ausgestorben. Das Windspiel klingelt leise.

Aus Tagen werden Wochen, ab und zu eine Nachricht, ein kurzer Telefonanruf. Bald schon soll Drishti entsendet werden. Ryder schafft sich seine eigene Routine. Vor Sonnenaufgang, während Kalifornien noch im Tiefschlaf liegt, läuft er ein paar Meilen, um Punkt sechs Uhr meditiert er.

Eines Morgens wird er herausgerissen aus seinem Ritual. Als er die Augen öffnet, steht Katie vor ihm.

»Was machst du?« Sie verschränkt die Arme.

»Ich fahr nachher zum Baumarkt, ein paar Sachen besorgen. Kommst du mit?«

»Was? Nein, ich meine, was du da am Boden machst?«

»Ich meditiere.«

»Soll das ein Witz sein?«

»Absolut nicht. Meditieren gehört zu den Geheimwaffen eines Marines. Der beste Weg, laserscharf zu werden, die Gedanken zu organisieren, außerdem macht es gute Laune. Ohne Nebenwirkungen und umsonst, wie die Luft, die wir atmen. Solltest du probieren.«

»Meditieren, ich? Bei dem Rumgesitze werde ich bestimmt noch müder. Ich frag mal Judy von nebenan, ich wette, Frank hat noch nie meditieren müssen.«

»Hundertprozentig sicher nicht. Und müssen sowieso nicht. Ich wette, selbst wenn er wollte, könnte Frank Templer nicht meditieren.«

»Was soll das denn heißen? Dieser durchgeknallte General scheint ganz schön auf dich abgefärbt zu haben. Frank meinte, er hätte einen miesen Ruf.«

»General Bender ist ein hochdekorierter Marine. Er war sehr jung in Vietnam und hat später ein paar risikoreiche Missionen durchgeführt. Alle erfolgreich. Bei Frank Templer hätte ich schon Angst, wenn er eine Glühbirne ohne Ersatztruppe wechseln würde.«

»Kellogg musste unter der Aufsicht deines Supergenerals dran glauben. Es herrschte nicht einmal Krieg.«

Wieso, weshalb, warum? Was soll's?

»Tut mir leid, das war unnötig«, sagt Katie.

»Ich frag mich wirklich langsam, was du an Frank Templer so genial findest, dass du jedes Wort, das er von sich gibt, für bare Münze nimmst?« Ryder hat weder seine Stimme erhoben noch seine Fäuste geballt, aber Katies Unterlippe bebt.

»Ich hab die beiden zum Grillen eingeladen am Wochenende«, sagt sie. »Ich dachte, wir sollten zusammenhalten, jetzt. Aber wenn du die Templers so hasst, dann werde ich es wohl absagen.«

»Ich hasse die beiden überhaupt nicht, Katie. Ich hasse niemanden. Noch eine wunderbare Nebenwirkung von Meditation. Ja, lass uns verdammt noch mal grillen. Wird höchste Zeit!«

Das Telefon klingelt. Katies Augen weiten sich. Ryder greift nach dem Hörer.

»Onkel Ben hier«, die tiefe Stimme des Generals. »Wir gehen morgen fischen. Death Valley.«

Im Death Valley kann man nicht fischen.

»Wir treffen uns in der Palm Desert Mall. Zehn Uhr.« Der General legt grußlos auf.

Im Morgengrauen packt Ryder seine kompakte Ausrüstung ins Auto. Als Katie aufsteht, fragt sie kleinlaut: »Wann kommst du noch mal zurück?«

»Freitag.«

»Ihr werdet jetzt nicht ins Ausland geschickt, oder? Diese Terroristen könnten auch hier zuschlagen, in Kalifornien. Ich hab Angst, Ryder.«

Früher hätte er auch Angst gehabt. Angst vor dem Unbekannten. Aber seit dem intensiven Training der letzten Monate kommt ihm nichts mehr so fremd vor, und selbst das, was er nicht versteht, empfindet er nicht mehr als Bedrohung.

Er umarmt Katie. »Mach dir keine Sorgen, Süße. Alles wird gut. Es wird ein paar strategische Besprechungen geben. Die Grenzen werden schon viel stärker gesichert, der Luftverkehr auch. Die USA sind in den letzten Wochen zum sichersten Ort auf dem ganzen Planeten geworden.«

Katie schaut ihn prüfend an. »Können wir am Freitag dann mein Auto in die Werkstatt bringen? Die Klimaanlage klappert komisch. Das macht mich wahnsinnig.«

Als Ryder losfährt, steht Katie vor der Garage und winkt. Das tut sie sonst nie.

Auf dem Weg nach Palm Desert tritt Ryder aufs Gas. Wie früher auf dem Weg zu großen Basketballspielen mischen sich Nervosität und freudige Erwartung mit Versagensangst.

In dem Einkaufszentrum, hinter der vergitterten Glasscheibe einer Juice-Bar, sitzt der General vor einem grünlichen Shake.

Ein großer Schwarzer kämpft sich mit dem Metallgitter ab. »T-

Trevor«, stottert er und schüttelt Ryders Hand. Er hat seine Dreadlocks um den Kopf geschlungen wie einst Basquiat, den Ryder in der High School toll fand, bis er im Fernsehen gesehen hat, dass er die gleichen Stecknadelaugen wie sein Alter hatte. Ryder hat Basquiat zutiefst dafür verachtet, dass er an einer Überdosis starb.

Gemeinsam mit Trevor schiebt Ryder das Metallgitter nach oben.

»Trevor, seien Sie doch so freundlich und bringen meinem Freund hier auch so einen Zaubertrunk«, sagt der General, und Trevor schlendert in die Küche. »Mogadischu 1994. Trevor war meine rechte Hand. Solider Kerl.«

»Sir, Sie haben geahnt, dass es Anschläge geben würde, nicht wahr?«

»Derartiger Elfenstaub flirrte schon länger durch die Luft. Wie sehr ich es hasse, in solchen Fällen recht zu haben.« Er stochert mit dem Strohhalm im dickflüssigen Shake. »Osama fiel früh im Bin-Laden-Clan aus der Reihe. Ich habe immer gesagt, dass wir ihn im Auge behalten sollten. Die Friedenstäubchen der Clinton-Regierung haben seine Gewaltbereitschaft deutlich unterschätzt, mit diesem Ausmaß hat niemand gerechnet.«

»Bin Laden hat doch seit den Anschlägen auf die US-Botschaften in Ostafrika ständig gedroht. Sogar Massoud hat davor gewarnt, Sir.«

»Mein Vorschlag kürzlich – im April –, Massoud direkt nach Washington zu fliegen, stieß auch auf taube Ohren.«

»Warum?«

»Fehleinschätzung, Narzissmus«, sagt der General schulterzuckend. »In unserem Land herrschen weiße gottesfürchtige Männer ohne das geringste Vorstellungsvermögen. Die Poesie des Jihad bedarf einer gewissen Phantasie.«

»Was hat bin Laden ausgerechnet nach Afghanistan gezogen?«

»Chaos und Armut haben die Afghanen käuflich gemacht. Wohlhabende Islamisten wie er wissen, dass sie sich mit gewisser Volksnähe bei den Glaubensbrüdern beliebt machen und sich so loyale Anhänger rekrutieren lassen. Außerdem hat bin Laden inzwischen nicht nur die Gunst seines Vaterlands verspielt, sondern auch die Gastfreundschaft anderer Länder überstrapaziert.«

Ein Kind weint auf dem Parkplatz. Still, durch die Scheibe ist es nicht zu hören. Es hält ein Fähnchen in der Hand und stampft wütend auf dem Boden auf. Die Eltern reden geduldig auf es ein.

»Wo sind eigentlich die anderen?«, fragt Ryder.

Der General wedelt mit dem Strohhalm zwischen Ryder und sich hin und her. »Sie und ich, wir werden die Vorhut bilden. Drishti hat noch kein grünes Licht, aber es kann nur noch eine Formsache sein. Nachdem meine bisherigen Warnungen ignoriert wurden und das katastrophale Folgen hatte, kann es nicht mehr lange dauern. Wir müssen so schnell wie möglich bin Ladens Fährte aufnehmen, bevor er uns entwischt.«

»Jetzt sofort?«

»Wir fliegen morgen Abend nach Fort Bragg, dann geht es weiter zur Base in den Oman, von dort organisiere ich uns einen Vogel, der uns direkt über Afghanistan abwirft. Alles vorbereitet.«

»Sir, ich habe nicht damit gerechnet. Ich muss –«

Der General fällt Ryder ins Wort. »In ein, zwei Wochen sind wir zurück.«

Das weinende Kind draußen wirft sich auf den Boden. Auch Katie wird sofort wieder die Nerven verlieren.

»Afghanistan.« Der General schließt die Augen. »Wilde Landschaften, gewaltige Natur. Ich war ein paar Mal mit Charlie Wilson dort, falls Sie sich erinnern.«

»Der berüchtigte Kongressabgeordnete aus Texas?«

»Frauenheld, Cowboy, Koksnase. Wilson wurde alles Mögliche nachgesagt, viele waren nur neidisch auf seinen Lifestyle. Er war leidenschaftlich, sprühte vor Charme und konnte tatsächlich einiges bewegen. Geld vor allem. Sein Hass auf den Kommunismus war mir persönlich allerdings zu eintönig. Immerhin habe ich damals ein paar interessante Afghanen kennengelernt und konnte Kontakte knüpfen, die uns jetzt sehr nützlich sein werden.«

Draußen versuchen die Eltern, das Kind zur Vernunft zu bringen.

Die Mutter nimmt es hoch, wiegt es in den Armen, aber es brüllt weiter. Der Vater wirft genervt die Hände in die Luft. Ryder befürchtet, er werde das Kind schlagen, will nach draußen, dann lachen plötzlich alle, und es hört schlagartig auf zu weinen. Es strampelt sich aus den Armen der Mutter und hebt das Fähnchen vom Boden auf.

Der General folgt Ryders Blick nach draußen. »Wir werden wie Geister dort auftauchen und mit bin Laden wieder verschwinden. Keiner wird wissen, wer dahintersteckt. Puff!«

Der General verstummt, als Trevor mit dem Shake kommt. Er schmeckt angenehm buttrig.

Auf dem Parkplatz nimmt er Ryder die Autoschlüssel ab. »Sagt Ihnen das Konzept Hearts and Minds etwas? Wir werden vor unserer Abreise etwas für Ihr Karma tun, Ryder. Sie haben noch Verpflichtungen. Zuerst besuchen wir Wamblee und danach Kelloggs Eltern. Keine Widerrede. Sie fahren bei mir mit.« Der Pick-up des Generals ist nicht abgeschlossen. Bob Dylan kräht aus der Stereoanlage.

Der General singt ein paar Zeilen mit.

»Ich brauche in letzter Zeit häufiger etwas, was mich daran erinnert, wie großartig die USA sind. Ich werde außerdem das Gefühl nicht los, dass dieser Einsatz ziemlich hart werden wird. Eine physische und psychische Herausforderung, hochgefährlich, da müssen wir uns nichts vormachen. An Afghanistan haben sich schon ganz andere die Zähne ausgebissen.« Er biegt von der Hauptstraße ab, hinter einem Hügel taucht ein Blockhaus auf. Über dem leeren Parkplatz steht in Neonbuchstaben *8th House.*

»Linda!«, ruft der General beim Aussteigen. Ein großer dreibeiniger Hund kommt knurrend näher.

»Beruhig dich, Georgie!« Linda streckt den Kopf aus dem Fenster, die Haare in einem Handtuch. »Larry! Was machst du denn hier? Ich komme!«

Ryder erinnert sich: Meine Freunde nennen mich Larry, hat Bender damals zu Lupe gesagt. Damals in der Kantine am Stützpunkt, eine Ewigkeit ist das her.

Der General lässt sich in eine quietschende Hollywoodschaukel fallen. In Jeans und T-Shirt wirkt Linda wie eine Sportlerin im Ruhestand, eine Martina Navratilova. Sie stellt einen Krug Eistee auf den Tisch und küsst den General. Ohne hinzusehen, schnappt sie sich Ryders Arm. »Du bist der ungezogene Junge, auf den Wamblee neulich aufgepasst hat.«

»Das war ein einmaliger Ausrutscher. Ich bin normalerweise eher langweilig«, sagt Ryder und lässt den Hund an seiner Hand schnüffeln.

»Wie heißt du noch mal?«, fragt Linda.

Der Hund legt seinen schweren Kopf auf Ryders Schuhe und runzelt die Stirn.

»Ryder. Ich hab meinen Vornamen abgelegt.«

»Schütze, habe ich recht? Immer auf der Suche nach dem nächsten großen Ding. Nein? Warte, sag's nicht! Ein Skorpion, natürlich! Einer dieser mysteriösen Könige. Wer nicht aufpasst, wird gestochen.«

»Stimmt, 19. November.«

»Wusst' ich's doch«, sagt Linda triumphierend. »Wamblee ist nicht da. Einer meiner Freunde drüben in Twentynine Palms hat ihr eine Suzuki überlassen, seitdem sehe ich sie immer seltener.«

Ryder hätte etwas für Wamblee mitbringen sollen, ein Geschenk.

»Larry ist Steinbock. Die Mutter aller Steinböcke. Irrsinnig gründlich. Außerdem ein Schaf im Wolfspelz.« Linda reicht ihm ein Glas Eistee.

Die Brise bringt ein Windspiel zum Klingen, George wittert etwas und hebt auf wackeligen drei Beinen seinen Rumpf. Aus der Ferne kann man das Dröhnen eines Motors hören.

»Das Mädchen kann die Uhr nicht lesen, aber Gefühl für Timing hat sie.« Lindas Augen streifen über den Horizont.

Wamblee kommt auf einer abgewrackten Enduro vorgefahren, bremst scharf, schleudert sie herum und zeichnet mit den Reifen eine Endlosschleife in den Sand. George wedelt mit dem Schwanz.

»Du hast Besuch, Wamblee«, ruft Linda.

Wamblee wirft ihr Bein über den Tank und landet mit den Flip-Flops auf den Füßen. Der Motor stirbt ab. Sportkleidung hängt schlaff von ihrem Körper, die zweifarbigen Augen glitzern aus dem staubigen Gesicht.

»Hallo, Wamblee«, sagt Ryder und hebt unbeholfen die Hand.

Sie umarmt ihn mit unerwarteter Kraft und vergräbt ihr Gesicht in seiner Schulter. Er hat sie nicht so klein in Erinnerung. Unsicher tätschelt er ihre verfilzten Haare. Der Ort, die Akteure, die Geste, alles ist falsch. Weil sie nicht loslässt, drückt er ihr brüderlich die Schulter. Wamblee umarmt ihn noch fester, ihr warmer Lakritz-Atem befeuchtet sein T-Shirt, sie hebt erst ein Bein über seine Hüfte, dann das andere, bis sie an ihm hängt wie ein Rucksack, verkehrt herum getragen, angenehm und zugleich verboten. Er lässt den Blick über die Landschaft schweifen. Hinter den Josua-Palmen bleibt er an einem kleinen rosa Fleck hängen, an einer Person, die, obwohl sie so weit weg ist, erkennbar zu ihnen herübersieht.

Mit etwas Kraftaufwand lockert Ryder Wamblees Umklammerung, der rosa Klecks setzt sich langsam in Bewegung, und jetzt erkennt Ryder die Person. Er würde sie im Schlaf erkennen.

Es ist Katie. Sie sieht ihn direkt an. Wie lange schon?

Sie muss Ryder und dem General seit dem Einkaufszentrum gefolgt sein. Sie hätte ihnen auffallen müssen dort, es war ziemlich leer, Spiegel und Glas überall. Ryder kann sich nur an Trevor erinnern, an das stumm schreiende Kind. Auf dem Highway war er nicht auf die Idee gekommen, den Verkehr zu beobachten.

Ein Abgrund öffnet sich.

Es ist nicht, was du denkst, Katie.

Der rosa Fleck wird schneller und blitzt zwischen den Wüstenpflanzen auf.

»KATIE!«

Ryder schüttelt Wamblee ab, rennt, so schnell er kann, springt über die Palisaden.

Katies Honda jagt in Richtung Highway.

Schon ist sie weg. Nur der Staub wirbelt noch umher.

SAMEER
KABUL

SEIT MEINER RÜCKKEHR QUÄLT MICH eine Leere, obwohl ich mich so sehr auf Kabul gefreut habe. Es gibt niemanden, dem ich mich anvertrauen kann, dem ich von LA erzählen darf. Die Eindrücke der letzten Wochen vereinsamen in meinen abstrakten Gedanken. Kein Wort von Onkel Hasir. Mein ehrenwerter Onkel aus Paris, er schweigt. Er hat mich vergessen. Als hätte es die gemeinsamen Wochen in Amrika nie gegeben. Meine Mutter ist nur noch eine Märchenfigur. Am Anfang war ich erleichtert, dass der Mullah nicht nach ihr fragte, ich hätte ihm nicht erklären können, was aus ihr geworden ist. Aber ich kann sie nicht vergessen. Der Koch versteckt meinen Beutel in der Speisekammer, nur die Drachenjacke will ich nicht aufgeben und trage die Wollweste darüber, damit die Stickerei nicht auffällt. Ein stumpfer Schmerz schwelt an einer mir bisher unbekannten Stelle. Mein Herz ist kalt.

Irfahn ist zu dem Schuhmacher gezogen, für den er arbeitet. Ich bin jetzt der Älteste im Waisenhaus. Der Koch bereitet mir in letzter Zeit so üppige Mahlzeiten, dass ich vermute, sie wollen mich stärken, damit sie auch mich bald vor die Tür setzen können. Als ich mir einmal das Fleisch etwas genauer ansehe, wie die Fasern des Muskels in den knorpeligen Knochen hineinwachsen, wird mir übel.

Immer mehr Ausländer und Amrikaner kommen mit ihren glänzenden Geländewagen in die Stadt. Sie suchen Osama bin Laden. Gerüchte flattern durch die Straßen wie aufgebrachte Hühner. Die

Taliban drohen jedem, der sich mit den Amrikanern einlässt. Keiner traut keinem.

Auch der Mullah ist besorgt. »Behalte deine Reise für dich. Sprich kein Englisch!«

»In Hollywood bin ich berühmt!«

»Das ist kein Spaß, Sameer. Die Amrikaner werden in Afghanistan einmarschieren«, warnt er. »Es wird schlimmer werden als mit den Briten und den Sowjets. Dein Onkel könnte dir zum Verhängnis werden.«

Noch vor zwei Jahren war ich eine Waise. Ein Niemand. Vaterlos, namenlos, ungebildet, arm. Erst drängten sie mir den Onkel als meinen Onkel auf, und jetzt soll ich auf einmal meinen Namen, meine Familie und mein unantastbares Wissen wieder verleugnen. Mir ist, als hätte man mir eine Glaskuppel übergestülpt, ich kann zwar alles sehen, aber es bleibt unerreichbar.

Eines Nachts halte ich es nicht mehr aus im Gemäuer der Schule und schleiche mich heimlich raus. Der Herbstwind pfeift seine Melodie, der fahle Mondschein erhellt das Ghazi-Stadion. Aus all dem Blut, das hier vergossen wurde, soll sich ein purpurner See unter dem Spielfeld gebildet haben. Mullah Usmeen hat uns nie zu den Tribunalen geschickt. Irfahn ist trotzdem manchmal hingegangen und hat berichtet, wie Kriminelle erschossen wurden, wie die abgehackten Hände am Torpfosten aufgehängt wurden, wie Ehebrecherinnen gesteinigt wurden. Selbst aus der Ferne konnte man die Schüsse hören, das Jubeln der Zuschauer. Ich wünschte, ich hätte das Foto, das Irfahn mir einmal gezeigt hat, nie gesehen. Aber je mehr Zeit verstrich, desto lebendiger wurde dieses Bild in meinem Kopf. Die zierliche Frau hilflos auf den Knien, den Rücken zur Kamera, leicht zur Serite geneigt, Fesseln um die Burqa geknotet. Wütende Männer, die Gesichter von Rage verzerrt, zielten mit scharfen Steinen auf ihr Tuch. Ich hatte keine Ahnung, wie die Frau aussah, wofür sie angeklagt wurde, aber ich war mir immer sicher, dass sie unschuldig war. Lange habe ich versucht, mir einzureden, dass sie eine gerissene Kämpferin war, die sich unter den Steinen wegduckte.

In Wirklichkeit war sie kurz davor, zusammenzubrechen, ihre Burqa an vielen Stellen dunkel wie eine Aubergine.

Vorsichtshalber mache ich einen großen Bogen um das Stadion, damit meine Sohlen die blutgetränkte Erde nicht berühren. Am Fuß des Maranjan-Hügels finde ich eine altmodische Fliegerkappe, wie sie die sowjetischen Besatzer getragen haben. Staub rieselt herab, als ich das brüchige dunkle Leinen auseinanderziehe. Die schwere Kappe versteckt meine Haare und meine sommersprossigen Wangen.

Ich klettere den Hügel zu einem der Grabmäler hinauf. Ein paar Gestalten sitzen zusammengekauert im Gewölbe. Einer von ihnen springt auf, rennt in meine Richtung, und ich mache kehrt, da höre ich Irfahn rufen: »Sameer-jan! Mein Freund. Ich bin's.«

Irfahns Augen blitzen freundlich aus dem Dunkel. Ich nähere mich misstrauisch. Seine Zähne sind noch fauliger geworden, und in seinem Gesicht klebt getrockneter Schmutz. Der scharfe Geruch von Klebstoff steigt aus der Tüte in seiner Hand. Er erinnert mich an eine vertraute Welt, die längst vergangen ist.

»Das ist Sameer. Er ist weit gereist«, sagt Irfahn zu den zerlumpten Straßenkindern, die in der Ecke kauern. »Erzähl uns von den schönen Orten, die du gesehen hast.«

»Kabul ist der schönste Ort der Welt«, behaupte ich und bereue, dass ich ihn in meine Reise eingeweiht habe damals. Ich war so aufgeregt.

»Erzähl uns von den Mädchen! Habibi!« Irfahn wackelt mit den Hüften.

Da blühen sie alle wieder auf in meinen Gedanken, die Schönheiten, die ich traf. Die Stewardess, die Schwimmerin, der Geruch von Rafiqs Mutter, die weichen Stimmen der Sängerinnen, der Kirsch-Kuss des Bastardmädchens und natürlich Wamblee, das sündige Mädchen mit den Augen zweier Seelen. Ich behalte sie für mich.

»Erzähl niemandem von meiner Reise. Niemandem, hörst du! Du musst es schwören, Irfahn!«

»Wie du willst. Ich werde nichts verraten.« Irfahn hält mir den Klebstoff hin.

Ich inhaliere aus der schmutzigen Tüte, so wie ich es mit Zainabs Ballon in Hollywood getan habe. Ein zartes Prickeln streicht über meine Kopfhaut. Mir wird schwindlig, aber der Kleber löst meine Zunge. »Die Ungläubigen sind Monster. Ihre Ärzte töten die ungeborenen Kinder in den Leibern der Mütter, legen sie in Kisten, dekoriert mit Blumen, spielen Musik, singen und tanzen. Sie verehren den Tod.« Obwohl diese grässlichen Worte aus meinem Mund kommen, mit meiner Stimme, ist es, als spräche jemand anderes durch mich.

Irfahn sieht enttäuscht weg und hebt die Tüte an die Nase.

»Arbeitest du noch für den Schuhmacher?«, frage ich ihn.

»Er war ein schlechter Mensch. Er hat mich geschlagen und eingesperrt. Eines Nachts bin ich weggelaufen.«

Von hier oben sieht das Ghazi-Stadion harmlos aus. Kabul ist so viel dunkler als LA. Nur wenige blasse Lichter schimmern in der Stadt, Rauchschwaden hängen über den Häusern, und es riecht nach Benzin.

Die anderen Kinder dösen nacheinander ein. Selbst Irfahn kann seine Augen kaum noch offen halten. Ich mache mich auf den Heimweg.

Im Ghazi-Stadion flattert eine blaue Plastiktüte wie eine Burqa im Wind. Ich will den düsteren Legenden keinen Glauben mehr schenken. Mit »Survivor« summe ich mir Mut zu und betrete das Spielfeld. Kein Blut sickert aus dem ausgetrockneten Boden, und auch die Toten flüstern nicht aus der Hölle.

Aber kaum bin ich in der Mitte des Spielfelds angekommen, huscht etwas über mich. Klamme Hände landen schwer auf meinen Schultern. Ich versuche mich zu wehren, doch es ist, als würde ich mich durch klebrigen Honig bewegen, die Kraft lässt nicht nach. Die Gerüchte über das Ghazi sind doch wahr. Erst als ich eine Sure rezitiere, lässt der Jinn locker.

Erschöpft kehre ich zum Waisenhaus zurück, wo mich Mullah Usmeen am Tor erwartet. Er rügt mich nicht, obwohl ich ihn wach gehalten habe. »Allah ist geduldig«, sagt er. »Die Sowjets und Amrikaner glauben an die Willenskraft. Sie verstehen nicht, dass der Mensch schwach ist. Wir vertrauen auf Allah, er leitet uns und vergibt.«

Der Mullah zeigt mir ein Spiel, das ihm die sowjetischen Soldaten beigebracht haben. Sie wollten ihn und andere Afghanen damit demütigen, aber er hat sie übertrumpft. Der Mullah hockt sich hin und schaut mir über seine krumme Flötennase tief in die Seele. »Wer zuerst blinzelt, hat verloren.«

HASIR ZAMAN
PARIS

DAS CHEZ FARIDA IST FAST LEER. Du kannst unmöglich nach Kabul reisen, ohne Inès gesehen zu haben. Ziad muss ihre Adresse haben.

»Eine Zeltnummer?«, fragt er. »Wo treibst du dich in letzter Zeit herum? Mit deinen neuen amerikanischen Freunden? Kommen die mit nach Kabul?«

Es sei kompliziert.

»Du hast dich ganz schön verändert, Henri. Ich hoffe, du weißt, was du da tust.«

Du drängst dich an Ziad vorbei in die Küche. Alain, der Koch, sieht dich lange aus seinem aufgedunsenen Gesicht an und summt ein arabisches Lied. Den Kochlöffel wie ein Schlagzeuger um den Finger drehend, geht er zur Garderobe und nimmt eine rosa-weiß karierte Plastiktüte des Kaufhauses TATI vom Kleiderhaken. »Da sind noch Sachen von Inès. Nimm sie mit. Sie kommt nicht mehr zurück.«

Du könntest nicht einfach ihre Sachen nehmen. Sie sei arm.

»Inès ist nicht arm. Sie hat höchstens ein entspanntes Verhältnis zu materiellen Dingen. Aber sie ist viel zu genießerisch, um Luxus zu verachten. Das müsstest du eigentlich wissen.«

Du kannst es dir nicht verkneifen zu fragen, woher ausgerechnet er das wisse.

»Einmal hat sie drei Pfund Rindfleisch bei Fouchon gekauft«, sagt er. »Sie hat mich gebeten, Tatar zu machen und Frites allumettes.

Weil meine die besten auf der Welt sind. Sie bestand darauf, dass ich mitesse.«

Ziad zieht ein zerlesenes Taschenbuch aus der Tüte. Der Umschlag ist abgerissen. Auf der Titelseite steht *Villa Triste*. »Was ist das, ein Groschenroman?«

»Es geht um einen Juden aus Algier, der sich in Frankreich während des Algerienkrieges versteckt«, sagt Alain. »Ihr Nachname, Boniche, ist algerisch.«

Boniche. Der Name klingt vertraut, du kannst dich allerdings nicht erinnern, ihn je von ihr erfahren zu haben.

»Sie ist Künstlerin«, sagt Alain.

»Ich hätte schwören können, dass sie hauptberuflich Analphabetin ist.« Ziad reicht dir gelangweilt das Buch.

»Du hast keine Ahnung, Ziad. Inès hat an einem Projekt über Immigranten gearbeitet. Sie hat mich einmal interviewt und alles auf Band aufgenommen.«

Ziad lacht spöttisch. »Oh, Monsieur Alain, jetzt kommt wieder der algerische Patriotismus durch. Algier ist voll von diesem Zigeunerpack. Gib es ruhig zu. Klumpfüßige, schielende Bettler mit zu vielen Zähnen im Mund, Schöpfungen der Inzucht.«

Alain schlurft zurück zu seinen dampfenden Kochtöpfen. »*Ouf*, Ziad, hör bloß auf. Du denkst wohl, die Straßen von Marrakesch sind besser als die Algiers? Die Bettler Marokkos sittlicher? Du glaubst, eure Beduinen machen wärmere Feuer als unsere, eure Moscheen sind heiliger, weil ihre Mosaiken in den Seiten von *Vogue* abgebildet werden? Stolz auf euren hübsch dekorierten Marionettenkönig?«

»Du bist doch derjenige, der sich über ihre Handschrift beschwert hat!«

Alain wedelt mit seinem Küchentuch durch den Dampf. »Den Franzosen ist das egal, sie sehen auf uns alle herab. Ob du auf der Sorbonne warst oder nicht, für die bist du genauso ein *pied-noir* wie ich und dein Freund Henri hier.«

Du seist weiß Gott kein Pied-noir, wenn dann Orientale.

»Dunkel genug«, sagt Alain.

Ziad zieht einen leeren Umschlag aus der Tüte, teures Papier, von der Galérie des Néophytes im Quartier Pigalle, adressiert an:

Inès Boniche
13, Rue des Ecoles n° 51
93300 Aubervilliers – Paris

Du nimmst Ziad den Umschlag aus der Hand. Rue des Ecoles, ein paar Häuser weiter hast du eine Garage gemietet. Dort lagerst du Möbel und Fundstücke wie den albernen Brunnen, den du am Marché de Clignancourt gekauft hast. Für ein Sommerhaus, das du nie haben wirst. Weil dir weder die Bretagne noch die Camargue etwas bedeutet. Insgeheim sehnst du dich noch immer nach den holprigen Straßen Kabuls, den Halal-Schlachtern, dem Geklapper der Eselskarren und dem Geruch von verbrannter Wolle.

»Sag ich doch, sie arbeitet an einem Projekt für eine Galerie«, sagt Alain.

»Armer Alain, armer Henri«, spottet Ziad. »Beide dieser Manouche verfallen.«

Du schnappst dir die Tüte und suchst das Weite. Du wirst dein eigenes Schicksal in die Hand nehmen, nicht nur das anderer.

Auf dem Anrufbeantworter der Galerie hinterlässt du eine Nachricht für Inès, viel zu umständlich, am Ende schneidet der Pfeifton dir das Wort ab. Dann machst du dich auf den Weg zum Traditionsjuwelier an der Place Vendôme und lässt dir von der Verkäuferin ein paar Verlobungsringe zeigen. Diamanten thronen brav und mittig auf weißgoldenen Fassungen. Symmetrie: die überstrapazierte Ästhetik von Buchhaltern, Faschisten und Mathematikern. Schmuck für Barbiepuppen mit fitnessgestählten Körpern, steifen Hüften und schlechtem Rhythmusgefühl.

Ein aufwendig gerahmtes Gemälde an der Wand zeigt ein nächtliches Panorama von Paris, einen Ausblick vom Montparnasse-Hügel. Eine Schlange reckt sich im Vordergrund über eine Balustrade, der Hals aufgespreizt. Das wilde Tier in der hochzivilisierten Metropole mit bedenklicher Kolonialvergangenheit, die behauptet, Hauptstadt der Liebe zu sein. Wie zynisch.

Die Verkäuferin, eine artige Mademoiselle, macht einen kaum merklichen Knicks. *Comme il faut.* »Wir verstehen die Schlange als mystisches Symbol für einen ganz speziellen Frauentyp. Schwer zu zähmen, instinktiv. Sie verkörpert Sinnlichkeit und liebt Tabus!«

O Poesie des Kapitals! Die Doppelzüngigkeit unterschlägt Mademoiselle.

»Suchen Sie etwas für dieses Temperament?«

Genau für dieses Temperament.

Die Verkäuferin präsentiert eine mit weißen Diamanten und schwarzem Onyx besetzte, eingerollte Schlange auf dem Samttablett. Die Augen leuchten jadegrün. »Diamanten assoziiert man traditionell mit Reinheit und Mut. In vielen Kulturen gelten sie als Tränen Gottes.«

Himmlische Wehmut wird immer einen Weg zu dir finden. Du bittest die Verkäuferin, den Ring anzulegen. Du willst ihn an der Hand einer Frau sehen.

»Ich bin absolut keine Schlangenfrau«, sagt Mademoiselle und streift den Ring über ihren Finger. Zaghaft bewegt sie ihre diskret manikürten Hände, die Steine reflektieren das Licht. Selbst ihre ungeschickten Bewegungen erwecken das Tier zum Leben, die Augen glitzern.

Bouf!

Mademoiselle solle den Ring einpacken.

In einer präzisen Abfolge von Gesten sammelt sie Tablett, Ring und deine Kreditkarte ein und lässt dabei ganz beiläufig das Preisschild unter dem türkisfarbenen Samt hervorblitzen. Stolze Zahlen. Aber eben auch nur Zahlen.

Nein, du wüsstest die Ringgröße nicht.

Eine Dame im Zimmermädchenkostüm erscheint wie aus dem Nichts und bietet dir Kaffee an. Ein älterer Herr streckt den Kopf herein, vermutlich wird die Kreditkartenfirma kontaktiert. Einem jahrhundertealten islamischen Zahlungssystem und in gewisser

Weise auch dem undurchsichtigen Bankensystem, geschützt von den Schweizer Bergen, ist es zu verdanken, dass du einen Teil der Früchte des Vermögens, das dein Vater mit Landbesitz, Mohnanbau und vor allem Opiumhandel angehäuft hat, nun gegen dieses Schmuckstück eintauschen wirst. Besetzt mit Edelsteinen aus Afrika, ebenfalls nicht gerade unbefleckt vom Schweiß und Blut der Ausgebeuteten. Alles für eine Frau ohne Heimat, von der du kaum etwas weißt. Du hast so lange nichts von ihr gehört, dass sie dir wie eine Chimäre erscheint. Ein Trugbild, das sich in dein Herz geschlängelt hat und dich nicht mehr loslässt.

Eine Tüte sei nicht nötig, vielen Dank.

Die überdimensionale Box ist in türkisblaues Leder gebunden. Glatt und seelenlos liegt der Schlangenkäfig in deinen Händen, zu groß für deine Manteltasche.

Draußen auf der Place Vendôme schiebt sich ein Renault Espace zwischen dich und die selten so strahlende Sonne von Paris. Marks & Spencer begleiten dich nach Hause. Sie geben dir acht Stunden, um zu packen.

Um Mitternacht willst du dich nach draußen schleichen. Du wirst nach Aubervilliers fahren und um Inès' Hand anhalten. Kaum bist du auf der Straße, blenden die Scheinwerfer des Renault Espace auf.

Spencer möchte kein Risiko eingehen, so kurz vor deiner Abreise, und eskortiert dich zurück in deine Wohnung.

Auf der Fahrt im Aufzug deutet er auf die Box. »Neue Freundin?«

Du antwortest nicht.

LEUTNANT RYDER
SAN DIEGO

DER GENERAL RIET RYDER davon ab, noch einmal nach Hause zu fahren. Eine Frage der mentalen Hygiene. Ryder aber konnte es nicht lassen. Er folgt dem Gürtel, der sich die Treppenstufen hinaufschlängelt. Es sieht aus, als seien Einbrecher überrascht worden. Das Schlafzimmer ist von Kleiderbügeln vermint, der Sessel umgestürzt, die Nachttischlampe brennt. Er legt sich auf die Bettdecke und versucht sich vorzustellen, er wäre am Meer, würde auf dem Wasser liegen, sich treiben lassen und nur das Atmen des Ozeans hören.

Er hat sie beide verloren. Erst Kellogg, jetzt Katie.

In der Küche zieht Ryder das Foto von Kellogg im Halloweenkostüm als Lady Liberty unter dem Magnet am Kühlschrank heraus. Das Bild ist verwackelt, Ryder hat gelacht bei der Aufnahme. Das von Katie, auf dem sie stolz ihr frisches Tattoo zeigt, lässt er hängen. Nach einem Konzert in der Wüste hatte sie sich eine Sonne und er sich einen Halbmond auf den Puls tätowieren lassen. Es war schmerzhafter als erwartet. Sonne und Mond würden sich gegenseitig bedingen, könnten ohne einander nicht existieren, begründete Katie die Wahl der Motive. Während Ryder die Zähne zusammenbiss, musste er an das Gerede seines Alten von väterlicher Zuwendung denken; wenn er von Liebe faselte, dann immer von körperlicher, leidenschaftlicher, ein Synonym für Prügel. Als Ryder die grausame Logik, die darin steckte, auffiel, war das Blut schon geronnen.

Ryder ruft zum hundertsten Mal bei Katies Eltern an. »Sie will nicht mit dir sprechen«, sagt die Mutter genüsslich in ihrer Kleinmädchenstimme, die sie sich für seltene Momente der Macht aufhebt. »Es ist Katies Entscheidung. Vor Gott seid ihr vereint, bis dass der Tod euch scheidet.« Ihre borstigen Haare schaben mit biblischem Zorn am Hörer. Sie hat Ryder immer gehasst. Wahrscheinlich hat sie schon den Exorzisten bestellt.

Während die Mutter Jesus und den Heiligen Geist beschwört, sieht Ryder in den Spiegel neben dem Telefon und fischt Kelloggs Allah-Kette aus dem T-Shirt. Er wird Katie nicht im Stich lassen. Sobald er von der Mission zurück ist, wird er sie rausholen und alles dafür tun, dass es ihr wieder gut geht, besser. Für sie da sein. Er wird halten, was er ihr – und nicht Gott – bei der Trauung versprochen hat. Für immer. So wie der General versprochen hat, ihn zu schützen. Nur über meine Leiche, hat er gesagt. Er faltet das Foto von Katie und steckt es doch zu dem von Kellogg.

Draußen setzt er sich auf die Heckklappe in die Nachmittagssonne und lauscht der beklemmenden Ruhe. Es ist windstill, die vielen Flaggen, die seit dem 11. September in der Siedlung gehisst wurden, hängen schlaff an den Masten und Fassaden.

Frank Templer biegt in die Garageneinfahrt nebenan. »Hab dich fast nicht erkannt mit dem Bart.« Sein kantiger Kiefer bearbeitet einen Kaugummi.

»Juckt wie wahnsinnig. Kann ich nicht empfehlen«, sagt Ryder.

»Die Ladys sollen das auch nicht mögen.« Templer spielt mit dem Autoschlüssel.

»Offensichtlich.«

»So war das nicht gemeint, Ryder.« Templers Wangenmuskeln zucken. »Das mit Katie tut mir leid. Du wirst sehen, es renkt sich wieder ein. Du bist ein cooler Typ. Wenn ihr euch ausgesprochen habt, grillen wir mal wieder. Judy würde sich auch freuen. Und wenn du irgendetwas brauchst, wir sind immer für euch da, das gilt auch für dich.«

Plötzlich nimmt er Ryder brüderlich in den Schwitzkasten. Ryder windet sich heraus, aber Templer reißt ihn mit seinen starken Armen an sich. Durch Templers steife Uniform spürt Ryder seinen

Herzschlag. Das war es immer, was er am Militär geliebt hat, die Gemeinschaft, die größer ist als jeder Einzelne. Die nicht auf Blutsverwandtschaft basiert, keine Gottesanbetung erfordert.

Auf dem Flug nach Fort Bragg starren ihn die uniformierten Soldaten an. Trotz der sauberen Kleidung sieht er aus wie ein Wilderer, so unrasiert und mit langen Haaren. In Fort Bragg trifft er den General, und sie fliegen mit einer Truppe weiter in den Oman. Keiner der Uniformierten spricht die beiden an. Düstere Meere und Berge, Landschaften, Flüsse schieben sich träge unten vorbei. Ryder ist noch nie so weit gereist. Bevor er für die Aztecs spielte, hat er San Diego kaum verlassen.

Die Airbase auf der Arabischen Halbinsel erscheint wie ein Vorposten des Mondes. Farblose Weite, kein Geruch, nichts bewegt sich, außer einer Schicht Sand, die von der heißen Luft umhergeblasen wird. Kein Mensch auf der Welt weiß, wo Ryder gerade steckt. Ihm ist schwindlig, auf einmal fürchtet er die Ungewissheit.

»Was ist los mit Ihnen?« Der General tritt neben ihn an den Stacheldraht. »Sie sollten mitspielen.« Ein paar Soldaten werfen Bälle in einen korblosen Ring. »Sie wurden immer unterschätzt. Das ist eine Ihrer Qualitäten.«

Ryder überrascht die Truppe mit ein paar schnellen Treffern. Der General und eine Soldatin applaudieren am Spielfeldrand. Ihr Lachen wird vom Wind herübergetragen. Kaum versinkt die Sonne in der Wüste, wird es eiskalt. Ryder muss an die Sandhills in Nebraska denken, wo er als Kind einmal stand, ganz allein in der kalten Weite.

Auf der Pritsche hält ihn die Erinnerung daran hellwach. Er war sieben Jahre alt. Sein Vater hatte ihn nach einem Besuch bei den Großeltern – dem einzigen – aus dem Wagen geworfen und dort stehen gelassen. Es war kurz vor Weihnachten, und im Radio wurde für Heiligabend ein Schneesturm angekündigt. Es wäre das erste Mal gewesen, dass Ryder echten Schnee gesehen hätte. Oma Alice und Opa Pete hatten einen Weihnachtsbaum dekoriert. Am Vorabend konnte er vor Aufregung nicht schlafen. Er schlich durch das Haus und sah durch einen Türspalt, wie seine Mutter von seinem Alten mit dem Gürtel geschlagen wurde, sie zuckte bei jedem Hieb zusammen. Als ihr Blick im Spiegel auf Ryder traf, hielt sie einen zitternden Finger an die Lippen. Ryder erschrak vor seinem eigenen Spiegelbild, weil er so klein und ängstlich aussah. Später war er sich nicht mehr sicher, ob sein Vater wirklich seine Mutter geschlagen hatte, damals, oder ob er selbst da lag und die Sache mit dem Spiegel nur Einbildung war. Vielleicht begann alles schon viel früher. Vielleicht hat er sich die Geschichte mit seiner Mutter nur ausgedacht, um nicht mehr allein zu sein mit diesen Erlebnissen. Am nächsten Morgen gab es wieder Streit. Sein Alter brüllte Obszönitäten und schubste Ryder zum Auto. Die Mutter tappte wie ferngesteuert hinterher, obwohl die Beschimpfungen ihr galten. Oma Alice versuchte noch, seine Eltern zum Bleiben zu überreden, aber sie fuhren ab. Auf halber Strecke entkam Ryder ein Schluchzer, sein Alter trat auf die Bremse und zerrte ihn aus dem Wagen. Sie waren im absoluten Niemandsland. Da war nichts, keine Stadt, keine Menschen, keine Autos, keine Bäume. Nur der Highway schnitt durch die Dünen.

»Mama?«, war alles, was Ryder herausbrachte. Seine Mutter stand neben dem Wagen und inspizierte ihre Hände, die sie langsam drehte, als hätte sie sie in der falschen Größe gekauft. Dann stiegen seine Eltern ein und fuhren davon. Ohne ihn.

Als es dunkel wurde, sah er abseits der Straße ein kleines Licht in der Ferne und überlegte, dorthin zu wandern. Er wollte gerade losgehen, als seine Eltern zurückkamen.

Was wohl passiert wäre, wenn er zu dem Licht gegangen wäre damals, ganz allein? Ob er die Nacht dort überlebt hätte oder von einem Tier angegriffen worden wäre? Vielleicht wäre er erfroren. Vielleicht wäre seine Mutter noch am Leben. Vielleicht wäre sein Vater im Gefängnis gelandet.

Nach Nebraska wurde es zu Hause noch schlimmer. Viel schlimmer.

»Aufstehen, Ryder!«, zischt der General. Ryder ist doch eingeschlafen. Im Schutz der Dunkelheit stehlen sie sich aus dem Zelt. Ein schwarzes ungekennzeichnetes Flugzeug wartet auf der Startbahn. Niemand sonst ist an Bord, die Tür zum Cockpit verschlossen. Bald nach dem Start kippt der Kopf des Generals nach vorne, und er beginnt zu schnarchen. Durch das verkratzte Guckloch sieht Ryder auf den schimmernden Ozean.

Ein paar Stunden später ist es so weit. Ryder schlüpft in die Ausrüstung und stülpt sich den Helm über. Das Mundstück zum Sauerstofftank schmeckt metallisch, das Nachtsichtgerät verfremdet die Welt zu Pixeln. Ryder kann die Augen des Generals hinter der Maske nicht ausmachen, seine eigenen tränen. Es muss der Luftdruck sein.

Die Maschine gleitet etwas tiefer, lautlos. Die Rampe öffnet sich, und fluoreszierendes Grün flimmert auf dem Bildschirm seines Helms. Berge, Gipfel, ein See, Schneeflocken.

Ryders Herz pocht, der Atem rauscht.

Der General lässt sich fallen.

Ryder zögert. Für einen Sekundenbruchteil erhellt der Mond den aufblühenden Fallschirm unter ihm, bevor das matte Schwarz von der Nacht verschlungen wird. Er wartet noch ein paar Sekunden. Zu lang. Die Rampe beginnt sich zu schließen.

Das könnte ein Ende sein. Es wäre so gut wie jedes andere.

Kellogg ruft ihn, und Ryder springt.

Wie in einem Videospiel rast die Berglandschaft auf ihn zu. Kurz vor dem steilen Abhang öffnet sich sein Fallschirm. Ryder schlägt auf, rutscht ab, holpert über das Geröll, bis die Seile an einem Felsen hängen bleiben und ihn abbremsen. Eine tiefe Schlucht tut sich vor ihm auf, auf der anderen Seite funkelt eine Landstraße, die grünen Partikel eines Lkws kriechen den Pass entlang und verschwinden hinter einem Berghang.

Keine Spur vom General. Ryders Funkgerät ist tot, es rauscht nicht einmal. Er spuckt das Mundstück aus, reißt sich den Helm vom Kopf. Seine Augen gewöhnen sich allmählich an die Dunkelheit.

Das Tarnflugzeug zischt über ihm davon. Ryder streift den Overall ab und zieht sich das traditionelle afghanische Hemd über. Eisige Kälte. Er hat die Koordinaten des verabredeten Treffpunkts weit verfehlt. Jetzt muss er irgendwie auf die andere Seite des Tals kommen. Sein Gepäck wiegt schwer auf den Schultern, die Höhenluft wie Blei auf der Lunge, ein Schmerz zieht hinter den Ohren. Er spült das Medikament gegen Höhenkrankheit mit Elektrolyten hinunter. Er hat nicht damit gerechnet, dass er es so schnell brauchen würde. Vorsichtig klettert er den Hang hinunter.

Endlich stottert das Funkgerät wieder. »Bleiben Sie, wo Sie sind«, sagt der General. »Ich komme Sie holen. Es wird dauern.«

Als sie nach einer Ewigkeit aufeinandertreffen, erwähnt der General Ryders verspäteten Absprung nicht. »Wir haben eine ziemliche Wanderung vor uns.«

Schnee fällt. Der General öffnet lachend den Mund und lässt die Flocken auf der Zunge landen.

Nach Stunden erst erreichen sie den Toyota, der wie verabredet halb versteckt unter einem Überhang bereitsteht, mit dem Schlüssel im Anlasser. Ihr Ziel, die Basis, liegt tief im Gebirge. Die Fahrt dauert ewig. Vielleicht sind sie auf dem falschen Weg. Sie passieren ein Dorf, eine Handvoll Häuser, der General lehnt sich nach vorne, liest die Nacht. Keine Checkpoints, keine Autos, keine Menschenseele, nichts und niemand hält sie auf.

Sie kreuzen einen vereisten Bach, von dem das GPS nichts weiß. Ein Camouflage-Netz dahinter versteckt den Eingang zu einer Hütte. Schiefe Räume, ein prähistorischer, aber leiser Generator und ein Plumpsklo davor.

»*Welcome to the Hotel Tora Bora*«, singt der General.

In der Abgeschiedenheit entwirren sich Ryders Gedanken. Kellogg verstummt. Ruhe und Gelassenheit legen sich über alles. In der Enthaltsamkeit wirkt sogar die gelbe Plastikkelle, die auf der Wassertonne der Latrine schwimmt, zauberhaft. Hier wird sein Leben neu beginnen.

Tagelang suchen der General und er mit Ferngläsern die poröse Berglandschaft nach Anzeichen von Menschen ab. Im Schutz der Dunkelheit erkunden sie mit Nachtsichtgeräten die unwegsame Umgebung, entdecken weitere Pfade und Verstecke im Gebirgsmassiv, die in den Geheimdienstdokumenten noch nicht skizziert wurden. Enge Passagen, vor Jahrzehnten in das Gestein gehauen, verbinden schützende Verliese und natürliche Höhlen miteinander. Die unwegsamen Unterschlüpfe bieten kaum Platz für eine Handvoll Leute. Nichts von dem extravaganten Gebäudekomplex Tora Bora, der in verschiedenen Dokumenten angedeutet war. Keine Waffen, keine Munition, keine Mujahideen, aber überall Spuren: eine Feuerstelle, eine Blechdose, eine Plastiktüte vom Duty-free-Shop in Kairo.

Bin Laden soll sich auf dem Weg hierher befinden, er wurde im Kreise seiner engsten Vertrauten mehrmals weiter unten im Tal gesichtet.

Der General entwickelt anhand ihrer Skizzen und Karten einen Angriffsplan. »Wir werden ihn, Al-Zawahiri und die ganze Entourage durch dieses Nadelöhr in Richtung Pakistan treiben.« Er zeigt auf einen gewundenen Pfad, der hinter einer Bergkrone verschwindet. »Zulu und Anwar werden die Bande mit den Mujahideen von der Transportfirma aufscheuchen. Idealerweise bombardiert die Air Force sparsam das Umland. Sie werden ihnen einen bequemen Vorsprung lassen, bin Laden und sein Doktor sollen sich in Sicherheit wiegen. Sobald bin Laden die Grenze überquert, lassen wir uns in Pakistan abwerfen und schneiden ihm drüben den Weg ab. Die Pakistanis werden es gar nicht mitbekommen. Wir werden uns von zwei Black Hawks abholen lassen und ihn dann so schnell wie möglich unseren Leuten übergeben.«

»Sie wollen ihn immer noch lebend, Sir?«

»Ich will diesen heiligen Kriegern keinen Märtyrer schenken. Es soll so wenig Blut fließen wie möglich.«

Die übrigen Drishtis dürfen erst einfliegen, wenn der General bin Laden hundertprozentig identifiziert hat. Vorher bekommen sie ihre Mission nicht bewilligt.

Eines Nachts muss Ryder dringend pissen. Müde und fröstelnd stolpert er am Hang entlang und pinkelt in den Abgrund.

Stimmen.

Sie hallen leise von der anderen Seite des Tals wider. Ryder lässt sich zu Boden fallen. Dort, wo die Höhlen in den Stein modelliert sind, glaubt er, mehrere Männer auszumachen. Der schwache Strahl einer Taschenlampe erglimmt auf der anderen Seite der Schlucht, aber als sie herüberleuchten, verebbt der Strahl in der Finsternis. Sie könnten ihn trotzdem gesehen haben. Ryder kriecht zurück in die Hütte, weckt den General, der unbedeckt rücklings in voller Montur und Stiefeln auf dem Boden liegt, als würde er sich sonnen. Er öffnet die Augen und schnellt sofort hoch.

Am schmalen Schlitz in der Hüttenwand bringen sie ihre Nachtsichtgeräte in Position. Eine Gruppe von sechs bewaffneten bärtigen Männern mit Turbanen wandert in der engen Passage zwischen zwei Höhlen hin und her. Mit langsamen, aber effizienten Bewegungen schieben sie Taschen und Kisten in die Höhle.

»Die Herrschaften kommen nicht in Frieden«, sagt der General.

»Ich erkenne niemanden.«

»Das ist sicher eine Vorhut.«

Aufregung bricht aus, die Bewegungen werden hektischer. Einer der Männer späht durch ein Fernglas in Richtung Ryder und Bender.

»Nervös genug sind sie.« Der General lächelt zufrieden. »Er kann nicht weit sein.«

Dann schält sich tatsächlich der helle Turban eines Hünen aus dem Gestein, eine Decke über die Camouflage-Jacke drapiert. Gestützt auf einen Stock, wandert er den Grat entlang und verschwindet in die nächste Höhle.

Osama bin Laden.

»Salaam aleykum«, flüstert der General.

HASIR ZAMAN
PARIS

DIE FREUNDLICHE DAME AM SCHALTER zerreißt die Bordkarte für den Flug nach Teheran und platziert dich in der ersten Reihe der Economyclass, mit Beinfreiheit. Der Mittelplatz nahe der Toilette, Lehne nicht zu verstellen, bleibt dir erspart. Marks & Spencer ließen nicht einmal ein Upgrade aus eigener Tasche zu, aber für Sameer wirst du jedes Opfer eingehen. Außergewöhnliche Zeiten erfordern außergewöhnliche Maßnahmen. In der Kabine ist dir kalt und heiß zugleich, die babyblaue Decke der Fluglinie knistert statisch aufgeladen.

Nach dem Start reckst du deine zitternde Hand nach dem Plastikbecher, den dir die Flugbegleiterin reicht, und murmelst etwas von Flugangst. Sie füllt den Becher randvoll mit Rotwein. Im iranischen Luftraum ist Alkohol verboten, auf dem Weiterflug mit der Iran Air wird nur Zam Zam Cola serviert, bis dahin möchtest du einigermaßen ruhiggestellt sein. Du spülst eine abgelaufene Valium, die dir Ziad vor Ewigkeiten gegen den Jetlag von der vorletzten LA-Reise gegeben hat, mit dem grässlichen Wein hinunter. Du hättest dir doch etwas von dem Notfallmedikament verschreiben lassen sollen. Seit deiner Reise in die USA hast du dich nicht mehr bei Dr. Cohen blicken lassen. Du hast es nicht fertiggebracht, die gescheiterte Familienzusammenführung zu beichten. Sie hielt ohnehin wenig von pharmazeutischer Behandlung. Im Zusammenspiel mit deinem Bluthochdruck sei das *pas raisonnable,* auch Bordeaux, selbst in Maßen, *pas raisonnable.* Zigaretten mit Bluthochdruck und Alkohol sogar *pas raisonnable du tout.* Unverantwortlich! Lebensmüde! Wenn sie deinetwegen wütend wurde und aus der Therapeutenrolle fiel, war sie besonders charmant.

In letzter Zeit straft dich der wenige Schlaf mit fiebrigen Albträumen, tagsüber quälen dich schreiende Kopfschmerzen. Du sehnst dich so sehr nach Entschleunigung. Du bist kein starker Charakter. Nicht stark genug. Was auch immer dich in Kabul erwartet, du wirst dem nicht gewachsen sein.

Immerhin hast du Marks & Spencers erste Aufgabenstellung bewältigt. Du bist den Auftrag wie eine Filmproduktion angegangen. Das Locationscouting war erfolgreich. Behrooz hat ein passendes Versteck im unwegsamen Gebirge ausfindig machen können und es sogar mit einem stillen Generator ausgestattet, als Basislager für den kompakten Spähtrupp, der schon eingetroffen ist. Die Wegbeschreibung zu dem Geländewagen hast du, so gut es ging, selbst übersetzt, dir bleibt nur die Hoffnung, dass das Fahrzeug sicher in den Händen der Amerikaner gelandet ist.

Marks & Spencer haben ausdrücklich betont, dass du die Mission selbst nicht begleiten sollst. Du wirst hinter den Kulissen die Fäden ziehen, es wird nicht von dir erwartet, dir die Hände schmutzig zu machen. Stattdessen sollst du das beste Team für diese Produktion zusammenstellen. Behrooz wird bewaffnete Männer casten, die Erfahrung in Guerillataktiken haben, ein eingeschworenes Special-Effects-Team sozusagen, die sich in der Gegend auskennen. Er soll wie gewünscht jemanden von Massouds Leuten anheuern. Du musst deinen Auftraggebern das Gefühl geben, dass sie in dir einen wertvollen Partner haben. So schwer kann das nicht sein. Beim genauen Ablauf der Mission haben die Amerikaner sich nicht in die Karten sehen lassen, er muss offensichtlich noch ausgefeilt werden.

Du musst das Endziel im Auge behalten: Sameer. Sobald der Auftrag abgewickelt ist, packst du den Jungen ein und haust ab, bevor sie ihre Meinung ändern können. Du musst diesen Wahnsinn, diesen Pakt mit dem Teufel so schnell wie möglich hinter dich bringen, am besten vor Weihnachten. Du wirst ein neues Leben beginnen. Deine Schwester ist offenbar nicht fähig, Verantwortung zu übernehmen. Mit Marks & Spencers Hilfe wirst du Sameer nach Paris holen, ihn adoptieren. Du wirst Vater werden. Du wirst eine hochmoderne Familie gründen. Inès, Sameer und du in Paris. Ungewöhnlich, aber machbar.

Die Flugbegleiterin tänzelt den Gang herunter und stellt zwei Fläschchen Bordeaux und ein richtiges Glas auf deinen Ausklapptisch. »Aus der Business«, sagt sie mit einem mitleidigen Augenzwinkern. So weit ist es schon gekommen.

Lampenfieber, Valium und der Wein wiegen dich in Wellen von Paranoia und der wohligen Aussicht auf deine neue Zukunft. Die Unannehmlichkeiten in Kabul – Schmutz, Ästhetik, Geruch, Gepflogenheiten –, die normalerweise vom weichen Kokon des Hotel Serena abgefedert werden, wirst du diesmal im Intercontinental mit seinem nachlässigen Verständnis von Gastlichkeit ertragen müssen. Selbst die Dezemberkälte wird das widerwärtige Hammelaroma, das alles und jeden durchtränkt, nicht mindern. Du wirst dir die leidigen Höflichkeitsfloskeln deiner Landsleute anhören müssen.

Möge der Prophet dir gnädig sein! Gott ist groß! Friede sei mit dir! Möge Er dir Gesundheit und langes Leben bescheren. Und deinem Vater, Nachbarn, zweiten Cousin, dem Mullah und dem Koch des Muezzins ebenso. Friede, Freude, Eierkuchen!

Wenn man es sich genau überlegt, dann ist deine Anwesenheit in Afghanistan vollkommen überflüssig, dein Bekanntheitsgrad könnte sogar ein zusätzliches Risiko bedeuten. Du bist schlecht vernetzt, uninformiert, kaum der Sprache mächtig, kannst den Vorsitzenden des Ältestenrats nicht vom Imam unterscheiden. Nur ein Jinn erkennt einen anderen Jinn, oder wie auch immer das verstaubte Sprichwort lautet. Die Firma, die dein Vater über Jahrzehnte zu einer geschätzten Marke auf dem internationalen Drogenmarkt aufgebaut hat, ist so perfide getarnt, dass selbst du nicht mehr durchschaust, hinter welchen Briefkästen deine Firma steckt.

Auch wenn Afghanen immer so fremdenfeindlich tun, freuen sie sich insgeheim darüber, dass Ausländer sich so leicht über den Tisch ziehen lassen. Die Immobilienpreise in Kabul werden in die Höhe schießen. Ein guter Zeitpunkt, sich den Wert der Grundstücke um den Flughafen genauer anzusehen und sie abzustoßen. Du solltest ein paar Schulen für Mädchen finanzieren, als Tribut an Inès, es wird deiner Gesundheit guttun. Alles, was du hier für Sameer unternimmst, gilt auch ihr. Wenn sie nur wüsste.

Marks & Spencer haben durchscheinen lassen, dass die Einsatztruppe bereits auf dem Weg nach Afghanistan ist. Kampfmaschinen, bis auf die Zähne bewaffnet und so geheim, dass angeblich nicht einmal das eigene Militär von ihrer Existenz weiß. Warum sie das ausgerechnet dir mitgeteilt haben, ist eines der ungelösten Geheimnisse dieser Koproduktion. Vielleicht wollen sie, dass du es ausplauderst. Nur fällt dir keine einzige Person ein, die sich dafür interessieren würde. Im Prinzip könnten Marks & Spencer auch direkt mit Behrooz verhandeln, aber das müssen sie nicht erfahren. Er ist den Amerikanern hoffentlich einige Schachzüge voraus. Du willst nicht wissen, welche Kompromisse er über die Jahre mit den Sowjets, Mujahideen und Taliban eingehen musste. Wie sonst hätte er das Geschäft am Leben halten können? Ein Gestaltwandler, das muss er von deinem Vater gelernt haben. Aber selbst dein gerissener Vater hätte die Taliban nicht überlebt, ihr freudloses Regime der tumben Askese und Gewalt. Wenn Behrooz dich aus deinem Besitz heraushebeln wollte, wärst du vollkommen machtlos. Stattdessen pumpt er mit ungebrochener Loyalität weiterhin die Erlöse des Unternehmens durch die Pipelines des Hawala-Finanzsystems und zahlt sich dabei selbst nur ein bescheidenes Gehalt. Heute wünschst du dir, du hättest dich mehr in die Firma eingebracht, wärst mehr herumgereist, hättest mehr Leute getroffen. Immerhin bist du einmal mit Sameer in den Bergen entlang der Grenze zu Pakistan gewesen. Er liebte es da oben, die Aussicht und die Höhlen. Diese verfluchten Berge, dieses verfluchte Land.

Du schenkst dir den Rest Wein ein. Behrooz hat dein plötzlich erwachtes Interesse an Afghanistan, der Firma und deine verdächtige Anwesenheit selbst gerechtfertigt. Als hättest du seine unausgesprochenen Wünsche beantwortet. »Hasir-sayb«, sagte er beim letzten Telefonat, »ich bin so glücklich, dass Sie heimkehren. Große, neue Verantwortungen erwarten Sie. Wir brauchen jemanden, der in die Köpfe der Ungläubigen sehen kann. Sie haben das diplomatische Talent Ihres Vaters.« Nichts davon. »Und seine Popularität. Ihr Vater wäre stolz auf Sie.« Schmeicheleien. »Denken Sie nur an den Imam Khomeini«, schwärmte er. »Auch er lebte in Paris, bis er die Stufen einer Air-France-Maschine hinabstieg und die Perser von ihrem Marionettenschah befreite.« Behrooz hat noch nicht bemerkt, wie fest dein Kopf in den Wolken verankert ist, du hast wenig zur Entwicklung Afghanistans beizutragen. Ein Mann wie du, der bereits Panikattacken bekommt, wenn er einen Helikopter hört, mal kein gebügeltes Hemd griffbereit ist oder ihm das Eau Sauvage ausgeht, ist nur begrenzt als Staatsmann zu gebrauchen. Finanziell gesehen, geht es dir nur deshalb so gut, weil es Afghanistan so schlecht geht.

Sobald dieser Albtraum vorüber ist und Sameer in Sicherheit, wirst du endgültig mit Afghanistan Schluss machen, dich ein für alle Mal abnabeln. Du wirst dir doch eines dieser Landhäuser kaufen, in der Camargue oder der Bretagne, die Sommerferien dort mit dem Jungen verbringen. Du wirst dir ein Hobby zulegen, das weder Dunkelheit noch eine flackernde Lichtquelle erfordert. Schmetterlinge, Tennis, Boule.

Dies ist deine Abschiedsreise. *Au revoir les enfants!*

LEUTNANT RYDER
TORA BORA

LAUTLOS SCHLÄNGELN SICH die grünen Pixel der Drishtis den nächtlichen Berg herauf. Nach und nach erkennt Ryder jeden Einzelnen von ihnen. Anwar führt, behände trotz des schweren Gepäcks, Zulu hat den Kopf nach vorne gestreckt, wie es sehr große Menschen oft tun, Haviland geht breitbeinig, Jamie bedächtig, Tyrone späht wachsam um sich, während Brook schwer atmend hinterhertrödelt. Ryder fällt seinen Kumpanen in die Arme, ein leises, warmherziges Wiedersehen voller Erwartungen.

Auf der anderen Seite des Tals regt sich nichts. Sogar der Wachmann drüben ist eingeschlafen. Die Drishtis wechseln sich an der Spähscharte ab. Kurz vor Sonnenaufgang wird Brook mit einem Blick auf den Saudi und seinen ägyptischen Doktor belohnt.

Der General schultert das Satellitentelefon und setzt sich etwas abseits von der Hütte in die Senke unter dem Camouflage-Netz, seine Telefonzelle. Der Ablauf der Mission ist schon genehmigt, jeden Moment wird das Pentagon grünes Licht geben. In ein paar Stunden werden sie den meistgesuchten Terroristen geschnappt haben.

Ryder schmiert sich Tarnschminke auf die helle Haut und die wenigen Sommersprossen, die über dem Bart noch zu sehen sind. Er mag diese neue Person. Die Thermounterwäsche sieht am Kragen heraus, und der Gedanke an die Swastika, die er mit dem Elektrorasierer in das wollige Fleece gefräst hat, amüsiert ihn. Eine Hommage an Kellogg, der das Symbol einst in sein Made-in-Bangladesh-Sweatshirt eingearbeitet hat, als Mahnung gegen den Kolonialismus und die arrogante westliche Hegemonie. Ryder weiß die doppelte Ironie dieser Geste mittlerweile zu schätzen. Katie würde sie verstehen. Später, wenn er von der erfolgreichen Mission zurückkehrt, wird er sich mit ihr darüber kaputtlachen. Er wird es ganz beiläufig erwähnen, Katie wird dichthalten. Wenn alles vorbei ist, werden sie wieder zueinanderfinden, als beste Freunde, Seelenverwandte. Nach erfolgreicher Erfüllung der Mission, wenn sie bin Laden ausgeschaltet haben, wird alles anders.

Die klapprige Tür fliegt auf und reißt ihn aus seiner Träumerei.

»Ryder! Neue Infos.« Der General hat die Finger zum Telefonhörer am Ohr gespreizt. »Zulu, Anwar, raus hier! Trommeln Sie die anderen zusammen und packen Sie«, ruft er über die Schulter und tritt, ohne hinzusehen, die Tür hinter sich zu.

Ryder unterdrückt einen begeisterten Schrei.

Kaum ist er mit dem General allein, zieht dieser langsam die flache Hand an seiner Kehle vorbei und flüstert ihm dann ins Ohr: »Gerade mit dem HQ gesprochen. Pakistan wird seine Grenzgebiete selbst sichern. Die lassen uns nicht in ihren Luftraum.«

Ryder setzt sich den karierten afghanischen Turban auf. »Was soll das? Bin Laden wird nicht ewig hier auf uns warten.«

»Ryder, Sie haben nicht verstanden. Es ist vorbei. Over.« Er flüstert noch immer. »Das Pentagon hat den Stecker gezogen, wir reisen ab.«

»Nach Kabul?«

»Heimwärts, zurück ins sonnige Kalifornien, wo auch immer Sie hinwollen. Wir haben keinen Auftrag mehr. Wir sind hier fertig.« Keine Regung im Gesicht des Generals, nur dieses ominöse Geflüster.

»Bin Laden ist direkt vor unserer Nase!«, zischt Ryder zurück.

Der General nickt geduldig. »Es gibt kein Drishti mehr. Sie werden ein anderes Team einsetzen.«

»Was? Wen denn? Sie wollen aufgeben, Sir? Ausgerechnet Sie?«

»Negativ, Ryder. Ich würde am liebsten sofort zuschlagen, den Saudi einpacken und in DC abliefern. Weihnachten würde ich dann schön gemütlich im 8th House mit Linda verbringen und auf der PlayStation ein paar Nazis abknallen. Keine Ahnung, was die in Washington über die Feiertage vorhaben.«

Ryder kann unmöglich mit leeren Händen zurückkommen. Das ganze letzte Jahr kann doch nicht umsonst gewesen sein. Ryder hatte diesem Mann geglaubt, an ihn geglaubt. Auch er ist eine Enttäuschung.

Der Mund des Generals ist immer noch so nah an Ryders Ohr, dass er dessen Atem spüren kann. Er ist ihm zu nah. Ryder spult ein Mantra ab, aber seine Hände ballen sich zu Fäusten, der Kiefer verhakt. Als er versucht, an dem General vorbeizukommen, und ihn dabei beiseiteschiebt, ist seine Bewegung so geladen, dass Bender mit unbeabsichtigter Wucht gegen die Tür knallt. Schnell wieder auf den Beinen, antwortet er mit einem harten Tritt in Ryders Nieren. Ein stechender Schmerz durchzuckt ihn, und schwächt die Faust, die er dem General unters Kinn jagen will. Der General duckt sich weg, und ehe Ryder sichs versieht, liegt er im Schwitzkasten am Boden. »Wir haben derselben Fahne geschworen, Ryder! Das ist auch mein Land.«

Im Nebenraum herrscht auf einmal Unruhe.

»Hört auf zu lauschen! Packt endlich eure Sachen ein. Gleich gibt es eine Einsatzbesprechung.« Der General gibt Ryder frei.

»Wer übernimmt? Delta Force?« Ryder wischt sich keuchend das Blut von der aufgeplatzten Lippe. Es fühlt sich gut an, lebendig.

Der General spricht jetzt wieder ganz leise. »Sie haben Gary Brinckman aus der Frührente auferstehen lassen, der soll das mit der Delta Force regeln.«

»Brinckman? Ex-CIA, Mittelamerika?«

»Richtig, Dinosaurier der alten Schule. Bluthochdruck, Alkohol, Prostituierte, schnelle Autos, das ganze Programm. Brinckman hat alles südlich der Florida Keys in den Sand gesetzt. Eigentlich sollte er Golfschläger sortieren, seine Rente im Whirlpool genießen.«

»Und was hat er vor?«

»Brinckman hat sich mit Hazarat Ali zusammengetan. Sie wissen, wie wenig dieser Ali für sein afghanisches Vaterland übrighat. Er steckt mit dem pakistanischen Geheimdienst unter einer Decke und würde selbst seine Mutter verkaufen, wenn der Preis stimmt.«

»Aber CIA und Pentagon wissen das doch?«

»Brinckman lässt sich von Alis markigen Sprüchen blenden, und George W gefällt die Macho-Show, wahrscheinlich vermisst er die Happy Hour. Ich war dabei, als Brinckman seine Taktik vorgestellt hat, gleich nach dem 11. September. Das war ganz großes Theater, rührend und ultragestrig, als hätte es Vietnam nie gegeben. Strategie war noch nie Teil seines Repertoires. Wahrscheinlich glaubt Brinckman diesem Hazarat Ali sogar, wenn der behauptet, die pakistanische Armee würde an der Grenze zu Afghanistan Wache schieben. Die Pakistanis meiden die Gegend selbst wie die Pest, es gibt keine verlässlichen Landkarten, und man läuft immer Gefahr, in eine Blutfehde aus dem Mittelalter zu stolpern.«

Auf einmal steht Ryder die Situation glasklar vor Augen. »Natürlich will Pakistan seine eigenen Grenzen sichern! Indem sie sie nicht sichern. Die haben kein Interesse daran, dass wir bin Laden fassen. Dann bräuchten wir sie nicht mehr.«

»Richtig! General Musharraf wird sich kaum eigenmächtig den Geldhahn abdrehen. Er und seine Schergen werden bin Laden in der schlecht beleuchteten FATA-Region unterschlüpfen lassen. Während wir unsere Männer in Tora Bora verheizen. Bin Laden ist Pakistans Langzeitinvestition und General Musharrafs Altersvorsorge.«

»Sir, wir können jetzt nicht aufgeben, nur weil ein paar weltfremde Bürokraten in Langley und ein Präsident in Cowboystiefeln auf diesen Trick hereinfallen. Wir müssen unsere Mission durchziehen, bevor bin Laden entwischt.«

Der General fährt sich mit der Zunge im Mund herum. »Nur wie? Die Hubschrauber sind gestrichen.«

»Dann holen wir ihn eben auf dem Landweg, Sir. Wir fahren südlich durch das Tal, schleichen nachts über die Grenze und schneiden ihm drüben den Weg ab. Eine Kombination aus dem Ablenkungsmanöver und unserem ursprünglichen Plan, nur über Land.«

Der General wiegt den Kopf hin und her, skeptisch.

»Wir arbeiten mit den Mujahideen, Sir, die bin Laden über die Grenze treiben sollten. Das schaffen wir.«

»Wir haben höchstens sechsunddreißig Stunden. Dann fliegen wir auf«, sagt der General zögerlich.

Ryder schaut auf seine Armbanduhr. »Am Freitag um sieben Uhr morgens EST, wenn die Leute mit ihren Starbucks-Lattes im Pentagon einlaufen, haben wir ihn.«

Landesverrat, Befehlsverweigerung. Keiner von beiden spricht es aus.

»Jetzt oder nie, Sir. Wir werden uns das sonst nie verzeihen.«

Der General sieht zur Tür. »Wir müssen sehr schnell sein. Ich unterbreite den neuen Plan, gebe Marschbefehl. Danach fahren nur Sie und ich runter zum Damm, teilen die Mujahideen auf und nehmen die Besten mit über die Grenze. Keiner von den Drishtis darf erfahren, dass das nicht genehmigt ist.«

Ryder fährt sich mit spitzen Fingern über die Lippen, als würde er einen Reißverschluss schließen.

»Wenn wir ihn einmal haben, wird niemand mehr Fragen stellen.«

»Die werden uns dankbar sein, Sir.«

»Die werden uns lieben, Ryder!«

Der General atmet tief durch und poltert durch die Tür. »Operation Wamblee!«

SAMEER
KABUL

DER JINN, DEN ICH MIR im Ghazi-Stadion eingefangen habe, ist eine Jinniya. Sie folgt mir überallhin, flattert um mich herum und streicht mir mit ihren klammen, blassen Fingern über die Haut, ihr modriger Atem singt mir eine traurige Weise. Manchmal tut sie mir leid dafür, dieses unendliche Dasein fristen zu müssen, dann wieder vermisse ich ihre Zärtlichkeit und warte vergebens auf ihre Umarmung. Ich weiß, dass diese Gefühle sündhaft sind, aber seit ich aus Amrika zurückgekehrt bin, fällt es mir schwer, Frieden zu finden in der Einsamkeit und meiner Sehnsucht nach Elham.

Eines Abends nach Sonnenuntergang ertrage ich meinen Gestank selbst nicht mehr und bitte den Koch, mir heißes Wasser zu bereiten, damit ich mich waschen kann. Erleichtert gibt er mir ein Stück Seife, die süß und männlich zugleich riecht, so wie die Hemden meines Onkels. Aus den Wintersachen, die er mir damals auf dem Bazaar gekauft hat, bin ich fast herausgewachsen. Die Hosen reichen kaum über die Waden, meine gesprenkelten Unterarme ragen aus den Ärmeln. Ich ziehe Spikes glänzende Jacke über das Hemd, damit mir nicht kalt wird, und die Weste darüber. Diese Kleider gehörten einem Kind. Nur die Lederstiefel passen mir inzwischen genau. Der Mullah beobachtet besorgt, wie ich das Gewehr über die Schulter werfe und die Fliegerkappe überziehe.

Er glaubt wahrscheinlich, dass ich mich den Kämpfern anschließe. Aber während andere tapfer für ihr Land und ihren Glauben kämpfen, habe ich nur ein Mädchen im Kopf. Er mahnt mich, die

Waffe nicht zu gebrauchen und nicht jenen zu folgen, deren Stimmen am lautesten sind. Ich gebe ihm mein Wort.

Der Mond hängt tief und zitronengelb am wolkenlosen Himmel und tränkt die schneebedeckten Gipfel mit saurem Saft, als ich über die Mauer in die Seitengasse klettere. Der gefrorene Boden knirscht unter meinen Sohlen. Ich flüstere der Jinniya süße Worte zu, damit sie mir wohlgesinnt ist.

Gläubige überschwemmen die Straßen, ihre Gemüter sanft nach dem Gebet. Lastwagen, Busse, Esel und Pick-ups kämpfen um das Vorrecht auf der Straße. Ein verbeulter Nissan hält neben mir, ein gebrechlicher Mann auf dem Rücksitz. Der Fahrer mit dem fettigen Bart fährt in Richtung Stadtrand, er kann mich in der Nähe des Zaman-Firmengeländes absetzen. Wie alle anderen hier will er wissen, woher ich komme, zu wem ich gehöre, zu welcher Familie, welchem Stamm, welcher Schule. Was ich am Stadtrand vorhabe. Ich vermisse die Art der Amrikaner, die mich nicht nach meiner Herkunft gefragt haben. Ich vermisse ihre Art, sich zu unterhalten. Darüber, wie man sich fühlt, wie es einem schmeckt, was cool aussieht oder verrückt. Wie weich dort alles war, wie warm und sauber. Die vielen Umarmungen. Die Gesichter der bezaubernden Frauen, ihre Berührungen und ihr kostbarer Duft. Die Heilige Moschee des Rap und vor allem die Musik, die den ganzen Körper beseelt. Wie gerne würde ich laut Destiny's Child hören, ich habe schon fast wieder vergessen, wie sie klingen. Ich hätte den Männern im Auto nicht verraten sollen, dass ich zum Zaman-Gelände will. Sie lassen mich nicht in Ruhe.

Der gebrechliche Mann zupft an dem Ärmel meiner Jacke herum. »Feines Tuch.«

Ich ziehe meinen Arm weg und lehne mich nach vorne.

»Ist die geladen?«, fragt er und deutet auf mein Gewehr.

»Natürlich.« Was soll ich mit einer Waffe, mit der ich nicht schießen kann?

»Wo hast du die Kleider und das Gewehr her, Junge?«, fragt der Fahrer und beobachtet mich im Rückspiegel.

Als ich nicht antworte, schnalzt er mit der Zunge. »Hast du gestohlen.«

»Ich bin kein Dieb«, sage ich. »Die Stiefel hat mir Hasir Zaman persönlich geschenkt und die Waffe der Manager.« Ich begegne dem Blick des Fahrers im Rückspiegel, ohne zu blinzeln, so wie es mir der Mullah gezeigt hat. Der Mann erträgt meine glühenden Satansaugen nicht und sieht weg.

»Hasir Zaman ist ein Feigling«, sagt er. »Sein Vater Hossein war ein gestandener Mann. Er kannte jeden beim Namen und fuhr höchstpersönlich in jedes Dorf. Alle respektierten ihn, die Bauern, die Mullahs, die Dorfältesten. Aber dieser Hasir, der hat unser Land verlassen und lebt wie ein ungläubiger Kalif in Paris, isst Schweinefleisch, trinkt Alkohol und gibt sich den Weibern hin.«

Obwohl mich mein Onkel so sehr enttäuscht hat, muss ich ihn jetzt verteidigen. »Hasir-sayb spricht viele Sprachen und verhandelt mit Ungläubigen auf der ganzen Welt. Er kann in ihre Köpfe sehen. Er ist ein moderner Mensch.« Ich weiß selbst nicht genau, was ich damit meine.

»Ah, du scheinst ihn ja gut zu kennen, diesen Hasir Zaman. Bist du sein Bodyguard?« Der Fahrer betont das englische Wort übertrieben.

»Hasir-sayb braucht niemanden, der ihn verteidigt. Er ist selbst ein gefährlicher Scharfschütze. Massouds Leute haben ihn ausgebildet.« Die Vorstellung von Onkel Hasir in seiner feinen Kleidung, das Haar über den Augen, mit der glatt rasierten Wange am Zielfernrohr eines Gewehrs, ist lächerlich, aber ich kann es einfach behaupten. »Ich muss mit dem Manager sprechen. Ich werde um die Hand seiner Tochter anhalten.«

»Du?« Beide Männer brechen in schallendes Gelächter aus. »Ist der blind?«

Vor ein paar Monaten noch wäre ich eingeschüchtert gewesen.

Nahe dem Firmengelände lassen sie mich aussteigen. Müdes Neonlicht flackert im dichten Dezembernebel über einem einzigen aufgebockten Lkw und Behrooz' Toyota. Ein paar Männer liegen auf dem *charpoy* am Tor, Wolldecken über die Schultern drapiert. Der Wachmann erhebt sich, er will mich nicht zum Verwaltungsgebäude durchlassen. Ich dränge mich trotzdem an ihm vorbei. Behrooz' tiefe Stimme dröhnt von drinnen. Ich klopfe, weder forsch noch sanft.

»Ich hab doch gesagt, dass ich keinen sehen will«, ruft Behrooz.

Die Männer auf dem Charpoy feixen.

»Behrooz-sayb, ich bin's, Sameer.«

Die Tür fliegt auf. »Wo kommst du denn her?« Auf dem Schreibtisch liegt der Hörer neben dem Telefon, vielleicht ist mein Onkel dran? »Gott schickt dich, Sameer, Mashallah.« Er nimmt den Hörer wieder auf. »Ich habe jetzt einen Dolmetscher.« Er sieht auf seine goldene Armbanduhr. »Ich werde in einer Stunde, höchstens zwei da sein.« Er legt auf. »Ich muss ein paar wichtige Leute treffen, Hasir-saybs Kontakte aus dem Ausland. Amrikaner. Unser Dolmetscher ist verschwunden. Vielleicht haben ihn sich die Taliban vorgeknöpft.«

Er dreht die Landkarte auf dem Tisch zu mir um. »Die Amrikaner warten hinter dem Damm auf uns. Sie wollen heute schon losfahren ins Gebirge. Wir müssen die Mujahideen und Fahrer neu verteilen, aber keiner von uns spricht Englisch. Kannst du mitkommen und übersetzen?« Mein Onkel hielt die Gegend in den Bergen für nutzlos. Es war das einzige Mal, dass Behrooz ihm widersprach. Das Spin Ghar, fand er, sei strategisch wichtig, weil es an der Grenze zu Pakistan liegt. Ich habe vor allem die Sicht über die Gipfel und Täler in Erinnerung. Das Auge kann dort so weit reisen.

»Die Ausländer haben es auf einmal furchtbar eilig.« Er sieht mich besorgt an. »Deinem Onkel würde es nicht gefallen, wenn ich dich mitnehme. Aber sei's drum, ich brauche dich. Du darfst ihm nicht davon erzählen. Ich werde selbst versuchen, es zu vergessen.«

»Ich werde es nicht verraten, Behrooz-sayb.«

»Es ist ein Notfall.« Er schiebt mich nach draußen.

Schweigend lenkt Behrooz den Wagen aus der Stadt. Bald verschluckt der Nebel die Lichter Kabuls, und am Stadtrand lässt Behrooz mich wie gewohnt ans Steuer.

Bei unseren Ausflügen zu den Ländereien hatte ich immer gehofft, Behrooz würde Elham mitbringen. Vergeblich. Einmal kamen sogar mein Onkel und Murtaza mit. Wir fuhren die kurvigen Straßen ins Spin Ghar hinauf, und als der Weg aufhörte, führte uns ein Hirte zu Fuß durch das Gebirge. Für Murtaza war der Weg sehr beschwerlich. Es dauerte Stunden. Kein Baum wuchs mehr dort oben, geheimnisvolle Gänge und Höhlen gruben sich durch das Gestein, und auf der Spitze tat sich ein Blick auf, der mir inzwischen noch besser vorkommt als der aus dem Flugzeug. Die Gipfel berührten die Wolken. Alles lag direkt vor mir, greifbar, wahr. Auf dieser Wanderung wurde mir klar, wie groß die Welt ist und wie unbedeutend ich darin bin. Der Hirte hatte Käse mitgebracht, Oliven und Brot. Wir aßen an einem Felsvorsprung und ließen unsere Beine baumeln, unter uns ging es Hunderte von Meter in die Tiefe. Mein Onkel und Murtaza tranken aus einer silbernen Flasche, es muss Wein gewesen sein, sie waren danach ganz fröhlich. Auf der Rückfahrt bestand Behrooz darauf, dass ich dem Onkel zeige, wie gut ich schon Auto fahren kann. Mein Onkel war erst nicht begeistert, aber dann erinnerte Behrooz ihn daran, wie er noch ein Junge war und sein Vater Hossein – mein Großvater – ihm das Fahren beibrachte. Daraufhin sagte Onkel Hasir nichts mehr. Als wir den Hirten im Dorf ablieferten, gab er uns einen ganzen Beutel mit Leckereien. Ich durfte alles mit in die Schule nehmen, es war ein riesiges Gelage und stimmte meine Mitschüler milde mir gegenüber. Für eine Weile musste ich mich nicht mehr vor der Nacht fürchten. Behrooz nahm mich noch ein paar Mal mit, er hatte bemerkt, wie sehr ich die Wildnis liebte. Einmal brachte er süßes Gebäck mit, er sagte, es sei mein Geburtstag. Mit Elham werde ich jedes Jahr dort oben Geburtstag feiern.

Nahe dem Damm nehmen meine Träumereien ein Ende. Behrooz wird ernst, ich soll die Scheinwerfer ausschalten und von der Straße abfahren. Hinter dem Damm, im Schutz einiger Bäume, warten wir. Als wir aussteigen, schultere ich mein Gewehr und ziehe sogar den Schlüssel ab, obwohl weit und breit niemand zu sehen ist. Behrooz spielt nervös mit seiner Gebetskette.

Ich muss mit ihm sprechen. Jetzt.

Aber Behrooz kommt mir zuvor. »Du wirst nur übersetzen, Sameer-jan. Du darfst auf keinen Fall mit den Ausländern gehen, es ist eine gefährliche Mission.«

Es wäre mir nicht in den Sinn gekommen, aber die Idee klingt verlockend.

»Die Amrikaner brauchen ausgebildete Kämpfer an ihrer Seite, das pakistanische Militär und die Taliban treiben sich dort oben herum. Hasir-sayb würde mir das nie verzeihen.«

Ich justiere die Kalaschnikow und salutiere wie ein Soldat. »Behrooz-sayb, ich möchte Elham heiraten.« Meine Stimme bricht, wie dünne Zweige. »Ich bin gekommen, um um ihre Hand anzuhalten.«

»Elham?« Behrooz hält die Gebetskette fest. »Meine Tochter Elham?«

»Ja, ich will Ihre Tochter heiraten. Ich werde ihr ein guter Ehemann sein.«

Er schaut mich an, als hätte er mich noch nie zuvor gesehen. »Was erzählst du da? Du wirst nach Paris ziehen. Nach Frankreich! Hasir-sayb bereitet alles für dich vor. Du wirst in eine richtige Schule gehen, an einer Universität studieren, wirst frische Kleider tragen, dich mit fließendem Wasser waschen, jeden Tag Fleisch essen, auf geteerten Straßen gehen. Eines Tages wirst du dort ein Mädchen finden.«

»Elham kann mit nach Paris kommen.«

»Sameer, du hast eine große Zukunft vor dir!«

»Mein Onkel wird mir helfen, eine Familie zu gründen, und ich werde für die Firma arbeiten.«

»Elham wurde längst versprochen.«

Schreiende Stille ertränkt seine Worte. Vielleicht habe ich mich verhört. »Ich werde Elham heiraten.«

»Elham ist schon sehr lange jemandem versprochen, Sameer.«

Die kalten Arme der Jinniya umklammern mich. Ein böser Traum, gleich werde ich auf der Pritsche aufwachen, das gleichmäßige Atmen der anderen im Waisenhaus hören und mich wieder bewegen können. Aber ich bin immer noch am Damm, hellwach.

»Ich liebe Elham. Wir sind füreinander bestimmt. Ich muss sie heiraten. Bitte, Behrooz! Ich werde der beste Ehemann sein, den Sie sich für Ihre Tochter wünschen können. Ich werde alles tun!« Verzweifelt schreie ich auf Behrooz ein. Da grüßt eine tiefe Stimme hinter uns.

»Salaam!« Zwei Männer treten aus der Dunkelheit. Sie tragen die Kleider der Mujahideen, Bärte und Turbane, aber alles an ihnen sieht falsch aus. Das müssen die Amrikaner sein.

»Salaam! Behrooz-sayb?«, sagt der Größere der beiden. Er hat silbernes Haar. Der andere Mann ist viel jünger, scheint aber nicht sein Sohn zu sein.

»Salaam aleykum, aleykum essalaam«, antwortet Behrooz und betont jede Silbe. Er stupst mich an.

»Ich will Elham heiraten! Bitte, Behrooz-sayb. Ich warte schon seit Jahren«, sage ich auf Dari.

»Hör auf damit, Sameer«, sagt Behrooz. »Stell dich unseren Gästen vor. Sag ihnen, dass du Hasir-saybs Neffe bist. Sag es auf Englisch. *Yallah.*«

»Erst, wenn Sie mir Elhams Hand versprechen. Sie gehört mir.«

»Schluss jetzt, Sameer!« Behrooz wird wütend.

»Ich bin Hasir Zamans Neffe. Ich habe eine goldene Zukunft vor mir! Sie haben es selbst gesagt, aber für Elham bin ich nicht gut genug?«

»Sprich mit den Ausländern. Zeig Respekt, Sameer!«

»Wenn Sie mir Elham geben, werde ich alles tun, was Sie verlangen!«

Die Augen der Ausländer springen zwischen Behrooz und mir hin und her. Der Jüngere wendet sich an den Älteren. »Verstehen Sie, um was es geht, Sir?«

»Ich glaube, die sprechen über eine Hochzeit. Ich könnte mich aber irren.«

Die Amrikaner wissen noch nicht, dass ich Englisch kann und sie verstehe.

Behrooz beäugt sie. »Elham wird jemand anderen heiraten. Sei jetzt vernünftig, Sameer.«

»Wem ist sie versprochen?«

»Das spielt doch keine Rolle. Begrüße unsere Gäste!«

Der ältere Amrikaner lehnt sich zu dem jüngeren: »Ich glaube, der Junge will seine Tochter heiraten oder so etwas.«

»Im Ernst?«

»Wem haben Sie Elham versprochen?«, frage ich noch einmal mit Nachdruck.

Behrooz blickt die Ausländer peinlich berührt an. »Einem aufrichtigen Mann aus Chahar Bagh.«

Ich kann es nicht glauben. »Wie alt ist er? Fünfzig? Sechzig?«

»Sameer, hör auf damit!«

»WIE ALT?«

»Ein Erwachsener!« Behrooz schnippt mit der Gebetskette. »Er hat noch all sein Haar. Er ist ein guter Mann. Aufrichtig und fromm.«

»Sie geben Ihre Tochter einem alten Esel.« Die Worte brechen aus meinem Mund hervor wie das Wasser aus dem Damm, es gibt kein Halten mehr. »Schämen Sie sich nicht? Sie haben Elham nur verwöhnt, weil Sie wussten, dass Sie bald verkauft wird, stimmt's? Meinem Onkel wird das nicht gefallen. Er will, dass Mädchen zur Schule gehen. So wie Sie Elham behandeln, beleidigen Sie meinen Onkel.«

»Jesus!«, flüstert der ältere Ausländer dem anderen auf Englisch zu. »Ich glaube, das ist so eine Art *Romeo und Julia* auf Afghanisch.«

»Wo bleibt unser Übersetzer?«, fragt der andere.

»Ich bin der Übersetzer«, sage ich auf Englisch. »Ich bin der Neffe von Hasir Zaman, dem Besitzer von Zaman Logistics.«

»Gepriesen sei deine Mutter«, stammelt der Ältere in gebrochenem Dari.

»Mein Name ist Sameer. Sie können mich Sammy nennen«, sage ich weiter auf Englisch.

»Salaam, mein Freund. Dieser junge Kämpfer ist Ryder, und ich bin sein Kommandant.«

»Willkommen, Sir. Ich werde übersetzen, was Sie unseren Männern zu sagen haben. Ich begleite Sie gerne in die Berge. Ich kenne mich gut aus im Spin Ghar. Sie sind unsere ehrwürdigen Gäste.«

»Sag Mister Behrooz, er soll dir die Hand seiner Tochter geben«, sagt der Kommandant. »Meinen Segen hast du. Verstehst du, was ich sage?«

»Ich verstehe Sie sehr gut, Herr Kommandant. Jedes Wort.«

»Behrooz soll froh sein, wenn er dich als Schwiegersohn haben kann. Allah hat dich mit Mut und Überzeugung gesegnet. Mashallah!«

Die islamischen Worte klingen seltsam aus dem Mund des Fremden, aber seine Güte wärmt mich nach Wochen der Einsamkeit.

Der Kommandant sieht zu Behrooz hinüber und bemüht sich erneut auf Dari: »Sammy Zaman Heirat mit Tochter gut!« Er reckt den Daumen in die Höhe.

Behrooz hat nur ein angestrengtes Lächeln für ihn übrig. Die Ausländer behandeln mich mit Würde, wegen meiner Englischkenntnisse, nicht wegen meines Onkels. Das muss die Kraft der Sprache sein, von der Murtaza gesprochen hat. Sie sei wie ein Brunnen, sagte er, dessen unendliche Tiefe man an der Oberfläche nicht erkennen kann.

»Die Amrikaner geben mir recht«, sage ich auf Dari zu Behrooz. »Sie sagen, dass Allah mich gesegnet hat.«

Behrooz traut sich nicht, etwas einzuwenden.

»Ich spreche lieber Englisch, mein Dari ist etwas eingerostet«, sagt der Kommandant. »Du kommst also mit uns in die Berge, Sammy? Du wirst als Held zurückkehren und Behrooz-saybs Tochter heiraten.«

Die Sprache beschert mir Macht und Energie. »Inshallah, ich werde Ihnen den Weg weisen.«

»Ich könnte mir kaum einen besseren Mann an unserer Seite vorstellen«, sagt der Kommandant. Fast hätte ich vergessen, mit wie viel Achtung Amrikaner selbst junge Menschen behandeln. Der Autoschlüssel in meiner Hosentasche eröffnet mir eine unerwartete Möglichkeit. Behrooz wird mir nicht folgen können.

»Sameer! Bitte nicht!« Behrooz fleht beinahe, er ahnt, was ich vorhabe.

Ich kann nicht anders. Ich laufe los, davon in die Dunkelheit.

Behrooz ruft mir nach, mein Name hallt durch das Tal, der Name eines Bastards, mit der Geheimwaffe der Sprache ausgestattet, schnell wie der Wind.

Ein Motor heult auf. Schon bald holen die Ausländer mich ein, die Tür des Wagens öffnet sich, und der jüngere hält mir seine Hand hin. Ich greife nach ihr und springe in den fahrenden Wagen. Fast wie im Film. Nur besser.

HASIR ZAMAN
KABUL

DIE LUFT IN DER ANKUNFTSHALLE in Kabul ohrfeigt dich wie ein alter Waschlappen. Die Fenster sind beschlagen, und der giftige Geruch von versengtem Plastik, Schimmel und Hammelfett hängt in dem Gebäude. Die Passkontrolle dauert ewig, du stehst mit allen anderen in der Schlange, bis endlich jemand erkennt, dass du gewissen Status genießt, und dich mit ein paar Diplomaten aus dem Iran nach vorne winkt.

Der wackelige Kofferwagen kreischt so erbärmlich über den unebenen Boden, dass du dich entschließt, dein Gepäck selbst zu tragen. Heute wünschst du dir, es hätte Rollen anstatt Monogramme. Behrooz ist nirgends zu sehen, keine Privatautos an der Zufahrt. Polizisten dirigieren halbherzig das Verkehrschaos.

Ein Minivan mit verdunkelten Scheiben drängt sich nach vorne. Die Schiebetür geht auf, der afghanische Fahrer fordert dich auf, einzusteigen, die Tür rauscht zu und spuckt dich erst wieder vor dem Intercontinental aus. Das Hotel ist ein architektonischer Offenbarungseid, Symbol für die missglückten internationalen Ambitionen Aghanistans, bekannt für katastrophales Personal, einen unbekümmerten Umgang mit Hygiene und fehlerhafte Abwassertechnik. Gastlichkeit wird dort nicht großgeschrieben. Angeblich ist der Pool noch geöffnet, trotz der Rohrbrüche; Amerikaner sollen das Hotel mit einem eigenen Generator ausgestattet haben. Du kannst nur hoffen, dass es mehrere sind angesichts der vielen Stromausfälle, von denen die Stadt geplagt ist. Ohne den

Panzer von Zivilisation und Reinlichkeit fühlst du dich verletzlich.

Die Lobby ist mit Journalisten aus der ganzen Welt bevölkert, unscheinbare Presseleute, so scheint es, die bekannten Fernsehgesichter der lukrativen Sender CNN, BBC und Al Jazeera haben wahrscheinlich im Serena ihre Zelte aufgeschlagen. Fotografen zerkratzen mit ihren Metallkoffern den Terrazzoboden, Korrespondenten sprechen in wuchtige Satellitentelefone.

Nur Maxine Delacroix von *Le Monde* erkennst du an ihrem Kurzhaarschnitt *à la gamine*, der etwas angestrengt an Jean Seberg in *Außer Atem* angelehnt ist. Sie unterhält sich mit einem pockennarbigen Concierge, der aufblickt, als er dich sieht. Er unterbricht sein Gespräch mit der Journalistin und reicht dir wichtigtuerisch die Schlüssel zu einer Junior Suite im fünften Stock. Dort begrüßen dich Marks & Spencer.

»Willkommen zu Hause.«

Du fragst dich, wie sie so schnell nach Kabul gekommen sind. Sie gestatten dir, die Toilette zu besuchen. Allein. Du seist ein freier Mensch. Sie gestatten dir auch, ja, sie befürworten es sogar, dass du dich unter die Leute im Hotel mischst, sollst es aber nur nach Rücksprache verlassen. Du sollst dich ganz normal verhalten, was immer das heißen soll.

Das afghanische Team steht inzwischen bereit, die Amerikaner sind zufrieden. Behrooz hat fähige Männer aufgetrieben. Was eigentlich nur beweist, wie korrupt der afghanische Patriotismus ist, wie aufgesetzt die Vorstellung vom Heiligen Krieg und nationalem Unabhängigkeitsstreben. Überläufer, die sich nun im Auftrag von Uncle Sam einsetzen, weiß Gott, wie sie das vor Allah rechtfertigen. Das Team soll sehr teuer sein. Aber für Sameers Befreiung sind die Männer jede verdammte Rupie wert.

Benommen vom unruhigen Schlaf und Jetlag erkundest du anderntags die Korridore. Der Speisesaal ist verwaist, du schluckst tapfer den löslichen Kaffee und siehst dich in der Lobby um. Dort nimmt dich der pockennarbige Concierge in seiner glänzenden Uniform und dem dunkelroten Turban erneut ins Visier. Er könnte einem Frühwerk David Lynchs entsprungen sein, ein trauriger Clown.

»Haben Sie Ihr Frühstück genossen, Hasir-sayb?« Es ist zwei Uhr nachmittags. Sein abgestandener Ramadan-Atem raubt dir die Luft.

Du bedankst dich zerstreut auf Englisch.

»Sie erkennen mich wohl nicht mehr?«, fragt er und öffnet die Arme. »Seddiq Junior, der Sohn des alten Seddiq aus Deh Bala.« Sein Dari klingt gekünstelt, als sei es rückwärts aufgenommen, was den Lynch-Effekt noch verstärkt.

Der alte Seddiq. Du kannst dich an niemanden mit diesem Namen erinnern.

Der Concierge rahmt sein ledriges Gesicht mit den Fingern. »Wie aus dem Gesicht geschnitten, nicht wahr?«

Wie es denn dem alten Seddiq ginge, fragst du vorsichtig.

»Verschwunden, immer noch. Wurde von Pakistanis verschleppt, gleich nach dem Treffen mit Ihrem Vater, damals.«

Du seist dir nicht sicher, stammelst du.

»Es ist Vergangenheit, Hasir-sayb. Lassen wir sie ruhen. Wie geht es Ihnen?«

Danke, ganz gut.

»Sie müssen Paris vermissen.« Er holt ein paar fotokopierte Seiten von *Le Monde* aus dem Pult, die du vor drei Tagen in Paris gelesen hast. »Ich pflege sehr gute Beziehungen zur französischen Presse hier im Haus. Mein Bruder lebt auch in Paris. Rahmazan-Ali. Er hat mir erzählt, Sie würden dieselbe Moschee besuchen, die Moschee Omar.«

Die Moschee Omar sei ganz in deiner Nähe, sagst du vage. Du warst in all den Jahren nur ein einziges Mal da.

Seddiq hält dir die Fotokopien der Zeitung hin.

Was du ihm schuldig seist?

»Nichts, ich bitte Sie, Hasir-sayb.« Er legt die Hand auf die Brust. »Immer zu Diensten. Zögern Sie nicht.« Wahrscheinlich steckt ihm das CIA ein paar Cent zu, dafür, dass er dich aushorcht.

Die Tage treiben wie Nebelschwaden an dir vorbei. Das Moiré-Rauschen der Vierundzwanzigstunden-Nachrichtensender, die elektronischen Störungen und die regenbogenfarbenen Verzerrungen spiegeln deine instabile Gemütslage wider. Dank der Erfindung des *embedded journalism* wird das Drehbuch der Kriegsführung von den Streitkräften und Sendeanstalten gemeinsam dramatisiert, das Gebirge der Nangarhar-Provinz, im Grenzgebiet zu Pakistan, zum aufwendigen Höhlenversteck mit Generatoren und Waffenarsenal stilisiert. Irgendjemand hat es Tora Bora getauft, vielleicht eine Anlehnung an *Tora! Tora! Tora!*, jedenfalls leicht zu merken, schwarzer Staub. Dort soll sich bin Laden im engsten Kreis der Al-Qaida-Führungsriege aufhalten.

Im offenen Vollzug deines Hotelzimmers hast du das Gefühl, zu einem kopflosen Buzkashi-Kadaver zu werden, der willenlos über das Spielfeld gezerrt wird. In mehreren täglichen Telefongesprächen mit Behrooz zeigst du dich bei der Planung der Mission involviert. Du versuchst dir Namen und Orte zu merken, die er erwähnt. Manchmal scheint es dir, als würde er in einer Art primitivem afghanischen Eselscode verschlüsselte Nachrichten übermitteln. Es klickt jedes Mal in der Leitung, wenn wachsame Ohren sich zuschalten. Einmal machst du dir Notizen, nur um sie anschließend im Waschbecken zu verbrennen.

In deinem Kopf werden die Sirenen von bin Ladens Untergang von Tag zu Tag lauter. Aber wenn alle sich einig sind, dass er in Tora Bora ist, warum dauert es dann so lange, ihn einzufangen? Wofür brauchen die Amerikaner dich und diese geheime Truppe? Behrooz hat anklingen lassen, dass eure Krieger langsam unruhig werden in ihrer Warteschleife in Kabul. Marks & Spencer bleiben dir eine genaue Timeline schuldig. Inzwischen ist Ramadan, das kann sich unter Umständen positiv auf die Jagd nach bin Laden auswirken, wenn er wirklich an chronischen Krankheiten leidet. Nierenprobleme, Gallensteine, niedriger Blutdruck, vergrößertes Herz. Altersbedingter Diabetes, oder war es der angeborene? Er ist kaum älter als du. Anfang vierzig. Allein die Höhenluft würde dich schon umbringen.

Marks & Spencer wollten schließlich doch eine größere Crew, die aufgeteilt wurde. Behrooz musste das Kontingent irgendwie aufstocken. Es gibt nicht mehr viele, die ihr Leben für Ungläubige riskieren würden. Er meldete Bedenken an, was die Sicherheit eurer Leute angeht. Dann war auch noch der Übersetzer verschwunden, wie vom Erdboden verschluckt. Manche eurer Männer sprechen zwar Französisch, aber keiner von ihnen Englisch. Offenbar hat Behrooz inzwischen alles regeln können. Du hast seitdem nichts mehr von ihm gehört.

Glücklicherweise wollen Marks & Spencer dich nicht *on location.*

Bis die Sache mit den Amerikanern abgewickelt ist, musst du dich von Sameer fernhalten, zu seiner Sicherheit. Es sollen nicht noch mehr Leute davon erfahren, dass er dein Neffe ist. Vielleicht kannst du Seddiq, den Concierge, als unabhängigen Kommunikationskanal zu ihm einspannen. Sameer muss durchhalten.

Seddiq befeuchtet seine Lippen, als du dich näherst. »Hasir-sayb, was kann ich für Sie tun, um Ihnen hier die einsamen Stunden zu vertreiben? Kein Wunsch ist zu extravagant. Sie sind schon sehr lange hier, zu lange für einen Mann wie Sie.« Er lässt den Blick verstohlen durch den Raum schweifen und zieht dann eine alte Ausgabe der *Herald Tribune* aus der Schublade. »Ich glaube, ich habe da etwas für Sie.« Er lüpft die Titelseite und tippt mit dem Finger auf ein paar Fotografien, die zwischen den Seiten versteckt sind. Das oberste Bild zeigt eine stämmige Ostasiatin im Bikini, die an einer giftgrünen Mehrhalsgitarre leckt.

»Ich kann auch andere besorgen. Es gibt einen ganzen Katalog.«

Seddiq Junior blättert durch weitere Aufnahmen von leicht bekleideten Frauen in schwerem Make-up und mit Schlafzimmerblick, die in Lkw-Kabinen, auf schmutzigen Teppichböden oder verschneiten Provinzstraßen posieren, oft mit nicht mehr als Tennissocken bekleidet. Einmal blitzt ein Goldzahn zwischen glänzenden Lippen. Nach einer Schrecksekunde dämmert dir, dass sie eine pornografische Vision vereint.

»Wir behandeln das ganz vertraulich. Wir haben so etwas schon öfter für hochrangige Funktionäre organisiert.« Seddiq schlägt die Zeitung wieder zu und schiebt die Schublade lautlos zurück. »Dank meiner Verbindungen stehen mir verschiedenste Mittel der Zerstreuung zur Verfügung. Ich bin neulich in den Besitz einer Literflasche McDowell's gekommen, ein hochwertiger Whiskey, gebraut in Hindustan, Exportqualität.«

Du kennst das Zeug, es schmeckt wie vanillierter Nagellackentferner.

Dir sei nach etwas anderem, sagst du.

»Buben?« Das Gesicht des Concierge erhellt sich.

Einer würde genügen, sagst du. Ein ganz bestimmter. Dieser Junge sei in dem Waisenhaus hinter der großen Moschee untergebracht. Seddiq solle sich bei Mullah Usmeen nach dem Jungen erkundigen und ihn auf baldige Abreise vorbereiten.

»Ich weiß, von wem Sie sprechen«, sagt Seddiq und wirft dir einen bedeutungsvollen Blick zu. »Nennen wir ihn … die orange Katze.«

Selbst dieser Concierge weiß von Sameer. Was weiß er noch? Und von wem?

Ja, genau diese Katze gelte es, besonders zu schützen, sagst du. Du schiebst unauffällig zwanzig Euro über den Tresen. Der Concierge schnappt sich den Schein und lässt ihn in seiner Weste verschwinden. Schon bereust du die Aktion wieder.

LEUTNANT RYDER
TORA BORA

KEINER DER DRISHTIS HAT Verdacht geschöpft, als der General ihnen den neuen Plan präsentierte. Niemand stellte Fragen. Keine einzige. Blindes Vertrauen. Jetzt sind sie mit dieser fragwürdigen Truppe auf dem Weg zu einer der wichtigsten militärischen Interventionen der neuesten Geschichte. Wenn die Leute im gut geheizten Pentagon sie hier so sehen könnten, mit diesen afghanischen Kämpfern, halb *Rambo III*, halb *Star Wars*, würden sie vielleicht doch ein paar Hubschrauber schicken.

Der junge Übersetzer Sammy behandelt die Mujahideen wie alte Bekannte. Er ist offensichtlich nicht zum ersten Mal auf einer Mission. Dass er sich hier gut auskennt, hat er ja bereits durchblicken lassen. Außer ihm spricht keiner der Afghanen Englisch, Zulu schlägt sich mit seinen Farsi-Kenntnissen durch. Der General teilt die Drishtis und die Afghanen auf drei Geländewagen auf. Nun werden sie tatsächlich diesen Plan ausführen, der eigentlich nur als Ablenkungsmanöver gedacht war, und ohne Genehmigung bin Laden im Grenzgebiet zu Pakistan auf dem Landweg einfangen.

Der General führt den Konvoi im vorderen Jeep an. Ryder setzt sich mit Sammy und zwei Mujs auf die Ladefläche des zweiten Fahrzeugs. Der General funkt ihm ins Ohr, das Getriebe jault. Ein paar ganz junge Kämpfer bilden das Schlusslicht. Ryder wird sie bei den Fahrzeugen Wache schieben lassen, als Rückendeckung, wenn es zu Fuß weitergeht.

Sammys schlaksiger Körper und die Sommersprossen erinnern

Ryder ein wenig an sich selbst als Teenager. »Du warst schon öfter da oben?«, fragt er ihn.

»Ja, mit Behrooz-sayb, er hat mir die Höhlen und Gänge gezeigt. Im Sommer kann man über alle Berge sehen. Man muss durch die Wolken steigen, aber es lohnt sich. Es ist wie im Paradies dort.«

Ryder wird übel bei dem Gewackel und der dünner werdenden Luft. Sammy singt eine arabische Version von einem Britney-Spears- oder Alicia-Keys-Song. Er soll die Klappe halten. Der Junge verstummt.

»Wo hast du Englisch gelernt, Sammy?«

»In den Sabari Studios in Kabul.«

»Du klingst wie ein Engländer.«

»Mein Lehrer studierte in London. Sein Name ist Murtaza Sabari, ein berühmter Fotograf. Kennen Sie ihn?«, fragt der Junge.

»Nein, erzähl mir lieber etwas von dem Mädchen, das du heiraten willst.«

»Elham. Sie ist das schönste Mädchen von Kabul.«

»Hast du ein Foto von ihr?«

»Meine Erinnerung ist bunter und wahrer als die Bilder auf Papier.«

»Deine erste Freundin?«

»In LA habe ich viele Mädchen getroffen. Aber mein Herz gehört Elham.«

»In Los Angeles? Kalifornien?«

»Ja, mein Onkel hat mich im Sommer mit nach Amrika genommen. Wir haben gesehen, wie die Türme zusammengebrochen sind in New York. Danach bin ich in mein Land zurückgekehrt.«

»Moment, du warst am 11. September in den USA?«

»Ja, wir haben alles von der Pyramide aus beobachtet.«

Ziemlicher Unsinn, den der Kleine da zusammenspinnt. Der Wagen holpert die Serpentinenstraße hinauf, jede Unebenheit versetzt Ryder einen Stich in den Schläfen, und aus dem flauen Magen wird unerträgliche Übelkeit. Heute macht ihm die Höhe ganz besonders zu schaffen. Er ist nicht allein. Ein junger Mujahid kotzt in die Landschaft und wischt sich mit dem Ärmel über das Kinn. Ryders GPS zeigt an, dass sie über neuntausend Fuß über dem Meeresspiegel sind. Verzweifelt sucht er alle Taschen ab, in der Hoffnung, noch eine Tablette gegen Höhenkrankheit zu finden, erfolglos. Er schließt die Augen und atmet, er muss sich seine Kräfte einteilen.

Wieso, weshalb, warum? Was soll's?

Einer der Afghanen stößt ihn an und sagt etwas auf Dari.

Sammy übersetzt. »Er fragt, ob du an der Bergkrankheit leidest.«

»Das wird schon wieder.« Ryder winkt ab.

Der Afghane holt einen lehmigen Klumpen aus der Tasche, Ryder beäugt ihn misstrauisch. »Was soll das sein?«

Der Afghane plappert weiter.

»Das ist Kräuterpaste, von einer Pflanze«, sagt Sammy. »Gegen den Schwindel. Es beruhigt die Bergkrankheit.«

Ryder schiebt die Hand mit dem braunen Zeug von sich. Der Afghane wackelt mit dem Kopf, schält ein Stück der Paste ab, rollt sie zu einer Schnur und legt sie sich in die Wange. Etwas Spucke läuft dabei aus seinem Mundwinkel. Sammy mustert Ryder.

»Sie leiden wohl gerne, Ryder-sayb. Diese Paste hilft wirklich, der Kämpfer hier ist erfahren. Er hat schon viele Schlachten ausgefochten, mit unserem Helden Massoud. Im Norden sind die Berge noch höher. Aber er ist kein guter Muslim, es ist Ramadan, er sollte lieber fasten.« Der Afghane versteht, worum es geht, und verteidigt sich, aber Sammy ignoriert ihn.

Als Ryder beim Aufstoßen etwas saure Flüssigkeit im Rachen schmeckt, gibt er nach und klopft dem Afghanen auf den Arm. Der pflückt ein Stück von dem Klumpen, knetet es zu einer Perle und rollt es auf Ryders Handfläche. Er erhebt einen Zeigefinger und hält Sammy einen Vortrag, dann zeichnet er in einer Art Pantomime offensichtlich den Verdauungsweg nach.

Der Junge schüttelt angewidert den Kopf. »Lassen Sie die Medizin nicht wie der Mann in Ihrem Mund zergehen. Der Geschmack soll abscheulich sein, hat man mir gesagt. Besser, Sie schlucken alles schnell hinunter.«

»Das ganze Ding auf einmal, wie eine Tablette?«, fragt Ryder.

Der Junge diskutiert weiter mit dem Afghanen, der mit der Hand abwechselnd Arabesken über seinen Bauch malt und auf Ryder deutet. »Inshallah«, sagt der Mann schließlich.

»Der Kämpfer stimmt mir zu: Weil Sie nicht fasten, braucht die Medizin sonst zu lange, um zu wirken, wenn Sie sie im Mund lassen. Also, schlucken Sie ruhig.«

Ryder wirft die Perle ein und spült mit Elektrolyten nach. Allein der Akt sorgt schon dafür, dass er sich besser fühlt.

Ein paar Minuten später späht Sammy über die Fahrerkabine nach vorne und zeigt auf einen Felsen am Wegesrand. Er sagt, dass sie hier abbiegen müssen, und Ryder verständigt den General. Der Konvoi hält kurz an und holpert dann vom Weg ab. Ohne sich umzudrehen, hält der General zwei Finger zum V gespreizt nach oben, seine silbernen Haare blitzen in der Dämmerung. Er funkt Ryder ins Ohr: »Wir werden Geschichte schreiben.«

Ryders Kopfschmerzen und die Übelkeit lassen tatsächlich nach. Alles wird gut. Er ist am richtigen Ort zum richtigen Zeitpunkt. Die Regierung wird am Ende so tun, als sei es ihre Idee gewesen, und die Lorbeeren ernten. Kann Ryder nur recht sein. Niemand wird seinen Namen erfahren, aber der Name der Operation ist immerhin ein Tribut an ein Mädchen und auch an ihn.

Die Sonne ist hinter der Gebirgskette untergegangen und bringt nur noch die schneebedeckten Gipfel zum Glühen. Deren kantige Silhouette setzt sich scharf vom farbigen Himmel ab, wie in HD. Die Fahrt ist jetzt erträglicher, der Wagen hat sich angenehm eingeschaukelt. Ryder ist auf einmal ganz schläfrig. Er muss sich zusammennehmen!

Wieso, weshalb, warum? Was soll's?

ATMEN!

Funken blitzen. Sterne? Flüstern im Ohr. Lautloses Weiß.

Eine Explosion.

Der Toyota in der Luft. Ein siedender Windstoß bläst Ryder in die Finsternis. Autoteile toben herum. Sammy vor ihm, ein Kind.

Ryder wirft sich auf ihn, begräbt ihn unter seinem Körper. Etwas Spitzes vergräbt sich in sein Bein. Die Luft ist bleiern.

Die Uhr tickt. Zeit vergeht. Tick Tack.

In Deckung hinter dem umgekippten Toyota. Sammys grüne Augen, starr und nass, aber lebendig, flehen Ryder an. Silhouetten tanzen im Feuer.

Wieso, weshalb, warum?

Weiteratmen.

Was soll's?

Der lodernde Himmel zischt erneut. Noch eine Detonation. Vielleicht ein Echo? Der schiefe Boden bebt, das bisschen Boden, das noch übrig ist, Sammy zittert mit. Blitze und mächtiges Donnern, immer näher. Viel zu nah. Der Junge flackert im Blitzlicht, das blutüberströmte Gesicht vom Grauen entstellt. Er schreit Ryder an, aber der hört nur weißes Rauschen.

Sein Bein blutet. Der Junge bindet die Jacke darum, der Drache trinkt das Blut. Ryder zählt Hände und Beine. Zwei Beine, Füße in Stiefeln. Er kann sie bewegen. Arme, Hände, zehn Finger spielen Luftklavier. Alles dran und beweglich. Mit aller Kraft richtet er sich auf. Das Drachenbein gibt nach, aber der Junge stützt ihn, und sie humpeln den Abhang hinab. Dort sind die Bäume weggeblasen wie Watte. Eigenbeschuss, freundliches Feuer.

Schon durchkreuzen wieder stumme Bomber den fahlen Himmel. Der Puls hämmert in Ryders Ohren, der Junge zerrt ihn weiter. Baumstämme stellen sich in den Weg, Äste, Felsen. Eine Höhle. Der Junge stolpert hinein, lässt sich und mit sich Ryder fallen. Beide werden vom Gestein verschluckt.

Kälte kriecht durch den milchigen Nebel zu ihnen herab.

Eine Erinnerung nimmt Gestalt an. Kellogg in seinem Lady-Liberty-Kostüm an Halloween, Blut am Hals. Ein Frauenchor in seidigblauen Burqas singt eingängigen Pop. Katies Stimme. Lady Liberty sinkt in eine Blutlache, ihre Hilferufe werden von dem Disco-Gospel übertönt. Ryder harrt in der dunstigen Dusche.

Zzzwwwiiirrrschhhhh!

Vorhang.

Die Stimmen des Chors schwellen zum Refrain. Ryder singt mit, wirft sich in die Melodie wie in die Brandung des Ozeans.

Survivor! Oh ohhhh oh oh ohhhh!

Ryder erwacht in Afghanistan, tief in dem Gebirge mit dem Comic-Namen Tora Bora. Sein Kopf liegt im Schoß des Jungen mit den Sommersprossen, ganz allein in der Höhle. Eine RPG zischt draußen. Dann ist es wieder ruhig. Schneeflocken tanzen in der Öffnung zum Himmel. Wie kalt es hier ist. Wie kalt ihm ist. Ryder hat Durst.

»Wo sind die anderen?«, hört er seine Grammophonstimme sagen.

»Märtyrer. Amrikaner und Afghanen, alle tot. Es war eine riesige Bombe, mächtig.« Das Blut in seinem jungen Gesicht ist getrocknet, sein altmodischer Leinenhelm verkrustet. Er sitzt kerzengerade, das Gewehr auf dem Rücken.

»Wie lange noch?« Ryder weiß selbst nicht, was er meint.

»Bis die Amrikaner aufhören, uns zu bombardieren.« Der Junge klingt müde.

Ryders Gedanken bewegen sich nur langsam durch den weichen Brei in seinem Kopf, an der Stirn kommen sie zu einem stumpfen Schluss.

Bin Laden ist entwischt.

Drishti ist den eigenen Leuten ins Messer gelaufen. Er hätte es wissen müssen. Das Risiko. Ryder hat sich verführen lassen. Von seinen Ambitionen und jenen des Generals.

Der General. Sein Körper auf dem Boden, die zerfetzte Kleidung, versengtes Fleisch, die entblößte Männlichkeit. Dünne Luft.

Der Junge muss weitersingen, er darf nicht aufhören. Auf keinen Fall. Endlich erkennt Ryder das Lied. Mit aller Kraft löst er die Zunge vom trockenen Gaumen.

»Destiny! Es ist Destiny's Child!«

SAMEER
TORA BORA

»DESTINY'S CHILD!«, krächzt der Amrikaner, sein Kopf liegt schwer in meinem Schoß. Endlich ist er aufgewacht! Er war so lange bewusstlos, dass ich schon befürchtet habe, ich hätte ihm zu viel von der Mohnpaste gegeben.

Die Explosion war zuerst ganz leise, überraschte sogar die Mujahideen. Der Wagen vor uns wurde in den Himmel geschleudert wie eine Streichholzschachtel, die Luft brannte wie der heiße Atem eines bösen Jinns. Aber es war nicht das Werk meiner listigen Jinniya, es war gottlose, stumpfe Gewalt. Etwas schlug mir ins Gesicht, eine blutige, nasse Hand, und weder eine Person noch Absicht war mit der Ohrfeige verbunden. Der Amrikaner warf sich schützend auf mich, seine Augen sahen direkt in meine, und als sein Bein getroffen wurde, blinzelte er nur tapfer. Erst als ich ihm das heiße Metall aus dem Oberschenkel zog, schrie er wie ein Tier. Aus Angst, er würde verbluten, habe ich ihm meine Drachenjacke um das Bein geknotet. Der Drache hat sein Blut getrunken. Mirwaïs' erstarrte Augen sahen zu uns herüber. Ich überwand meine Furcht, strich sie ihm zu und nahm mir seine Jacke. Er wog schwer wie ein Fels.

Der Amrikaner und ich nutzten einen kurzen Moment der Stille, um zu fliehen. Überall lagen gemarterte Körper, der kopflose Rumpf eines amrikanischen Kämpfers lag wie ein Sack Reis auf dem Boden, aus der Schulter eines Mujahids lief Blut, sein Gesicht war versengt und nicht mehr zu erkennen.

Ich schleifte den Amrikaner den Berg hinab, und als die Flugzeuge wiederkamen, versteckte ich mich mit ihm in der Höhle. Erst hier habe ich bemerkt, dass ich einen Kratzer am Kopf abbekommen hatte. Das Blut war schnell gestillt mit dem Schal aus Mirwaïs' Jacke. Darin habe ich auch den Klumpen Opium gefunden. Ich habe einen Teil davon zu einem Faden gerollt und ihn dem Amrikaner in den Mund gelegt, damit er sich beruhigt und die Schmerzen gelindert werden. Es scheint zu wirken.

Mein Amrikaner und ich, wir sind die einzigen Überlebenden, glaube ich. Ich weiß nicht, warum ich ihn mitgeschleppt habe. Wahrscheinlich um nicht allein zu sein. Vor langer Zeit, auf dem Weg zu Massouds Beisetzung, hat mir Mirwaïs erklärt, was es mit den amrikanischen Kriegern auf sich hat. Die Ungläubigen werden nicht belohnt, wenn sie im Kampf fallen. Kein Paradies erwartet sie, kein Palast aus Perlen, keine Flüsse aus Milch und Honig. Keine Jungfrauen. Deshalb halten die amrikanischen Soldaten so verbissen an ihrem Leben fest. Der Tod eines Amrikaners bringt weder Stolz noch Ehre, nur Schmerz und Scham. Für die arabischen Mujahideen gilt jeder lebendige Amrikaner als fette Beute, aus der man Bargeld pressen kann für den Jihad. Der Mullah hat immer betont, wie unislamisch das sei. Ich muss meinen Amrikaner am Leben erhalten, ihn beschützen, so wie er mich beschützt hat. Er ist mein Gast, meine Verantwortung, ich werde ihn nicht verkaufen.

Wusste Behrooz, dass die Ungläubigen unter Beschuss kommen würden? Wusste er von den Bomben und wollte deshalb nicht, dass ich mit ihnen gehe? Vielleicht war es andersherum und er wollte insgeheim, dass es mich erwischt, damit er seine Tochter mit dem alten Esel verheiraten kann. Onkel Hasir war es, der nicht wollte, dass ich mitgehe. Er wollte mich scheinbar schützen. Aber warum hat er mich Englisch lernen lassen? Für eine Mutter, die es nicht gibt? Der Onkel wollte sicher nicht, dass ich die Sprache lerne, weil es die Zukunft ist. Es gibt keine Zukunft. Die Zukunft ist dasselbe wie das Jetzt und die Vergangenheit. Es gibt noch nicht einmal Hoffnung. Alles ist unvollkommen, unergründlich und nichts ist greifbar.

Die anderen Mujahideen tummeln sich vermutlich schon im Paradies. Ich sollte mich inzwischen daran gewöhnt haben, im Stich gelassen zu werden. Ich werde immer eine Waise bleiben. Verwaist vom Guten wie vom Bösen, vom Tag und von der Nacht, von Geist und Mensch, von Vater und Mutter, niemand bleibt mir treu.

Nicht mal der Tod will mich haben.

Bald wird die Dezemberkälte mich besiegen. Wir harren schon zu lange in diesem Loch aus, aber gemeinsam sind wir zu schwach, um zu fliehen. Ich kann ihn hier nicht verenden lassen. Da draußen erwartet uns die Hölle. Bei Tageslicht können uns die Flugzeuge sehen, nachts würden wir uns verlaufen, außerdem traue ich meinen müden Beinen nicht mehr. Da nützen auch meine unantastbaren Gedanken nicht. Meine Gebete sind verstummt. Nur Destiny's Lied macht mir Mut. Ich bin noch da. Stärker, wenn auch nicht reicher, aber besser. Ich bin kein Held, aber noch bin ich ein Überlebender, ein *Survivor*. Und ich bin nicht allein.

Der Amrikaner bewegt sich in meinem Schoß.

»Destiny?«, haucht er noch einmal.

»Ja, Destiny's Child. Schicksalskind. Unser Schicksal steht geschrieben.« Atemwolken schweben vor meinen Lippen, funkelnd wie der Schnee.

Der Amrikaner blinzelt aus glasigen Augen. »Das sind Engel, diese Girls.«

»Ich habe sie im Sommer in LA getroffen. Wenn ich an sie denke, wird mir immer ganz warm. Mein Onkel und ich haben in einem vornehmen Schloss gewohnt, dem Chateau Marmont.«

»Das Hotel, verrückt.« Der Amrikaner wird etwas lebendiger.

Der Luftangriff der Ungläubigen donnert noch immer über die Berge. Durch die ovale Öffnung an der Höhlendecke scheint der Mond am wolkenlosen Nachthimmel. Wie das Auge des Universums, das über uns wacht. Uns steht wieder eine kalte Nacht bevor. Wenn ich einschlafe, werde ich erfrieren. Wie kann Allah das alles zulassen? Ich muss wach bleiben. Ich sollte dem Amrikaner eine Geschichte erzählen. Sie wird uns die Zeit vertreiben und uns am Leben halten. Beide.

»Meine Mutter war eine begabte Studentin der Literatur an einem feinen französischen Lycée, als ein sowjetischer Soldat über sie hergefallen ist. Ihre Ehre war für immer beschmutzt. Man ließ mich leben und gab mich einer anderen Frau, aber auch die wollte nicht, dass ich ihrer Familie Unheil bringe mit meinem teuflischen Blick, und so wurde ich erneut verstoßen. Ich kann mich an keine von meinen Müttern erinnern. Im Waisenhaus haben sie behauptet, meine Mutter sei tot, eine tote Hure. Eine Zeit lang habe ich geglaubt, dass sie gesteinigt wurde. In meinen Träumen sah ich ganz deutlich, wie sie im Ghazi-Stadion vom hasserfüllten Pöbel mit spitzen Steinen beworfen wurde, bis ihre Burqa vom Blut durchtränkt war und ihr Herz verstummte. In meinen Träumen musste meine Mutter tausend Tode sterben. Ich wusste oft nicht, wen ich mehr hassen sollte, den Sowjet, die Männer, die sie gesteinigt haben, oder meine Mutter, dafür, dass sie sich nehmen ließ. Am meisten hasste ich mich selbst. Aber die Schande ließ sich nicht verbergen.«

Wieder zischt ein Flugzeug über den Himmel, wieder schlagen die Bomben ein. Wir werden hier nicht mehr herauskommen.

»Letzten Sommer hat mir mein Englischlehrer ein Foto von meiner Mutter gezeigt. Sie war wunderschön und berühmt für ihre Intelligenz, es sprach sich bis nach Los Angeles herum. Ein Produzent hielt um ihre Hand an, obwohl er von Stars und berühmten Sängerinnen in Hollywood umgeben war. Sie zog nach LA und wurde als Schauspielerin bekannt. Mein Onkel hat mir ein Flugticket gekauft, uns ein Zimmer im Chateau Marmont gemietet, und wir haben sie in Hollywood besucht. In ihren Filmen springt sie leichtfüßig über die Wipfel von Bambushainen und gleitet über die Oberfläche von Seen. Mit jedem Schwertschlag verteidigt sie menschliche Tugenden. Sie ist ein guter Mensch, eine Überlebende, genau so, wie es in dem Lied von Destiny's Child beschrieben wird.«

Bittere Lügen, aber mein Amrikaner hat nicht die Kraft, sie zu durchschauen, nur ein träges Licht flackert hinter seinen halb geschlossenen Lidern.

»Erzähl weiter!«, sagt der Amrikaner unter seinem flachen Atem. »Bitte!«

»Weil es in LA keine Muezzins gibt, beten die Menschen in der Heiligen Moschee des Rap und zu den Gesängen von Destiny's Child, den Mädchen mit den himmlischen Stimmen.«

»Engel«, flüstert der Amrikaner.

»Auf meiner Reise habe ich mich mit vielen angefreundet. Eine Flugbegleiterin hat mir eine riesige Packung M&M's geschenkt, ich habe die grünen aussortiert, der Farbe des Islam, und sie meinen Freunden im Waisenhaus mitgebracht. Ich habe gerecht mit allen geteilt. Jedes M&M stand für eine *malaika*, einen der Engel, den die heiligen Krieger im Paradies erwarten. Der Mullah hat mich gepriesen.« In Wahrheit sind die M&M's schon in LA geschmolzen. Der Onkel hat sie achtlos weggeworfen, mir neue versprochen, aber die Sache gleich wieder vergessen.

»Im Chateau Marmont erfüllten uniformierte Diener alle meine Wünsche, sie verwöhnten mich wie einen Kalifen und überhäuften mich mit Geschenken. Stifte, Taschen, Briefpapier. Sie servierten Delikatessen, die sie unter silbernen Kuppeln hervorzauberten. BLT, Pommes frites und grüne Eiscreme.«

Ich versuche mich an den süßlichen Geschmack von dem Speck zu erinnern, an die heißen Kartoffelstreifen. Aber mein Mund ist hohl und kalt wie das Loch, in dem wir uns verkrochen haben.

»Das Hotel lag in einem verzauberten Garten mit üppigen Blumen, und an jedem Baum hingen verführerische Früchte, wie im Paradies. Als ich nachts im Swimmingpool auf und ab schwamm, wie es dort Brauch ist, lernte ich meinen Freund Spike und seine Frau kennen. Spike gab mir später die Drachenjacke, als ich ihn beim Duell im Wasser besiegte.«

Ich schäme mich nicht, den Amrikaner anzulügen. Für einen Moment glaube ich selbst, dass ich schwimmen kann. Vielleicht kann ich es ja, ich hätte es versuchen sollen. Wenn Elham und ich heiraten, werde ich sie mit nach LA nehmen und wir werden gemeinsam schwimmen.

»Die Frau meines Freundes Spike hatte sehr weiße Haut und rot bemalte Lippen. Wir haben zusammen im Wasser gespielt, zu dritt. Spike hat seine Frau geküsst auf den Mund, einfach so, vor allen Leuten, und es war kein Problem. Niemand dort war bewaffnet, und ich habe nie Schüsse gehört. Es war eine gelungene Reise.« Auch wenn ich die versprochene Mutter nie getroffen habe.

»Klingt nach einem feinen Ausflug«, murmelt der Amrikaner.

»Mein Bruder Rafiq hat mir beigebracht, wie man in Hollywood betet. Er hat mir tanzen und singen beigebracht, wie es sich zu den modernen Liedern gehört, und mich auf ein Konzert von Destiny's Child mitgenommen. Während der Zeremonie nahm mich die Sängerin mit dem rötlich schimmernden Haar mit auf die Bühne. Im Rampenlicht küsste sie mich. Der Geschmack der Kirsche floss zwischen unseren Zungen hin und her.«

Alles ist Lüge, aber hier in der Hölle tut es niemandem weh.

»Die Sängerin ist auch Muslimin, auch sie hat einen sowjetischen Vater. In LA waren wir Bruder und Schwester des islamischen Glaubens. Mein Bruder Rafiq sagte, die Sängerin und ich seien füreinander bestimmt und ich solle sie heiraten, aber ich habe allen klargemacht, dass mir Elham bereits versprochen wurde, das schönste Mädchen Kabuls. Sie ist so intelligent und diszipliniert.«

Ich habe manchmal das Gefühl, als hätte ich schon unzähligen Leuten von Elham vorgeschwärmt. Vielleicht bilde ich mir das nur ein.

»Musik erfüllt die Menschen mit Liebe, deshalb lebt ihr Amrikaner in eurem Land friedlich miteinander.« Das ist mir erst klar geworden, seit ich wieder hier bin, wo alles von Furcht und Schrecken überschattet wird. Hätte ich doch nur vor meinen Landsleuten nicht so schlecht über die Amrikaner gesprochen. Das rächt sich jetzt. Ich wünschte, ich könnte den Mann mit Antibiotika und schneeweißer Watte heilen.

»An was erinnerst du dich noch?«, fragt er.

»In Amrika dürfen die Frauen so viel reden wie die Männer, sie sind überall dabei. Männer und Frauen lachen gemeinsam, bedanken sich ohne falsche Bescheidenheit und nehmen einander in die Arme. Die Süße des Paradieses darf man dort schon im Leben erfahren. Eines Tages fuhren wir in eine Oase in der Wüste und zogen in eine Pyramide. Der Stolz unserer ägyptischen Brüder wurde dort nachgebaut, und zwar nicht als Grabmal, sondern als Zufluchtsort für die Lebenden. Dort zeigten sie im Fernsehen die Nachrichten von den Flugzeugen, die in die Türme in New York flogen. Die Türme waren auch eine Art Weltwunder. Mein Onkel und ich, wir haben zugesehen, wie sie zusammenkrachten, wie der Höllenstaub die Menschen verschlang. Es war das Werk des Teufels.«

Meine Geschichten haben mich ausgezehrt. Aber ich muss wach bleiben. Ihm zuliebe. Mir zuliebe. Elham zuliebe.

Also zitiere ich die unvergesslichen Worte des Präsidenten George W. Bush. »Auch wenn ich gehe im finsteren Tal, ich fürchte kein Unheil, denn Du bist bei mir, Dein Stock und Dein Stab, sie trösten mich.«

Ich bin auch heilfroh, nicht allein zu sein in diesem Tal des Todes.

»Nach ein paar Tagen hat mich mein Onkel zu einem anderen Hotel mitgenommen. Amrikaner geben ihren Männern vor dem Heiligen Krieg einen Vorgeschmack aufs Paradies, damit sie den Tod nicht fürchten müssen. Mein Onkel hatte eine Jungfrau für mich gewählt, die berühmt war für ihre Talente. Ihr Name war Wamblee, das Wort für Adler. Wie mein Onkel rauchte Wamblee gerne die Pfeife. Jedes ihrer Augen leuchtete in einer anderen Farbe.«

Der Amrikaner regt sich.

»Wamblees Zimmer war in rotes Licht getaucht und roch nach magischen Essenzen. Wamblee sagte, ich solle mich ausziehen, und begann zu tanzen. Sie bewegte sich noch verführerischer als Destiny's Child, geschmeidig wie eine Schlange. Sie kam ganz nah an meinen Körper und inspizierte meine Haut mit ihren zweifarbigen Adleraugen. Ohne Abscheu. Ich fragte sie, ob es genügend Zahlen auf der Welt gibt, um alle meine Sommersprossen zu zählen. Sie strich mit ihren Fingern über meinen Körper und begann zu zählen, einen Punkt nach dem anderen.«

»Wamblee«, haucht der Amrikaner durch zitternde Lippen, Schweißperlen bilden sich auf seiner Stirn, und er stöhnt vor Schmerz. Ich gebe ihm noch etwas Opium. In der Ferne donnern noch immer die Luftangriffe der Ungläubigen. Dann zieht der Schlaf mich doch in seine Tiefen.

Etwas jagt mich aus dem Schlummer. Ich kann nichts hören, nichts sehen. Es muss die Stille sein, die mich geweckt hat. Keine Bomben mehr. Ich spüre den flachen Atem des Amrikaners an meiner Hand. Vorsichtig klettere ich aus der Höhle, der kühle Schein des zunehmenden Mondes erhellt die Landschaft schemenhaft. Etwas abwärts stehen noch Bäume, und dort verläuft tatsächlich der Feldweg ins Tal. Plötzlich höre ich eine Stimme, ein schwaches Licht flackert, und die Silhouette eines Mannes verschwindet in einem Unterschlupf. Ich traue mich nicht einmal zu atmen, nur mein Herz hämmert weiter. Der Mann hat mich nicht bemerkt und spricht mit anderen, leise, aber der Tonfall ist untrüglich. Auch das müssen Amrikaner sein. Da gehört mein verwundeter Kämpfer hin.

Wenn die Araber von Al-Qaida ihn in die Finger bekommen, kidnappen sie ihn, schneiden ihm den Hals auf und lassen ihn vor der Kamera ausbluten. Massouds Kämpfer würden ihn verrotten lassen wie ein sowjetisches Schwein ohne Namen. Die Taliban würden ihn ohne zu zögern erschießen. Es ist würdelos, den Mann in Gefangenschaft zu halten. Er gehört nicht hierher, ich will ihn nicht länger leiden sehen. Wir sind Brüder geworden hier im Schlachtfeld, aber ich muss mich von ihm trennen, ohne dass die Fremden mich bemerken, sie werden mir nicht trauen. Wer weiß, was sie mit mir anstellen.

Zurück in der Höhle, löse ich die eingetrocknete Drachenjacke von seinem Bein und ziehe sie mir unter die Weste. Ich wickle Mirwaïs' Schal um die Wunde am Bein des Amrikaners. Nach langem Zureden gelingt es mir, ihn auf die Beine zu stellen und aus der

Höhle zu bewegen. Auf mich gestützt, schafft er es ganz in die Nähe des Feldwegs, dann bricht er wieder zusammen. Ich füttere ihn mit dem Rest des Opiums und massiere seine Wange, bis er erschlafft.

Bei Dämmerung zerre ich ihn auf den Pfad. Wie ein kleines Kind liegt er da, unschuldig zusammengerollt. Der Abschied tut weh, und ich fürchte mich vor dem Alleinsein, aber es steht geschrieben.

Ich werfe ein paar Kiesel in Richtung des Verstecks. Als sich keiner rührt, imitiere ich den Schrei eines Adlers. Erst als ich einen größeren Stein hinüberschleudere, werden die Amrikaner aufmerksam. Auf schwachen Beinen mache ich mich davon, stolpere den steilen Abhang hinab in den dichten Frühnebel, Geröll poltert mir hinterher. Ein Schuss hallt zwischen den Bergen wider. Sie müssen mich gesehen haben. Rufe, dann zischen mehrere Geschosse nah an mir vorbei und reißen Löcher in die Baumstämme. Eine einzige Kugel zerfetzt die Ohrenklappe meiner sowjetischen Kopfbedeckung, Äste schlagen mir ins Gesicht. Als ich stürze, greift mir meine Jinniya unter die Arme und trägt mich weiter, tiefer in die Wildnis, bis die Schüsse verstummen.

Ich wünschte, Elham würde an mich denken, hier in der Einsamkeit. Bald wird sie erfahren, dass ich dem Tod davongelaufen bin. Dass ich entkommen bin. Dass ich überlebt habe. Ihretwegen.

HASIR ZAMAN
KABUL

MAXINE DELACROIX DURCHQUERT die Lobby und reißt sich ungehalten den staubigen Schal vom Kopf. Ihr Redakteur, ein fülliger Herr, dessen tief aufgeknöpftes Hemd eine behaarte Brust zeigt, hastet ihrem erhobenen Zeigefinger nach. Delacroix faucht auf Französisch: »Bestimmt ist er Undercover-CIA. Sie behaupten zwar, dass er ein Hippie oder Junkie ist, der sich beim Wandern verlaufen hat, aber in Tora Bora treten sich doch Geheimdienst, Soldaten, Journalisten und Mujahideen gegenseitig auf die Füße. Sie behaupten tatsächlich, er sei zufällig in das Flächenbombardement hineinspaziert. Rein zufällig!«

Du horchst auf.

»Das glauben die doch selbst nicht«, sagt der Redakteur.

Du machst kehrt und folgst den Franzosen zum Aufzug. Sie unterbrechen kurz ihr Geflüster, als du sie mit einem lokal gefärbten Salaam aleykum grüßt. Wenn du nicht größere Probleme hättest, würdest du es als Beleidigung empfinden, dass sie dich nicht als französischen Landsmann erkennen.

Delacroix drückt ungeduldig nach dem Aufzug. »Ich habe mir den behandelnden Arzt vorgeknöpft, er hat ihm gerade noch das Bein retten können. Wundbrand. Der Arzt meint, der Wanderer habe eine heftige Dosis Heroin im Blut gehabt. Scheint, als sei er völlig meschugge, sie konnten keine sinnvollen Informationen aus ihm herausbringen.«

»Wie kommst du darauf, dass er Amerikaner ist?«

»Ich bin mir hundertprozent sicher«, sagt Delacroix. »Im Lazarett bestreiten sie das so vehement, dass er einer sein muss. Da wird etwas vertuscht.«

Die Aufzugtür öffnet sich, und du steigst mit den beiden ein.

»Ein amerikanischer Patient!«, sagt der Redakteur. Er zieht leicht den Bauch ein und betrachtet sich in der Reflexion der Edelstahlkabine.

Ein Japaner stellt sich mit einer Verbeugung in die Aufzugtür und verzögert die Abfahrt. Delacroix verdreht die Augen. »Entscheiden Sie sich, rein oder raus«, sagt sie auf Französisch mit einer ungeduldigen Handbewegung. »Aber das ist noch nicht alles. In seine Unterwäsche sollen Swastikas eingestickt sein.«

»Das wird ja immer besser, Maxine. Und der Typ war ganz allein?«

»Im Delirium soll er nach einem Sammy gefragt haben, klingt auch nicht gerade spanisch, sie behaupten, es sei sein Wanderkumpel. Von diesem Sammy gibt es allerdings bisher keine Spur.«

Die beiden Franzosen verlassen den Aufzug. Du fährst weiter bis zum fünften Stock. Im Korridor gehst du die bruchstückhaften Informationen durch. Ein Amerikaner, wahrscheinlich CIA, Tora Bora, Heroin, Swastikas. Seltsame Fragmente. Könnte eure Mission damit gemeint sein? Gibt es mehrere geheime Einsätze gleichzeitig da oben? Wäre das nicht gefährlich? Wurden eure Mujahideen bereits entsandt? Du brauchst dringend mehr Informationen. Du musst sofort mit Behrooz sprechen. Er hat sich zu lange nicht gemeldet.

In deinem Zimmer erschrickst du, als du Spencer selbstzufrieden auf dem Sofa sitzen siehst. Mark und er haben sich wieder einmal selbst hereingelassen. Spencer hält die Hände im Nacken verschränkt, zwei dunkle Schweißflecken unter den Armen. Sein Deo hat versagt. »Wie wär's, wenn Sie uns verraten, was hier wirklich abläuft, Henry.«

Bisher sei ja noch nicht viel geschehen.

»Warum haben Sie uns angelogen?«

Das würdest du nicht wagen. Das Leben deines Neffen stünde auf dem Spiel.

Ihr Auftritt muss etwas mit Delacroix' Patienten zu tun haben.

»Sie haben uns angelogen, Henry. Was Ihren Neffen anbetrifft.«

Du seist allenfalls kreativ geworden, was seine Papiere anbelangt.

»Ihr Neffe ist nicht das unschuldige kleine Waisenkind.«

Spencer lässt aus einem Briefumschlag ein Dutzend vergrößerte Bilder auf den Glastisch gleiten. Die Bilder zeigen Sameer in den Bergen, an einem Fluss, im Sonnenschein. Sameer, umgeben von bewaffneten Mujahideen, eine Menschenmenge in einem Tal, so weit das Auge reicht, es kann nur Massouds Trauerfeier sein. Sameer trägt eine Waffe am Rücken, ein Maschinengewehr, wie Teenager andernorts einen Tennisschläger. Du erkennst die Ärmel von der Jacke mit dem Drachen.

Mark deutet ungeduldig auf die Fotos. »Wo hat er die Kalaschnikow her? Von Ihnen? Und die Kinder aus dem Waisenhaus, unterstützen Sie die auch mit Waffen? Das Waisenhaus sieht uns mehr und mehr nach einer Kaderschmiede aus.«

Das Foto sei von Massouds Beerdigung, sagst du. Du hättest nicht gewusst, dass Sameer dort war.

Der Junge scheint die Männer zu kennen, für dich sind es Fremde. Sameer muss direkt nach der Rückkehr aus den USA in den Norden gereist sein. Hat er womöglich ein Leben, von dem du nichts weißt?

»Tun Sie doch nicht so überrascht, Henry. Sameer wurde seit Jahren radikalisiert. Von Leuten, die Sie bezahlt haben.«

Das Begräbnis Massouds habe deiner Meinung nach wenig mit den Gotteskriegern von Al-Qaida oder den Taliban zu tun.

»Ihre Meinung interessiert uns nicht, wir bevorzugen Fakten.«

Du könntest dir vorstellen, dass der pakistanische Geheimdienst bin Laden inzwischen über die Grenze geschleust hat, sagst du im verzweifelten Versuch, etwas Konstruktives von dir zu geben.

»Sie haben ein bisschen nachgeholfen, nicht wahr? Dieses aufwendige Netzwerk aus Höhlen und Pfaden da oben in Tora Bora haben Sie nicht ohne Grund ausbauen lassen. Wächst ja nichts dort.«

Jetzt schaltet sich Spencer zu. »Architektonisch beeindruckend, wenn man bedenkt, wie hoch das liegt und wie schlecht die Verkehrsanbindung ist. Etwas rustikal die Höhlen, aber ingenieurtechnisch vom Allerbesten. Tunnels im Gesteinsmassiv, Generatoren, Waffenlager. Hab ich was vergessen?«

Das sei ein Hirngespinst, das sich CNN ausgedacht hat. Mit den Leuten beim Sender sei die Phantasie durchgegangen. Tora Bora sei keine ausgetüftelte Indiana-Jones-Siedlung, kein Shangri-La im Hindukusch. Dort sei nichts ausgebaut, es gebe keinen Strom und keine Generatoren, keine einzige verlässliche Landkarte. Selbst Ansässige würden sich dort verlaufen. Die Mujahideen verrichteten ihre Notdurft in den Ecken. Fremde vertrügen die Höhenluft nicht. Es sei kalt dort oben, karg, und die gesamte Gegend von Erdbeben geplagt. Viele der Natursteinhöhlen seien eingestürzt. In den verdreckten Löchern bekämpften sich seit Jahrhunderten verfeindete Clans, und keiner wisse mehr, worüber gestritten wird. Die Nachrichtensender würden die Jagd nach Osama bin Laden als Abenteuerproduktion aufbereiten, Angst schüren und damit teure Sendeminuten verkaufen. Das alles sei schamlose Propaganda. Kriegsgewinnler seien das. *Afghanistan Now!*

»Lassen Sie die Kommunikation unsere Sorge sein, Henry.« Spencers Teint ist noch röter als sonst.

»Unser Team ist in eine Falle geraten.« Mark hält eines der Fotos von deinem Neffen hoch. »Ihr Neffe hat sie da hineingelockt. War das Ihre Idee?«

Unsinn, du würdest niemals ein Kind ins Schlachtfeld schicken.

»Er war dabei, als Übersetzer.«

Sameer? Dein Herz stolpert. Der Vermisste namens Sammy.

»Unsere Leute haben schweres Geschütz in den Bergen abgeworfen. Ich kann mir nicht vorstellen, dass man da ganze Körperteile finden kann.« Spencer kratzt sich den Hals auf. »Wir suchen in dem Chaos gerade nach bin Ladens DNS. An Ihrer Stelle würde ich mir keine großen Hoffnungen machen, was Ihren Neffen angeht. Sie haben das ja gesehen im Fernsehen.«

Aber Sameer war doch nicht in Tora Bora.

»Behrooz hat uns aufgeklärt. Er hat uns endlich die Wahrheit gesagt über Ihren Neffen. Alles.« Mark klopft dir mitleidig auf die Schulter.

Du schlägst seine Hand weg. Was genau Behrooz gesagt habe?

»Ich bin mir sicher, dass ihm noch mehr einfällt, jetzt, wo wir ihn mit dem Learjet in die Ferien geschickt haben.« Spencer sieht auf seine Casio. »Er wird in wenigen Stunden am Roten Meer landen. Sagenhafte Strände dort.«

Sie bluffen. Was er gesagt habe?

»Wir haben ein volles Geständnis.«

Sie hätten kein Recht …

Spencer unterbricht dich. »Genau so hat er das auch formuliert! Zuerst. Dann hat er doch alles zugegeben. Wir mussten nur minimal Druck ausüben, bis er die Kontrolle über seine Körperfunktionen verlor. Geht vielen so.«

Bitte. Sie sollten dir endlich sagen, was mit dem Jungen ist.

Einer von Marks Pagern blinkt, er erhebt sich. »Hören Sie, Henry, wenn wir eine Spur von Sameer im Geröll da oben finden, dann sind wir quitt, aber wenn wir ihn lebendig finden, ist er fällig.« Er drückt dir das Foto von Sameer auf dem Panzer in die Hand. »Ein Andenken aus glücklichen Tagen.« Die beiden verlassen die Suite. Du willst ihnen hinterherrufen, bekommst aber keine Luft.

Mit zitternden Händen wählst du Behrooz' Nummer. Wieder und wieder drückst du die Tasten. Du bist als Nächster dran. Sie werden dir die Augen verbinden, dich in eine ihrer geheimen Militärmaschinen verfrachten und zu einer ihrer Folterkammern auf der Arabischen Halbinsel fliegen. Vielleicht ist das der richtige Augenblick, um aufzugeben. Lange bist du davongelaufen, nun haben dich Familie und Heimat doch eingeholt, und du hast womöglich ausgerechnet denjenigen auf dem Gewissen, den du retten wolltest.

Zeit, sich endgültig aus diesem mangelhaften Leben zu verabschieden. Auf dem Balkon erwägst du, in die Tiefe zu springen. Der Pfad aus Betonplatten, der das Hotel umringt, ist von Gestrüpp überwuchert. Aber selbst dazu bist du zu feige. Du würdest den Sturz möglicherweise überleben. Vielleicht als Krüppel.

Drinnen klingelt das Telefon. »Sie reisen heute Abend ab, Henry. In Paris werden Sie den Ball schön flach halten, bis wir Sie kontaktieren. Es wird ein gründliches Debriefing geben. Kein Zuckerschlecken, so viel können wir Ihnen versprechen.«

Paris. Ein anderer Planet.

Und wenn sie den Jungen fänden? Sie hätten dir ein Versprechen gegeben.

»Unsere Versprechen gelten in erster Linie unseren Steuerzahlern. Versuchen Sie bloß nie wieder, kreativ zu werden, Henry. Hat Ihnen schon einmal jemand gesagt, was für ein grandioser Versager Sie sind?«

Ein Klicken am anderen Ende. Du hältst den Hörer noch ein wenig am Ohr, lässt das Freizeichen das Vakuum füllen.

LEUTNANT RYDER
KABUL – LANGLEY

UNBEKANNTE ZEITEINHEITEN VERSTREICHEN. Tick Tack. Berge und Täler werden durchwandert, Territorien überquert, Gewässer durchkreuzt, Lüfte erklommen, Autos, Helikopter, Flugzeuge, Maschinen bestiegen und wieder verlassen. Landschaften verwischen in lärmenden Fahrzeugen. Es wird angekommen, entkommen, abgehoben, abgestiegen, eingeschifft. Auf den Beinen anderer. Ein Zelt, ein Krankenhaus, eine Baracke, ein Keller, ein Schlafsaal. Fenster werden vor seine Welt geschaltet.

Ein Ozean glitzert, vielleicht sind es Sterne.

Die Schmerzen sind unerträglich. Er ist allein mit ihnen. Die Fremden wollen ihm nichts gegen die Schmerzen geben. Wegen der Drogen. Sie ziehen seine Lider auf und leuchten mit grellem Licht in seine Augen, in ihn hinein, er kann sich nicht wehren, die Hände sind festgebunden. Er fragt sich, was sie in seinen Augen sehen, was dahinter. Er versucht sich auf sein drittes Auge zu konzentrieren. Sie können es nicht sehen.

Der Schlaf flattert wie ein flüchtiger Wellensittich. Auf einer Bahre erfährt er, dass sie ihn noch einmal operieren wollen. Das Bein retten, retten, was zu retten ist. Eine Atemmaske nähert sich. Ein Schlauch saugt ihn ins Nichts. Er hofft, nicht mehr aufzuwachen, im Schlauch oder auf der anderen Seite, und wenn doch, dann wenigstens woanders oder als jemand anderes. Zu Hause? Wo immer das sein soll. Irgendwann wird er wieder ankommen. Alle Teile gleichzeitig. Gedanken, Körper, Seele. Auf die Schmerzen würde er verzichten. Er wird ankommen. Wenn er nicht stecken bleibt in dem Schlauch.

Das Bein schmerzt, manchmal ist es nur taub, dann spürt er es überhaupt nicht und tastet danach. Es ist noch dran. Es ist seines, aber mit Schrauben und Schienen verstärkt, wie bei einem Roboter. Sie lassen ihn nicht aufstehen, noch nicht. Die wenigen Fenster sind vergittert und ganz weit oben in der Wand. Dahinter kann er einen Himmel erahnen, grau wie Beton.

Anfangs haben sie ihn festgemacht, inzwischen nicht mehr. Einmal ging die Tür nicht auf, sie war aus schwerem Metall. Ein anderes Mal war er schon draußen, lief mit einem sommersprossigen Jungen im Sonnenschein über eine Wiese, einmal nachts bei sternenklarem Himmel mit einem Kahlgeschorenen durch die Wüste. Wahrscheinlich waren das nur Träume.

Sein Kopf ist kurz davor zu explodieren. Sie geben ihm Injektionen. Er schlummert, ist wach, singt. Manchmal hört er Musik, immer das gleiche schöne Lied, das Lied des Jungen mit den Sommersprossen. Beruhigend ist auch das Lächeln von dem Mann ohne Haare. Dann war da noch der andere Mann, der, der ihn nicht im Stich lassen wollte, der silberne. Er wird irgendwann kommen und sich um ihn kümmern. Wie hieß der noch mal? Wo ist er jetzt? Er hat es ihm versprochen. Wenn etwas passiert, wenn es so weit ist. Jetzt ist es noch weiter. Schon längst. Wo bleiben die Leute nur? Tick Tack.

Er weiß nicht, wo er ist. Er kennt niemanden. Weiß nicht einmal, wer er selbst ist. Was er ist. Ein Vogel. Er flattert herum, aber er kommt nicht weit, egal, wie sehr er sich bemüht, seine Flügel sind kaputt.

Zzzwwwiiirrrschhhhh!

Tick Tack Tick Tack, alles wird noch langsamer. Abflug abgebrochen. Oder verschoben? Er kann sich nicht abrollen wie beim Fallschirmspringen. Das Bein mit den Schrauben ist im Weg. Er muss seinen Körper schützen, er will ja nicht so enden wie die Leute in den Bergen, die in der Luft explodiert sind.

Wo bleibt der Mann, dessen Name ihm entfallen ist? Hatte der überhaupt einen? Wie lautet sein eigener? Er muss den Leuten hier aus dem Weg gehen, ihrem Gerede und den Fragen. Sie wollen alles Mögliche wissen, was passiert ist, aber auch die Funktion von Menschen und Gegenständen. Er wirft alles durcheinander. Das verwirrt die Männer in Weiß, und dann räumen sie alles wieder auf.

Dann stellen sie wieder Fragen, krallen sich an ihre Kladden und machen sich Notizen. Sie beobachten ihn aus leeren Augen.

Tick Tack, *Zzzwwwiiirrrschhhhh!*

Ihre Sprache ist primitiv, sie besteht nur aus verwobenen Geräuschen und nichtssagenden Worten. Er folgt lieber seiner eigenen Sprache. Sie verstehen ihn nicht. Manchmal singt er, und manchmal fällt seine Zunge in den Hals und er gurgelt. Dann werden sie nervös, zwingen seinen Mund auf und ziehen die Zunge heraus.

Eine Frau in Uniform schneidet ihm die Haare. Dann rasiert sie alles ab. Ganz sanft. Sie ist kräftig, kurze blonde Haare rahmen ihre flachen Züge. Sie hält ihm einen Spiegel vor, der ein Gesicht zeigt, das Gesicht einer Person.

»Ryder«, sagt die Frau.

Ryder. Das muss er sein. Er ist auch nur ein Mensch, und wenn er die Flügel ausbreitet, sind es doch nur Arme. Enttäuschend.

Ryder ist weder alt noch jung.

Die Haut im Gesicht brennt, als sie ihn rasiert, so ungeschützt der Luft und dem Licht ausgesetzt. Er will sein Fell wiederhaben oder die Federn. Die Frau zieht ihn aus, ganz sanft, setzt ihn auf einen Stuhl und duscht ihn mit dem warmen Wasserstrahl aus einem Schlauch ab. Das Wasser ist weich, er spuckt zurück. Sie lacht, und er auch. Er greift nach ihren breiten Hüften und vergräbt sein nacktes Gesicht in ihrem Schoß. Sie riecht wie die Berge und feuchtes Holz. Er kann sie riechen, durch den Stoff, jedes Haar in ihrem Schoß. Er will zu dem Haar, beißt in den Stoff. Zuerst lacht sie, wehrt ab, lockert seine Arme. Der Stoff reißt, sie schlägt zu, aber es tut gar nicht weh. Es ist das erste Mal seit Langem, dass er so etwas wie Glück spürt. Überhaupt etwas spürt. Es ist nur ein ganz kleines Gefühl, er will ja nichts Böses. Ein kleines Gefühl von Glück, das seinen Körper erleuchtet. Es erinnert ihn an etwas. An jemanden. Den Mann mit dem kahl geschorenen Kopf.

Dann kommen die Gorillas und zerren ihn weg von ihr. Im Gehen dreht sie sich um, ihr Gesicht ist rot, die Hose im Schritt zerrissen. Sie schüttelt die Hand des Mannes ab. »Er hat mir nicht wehgetan. Wir haben Fortschritte gemacht. Ich brauche noch ein bisschen mehr Zeit mit ihm.«

Er hat ihr nicht wehgetan. Sie hat es selbst gesagt. Die Männer im weißen Kittel ziehen eine große Spritze auf. Schwarze Tinte breitet sich in seinen Adern aus, verlangsamt die Wirklichkeit.

Das nächste Mal wäscht ihn ein tätowierter Mann, der kein Wort von sich gibt. Kann wahrscheinlich nicht sprechen. Die Kittelmänner können es umso besser, sie hören gar nicht auf zu reden, feuern ganze Listen mit Fragen ab, ihre durchsichtigen Augen stechen Löcher in die gleißende Luft. Alles blendet.

Die Kittelmänner sind besessen von der Zeit und schauen ständig auf ihre Uhren.

»Nehmen Sie sich ruhig Zeit«, sagen sie.

Ryder interessiert sich nicht für Zeit. Die sanfte Frau wollte mehr Zeit haben, nicht er. Warum haben sie ihr keine gegeben? Wo haben sie sie hingebracht? Er weiß nicht, wie viel Zeit nötig ist, wie viel Zeit er sich nehmen soll. Zeit für was?

Und dann? Es ist doch seine Zeit, er kann damit machen, was er will. Aber woher soll er die Zeit nehmen? Von jemand anderem?

Irgendwo muss ein geheimes Zeitlager existieren.

Wie lange er wohl schon hier ist?

Er wird sich, verdammt noch mal, so viel Zeit nehmen, wie er will.

Wo versteckt sie sich nur? Und der silberne Mann? Der Kahlgeschorene?

Tick Tack.

SAMEER
JALALABAD HIGHWAY

EIN ÜBERLADENER BUS DONNERT auf dem Jalalabad Highway heran. Ich schleppe mich mitten auf die Straße, und er kommt mit quietschenden Bremsen zum Stehen. Die Passagiere starren mit großen Augen, loben meinen Mut, meine schmutzige Erscheinung erregt ihr Mitleid. Eine Frau reicht mir eine Thermoskanne, Brot und Süßigkeiten mit Pistazien. Ramadan muss schon vorüber sein. Der warme Tee wirkt wie Balsam für meine trockene Kehle, aber zum Kauen fehlt mir die Kraft. Die Frau lamentiert unter der Burqa, streicht mir zärtlich über das Gesicht. Es klingt, als würde sie weinen, und auch mir entkommt ein Schluchzen der Erlösung.

Sie machen mir Platz in der ersten Reihe, aber ich will nicht im Fahrzeug eingesperrt sein. Der Fahrer hilft mir aufs Dach und gibt mir eine Decke. Dort oben kann ich wenigstens den Himmel beobachten. Zwischen dem Gepäck und den Säcken muss ich an den Jungen denken, den ich einmal auf dem Bus sah, damals, auf dem Weg zu meiner ersten Englischstunde, bei meiner ersten Begegnung mit Elham. Ewig ist das her. Ein ganzes Leben.

Als ich vor dem Waisenhaus wieder zu Bewusstsein komme, ist es dunkel. Ein Unbekannter stützt mich. Er hämmert gegen das Tor und ruft nach dem Mullah. In meiner Hand klebt eine Süßigkeit.

»Sameer-jan! Alhamdulillah, Sameer-jan!« Der Mullah küsst mich ergriffen auf die Wangen. Er hat nicht erwartet, dass ich zurückkehre. Der Koch kommt aus dem Gebäude, verschlafene Kinder, verschwommen.

Sie jubeln über meine Rückkehr, ein Wunder!

Im Bad wird mir schwindlig, die Zähne klappern, Blut färbt das heiße Wasser. Mein Gewehr lehnt an der Wand. Ich habe es kein einziges Mal benutzt, obwohl ich es extra geladen habe.

Meine Gedanken ertrinken.

Elham! Ihr Name perlt im Wasser.

Von nun an verstecke ich mich in der Küche, der Mullah will nicht, dass ich gesehen werde. Er verbietet den anderen, auch nur ein Wort über mich zu verlieren. Ein hässlicher Afghane hat sich nach mir erkundigt, angeblich im Auftrag meines Onkels. Mein Onkel, der Feigling, versteckt sich in Paris. Behrooz hat sich ebenfalls nicht mehr blicken lassen, also ist auch Murtaza unerreichbar. Der Koch versucht, mich zum Essen zu bewegen, aber ich bekomme nur selten einen Bissen herunter, vor allem nicht die Fasern der toten Lebewesen. Ich horche bei jedem Geräusch auf und suche den Himmel nach den Schatten der Flugzeuge ab. Nachts verstecke ich mich hinter einer Kiste in der Speisekammer. Licht und Dunkel, Traum, Wahrheit und Erinnerung verschmelzen. Nichts ist mehr greifbar. Jede Hoffnung ist mir entglitten.

Eines Tages drängt sich eine Gruppe Amrikaner, angeführt von einem glatt rasierten Afghanen in T-Shirt und mit abstehenden Haaren, in den Schulhof. Der junge Afghane erinnert mich an Rafiq. Ich kann mich gerade noch an den Schülern vorbei aus dem Fenster retten, bevor sie mich sehen. Ich klemme mich zwischen den Wassertank und die Mauer, an eine Stelle, wo ich mich früher oft vor Irfahn versteckt habe, und lausche den Eindringlingen. Der Mullah spricht ungewöhnlich laut, er will mich offenbar warnen. Die Ausländer wollen die Waisen sehen, höre ich, erst auf Englisch und dann auf Dari. Es muss der glatt rasierte Afghane sein, der übersetzt.

Sie suchen einen Schüler, wissen aber nicht, wie der Junge heißt.

Sie sagen, er hat einem Amrikaner das Leben gerettet, und wollen ihn dafür belohnen.

Sie lügen.

Der Junge soll Sommersprossen haben, sagen sie auf Englisch. Der Afghane übersetzt etwas anderes, er will die Schüler in Sicherheit wiegen. Er fragt sie auf Dari nach einem dicken, größeren Jungen und lässt die Sommersprossen weg.

Der unebene Zement der Mauer drückt sich in mein Hemd. Ich wage kaum zu atmen.

Einer der kleineren Jungen sagt etwas, zögernd. Der Übersetzer hakt nach. »Wenn es keinen dicken Jungen gibt, vielleicht hast du einen dürren gesehen mit Flecken im Gesicht?«

Der kleine Junge hat noch nicht weitergesprochen, als plötzlich Irfahns Stimme ihm das Wort abschneidet. »Sei still! Sprich nicht mit den Ausländern!«

Er muss den Amrikanern ins Gebäude gefolgt sein. Hat er mich verpfiffen?

»Irfahn! Was machst du hier?«, ruft der Mullah.

Irfahn ignoriert ihn und schreit den Afghanen auf Dari an. »Verräter! Warum gibst du dich für die Ungläubigen her? Du Hurensohn!«

Der Afghane sagt ganz ruhig etwas, das ich nicht hören kann.

Irfahn wütet weiter. »Sie lügen, sie sind nicht hier, um sich zu bedanken, sie wollen uns alle töten. Deinen Vater, deine Mutter, deine Frau und deine Kinder. Es sind Ungläubige! Schämst du dich nicht?« Irfahn spuckt hörbar auf den Boden. »Du dreckiger Hund, Verräterschwein, frisst ihre Scheiße! Du wirst deine Strafe erleben! Gott ist groß!«

Der Afghane antwortet wieder, aber Irfahn lässt sich nicht beirren. »Ich werde am lautesten applaudieren, wenn die Taliban nach Kabul zurückkehren und dir im Ghazi-Stadion die Zunge aus dem Lügenmaul schneiden! Du wirst in der Hölle schmoren!«

Unruhe entsteht, ich höre Schläge, Gerangel, die leise Stimme des Mullahs.

Die Amrikaner werden nervös. »Was will er?«

»Klebstoff-Schnüffler«, sagt der Afghane. »Eine dieser süchtigen Rotznasen aus der Gosse.«

Hass brodelt in mir auf. Mit welcher Herablassung der Landsmann spricht. Ich versuche mich an sein Gesicht zu erinnern, ich werde es mir merken. Eines Tages werde ich mich an ihm rächen und so lange auf ihn schießen, bis mir die Munition ausgeht.

»Teenager«, seufzt einer der Amrikaner. »Überall auf der Welt gleich. Wir sollten gehen, der Junge, den wir suchen, ist sowieso älter.«

Etwas später fällt das Tor ins Schloss, aber ich traue mich erst aus dem Versteck, als Irfahn zum Fenster kommt und mir versichert, dass die Luft rein ist.

»Wir sind Brüder«, sagt er stolz, reicht mir die Hand und hilft mir zurück ins Klassenzimmer. »Ich hätte nie zugelassen, dass sie dich kriegen.« Der Kleine, der mich fast verraten hätte, weint am Boden. Irfahn umarmt mich, meine Rippen stoßen hart gegen seinen Körper. Ich bin noch dünner geworden.

»Irfahn, ich dulde diese Sprache hier nicht«, sagt Mullah Usmeen. »Wir dürfen uns nicht von Gefühlen lenken lassen. Wir müssen einen kühlen Kopf bewahren.« Er schaut auf die verschrumpelte Plastiktüte in Irfahns Hand.

»Lass uns abhauen, Sameer«, schlägt Irfahn vor. »In den Iran und durch die Turkei nach Europa.«

Ein lächerlicher Plan. »Ich werde nicht wie ein Hund mit eingezogenem Schwanz weglaufen. Wenn ich gehe, dann wie ein ganzer Mann. Mit einer afghanischen Frau.«

»Nimm mich mit, ich werde dir dienen.« Irfahn wirft sich vor mich hin. Nichts stimmt mehr. Früher musste ich Irfahn anbetteln, mich in Ruhe zu lassen. Früher hat er mich geschlagen und verflucht. Und jetzt das.

Am Abend schleiche ich mich auf Umwegen zu Behrooz' Haus, vermeide Wachposten und Patrouillen. Das Haus ist stockdunkel, kein

Leben hinter den Wänden, nicht einmal Rauch steigt aus dem Kamin.

Auf dem Dach daneben lässt ein Junge in der Brise einen Drachen steigen, die Schnur blitzt schwach im Mondlicht.

»Wo ist die Familie hingegangen?«, frage ich ihn.

»Weiß ich nicht«, sagt er. »Vorgestern sind sie geholt worden. Die Tochter, die Älteste, hat wie am Spieß geschrien.«

»Elham?« Ich will die Antwort nicht hören.

»Ja, Elham-joon.« Die mit feinem Glas überzogene Drachenschnur surrt in seiner Hand, wie Bomben vor dem Aufprall, ich muss mich fast übergeben.

Das Geräusch schneidet tief in mein kaltes Herz.

HASIR ZAMAN
PARIS

DIE STRASSEN VON PARIS haben Augen bekommen. Es wimmelt von Männern mit Sonnenbrillen im Zwielicht, wie Ungeziefer warten sie in den dunklen Ecken. Du verlässt selten die Wohnung, gehst nicht mehr ans Telefon, irgendwann schaltest du es aus. Du wirst Marks & Spencer nicht entkommen, sie werden mit dir abrechnen. Dr. Cohen ruft so oft an, bis du abhebst, nur damit das Klingeln ein Ende nimmt. Du besuchst ihre Praxis einmal, bekommst aber kein einziges Wort heraus, liegst nur da und starrst auf das Fünfeck. Wie tot. Wie der kopflose Kadaver des Buzkashi-Spiels. Sie verschreibt dir ein Antidepressivum. »In ein paar Wochen wird es Ihnen besser gehen.« Du zählst die Minuten, versuchst, durch endlose Stunden zu kommen, jeder neue Tag ist eine Herausforderung. Du hoffst auf ein Wunder, ein Lebenszeichen von Sameer.

Maxine Delacroix' Geschichte von dem Hippie-Bergsteiger erscheint in *Le Monde*. Sie beschreibt einen Mann, der in Tora Bora von US-Marines aufgegriffen wurde und unverständliches Kauderwelsch sprach. Nach und nach blättert sie die mutmaßlichen Identitäten dieses Mannes auf – Rucksacktourist, Geisel, Junkie – und landet schließlich beim amerikanischen Patienten, der Swastikas in der Unterwäsche verbirgt. *L'homme swastika* sei Amerikaner, so die Journalistin, und vermutlich Mitglied einer geheimen US-Militäreinheit. Ein Pentagon-Sprecher distanziert sich, aber Swastika-Mann bietet der Öffentlichkeit eine willkommene Ablenkung von der deprimierenden Tatsache, dass bin Laden noch immer auf der Flucht ist.

Die Geschichte ist so abwegig, sie kann nur wahr sein. Der Artikel ist eine Falle, ein gewissenhaft arrangierter Köder. Swastika-Mann muss wissen, wo Sameer steckt. Du darfst nicht darauf hereinfallen.

Dann wird die Leiche von Maxine Delacroix in ihrer Pariser Wohnung gefunden. Im Autopsie-Bericht ist die Rede von einem Cocktail aus Medikamenten und Alkohol, nicht unüblich bei Journalisten mit posttraumatischer Belastungsstörung. Ein Unfall. Paparazzi belagern das Wohnhaus in der Rue Oberkampf, in dem Delacroix wohnte. Es liegt direkt auf deinem Fußweg zu Dr. Cohen. Du glaubst dich selbst im Fernsehbericht zu erkennen, wie du im Trenchcoat vor dem Schaufenster des Immobilienmaklers die Landhäuser in der Bretagne und der Camargue betrachtest. Du irrst dich, der Mann im Trenchcoat bist nicht du. Trotzdem fummelst du die SIM-Karte aus dem Mobiltelefon und zerschneidest sie. Das Motorola zerstörst du mit einem Hammer und verstreust die Überreste in Mülleimern verschiedener Restaurants und Cafés. An Ostern verläuft die Geschichte der toten Journalistin im Sand.

Dein Herzrasen wird zum Dauerzustand. Freitags gehst du neuerdings wieder in die Moschee. Die Stimmen der Gläubigen besänftigen die geladene Stille in dir. Es regnet fast den ganzen Frühling hindurch. Auch an jenem Freitag, als deine Schuhe vor der Moschee gestohlen werden. Du beobachtest die Männer, die sich gegenseitig nach ihren Familien erkundigen, und fragst dich, wer die Schuhe genommen haben könnte, erwähnst die fehlenden Loafers gegenüber den anderen Betenden aber mit keinem Wort. Wie damals, als Inès den Ring mitgehen ließ, schämst du dich für den Besitz. Du machst dich barfuß durch die Pfützen auf den Weg nach Hause.

Ein Polizeiwagen hält neben dir. Du lässt die Beamten deine pechschwarze Kreditkarte in der Geldklammer sehen, bevor du ihnen deine Papiere aushändigst. Deine Schuhe seien in der Reparatur, behauptest du, der Absatz sei in einer Drehtür hängen geblieben. Du weißt nicht, warum du dir dieses Detail ausgedacht hast. Die Funkzentrale hat nichts gegen dich einzuwenden. Die *flics* nicken mit gutartigem Professionalismus und bieten an, dich im Wagen mitzunehmen. Du lehnst ab. Ziehst den direkten Kontakt zur Straße vor. Du willst dich selbst spüren, aber das behältst du für dich. Der Regen prasselt wie Applaus.

Am Freitag darauf bemerkst du in der Moschee einen Mann, der dich über die Gläubigen hinweg anstarrt. Sein Haar ist tiefschwarz gefärbt, sogar die Augenbrauen sind so dunkel, dass sie bläulich schimmern. Draußen grüßt er dich theatralisch mit deinem afghanischen Namen und schlüpft in die Loafers, die dir abhandengekommen sind. Sein Dari ist leicht gefärbt, vielleicht ist er Bengale. Als er dich auf die Wangen küsst, flüstert er dir etwas zu.

Linkes Ohr: »Miezekatze gefunden, orange.«

Rechtes Ohr: »Hinter der Pul-e-Khishti-Moschee!«

Er grinst wie ein Irrer unter seiner bläulichen Coiffure.

»Kätzchen ist putzmunter!«

Dein stotterndes Herz zwingt dich in die Knie. Du klammerst dich an den Fremden, unklar, warum du ausgerechnet eine Person, die deine Schuhe gestohlen hat, für vertrauenswürdig hältst.

»Erinnern Sie sich an den Concierge im Interconti, Seddiq Junior? Hässlicher Kerl, dunkle Haut, weniger Haare als ich? Mein Halbbruder. Gleiche Mutter, anderer Vater.« Er sieht sich unauffällig um. »Kommen Sie, wir sollten uns woanders unterhalten.«

Adrenalin fährt in deinen Körper, du richtest dich auf. Ein Lichtblick.

Der Mann eilt mit den Armen nah am Körper, die Hände gekünstelt nach vorne gestreckt, als würde er einen Rock hochhalten. Ein paar Straßen weiter schließt er die Tür zur arabischen Buchhandlung Al Azhar auf, lässt das Hängeschild auf *fermé.* Er hält einen Finger an den zusammengepressten Mund, bis er *Umm Kulthum's Best of* auf den alten Plattenteller gelegt und die Lautstärke aufgedreht hat. Das tosende Orchester zwingt dich, von seinen Lippen zu lesen. »Ich persönlich bevorzuge Bowie, aber Vorsicht ist die Mutter der Porzellankiste. Ich traue diesen Wichsern nicht.« Er kocht Tee.

Welchen Wichsern, willst du wissen.

»Denen von der CIA, vom Mossad. Um die vom französischen Geheimdienst mache ich mir, ehrlich gesagt, keine Sorgen. Nichts als Faulpelze, Champagner zum Frühstück, die Tastaturen blockiert von *escargots*, die Brillen beschlagen vor Vorfreude auf die nächste Gruppensex-Orgie in einem ihrer Swingerclubs. Pervers, die Franzosen, schamlos, wenn Sie mich fragen. Aber verstehen Sie mich nicht falsch, ich würde ihre Vorstellung vom Patriarchat für nichts auf der Welt eintauschen wollen. Die Dinge, zu denen französische Frauen fähig sind! Ein französischer Gott hat die Frau erschaffen!« Er schließt seine Augen und küsst seine Fingerspitzen.

Er und sein Bruder Seddiq haben zweifelsohne gemeinsame Interessen.

Wer ist dieser Mann?

»Mein Name ist Rahmazan-Ali. Afghanischer Patriot.«

Du seist französischer Staatsbürger.

»Ich auch, natürlich. Habe die doppelte Staatsbürgerschaft, aber nach wie vor eine starke Bindung an unsere Nation ohne Meerzugang. Sie profitieren von den Problemen des Landes immer noch ganz hübsch.«

Du hättest nur einen bescheidenen Betrieb geerbt.

»Das würde ich so nicht sagen. Hören Sie, ich habe mir feudale Landbesitzer und Drogenbarone wie Ihren Vater Hossein zur Lebensaufgabe gemacht, als ich noch bei der UN gearbeitet habe, den Vereinten Neinsagern.«

Was das mit deinem Neffen zu tun habe?

»Es gibt einige Parallelen zwischen dem Casus Sameer und meinem eigenen holprigen Lebensweg. Die Kurzversion geht in etwa so: Meine Familie hat sich über Generationen auf zamanschem Ackerland krumm gemacht und sich von Ihrer ausbeuterischen Preispolitik hinters Licht führen lassen. Aber Ihr Vater unterschätzte den landwirtschaftlichen Erfindungsgeist unseres Clans, vor allem jenen meiner Mutter. Ihr Daumen war grüner als die Wiese des Islam. Mithilfe eines mühseligen Kreuzungsverfahrens entwickelte sie Mohnblüten, deren Rauschwirkung die von gängigem Opium bei Weitem überstieg, ein Aphrodisiakum von unübertroffener Potenz. Afghanistans Antwort auf Viagra. Leider erreichte die Botschaft von den libidinösen Tränen des Mohns auch unsere verklemmten Glaubensbrüder in Pakistan. Die wollten damals so schnell wie möglich an das Saatgut herankommen. Aber meine Mutter war bei ihren Handelspartnern wählerisch und lehnte die kümmerlichen Angebote ab. Sie war nicht gebildet, doch sie verstand die gesunden Mechanismen des Kapitalismus und wusste, wie beträchtlich die marktwirtschaftliche Hebelwirkung von Sex ist.«

Er schenkt dir etwas English Breakfast aus der großen Kanne ein, in der ein einsamer Lipton-Beutel schwimmt. Im letzten Moment wehrst du das Milchkännchen ab.

»Ödipuskomplex?« Rahmazan-Ali häuft drei Löffel Zucker in deine Tasse. »Eines Tages war Papa Seddiq auf Geschäftsreise, um bei Meister Hossein – Ihrem Vater – in Kabul vorzusprechen. Zu Hause in Deh Bala lauerten Mama derweil pakistanische Banditen auf und verlangten ihre Ware. Mama ließ sich das nicht gefallen: Sie klemmte ihre Jezail-Schrotflinte zwischen die knochige Schulter und die entblößte Wange, blinzelte den Lauf entlang und drückte mit dem hennaverzierten Finger den Abzug. Den Schritt des Anführers soll sie nur knapp verfehlt haben. Als sie nachlud, wurde sie überwältigt und gefesselt. Die Männer fielen über ihr Opium her und rauchten sich geil. Pakistanisches Bergvolk ist nicht gerade dafür bekannt, Frauen aufwendig den Hof zu machen, also gingen sie gleich zur Sache und entwürdigten meine Mutter, ein Dorftrottel nach dem anderen. Befriedigt luden sie die Beute auf die Esel und ritten in einer rosa Staubwolke davon. Meine Mutter, vollgepumpt mit Punjabi-Sperma, ließen sie im Dreck liegen. Vielleicht verstehen Sie jetzt, warum ich nicht so aussehe wie mein hässlicher Halbbruder

Seddiq. Auch ich bin, sozusagen, ein Produkt geo-biologischen Urheberrechts-Disputs.«

Während des lang anhaltenden Applauses zwischen Kulthums Liedern schlürft Rahmazan-Ali seinen Tee und bereitet gedanklich den zweiten Akt seiner Überlieferung vor. Umm Kulthums Violinen schwellen an. »Zurück in ihrer Heimat, merkten die Idioten, dass Mama sie übers Ohr gehauen hatte. Anstatt des Sexy-Smacks hatte sie ihnen Gerstenkörner angedreht. Das Opium, das sie auf dem Hof meiner Mutter weggedampft hatten, war lediglich ein erotisches Amuse-Gueule. Die Früchte des Paradieses nun außer Reichweite, drehten die Banditen durch und feuerten RPGs vom letzten Weihnachtsfest auf unser idyllisches Dörfchen. Wir blieben zunächst verschont, und ich gedieh zu einem gesunden Bastard. Als die Taliban an die Macht kamen und die Haqqanis die Grenzgebiete kontrollierten, verschwand mein Vater spurlos in den Bergen. Daraufhin ging meine Mutter wie eine ungewässerte Mohnblüte ein und starb. Und so zogen Seddiq Junior und Klein-Rahmazan-Ali nach Kabul und wurden Selbstversorger.«

Rahmazan-Alis Mundwinkel zuckt. »Durch Juniors großzügige Patronage habe ich es sogar bis zur UNO geschafft. Jahre später quälte ich mich im Hauptquartier in New York – wie sehr ich diese verlogene Stadt hasse! – mit einem biblischen Dossier über Opiumhandel ab, als die ganze Sache wieder in mir hochkochte. Sind Sie noch dabei, Hasir?«

Opiumhandel, ja?

»Ich hatte zu lange versucht, die verkackte Familiensaga zu verdauen. Sie hatte sich inzwischen aufgestaut zu einer explosiven Mischung, einer Art psychologischen Giardiasis, wenn Sie wissen, was ich meine. Die UNO war der falsche Ort, um diese Blähungen im Griff zu behalten, bei all den Pakis, die da herumkreuchen. Also bin ich ausfällig geworden und wurde gefeuert. Seitdem lodert eine persönliche Fatwa in mir.«

Rahmazan-Ali klimpert mit den Fingerspitzen einen schelmenhaften Applaus.

»Ich habe mir geschworen, meinen hässlichen Halbbruder aus der Schusslinie zu bringen, aber mir fehlt es am nötigen Kapital. Ich biete Ihnen hiermit meine Dienste und exzellenten Verbindungen an, Hasir. Ich könnte Sameer mitsamt Seddiq Junior aus dem Mutterland befreien. Zwei Fliegen mit meiner Klappe.«

Du sagst, du würdest hoffen, dass bin Laden bald ausfindig gemacht wird.

»Das können Sie vergessen, Hasir! Die Dreifaltigkeit aus General Musharraf, dem ISI und den Haqqanis hat längst den roten Teppich ausgerollt, den Saudi mitsamt seiner Entourage internationaler Ali Babas mit einer Stretchlimo direkt ins ISI-Hauptquartier gebracht und ihm ein Sortiment Jungfrauen offeriert. Alles schön vom CIA finanziert.«

Ob Marks & Spencer ihn geschickt hätten?

»Die Brüder aus Langley?«

Rahmazan-Ali schert sich nicht um deine Antworten.

»L'homme swastika ist sicher auch mit Ihrem Neffen verstrickt, stimmt's? Seddiq wusste, dass da eine Verbindung besteht. Sie kannten Maxine Delacroix? Ein elendes Ende für eine Frau ihres Formats. Hier in der Moschee flüstert man, dass Swastika-Mann inzwischen in der Klapse gelandet ist.«

Du versuchst, deine Erleichterung nicht zu zeigen.

»Keine Angst, Amerikaner sind ein sehr emotionales Volk. Die haben gerade größere Probleme als faschistische Insignien. Das kommt uns gerade recht. Wir werden diesen toten Winkel nutzen.«

Rahmazan-Ali kramt in der Schublade des Tisches und zieht ein Stück Papier mit arabischen Buchstaben und dem Emblem der Demokratischen Republik Afghanistan hervor. »Sehen Sie, hier, eine Geburtsurkunde des Mutterlands, blanko.«

Er deutet auf eine alte Schreibmaschine. »Das Monster hab ich im UN-Büro abgestaubt, leider wurde es von indischen Unterfliegern hergestellt. Diesem Exemplar fehlt zum Beispiel ein Buchstabe, der Hebel ist abgebrochen, sprachlich kastriert.« Rahmazan-Ali demonstriert den defekten Arm. »Ausgerechnet der Buchstabe *Sin.*

Den werde ich mithilfe von Vergrößerungsglas und Kugelschreiber nachzeichnen.«

Dein Neffe habe bereits eine Geburtsurkunde.

»Wenn Sie schnell sein Vormund werden wollen, brauchen Sie einen französischen Pass. Das wissen Sie selbst. Ich habe den Schlüssel zu diesem Reisedokument. Sie sollten sich eine Lady anschaffen. Ich kenne da jemanden in Zagreb.«

Er solle beim Thema bleiben. Sameer.

»So wie mein hässlicher Bruder den Kleinen beschrieben hat, sieht er aus wie ein Ire oder Jude. Das ist schon mal gut. Die Einwanderungsbehörden am Charles de Gaulle interessieren sich nicht für Geburtsorte, solange die Verpackung stimmt.«

Rahmazan-Ali hebt den Arm des Plattenspielers, setzt ihn wieder an den Anfang und schenkt Tee nach. Umm Kulthum schmettert erneut los.

»Sie sollten wissen, dass ich die Pakis noch mehr hasse als unsere fundamentalistischen Turbane. Die mussten ihren Hindu-Herren so lange die Stiefel lecken, dass sie dieses Talent, ihr einziges, inzwischen perfekt beherrschen. Wenn man unterwürfige braune Brüder auf die Amis loslässt, die ihnen verbal einen runterholen, geht denen schnell die Konzentration auf Hegemonialmacht flöten. Die Pakis haben die Amis und ihre rückgratlosen NATO-Partner seit Jahrzehnten verschaukelt. Am widerlichsten sind die Haqqanis, die aus Afghanistan rübergemacht haben. Der Haqqani-Clan war selbst unseren unterbelichteten Taliban zu krass. Dem Paki-Geheimdienst und dem Militär aber kamen sie wie gerufen. Sie überließen ihnen die grausameren Aufträge des CIA und bauten dabei das eigene Portfolio aus: Kidnapping, Freizeit-Steinigungen, kamerataugliche Menschenopferungen, Massenvergewaltigungen. Die Haqqanis waren sich für die mit Dollar vollgestopften Sporttaschen des CIA nicht zu schade. Jetzt fahren sie in schicken US-gesponserten Pajeros durch die Gegend und lassen sich von kleinen Jungs ihre Schwänze lutschen. Ihr Bengel ist wie alt, fünfzehn?«

Rahmazan-Ali solle bitte aufhören.

»Ich weiß, es ist hart, aber ich muss mich manchmal an diese gruseligen Details erinnern, um meine Rachegelüste in Gang zu halten.«

Wie genau sein Plan für die Befreiung Sameers und Seddiqs aussehe?

»Ich habe einen Kontakt, einen alten afghanischen Freund, der in der französischen Botschaft in Islamabad anschaffen geht. Ein Langstrecken-Patriot wie ich. Er wird uns die Pässe besorgen. Er ist verlässlich, aber pervers unterbezahlt und desillusioniert. Billig wird das nicht.«

Du fragst ihn, über welche Summe er spreche.

»Wie viel sind Sie bereit auszugeben?«

Ob es sicher sei, dass der Mann liefert?

»Tausendprozentig sicher. Meine eigene Geburtshilfe in dieser delikaten Angelegenheit wird Sie schlappe fünftausend kosten, das Flugticket nach Kabul und das nach Islamabad. Ich werde Sameer persönlich bis nach Paris begleiten. In zwei Wochen, einem Monat allerhöchstens wird der Bengel den Boulevard Saint-Germain entlangschlendern.«

Was dich der Mann in Islamabad kosten werde?

»Machen Sie ihm ein Angebot, ich leite es weiter.«

Ungefähr die gleiche Summe? Fünftausend Euro?

»Das wäre eine Beleidigung. Tödlich.«

Nichts von dem Geld wird jemals den Mann in Islamabad erreichen, wenn dieser überhaupt existiert. Du suchst nach etwas Vertrauenserweckendem an Rahmazan-Ali mit seiner verlogenen Haarfarbe und seinem verkommenen Slang, nach irgendeiner Glaubwürdigkeit in seiner barocken Phantasie und seinem kriminellen Deal, den er mit einer kastrierten Schreibmaschine besiegeln möchte.

Dreißig, sagst du.

»Dreißigtausend?« Er wirkt enttäuscht, beinahe traurig. »Sie können hundert verschmerzen, Hasir. Realistisch gesehen.«

Hunderttausend Euro? Das sei Wahnsinn.

»Lediglich eine Zahl«, sagt er und bewundert deine ehemaligen Schuhe an seinen Füßen. »Wie viel ist Ihnen Sameers Leben wert? Diese Frage können nur Sie beantworten.«

Du hättest dir früher überlegen sollen, wer du sein willst, was für ein Mensch.

»Wissen Sie, was der Unterschied zwischen Ihnen und mir ist?«

Nein.

»Ich habe aus dem kleinen bisschen, das mir zur Verfügung stand, etwas ganz Großes gemacht. Sie hingegen haben Ihr grenzenloses Potenzial verjubelt. Nur eine Beobachtung, völlig wertfrei.« Ein bitterer Ton schwingt in seinen Worten mit, als er die Geburtsurkunde in die Schreibmaschine einführt. »Name des Vaters?«

Ansel Astruc, sagst du.

»Von mir aus, klingt jüdisch.« Er formt die Buchstaben mit dem Mund. »Name der Mutter?«

Unbekannt.

»Das ist angewandter Patriotismus, gefällt mir. Wir werden nicht zulassen, dass unser Mutterland je wieder von Pakistanis, Sowjets oder Amerikanern gefickt wird.«

Rahmazan-Ali kippt den letzten Rest Tee hinunter.

»Islamabad nimmt nur cash.«

LEUTNANT RYDER
LANGLEY

ÜBERALL EINTÖNIGE FARBEN, Menschen, Gerüche, Temperaturen, glatte Oberflächen, alles schmeckt nach steriler Nichtigkeit. Ryder ist müde. Einmal reißt er an der Narbe, dann spürt er wenigstens etwas, aber das leuchtende Rot, das aus ihm herausquillt, sorgt nur kurz für Aufregung. Der neue Palast sei jetzt sein Zuhause, sagen sie, jedenfalls vorläufig. Das ist natürlich Unsinn. Was soll vorläufig schon heißen? Vorläufig, rückläufig. Der Zeit ist die Richtung doch egal. Sie läuft vorwärts und rückwärts.

Tick Tack Tack Tick Tick Tack.

Bloß, weil die ihm hier vormachen wollen, dass alles in eine bestimmte Richtung läuft, heißt das noch lange nicht, dass die Zeit mitspielt. Vieles hat stattgefunden, von dem sie nichts wissen. Er war dabei in den Bergen. Da war es kalt und dunkel, nur manchmal wohlig von den Geschichten, der Musik und der Erinnerung an die Zukunft.

Die Leute in den Kitteln lassen sich vom Sonnenlicht die Logik der Zeit diktieren. Sie versuchen, die Nacht mit ihrem grellen Neonlicht auszulöschen. Aber von ihm wollen sie wissen, wie viele Tage, wie viele Nächte vergangen sind. Er funktioniert ganz anders. Manchmal gibt er ihnen willkürliche Antworten und Zahlen, dann loben sie ihn.

Wenn Kellogg zu Besuch kommt, spürt er Wärme, dann fühlt er sich aufgehoben. Er läuft mit ihm durch die Wüste bis zum Horizont. Ein Horizont, der jäh an den Metalltüren endet.

Einmal schieben sie ihm einen halben Menschen vor die Nase, im Rollstuhl. Er hat nur eine Hand mit drei traurigen Fingern, die aussehen, als hätte man sie einem anderen abgeschraubt und dann dem Kerl angenäht, es könnten auch Zehen sein. Der Arm ist wie durch den Fleischwolf gedreht, rosa, der Stummel eines Beins unter dem knochigen Rumpf wie ein Geschenk eingewickelt. Alles an dem Kerl ist unvollständig, unheimlich, besonders sein Gesicht, da haben sie sich am wenigsten Mühe gegeben, er will gar nicht hinsehen. Ein Auge liegt viel zu nah an den Löchern, wo eigentlich eine Nase sitzen sollte, und steht immer offen, das andere schmilzt zur Seite weg. Ein Picasso-Mensch.

Picasso besucht Ryder immer häufiger. Am Anfang ekelt er sich vor ihm, dann gewöhnt er sich an den Anblick. »Die haben dich ganz schön verarscht, Picasso«, sagt er, als sie den Rollstuhl wieder einmal hereinschieben.

Picasso-Mann verzieht keine Miene, kann er auch kaum, er spricht langsam, der Sprechapparat ist ausgebombt. Er erzählt von einem Plan, einem Geheimplan, an dem er und irgendwelche Leute in den Bergen beteiligt gewesen sein sollen. Als die Kittelmänner einmal wegsehen, flüstert er ganz leise ein Wort: »Drishti«. Spucke sprüht aus seinem Mundloch. Der Mann hat keine Ahnung.

»Drishti ist Sanskrit«, erklärt Ryder ihm geduldig. »Drishti bedeutet drittes Auge. Ein ausgebildeter Drishti sieht alles, auch Unsichtbares. Du könntest eins davon vertragen, Picasso.«

Picasso hat keinen Humor. Er will ihm weismachen, er, Picasso, wäre ganz allein auf den Plan in den Bergen gekommen.

»Die Berge gehen dich einen Dreck an, Picasso«, sagt Ryder.

Daraufhin wird Picasso emotional, entschuldigt sich und sieht aus, als würde er gleich losheulen. Das erkennt Ryder sogar in dem zerstörten Gesicht. Picasso tut ihm leid, er kann sicher nichts dafür.

Die Typen in den Kitteln beobachten jede Begegnung, pressen die Lippen aufeinander und bewegen die Köpfe hin und her, als verfolgten sie ein Tennisturnier. Es fällt ihm schwer, den Picasso-Mann anzuschauen, ohne dass ihm schlecht wird. Ein sprechender

Kadaver aus einem Horrorfilm, wenn man ihn fragt. Keiner fragt. Er sagt es trotzdem. Die Kittelfiguren pressen ihre Münder noch fester zusammen und knipsen betreten mit den Kugelschreibern.

Mitleid ist die einzige Möglichkeit, der Vorstellung ein Ende zu bereiten. Eines Nachmittags reicht es ihm endgültig, scheiß drauf, denkt er und umarmt Picasso. Der ist total aufgewühlt, selbst die Typen in den Kitteln wischen sich die Augen und sprechen von einem Durchbruch. Erwachsene Männer! Nicht auszuhalten.

Als Picasso ihn nach Kellogg fragt, hebt Ryder drohend seinen Arm. Sofort kommen die Gorillas und rollen Picasso hinaus.

Immer mehr Fremde tauchen auf, die nach Routen, Plänen und der Mission fragen, Namen hören wollen. Die der anderen Männer in den Bergen. Er ist sich nicht sicher, ob dort überhaupt andere waren. Tiere vielleicht.

Die namenlosen Leute in den Kitteln wollen, dass er sich an Namen erinnert. Zum Beispiel von dem Mann mit den Geheimnissen. Dem Anführer. Dessen Plan er gefolgt ist. Sie wollen, dass er sich auf eine Mission konzentriert. In den Bergen. Auf die Befehlskette. Einsatzregeln. Die haben doch keine Ahnung. Wer noch dabei war? Er weiß nicht, von wem die sprechen. Er weiß ja nicht einmal, wer er selbst war damals.

Sie zeigen ihm verwackelte Fotos und langweilige Videos von Statisten, die unverständliches Zeug reden und in verlassenen Gegenden rumhängen. Manche sehen lustig aus, die meisten sind eher arme Schlucker, die irgendeinem Verein angehören, alles Männer mit Bärten und langen Kleidern. Sie halten Waffen in den Händen, manche sind geschminkt, wie an Halloween.

Da ist auch ein Bild von einem jungen Mann, dunkler Teint, Kopf kahl rasiert. Er erinnert sich vage an das breite Grinsen. Dann eines, in dem derselbe Mann verkleidet ist, in einer grünen Robe, blutverschmiert. Wieder dieses Grinsen. Es ist Kellogg! Ihm fällt ein Stein vom Herzen. Vielleicht hat Kellogg sich doch nicht verheddert in den Wolken. Vielleicht ist er noch da. Aber er traut den Kittelmännern nicht. Er kann niemandem trauen. Er schweigt.

Dann zeigen sie ihm das Foto von einem mageren Mann in Uniform mit silbernen Haaren, das sie ihm schon öfter gezeigt haben. Diesmal erkennt er ihn. »Das ist der General!«, ruft er. Alle reißen freudig die Augen auf, als sei er aus einer Geburtstagstorte gesprungen, nur um dann wieder dieselben abgelutschten Fragen zu stellen. Was der General gesagt, was er getan hat, wann er was angeordnet oder organisiert hat. Vorher oder nachher. Die leidige Fragerei um die Zeit fängt von vorne an.

Tick Tack.

»Wann haben Sie den General zuletzt gesehen?«, fragen sie. Sie wollen, dass er noch mal zurückgeht. In die Berge, ganz nach oben, mit dem General. In der Höhle war der General nicht. Da war nur Dunkelheit, Kälte und diese Melodie. Er hätte allerdings nichts dagegen, wenn sie ihm etwas von der braunen Pampe geben würden.

Dann fragen sie nach dem Jungen. Einem Übersetzer. Ob der mit ihm in der Höhle war. Ob der überlebt hat. Wo er sich jetzt versteckt hält. Sie zeigen ein Foto von einem Rothaarigen mit Sommersprossen auf einem Panzer. Der Junge geht sie nichts an. Er erkennt ihn sofort, erkennt sich selbst, damals, vor Weihnachten. Zeitverschränkt. Werden die nie kapieren. Wenn der Junge nicht gewesen wäre, wäre er jetzt tot. Der Kleine hat ihn auf seiner Zeitreise gerettet. Er wird ihn und sich nicht verpfeifen. Er erzählt nur von dem Drachen, der sein Blut getrunken hat im Feuer. Jetzt wollen sie, dass er ihnen erklärt, was Drachen sind.

Die Melodie fällt ihm wieder ein und die Stimme des Jungen mit den Sommersprossen. Jedes Mal, wenn er sie summt, wollen sie wissen, wie das Lied heißt. Sie tun, als wüssten sie nicht, dass es Destiny's Child ist, »Survivor«. Sie wollen, dass er ihnen alles vorkaut. Weiß Gott warum. Es ist hoffnungslos mit diesen Idioten.

Er wird ihre mittelmäßigen Erwartungen nicht mehr erfüllen.

Endlich wieder alleine in seinem Zimmer, macht er sich auf die Reise, tief in die Wüste, durch das Tal und hinauf in die Berge bis zu den Sternen.

Er singt weiter. Lauter.

HASIR ZAMAN
PARIS

EIN BRIEF DER GALERIE DES NÉOPHYTES flattert zwischen den Postwurfsendungen aus dem Briefkasten heraus. Wie damals auf dem Umschlag in Inès' TATI-Tüte ist die Adresse mit eigenwilliger Feder über das handgeschöpfte Papier geschwungen. Du siehst dich verstohlen um. Die Straße ist menschenleer, ein gelber Kleinwagen quält sich geräuschlos in eine Parklücke. Du lässt den Umschlag in der Jacke verschwinden.

In der Wohnung angekommen, reißt du ihn auf. Die Einladung zu einer Vernissage flattert heraus.

H – Eine Multimedia-Performance von Inès Boniche.

Inès.

Das Bild auf der Karte ist so stark vergrößert, dass es nur ein abstraktes Muster ergibt, darauf ein goldenes »H« geprägt.

Die Farben, vor allem der Violettstich der betagten Kodak-Aufnahme, wirken vertraut, unheimlich, und als du die Karte ein wenig von dir weghältst, erkennst du dich verschwommen als kleinen Jungen. Inès hat das Foto von dir mit Uzma und Papa bei dem Buzkashi-Turnier abfotografiert. Dein Vater ist angeschnitten, nur sein Schnauzbart hängt an der Oberkante. Deine Haare wirken wie ein dunkler Helm, darunter ein Kinderlächeln, dein Gesicht läuft in das Ocker der Landschaft über, das leuchtende Zinnoberrot deines Skianoraks fächert an den Armen zu einem unregelmäßigen Stern aus. Die schneebedeckten Berge im Hintergrund wirken wie ein Baldachin. Der Ring des Vaters auf Uzmas Schulter blitzt sogar in der Verfremdung. Inès hat sich nicht die Mühe gemacht, die Folie vor dem Foto zu entfernen, und so verschwindet Uzmas trotziges Gesicht hinter der Reflexion des Lichts. Dir ist nie aufgefallen, dass sich ihre Hand nach deiner reckt wie in einer Da-Vinci-Studie. Ein Versuch der Komplizenschaft mit dir gegen den Vater, der verärgert war, dass sie mitgekommen war. Auf der Fahrt hat sie dir Rückhaltlosigkeit vorgeworfen, jetzt fällt dir alles wieder ein. Erst die Appropriation des Fotos offenbarte es. Eine Chimäre.

Hasir mit »H«. Welche Bilder sie wohl noch abfotografiert hat? Das Klassenfoto von Sameer, das vom Skiurlaub in der Schweiz oder die Eltern mit Zahir Shah? Du hast dich darüber lustig gemacht, als Alain erwähnte, Inès hätte ihn interviewt. Du konntest dir nicht vorstellen, dass ein Projekt sie davon abhielt, mit nach LA zu kommen. Du wolltest glauben, sie sei Kellnerin. Jetzt fügen sich die Teile wie bei einem Puzzle. Du hast dich von Inès' Enigma angezogen gefühlt und zugleich gefürchtet, was sich dahinter verbirgt. Du hast nie nachgefragt. Du wolltest, dass sie unscharf bleibt. Wolltest, dass die *amour fou* unmöglich bleibt, verrückt. Wie hast du es nur so lange ohne sie ausgehalten? Du musst sie sehen. Du nimmst die Schmuckschachtel mit dem Ring und machst dich auf den Weg.

Das Taxi drängelt sich durch den Stoßverkehr, ein Nazar-Amulett beäugt dich vom Rückspiegel. In Aubervilliers umschließen vier Betongebäude auf der Rue des Écoles einen trostlosen Sandspielplatz, übersät von Zigarettenstummeln und Schnapsflaschen. Die Fassaden sind von unansehnlichen Satellitenschüsseln gespickt, eine davon ist in den Sandkasten hinabgestürzt. Aus einem Fenster tönt launiges westafrikanisches Radio. Das Türschloss der Hausnummer 13 ist aufgebrochen. Du steigst zum fünften Stock hinauf, der warme Geruch von Huhn und Koriander hängt im Treppenhaus. Oben angekommen, wird die afrikanische Popmusik lauter, aber die Klingel bleibt stumm, kein Namensschild. Du klopfst, das Schmuckkästchen hinter dem Rücken versteckt. Eine männliche Stimme, dann ein Kind. Die Tür fliegt auf, und ein Afrikaner in Trainingshose steht vor dir, den muskulösen Oberkörper entblößt. Er positioniert sich seitwärts, wie ein Boxer, auf die Schultern sind Flügel tätowiert.

»Bonjour?«, sagt der Engel.

Bonjour.

»Was kann ich für Sie tun?« Der Mann späht mit einer schnellen Kopfbewegung in das Treppenhaus, als erwarte er Verstärkung.

Du würdest jemanden suchen, Inès. Das sei wohl die falsche Adresse.

»Inès?« Stirnrunzeln.

Inès Boniche. Sie müsse einmal hier gewohnt haben, aber vermutlich sei sie umgezogen. Du entschuldigst dich für die Störung.

»Und wer sind Sie?«

Nur ein Freund.

»Ach ja? Einer ihrer amerikanischen Freunde?«

Für einen Amerikaner seist du noch nie gehalten worden.

»Was für ein Freund? Ihr Boss? Von der Versicherung?« Der Mann wird misstrauisch.

Nur ein Freund.

»Inès! Nureinfreund ist hier.«

Der geflügelte Mann entdeckt die Schmuckschachtel hinter deinem Rücken und versucht die Verbindung zwischen dir, dem Juwelier, dem nüchternen Treppenhaus und Inès herzustellen. Er könnte ihr Freund sein oder der Ehemann. Du wärest ihm nicht gewachsen.

Inès taucht am Ende des Korridors auf, in einen Bademantel gehüllt, ihre Mähne rahmt ein blasses Gesicht. Ihr rechter Arm ist eingegipst.

»Hasir?«

Ein Kind folgt ihr, höchstens zwei Jahre alt, es plappert aufgeregt.

»Du kennst ihn?«, fragt der Engel.

»Ja. Gib uns einen Moment, Serge«, sagt sie, beinahe gelangweilt. Der Mann nimmt das Kind hoch und wirbelt es in der Luft herum, es quietscht begeistert, und die beiden verschwinden in der Wohnung.

Du trittst einen Schritt zurück, überlegst zu fliehen. Aber du kannst nicht schon wieder davonlaufen.

»Was machst du hier?«, fragt sie tonlos und küsst dich auf beide Wangen, dabei streichen ihre Haare über dein Gesicht. »Ist schon ein bisschen her.«

Auf einmal wird es still um sie herum.

Was mit ihrem Arm passiert sei, fragst du.

»Bouf! Deine Amerikaner haben mir vor dem Chez Farida aufgelauert. Ich dachte, sie seien von der Einwanderungsbehörde. Da bin ich losgerannt.« Sie hebt den Gips aus der Schlinge.

Ein großer Blasser und ein gut aussehender Dunkelhaariger, fragst du entsetzt. Was sie von ihr wollten?

»Vielen Dank, wirklich, Hasir. So ganz habe ich deine Verbindung zu ihnen immer noch nicht verstanden, obwohl sie mir es lang und breit erklärt haben.«

Du hättest nichts mit diesen Männern zu tun.

Sie schnalzt mit der Zunge.

Du hältst ihr die grüne Box hin, sie würdigt sie keines Blickes.

Du bittest sie, die Schachtel anzunehmen.

»Wo warst du die ganze Zeit? Vielleicht kannst du mir das noch einmal mit eigenen Worten sagen.«

Es sei ein Ring, sagst du feige.

Mit ihrer heilen Hand zieht sie den Ring deines Vaters vom Daumen der eingegipsten Hand. »Ich habe ihn damals mitgehen lassen. Du wusstest es.«

Jetzt steht ihr beide da und haltet euch Ringe hin.

Der alberne Ring. Du hast ihn schon lange vergessen, sagst du.

»Ach wirklich?« Sie lässt den Ring in deine Manteltasche gleiten. Du bringst es nicht fertig, ihre Hand zu berühren. »Zuerst habe ich mich geschämt, in letzter Zeit hat er mich immerhin daran erinnert, dass es dich wirklich einmal gegeben hat.«

Du wolltest sie schützen.

»Vor wem?«

Du öffnest die Box, und die diamantenverkrustete Schlange glitzert im Neonlicht.

Du würdest nicht mehr ohne sie sein wollen. Nie mehr.

Es ist dir gleichgültig, ob der Mann deine Worte hört.

»Wann bist du zu dieser Erkenntnis gekommen?«

Als du sie das erste Mal gesehen hättest.

Sie lacht spöttisch.

Auf was sie wirklich Hunger habe? Das hättest du dich immer gefragt.

»Ich bin kein exotisches Haustier, Hasir. Ich brauche etwas mehr als Sex.« Das Kind lacht in der Küche. »Außerdem habe ich eine Tochter, die mich braucht.«

Ob Serge der Vater sei.

»Er bemüht sich.«

Du könntest versuchen, ihr mehr zu geben, du könntest alles erklären. Nur das Bild von dir könne sie nicht verwenden. Bitte. Nicht jetzt.

»Ich lasse mir nichts vorschreiben.« Sie zieht den Bademantel enger. »Nicht von dir.«

Sie müsse die Ausstellung absagen.

»Diese Amerikaner haben mir die Augen geöffnet. Ich war total naiv. Du warst gar nicht in LA. Die Schwester, der Neffe, das Waisenhaus, das war alles eine große Lüge, nicht wahr? Ich hätte es wissen müssen.«

Es sei die Wahrheit. Die Amerikaner hätten sie angelogen.

»Ach ja? Du bist also nicht nach New York geflogen? Mit der Concorde? Das war jemand anderes? Du willst mir doch nicht weismachen, dass das Zufall war, so kurz vor den Attentaten? Und deine kleine Firma in Afghanistan fährt Äpfel durch die Gegend, so wird es sein. Was genau willst du von mir?«

Du sagst ihr, dass du sie liebst.

»Du wolltest mich hineinziehen in deine miesen Geschäfte. Die Amerikaner haben mir richtig Angst eingejagt. Vor dir hätte ich Angst haben sollen, Hasir.«

Du liebtest sie, wiederholst du.

»Ach ja? Welcher von euch? Hasir mit H? Henry? Oder kommst du heute als Henri mit stummem ›H‹?«

Du seist kein Lügner.

»Ich kann mit diesen halb garen Geschichten nichts anfangen. Es ist mir gleichgültig, woher du kommst, ob du Franzose oder Afghane bist. Mich interessiert, wer du bist, was für ein Mensch. Oder zumindest, wer du gerne wärst. Für mich. Überleg dir das. Dann können wir weiterreden.«

Du öffnest deine Arme.

»Wehe!«, sagt sie lauter als nötig. »Wer bist du?«

SAMEER
KABUL

DIESEN SOMMER LEUCHTEN IN KABUL einige Häuser hinter ihren von Stacheldraht gekrönten Mauern. Mit den Ausländern, ihren gepanzerten Fahrzeugen und den Straßensperren ist auch etwas Elektrizität zurückgekehrt. Nach Sonnenuntergang verkrieche ich mich weiter wie ein Tier in der Kammer, die anderen fürchten mich, seit die Amrikaner nach mir gesucht haben. Wenn ich es nicht mehr aushalte, eingesperrt zu sein, stehle ich mich davon, schleiche um die Häuser wie ein Geist. Von mir aus könnte ich tot sein, aber etwas in mir will meine Mutter nicht enttäuschen, wenn es sie überhaupt gibt. Manchmal glaube ich es. Ihr zuliebe verstecke ich mich weiter. Auch die Hoffnung, Elham wiederzusehen, habe ich noch nicht aufgegeben.

Im Traum sucht mich der Amrikaner heim. Er bettelt mich an, dass ich ihm das Lied singe. Seine Pupillen nur kleine Punkte, die Arme und Beine erschlafft, ein Häufchen Elend, schwach wie ein kranker Säugling. Ich singe. Oft, wieder und wieder. Manchmal weiß ich nicht, ob wirklich ich singe oder ob es die Melodie ist, die in meinem Kopf singt. Bei Vollmond singt die Finsternis mit.

Immer wieder erschüttert die Explosion meine Träume. Der amerikanische Kommandant wird in den Himmel geschleudert, eine Vogelscheuche, der Arm halb abgerissen. Einmal flog ich selbst durch die Luft, es war fast wie schwimmen.

Elham bereitet mir Momente unreiner, verbotener Gefühle. Rittlings sitzt sie dann auf mir im Ghazi-Stadion und hält mich nieder, ihre nebulösen Finger umklammern meinen Hals, sie nimmt mir den Atem und die Stimme. Tosender Applaus hallt aus der Leere. Wenn es mir gelingt zu beten, lässt sie von mir ab. Ich habe langsam genug von diesen Träumen, Geistern und Jinniyas. Genug von den Briefen, die ich ihr im Kopf schreibe, den Versprechen, Prophezeiungen, genug von der Einsamkeit, dem traurigen Lied der Winde. Die Vögel können ihre Flügel von mir aus behalten. Ich will die echte Elham spüren, sie anfassen. Überall. Ich wünschte, ihre Finger würden mich berühren, jede einzelne Sommersprosse; wünschte, ihren Mund auf meinem zu fühlen, nass und warm, sie mit Kulfi zu füttern, jeden Tag, und die Pistazien zwischen unseren Zungen hin und her gleiten zu lassen.

Erst jetzt verstehe ich, warum Behrooz sie nie geschimpft hat. Sie zieht die Menschen in ihren Bann, von dem sie sich nicht mehr befreien können. Heute kann ich wenigstens ihre Fragen beantworten. Ich werde sie mit nach LA nehmen und ihr Englisch beibringen. Wir werden gemeinsam singen und tanzen. Sie wird zärtlich sein, zärtlicher als das Mädchen mit den zweifarbigen Augen.

Da Behrooz und seine Familie verschwunden sind, kann ich nicht noch einmal um ihre Hand anhalten. Die einen behaupten, die Amrikaner hätten sie mitgenommen, andere glauben, es waren die Taliban. Die Sehnsucht hat mich ausgelaugt. Ich reiße mir die Haare büschelweise aus, lecke an den Wurzeln, esse den Schorf von meiner brennenden Kopfhaut. Der Geschmack meines Blutes – nach Erde und Metall – stärkt mich.

Irfahn zieht weiter bettelnd durch die Straßen Kabuls, die knisternde Klebstofftüte in der Hand. Seit ich ihm ein paar Sätze auf Englisch beigebracht habe, schicken die Ausländer ihn Besorgungen machen, Zigaretten, Videokassetten, Haschisch, ihre Taschen sind tief. Irfahns Augen irren unruhig umher, sein Gesicht ist schmutzverkrustet. Ich sehe auch nicht viel besser aus. Meine Haare wuchern fast bis zu den Schultern, dunkle Ringe rahmen meine Augen, und ich rieche wie ein Hammel. Der Koch versucht manchmal, mich zum Waschen zu überreden, aber ich bete sowieso nicht. Ich bin längst verloren.

Irfahn erzählt mir Gerüchte, die er angeblich bei den Ausländern aufgeschnappt hat, die meisten sind sicher erfunden. »Sie haben deinen Amrikaner aus der Höhle gefunden.«

Ich hätte ihm nicht von den Bergen erzählen sollen.

»Osama bin Laden ist ihnen entkommen. Er und sein Doktor sind einfach davonspaziert. Ein Esel hat sie in Pakistan begrüßt.« Bin Laden war schlauer als die amrikanischen Krieger. Sie konnten ihn trotz ihrer Flugzeuge und Waffen nicht finden. Ihre Adleraugen sind erblindet. Warum die Ungläubigen sich gegen ihre eigenen Brüder gestellt haben, ist mir immer noch ein Rätsel. Die glauben wirklich an nichts.

»Dein Amrikaner ist besessen, wie AliAli, nicht richtig im Kopf«, schwört Irfahn. »Sein Bart und seine Haut waren dunkel. Aber als sie ihn gewaschen haben, ging die Farbe ab, und darunter hatte er Punkte, wie deine.« Irfahn strahlt mit seinen verfaulten Zähnen und greift nach meiner Hand.

»Hau ab, Irfahn!« Er lässt mich erst los, als ich ihn zu Boden werfe. Ich trete zu, bis er sich vor Schmerzen krümmt.

»Ich würde dich niemals verraten, Sameer-jan«, keucht er, und dann trete ich noch einmal nach. Ich kann nicht anders.

Hinter der Schule holt er mich wieder ein, sein Kinn aufgerissen und seine Lippe geplatzt. Er lehnt sich gegen die Wand und macht eine Räuberleiter. Ich steige in seine Hände und springe, ohne mich zu bedanken, über die Mauer.

Eines Tages kommt ein Afghane mit nachtblauen Haaren und westlicher Kleidung ins Waisenhaus. Er behauptet, er sei Muslime, obwohl nur unzüchtige Worte aus seinem Mund sprudeln. Sein Name ist Rahmazan-Ali. Mein Onkel schicke ihn, um meinen Umzug nach Paris vorzubereiten. Onkel Hasir hat diesen Mann nie erwähnt. Mullah Usmeen ist auch argwöhnisch, er zuckt jedes Mal zusammen, wenn der Mann seine Flüche von sich gibt. Rahmazan-Ali zeigt ein Foto von sich und meinem Onkel in einer Bibliothek. Ich traue weder diesem Rahmazan-Ali noch Onkel Hasir, von dem ich schon Monate nichts mehr gehört habe. Außerdem habe ich nicht vor, hier wegzugehen.

Rahmazan-Ali sagt, er werde mir einen französischen Pass besorgen, der sei besser als der afghanische. Er hat ein neues Formular mitgebracht mit einem seltsamen Ausländernamen, Astruc. Ich kann kein Wort Französisch. Der Blauhaarige sagt mir den Namen mehrmals vor, weil ich ihn immer falsch ausspreche. Die Franzosen würden das »u« wie ein »ü« aussprechen.

Das neue Dokument behauptet, der Name meiner Mutter sei unbekannt. Unbekannt. Dafür habe ich jetzt einen Vater. Alles ist umgekehrt, ein Negativ von dem, was ich für die Wahrheit hielt. Zuerst dachte ich, meine Mutter sei tot, dann war sie am Leben und jetzt ist sie unbekannt. Aber wenn mein Onkel sie kannte, wenn er ihr Bruder ist, kann sie doch gar nicht unbekannt sein.

»Wo ist, verdammt noch mal, meine Mutter?«, schreie ich. »Warum bringt niemand es fertig, mir endlich die Wahrheit zu sagen?«

Der Blauhaarige nickt verständig. »Es gibt mehrere Wahrheiten, sie existieren alle gleichzeitig. Es ist zum Wahnsinnigwerden. Entscheide dich für eine und halte daran fest, Sameer. Das ist deine einzige Chance. Hör nicht auf andere.«

Mein ganzes Dasein ist von Lügen umzingelt, von Unwahrheiten, falschen Papieren und gefälschten Identitäten. Fotos von einer Mutter, die es nicht gibt. Dabei habe ich sie mit meinen eigenen Augen auf dem Papier entstehen sehen. Wie die weißen Haare dunkel wurden und das schwarze Hemd hell. Und darauf gehofft, sie eines Tages in Farbe zu sehen. Deshalb – und wegen Elham – habe ich die Berge überlebt.

Der Mullah reicht Rahmazan-Ali meinen afghanischen Pass, aber als der ihn über die Flamme seines Feuerzeugs hält, entreißt er ihm das Dokument wieder.

»Ich werde Sameers alten Pass aufbewahren, für alle Fälle«, sagt der Mullah.

»Yallah, jetzt fahren wir erst einmal zu diesem Murtaza und schießen ein neues Passfoto«, sagt Rahmazan-Ali.

Ich traue meinen Ohren nicht, es ist so lange her, dass ich Murtaza gesehen habe. Mullah Usmeen besteht darauf, mitzukommen. Im Auto verstecke ich mich auf dem Rücksitz unter einer Decke, wie damals Behrooz Elham. Sie trug ein lila Kleid und einen gelben Schal. Sie war aus den Turnschuhen herausgewachsen und hatte sie hinten nach innen gestülpt, nur ihre staubigen Fersen sahen heraus. Ich würde alles dafür geben, diese Füße in den Händen halten zu dürfen.

Murtaza ist überglücklich, aber sein Gesicht ist ganz fahl, seine Augen noch tiefer ins schmale Gesicht gesunken, als wollten sie nicht mehr belästigt werden mit dem Sehen. Als sie ihm sagen, dass wir nur ein Passfoto machen möchten, dämmert ihm, dass dies der Abschied ist. Er misst die Größe des Fotos auf dem französischen Formular nach und schaut verwundert auf, als er den Nachnamen liest, das dünne Papier zittert in seinen Händen. »Astruc«, wiederholt er einige Male, er spricht es genauso aus wie Rahmazan-Ali. Sein Blick trifft auf den des Mullahs.

»Allahu alam«, sagt der Mullah.

»Ein stinknormaler Name.« Rahmazan-Ali zuckt mit den Schultern.

»Du warst ein Schüler, wie man ihn sich nur wünschen kann, Sameer-jan«, sagt Murtaza.

»Er war auch der beste Schüler der Koranschule!« Mullah Usmeen versucht mit einem grünen Plastikkamm, dem viele Zähne fehlen, meine wirren Locken zu zähmen. Murtaza hinkt mit dem klappernden Bein zur Kamera und verschwindet unter dem Vorhang. Ich setze mich kerzengerade auf den Hocker und lächle freundlich. Rahmazan-Ali sagt, ich solle auf keinen Fall lächeln, sonst würden die Franzosen denken, ich würde mich über sie lustig machen. Also lächle ich nicht, dann sagen alle, ich sähe böse aus. Rahmazan-

Ali und Mullah Usmeen zeigen mir Gesichtsausdrücke in verschiedenen Stufen von Freundlichkeit, die Zähne sichtbar, das Kinn mal höher, mal tiefer, die Lider schläfrig oder überrascht. Sie können sich nicht auf das richtige Fotogesicht einigen, und Rahmazan-Ali vergiftet die Stimmung mit seinen liederlichen Flüchen.

Murtaza verliert die Geduld und wirft die beiden hinaus. »Lassen Sie mich in Ruhe mein Foto machen.«

Der Blauhaarige lästert hinter der geschlossenen Tür weiter.

»Agha Murtaza, ich will nicht nach Paris gehen. Ich dachte, vielleicht kann ich hier bei Ihnen bleiben und im Studio arbeiten? Es gibt so viel, was ich noch lernen möchte.«

Murtaza lehnt sich gegen das Stativ. »In diesem Land gibt es keine Zukunft. Du hast noch dein ganzes Leben vor dir. Du solltest bei deinem Onkel leben. Danke Allah für die Möglichkeit, von hier wegzukommen.«

Für einen Moment steht Murtaza wie eingefroren da, dann erinnert er sich, was zu tun ist. »Lächle nur mit den Augen, Sameer-jan«, sagt er und demonstriert das scheinbar Unmögliche. Sein Mund ist entspannt, und Lachfalten spielen um die glänzenden Augen. Er strahlt innere Ruhe und Frieden aus. »Zeig mir, wer du wirklich bist.«

Ich imitiere, so gut ich kann, seinen Gesichtsausdruck, und er wirft begeistert die Hände in die Luft. »Alhamdulillah, genau so! Denk an dieses Gesicht, und du wirst weit kommen. Du wirst Paris erobern, das sehe ich schon jetzt.« Er drückt auf den Auslöser.

In der Dunkelkammer beobachten wir im roten Licht, wie vier kleine Sameers auf dem Papier erscheinen.

»Geheime Kräfte stecken hinter deinen weisen Augen.« Murtaza schneidet die Bilder mit unsteter Hand zu. »Ich werde dich besuchen kommen in Paris, schon bald.«

»Wirklich?« Die gute Nachricht birgt sicher ein schlechtes Omen.

Tatsächlich wird er sofort wieder ernst. »Hör zu, Sameer, Elham wird nächste Woche heiraten. Du erinnerst dich sicher, Behrooz' Tochter. Die Familie des Bräutigams hat ein kleines Fest im Dorf organsiert. Ich bin zur Hochzeit eingeladen, du solltest mitkommen. Wir sind es Behrooz' Familie schuldig, seine Frau ist ganz allein mit den Kindern, seit er verschwunden ist. Es wird eine gute Gelegenheit sein, ihm Ehre zu erweisen und Abschied von hier zu nehmen.«

Das kann ich nicht zulassen. Mein Kopf ist taub, meine Tränen sind versiegt, meine letzte Hoffnung ist erloschen wie eine Kerze im Wind.

Elham gehört mir. Ich werde sie heiraten. Ich.

LEUTNANT RYDER
LANGLEY

KATIE TAUCHT AUF. Ryder hat sie fast vergessen. Er setzt sich ihr gegenüber, dazwischen ist nichts, kein Tisch, nur grauer Abstand, Kittelzombies lauern an der Tür. In einer Ecke flimmert ein stummer Fernseher unter der Decke. Katie trägt einen Blümchenfummel, erzählt belanglose Dinge. Wie es ihr gelungen ist, hier hereinzukommen. Welche Leute das ermöglicht haben. Sie spricht von seiner Genesung. Von Stolz. Sie strahlt.

Sie rückt näher und legt eine Hand auf sein Knie mit den Schrauben, er spürt die Wärme der Berührung durch den Stoff. Ihm wird mulmig, der Kloß im Hals lässt sich nicht schlucken. Er ist müde.

»Ich kann es immer noch nicht glauben, dass du da rausgekommen bist.«

Reinkommen, rauskommen. Der Kloß verhakt sich in seiner Kehle, obwohl sie die Hand wieder weggenommen hat.

»Ich habe gute Nachrichten«, sagt sie ernst ins leblose Grau. »Leider auch eine sehr schlechte.«

Die Stelle am Knie erkaltet wieder, das Metall darunter schmerzt.

»General Bender hat sich umgebracht. Sie wollten, dass ich dir das mitteile. Ich glaube nämlich auch, dass du weißt, wer das ist. Du erinnerst dich an ihn, General Bender.«

General Bender. Noch so ein Name von irgendjemandem. Ryder hat sie alle vermischt, ein paar haben sich verklumpt, die behält er für sich. Kellogg. Sammy.

»Bender hat einen Abschiedsbrief geschrieben, der dich entlastet. Von jeder Verantwortung, du hast lediglich seine Befehle befolgt. Du konntest nicht wissen, dass sein Kommando illegal war. Bei der mangelnden Beweislage …«

»Beweislage? Von was redest du, Katie?« Er hat endlich den Hals freigeschluckt.

»In Benders Abschiedsbrief heißt es, dass er sich die Aktion allein ausgedacht hat, ganz allein. Du wusstest nicht, dass er eigenmächtig gehandelt hat, keiner von euch wusste es. Im HQ haben sie erst gemerkt, dass ihr unterwegs wart, als es zu spät war.«

Er war nicht lange unterwegs. Es war steinig.

»Ryder, die lassen das ganze Verfahren fallen«, sagt sie jetzt leiser. »Du kommst hier raus. Es wird keinen Prozess geben.«

Was redet sie nur? Er will doch gar nicht weg von hier.

»General Bender übernimmt die volle Verantwortung. Ich meine, hat sie übernommen.«

»Wer?«

»General Lawrence Bender. Dein Truppenführer in Afghanistan.«

»Ich kenne diese Leute nicht«, sagt Ryder gelangweilt.

»Doch, du kanntest ihn sogar sehr gut. Er war dir sehr nahe. Ihr wart zusammen in Afghanistan im Einsatz. Gestern Abend hat General Bender sich das Leben genommen.«

Was soll das, denkt Ryder. Die Leute müssen ständig über andere Leute reden. Als ob das alles wäre. Leute, Ärzte, Generäle, Übersetzer. Was sie machen, was sie sagen, wem sie es sagen, warum. Und als Krönung: wann? Tick Tack, Tick Tack, Tick Tack.

»Ok, sonst noch was?«

»Du kanntest ihn. Er sah ziemlich gut aus. Weiße Haare, hager, aber nach dem Einsatz ist davon nicht viel übrig geblieben, er hat einiges abbekommen da drüben. Picasso-Mann. Versuch dich zu erinnern.« Sie ist ganz verzweifelt.

Er würde jetzt gerne ein Nickerchen machen.

»Du kannst hier raus!« Sie wirft abfällige Blicke auf die Kittelzombies. »Das hat zumindest der Anwalt gesagt. Du musst niemandem mehr etwas vormachen, hier.« Sie zeigt vage in den Raum. »Du musst nicht mehr so tun, als ob … Du weißt schon. Ich weiß, dass du mich verstehst, Ryder. Du kannst ein neues Leben anfangen. Wir.«

Wer sagt, dass er hier wegwill? Er wird von dem Mann abgeholt, der es ihm versprochen hat. Das weiß sie nicht, aber sie muss ja nicht alles wissen. Es kann jeden Moment passieren. Jeden Moment.

»Ich hab einen Antrag gestellt, dass du an Thanksgiving Ausgang bekommst. Ich suche mir gerade einen Job. Wir schaffen das, Ryder.«

Er zuckt mit den Schultern.

»Drück mir die Daumen«, sagt sie und hält eine Faust in die Luft, die aussieht wie Picassos verkrüppelte Hand mit den Zehenfingern.

Auf dem Fernseher oben in der Ecke läuft Shakira ohne Ton, die sich mit einer Tanznummer abplagt. Ryder summt sein eigenes Lied, »Survivor«.

Die Kittelzombies fragen Katie, was es mit dem Lied auf sich habe. Sie beachtet die Idioten nicht. »Du und Bender, ihr seid bombardiert worden, ihr wart die einzigen Überlebenden.«

Die Kittelzombies kennen das Lied, tun so, als sei Ryder gar nicht anwesend.

»Lasst Katie in Ruhe!«, brüllt er. »Woher soll sie das wissen? Sie war nicht dabei, als ihr uns plattgemacht habt. Sie hat nichts gehört.«

Katies Kinn beginnt nun doch zu zittern, große Tränen lösen sich aus den Augen. Immer dasselbe mit ihr. Ihre Schultern schlottern, und sie krallt ihre Hände in das Taschentuch im Schoß. Ryder hält ihr eine Kleenex-Schachtel hin, sie zieht dankbar eines heraus.

»Ich weiß nicht, warum er das Lied singt. Ich weiß nicht, was das alles zu bedeuten hat«, sagt sie nun doch zu den Zombies. Man kann sie kaum verstehen, ihr Schluchzen erstickt die Worte, der

Mund zur Grimasse verzogen, Spuckefäden dehnen sich wie Stalagnaten zwischen ihren Lippen. »Mein Mann ist kein Verräter!«

Ein Kittel macht sich Notizen.

»Ihr Wichser spielt hier Musikquiz!«, schleudert Ryder dem Kerl entgegen. »Während wir unser Leben riskiert haben für dieses Drecksland!«

Katie zuckt zusammen, Mascara-Striemen laufen ihre Wangen hinunter. Umständlich hebt sie sich aus dem Stuhl, stützt sich auf der Lehne auf und hält sich ihren aufgeblasenen Bauch. Sie muss schwanger sein. Wie ist das passiert? Jetzt fallen ihm die Namen einiger trauriger Gestalten ein. Er wird wütend. »Bist du jetzt zufrieden? Von wem ist es, Katie?«

Die Kittelzombies treten auf ihn zu und halten ihm ihre rosa Handflächen entgegen. »Ganz ruhig, kein Grund, herumzuschreien.«

»Es ist deins, Ryder, unseres«, stammelt Katie. Sie lügt. Es macht ihn traurig.

Die Kittelzombies glotzen, als sei das eine Realityshow. Wo waren diese Leute, als Tora Bora im Bombenhagel unterging? Nur dem Jungen, seinem Lied und den Geschichten ist es zu verdanken, dass er überlebt hat. Fragt sich nur, was das für ein Leben sein soll hier, dieses weiße Rauschen.

»Du erinnerst dich doch an den Mann, den General? Er kam dich hier besuchen. Ich weiß, dass du dich erinnerst.« Katie streicht sich über den Bauch, sie hat sich wieder gefangen. »Es muss so wehtun, Ryder. Es tut mir so leid. Erst Kellogg, dann General Bender. Picasso!«

Ein Jeep in der Luft blitzt auf. Der General. Ein Funke springt über.

Der General. Picasso. Dieselbe Person. Picasso ist der General.

Er muss es sein. Gewesen sein. Ryder hat ihn nicht erkannt. Er hat sich ausgeklinkt. Ist ausgestiegen. Hat sich weggeblasen.

»Wie? Wie hat er sich umgebracht?«, fragt Ryder.

Katie schnieft. Sie hält die Finger wie eine Pistole an die Schläfe und drückt ab. Ihr Kopf kippt zur Seite, die blassen Augen starr, die

Zunge im Mundwinkel. So wie sie das früher immer gemacht hat. Früher.

Der General hat die Mission überlebt, nur um sich umzubringen. Um ihn allein zurückzulassen. Allein mit diesen Laborratten. Hier. Dabei hat er es versprochen. Nur über meine Leiche, hat er gesagt. Er würde Ryder schützen, ihn aus der Scheiße holen. Egal welche. Er wird nicht kommen und ihn rausholen. Er kann gar nicht.

Alle tot. Kellogg, der afghanische Junge, der General.

»Der General ist tot.«

Katie nickt.

»Lass uns abhauen hier.« Ryder zwinkert Katie zu. Er greift nach ihrem Arm, schwingt sie als Schutzschild vor sich und drängt an den Zombies vorbei in den Korridor. Die stählerne Flügeltür öffnet sich von selbst. Katie kreischt. Am Notausgang zum Treppenhaus lässt er sie los, aber sie stolpert ihm mit ihrem dicken Bauch hinterher.

»RYDER! Bleib stehen! Ryder, bitte!«

Ein Alarm heult auf.

Ryder poltert die Stufen hinab, im Erdgeschoss schnappt er sich eine herrenlose Krücke und schlägt um sich. Leute stieben auseinander. Ein Gorilla kommt auf ihn zu. Ryder rammt ihm ein Krankenbett mit einem zugedröhnten Veteranen entgegen. Knochen knacken. Infusion spritzt ihm ins Gesicht. Katies Stimme.

Ryder zieht einem Sanitäter die Krücke über, eine Krankenschwester wirft sich zu Boden, ein Rollstuhl kippt, der Urinbeutel platzt auf dem Boden.

Er entkommt nach draußen in die gleißende Sonne. Himmel. Ein Waldstück am Horizont. Gorillas, Laborratten und Kittelzombies jagen ihn über den Acker, es werden immer mehr. Viel zu viele. Ein Wagen donnert ihm durch den Schlamm entgegen. Sie schnappen ihn, noch bevor er die Bäume erreicht.

Im Augenwinkel sieht er Katie auf Knien.

Eine dicke Nadel taucht in seinen Arm. Schwarze Tinte.

Eryckah, die Schwester, die er so mag, zeigt ihm sein neues Zimmer. Es sei nur vorübergehend, sagt sie. Das kleine Fenster mit Blick auf den Wald ist vergittert. Zu seiner eigenen Sicherheit, sagen sie. Der Raum hat keine Farbe. Das Essen keinen Geschmack. Die Menschen sind leblos. Selbst die Geräusche, die sie von sich geben, sind eintönig. Auch die Erinnerungen verblassen mit der Zeit.

Salaam aleykum. Aleykum essalaam.

»Kellogg und der General haben sich aus dem Staub gemacht, gemeinsam«, erklärt er Eryckah. »Roger. Over and out.«

Eryckah nickt.

»Sind durchgebrannt in den Westen, obwohl alle sie im Osten erwartet haben. Da fing das ganze Chaos an. Osten, Westen, keiner hat sich abgesprochen. Alles streng geheim. Sssssschhhh!« Er legt den Finger auf seine Lippen.

»Genau so war's.« Eryckah versteht ihn. Sie deckt ihn zu, ihr Zahnfleisch dunkel um die schneeweißen Zähne. Sie singt ihm das Lied. Sie singt so viel besser als der Junge mit den Sommersprossen. Sie kann den Text, ihre Stimme ist weich und voll, wie im Kirchenchor. Eryckahs Atem riecht nach Kirschen, und ihr Nagellack verläuft von dunklem Rot zu grellem Gelb. Die einzige Farbe, die er seit Tagen gesehen hat. Vielleicht sind es Wochen. Monate. Auf jedem Fingernagel ein kleiner Sonnenuntergang. Er wünscht sich den Himmel. In Farbe.

Es wird Nacht. Ryder versinkt im Schwarz.

Wo beginnt die Dunkelheit? Wo hört er auf?

Er weiß es nicht.

Ssscchhhhhh!

HASIR ZAMAN
PARIS

IN AUBERVILLIERS IST KEIN TAXI auffindbar. Du nimmst die Metro, die vorbeirauschenden Stationen und die Haltestellen auf der Karte eine Inventur der grausamen europäischen Geschichte: Crimée, Stalingrad, Bastille, Napoléon.

Wer bist du?

Du beobachtest die Menschen um dich herum, als könntest du in ihren Gesichtern etwas über dich herausfinden. Eine Frau im Kittel blickt wehmütig auf die Schmuckschachtel in deinem Schoß und massiert sich die rauen Hände. Ein hochgewachsener Afrikaner starrt zum Fragezeichen gebeugt auf eine nasse Stelle am Boden, ein Bauarbeiter döst mit verschränkten Armen, sein Helm klappert gegen die Scheibe, ein Mädchen korrigiert im Spiegelbild sein leichenblass gepudertes Gesicht. Am Gare de l'Est zeigt es dir durch die schließende Tür den Finger.

Du steigst an der falschen Station aus. Die Sonne taucht das 11. Arrondissement in heuchlerische Normalität, ein Fiebertraum. Du wählst Dr. Cohens Nummer. Sie ist nicht überrascht, lässt sich jedenfalls nichts anmerken.

Es sei ein Notfall, sagst du. Inès habe eine Fotografie genommen, ein Bild von dir. Sie wolle es in einer Galerie ausstellen, als Kunst. So ausgesprochen klingt es wie eine kleinbürgerliche Denunziation.

»Ich dachte, Inès sei Kellnerin«, sagt Dr. Cohen.

Ein Missverständnis, das geringere deiner Probleme biblischen Ausmaßes.

Dass du ganz nah am Abgrund stehst, befürchtest, die Balance zu verlieren, sagst du nicht.

»Sind Sie nicht neugierig, was Inès in diesem Bild sieht?« Dr. Cohen klingt amüsiert. »Monsieur Zaman, Sie sind Teil ihrer Geschichte geworden. Erinnern Sie sich, wie Sie das Schicksal Ihrer Schwester in Szene gesetzt haben?«

Sie ist bereit, dich spontan zu empfangen.

Auf dem Weg zu Dr. Cohen suchst du nach Worten, findest weder einen zeitlichen noch einen geografischen Anfang deiner Geschichte. Kabul, LA, Paris, New York, Las Vegas, jeder Ort öffnet Türen zu weiteren Irrwegen. Dein Leben verweigert sich der Logik der Syntax. Du verläufst dich im Labyrinth der Sprache, in den Straßen, die du glaubst, in- und auswendig zu kennen, landest in einer schmalen Sackgasse, von deren Existenz du nichts wusstest, siehst die schiefe Fassade hinauf. Wasser tropft von einer Wäscheleine in dein Auge. Du gehörst nicht hierher.

Auf der Rue Oberkampf verfehlt dich nur knapp ein Minivan der Blanchisserie Schwartz – ein Oxymoron –, der Fahrer flucht. Roland Barthes wurde einst vom Lieferwagen einer Wäscherei überfahren.

Dein Leben wird in einem Filmriss enden, mit der Moral von Jean-Luc Godards *Weekend.*

Er war jung, er war schön und er war reich, und jetzt ist er tot.

Der Wagen würde in Flammen aufgehen, du würdest blutüberströmt am Boden liegen, aber keine Mireille Darc würde hysterisch um ihre Hermès-Tasche trauern.

Lange würde niemand von deinem Tod erfahren, keiner eine Trauerrede schreiben, in der auch nicht erwähnt werden würde, dass du unterwegs zur Psychoanalyse warst. Niemand wüsste, wer du warst.

Vielleicht würde jemand Ziad kontaktieren. Er könnte eine Todesanzeige in *Le Monde* setzen, die niemand lesen würde.

Monsieur Zaman, ein alleinstehender Geschäftsmann afghanischer Herkunft, lebte zurückgezogen. Seine Leidenschaft galt dem Kino, der

Musik und dem Tanz. Er hinterlässt seine Schwester Uzma Esfahani und seinen Neffen Sameer.

Sameer, der *Survivor.*

Du musst am Leben bleiben, bis der Junge in Paris ankommt.

Dein Telefon klingelt. Eine Nummer aus den USA.

Marks & Spencer.

Putain!

Du warst so knapp vor dem Ziel.

Inès. L'homme swastika. Rahmazan-Ali.

Merde!

An der Ampel hält ein Passant – ein Inder oder Pakistani – demonstrativ sein Telefon in die Luft. Er sieht zu dir herüber und legt den Apparat ans Ohr. Wer ist dieser Mann? Warum ruft er ihn von einer amerikanischen Nummer aus an? Jetzt legt er auf und grüßt einen Kumpel. Dein Telefon klingelt unerbittlich weiter. Er war es nicht.

310 – Marks & Spencer sind in Kalifornien.

Du wirst alles leugnen.

»Allô, bonjour. Hasir?« Belegte Worte kämpfen sich durch das Rauschen.

Wer da spreche, willst du wissen.

»Babak. Dein Schwager.«

Ein Stilett sinkt in deine Brust.

Babaks transatlantisches Salaam kitzelt dein Ohr. Er hat dich noch nie von sich aus angerufen. Du kannst dir dieses Gespräch nicht leisten. Nicht jetzt, nicht diese Qualität. Du bist nicht ausgestattet für weitere Überraschungen. Deine Kapazität, Tragödien aufzunehmen, ist weit überschritten, schon der Horror des Alltags überfordert dich maßlos. Jede zusätzliche Aufregung ist ein potenzielles Todesurteil.

Was passiert sei?

Schweigen am anderen Ende. Nicht Uzmas Schweigen, wie damals, als sie schwanger war. Wie sehr du dich zu diesem Augenblick zurücksehnst. Du würdest die Weichen anders stellen. Aber das

Schweigen schweigt nicht aus Kabul, es schweigt aus der entgegengesetzten Himmelsrichtung. Aus Hollywood.

»Uzma liegt auf der Intensivstation«, sagt Babak. »Meine größte Angst wurde bestätigt. Sie hat nicht auf die Behandlung angesprochen.«

Du willst ihm sagen, dass du nach LA kommst, jetzt sofort. Du wirst deinen Pass holen, ein paar Sachen packen, ein Taxi zum Flughafen nehmen. Du wirst nicht von ihrer Seite weichen. Du kannst sie nicht verlieren. Ihr Sohn ist bereits auf dem Weg nach Paris. Ihr Sohn Sameer. Er kann nachkommen. Alles wird gut werden. Inshallah.

Keine dieser Absichten und Hoffnungen lässt sich in Sprache übersetzen.

»Uzma bereut inzwischen, dass sie Sameer nicht getroffen hat«, sagt Babak weiter. »Sie wollte nicht, dass er sie so sieht, so schwach. Glaub mir, Hasir, ich habe alles versucht, sie zu überreden. Noch als ihr in LA wart. Ich hätte mir nichts mehr gewünscht, als dass der Junge zu uns kommt, bei uns lebt. Ich habe es wirklich versucht.«

Du glaubst ihm.

»Gestern hat sie nach ihm gefragt. Sie war kurz bei Bewusstsein.«

Eine Lawine von verspielten Momenten und Reue bricht über dich herein. Sameer am Flughafen in afghanischer Kleidung. Uzma schwanger. Sameer am Strand. Am Swimmingpool. Uzma in der Karaoke-Bar. Sameer im Drive-in in der Wüste. Sameer tanzend. *Uzma in the rain.*

»Ich dachte, du könntest Sameer ans Telefon holen. Am besten heute, jetzt oder später, er könnte mit ihr sprechen.«

Jetzt. Heute. So wenig Zeit gibt er ihr noch.

Die Worte verenden in deiner Kehle.

»Sameer wohnt bei dir, nicht wahr?«

Das hattest du behauptet, damals. Du wolltest den Jungen mit nach Paris nehmen, Verantwortung übernehmen. Sameer sei ein Zaman. Sie müsse mit ihrer Entscheidung leben. Jetzt wird sie damit sterben.

Ehe dein Schwindel entlarvt wird, drückst du den Klingelknopf. Die Kamera der Gegensprechanlage beobachtet dich gelassen. Auf dem Monitor daneben rauscht das schwarz-weiße Bild eines Mannes, ehemals im besten Alter, wirres Haar, irrer Blick, Faust geballt am verknoteten Herzen. Erbärmlich.

»Ich dachte, wenn sie Sameers Stimme hört …« Babak muss glauben, du zögerst. »Ich bitte dich, Hasir, tu es für deine Schwester!« Pause. Er wartet auf deine Worte. »Ich hätte mich durchsetzen sollen. Wir müssen dem Jungen so viel Schmerz zugefügt haben. Ich werde mir das nie verzeihen. Nie.«

Deine Augen weiten sich.

»Vielleicht gibt ihr seine Stimme Lebenswillen. Sie kann jede Hilfe gebrauchen.«

Mit aller Wucht wirfst du den Kopf nach vorne gegen das Videobild, elektronische Impulse verzerren die Visage, bis der Monitor auf die zarten Lippen deiner Therapeutin umschaltet.

»Monsieur Zaman?«

»Hasir?«

»Monsieur!«

»Alles in Ordnung?«

»Monsieur Zaman!«

Zwei Stimmen hallen wider, ein Mann und eine Frau.

Ein Heulen, kaum menschlich.

Der Bildschirm schaltet zurück auf dich, den armseligen Idioten und seinen aufgerissenen Mund. Wieder und wieder hämmerst du deine Stirn gegen den Monitor, um dein grässliches Spiegelbild zu zerschlagen, bis dir schwarz vor Augen wird. Sterne funkeln. Hoffentlich ist das der Tod. Dein Tod, nicht der deiner Schwester.

Dr. Cohen löst dich von der Gegensprechanlage. Blut auf ihrer Bouclé-Jacke.

Du gleitest zu Boden. Sie tätschelt dein Gesicht.

»Monsieur Zaman, sehen Sie mich an! Atmen Sie! ATMEN!«

Eine Ohrfeige.

Jemand schreit nach einem Krankenwagen. Kies knistert in deinem Ohr. In deinen Schläfen trommelt ein verzagter Rhythmus. Dr. Cohen ergreift dein Telefon. Aus Ozus Tatami-Position siehst du zu ihr auf, wie sie Los Angeles lauscht. Sie zieht die Schultern hoch, schlägt eine Hand vor den Mund. Ihr Ensemble mag ruiniert sein, aber Madame hat nichts von ihrer Würde eingebüßt.

Ein Krankenwagen kommt zum Stehen. »Sind Sie seine Frau?«, fragt der Sanitäter und stülpt dir eine Atemmaske über. Er reicht Dr. Cohen die grüne Box. Unsichtbare Menschen heben dich auf eine Bahre. Der Krankenwagen saugt dich ein. Madames Armreife klingeln in der Stille. Sie nimmt deine Hand.

Paris verjüngt sich wie durch ein umgedrehtes Fernglas.

SAMEER
KABUL

DAS DORF DES BRÄUTIGAMS liegt auf dem Weg nach Jalalabad. Der Fahrer will nicht riskieren, dass ich mitkomme. Murtaza muss ihm erst versprechen, dass ich im Wagen versteckt bleibe, bis wir Kabul verlassen haben. Die Mitreisenden tragen festliche Kleidung, ihre Augen sind mit Kajal eingerahmt, das Haar mit duftenden Ölen gekämmt, Plastikblumen dekorieren ihre Waffen.

Auch ich habe mein Gewehr bei mir. In dem Teufelsbeutel mit meinen Besitztümern steckt nun mein französischer Pass, in der Farbe geronnenen Blutes. Mutter unbekannt. Mein kleines Buch der großen Lügen.

Der Mann mit den blauen Haaren hat mir ein Flugticket gebucht. In wenigen Tagen soll ich nach Paris fliegen. Niemand ahnt, dass ich andere Pläne habe.

Ich werde dem alten Esel die Braut stehlen, wenn es sein muss, mit Gewalt. Niemand wird mich davon abbringen können. Wenn die Hochzeitsgäste »Ahesta Boro« singen und Elham unter den Heiligen Koran tritt, werde ich sie mir nehmen.

Noch bevor der Bräutigam sich mit Elham im Spiegel sehen kann.

Damit ist die Ehe ungültig.

Elham wird sich mit mir spiegeln, überall. In Fenstern, Seen, Objektiven und Dunkelkammern.

Ich werde den Wagen stehlen müssen. Gemeinsam werden wir nach Westen fahren, durch die Wüste, über die Grenze in den Iran.

In der Türkei werden wir den Bosporus überqueren, die Kornfelder Bulgariens, Rumäniens, Ungarns, Österreichs. Wir werden die majestätischen Alpen der Schweiz erklimmen, bis wir das blühende Frankreich erreichen und schließlich Paris.

Elham wird meine Sommersprossen zählen. Jede einzelne. Ich werde ihre Füße küssen. Wir werden geduldig sein, mutig. Allah wird uns beschützen.

Außerhalb von Kabul, auf einer kurvigen Landstraße, hebt Murtaza die Decke von meinem Versteck auf der Rückbank. »Sameer-jan, sing uns das Lied der Schicksalskinder. Zeig den Männern, wie die Amrikaner beten!«

Ich schiebe die CD in die Stereoanlage, sie hat ein paar Kratzer abbekommen, aber ich habe sie gehütet wie mein Leben. »Survivor« schallt aus den Lausprechern, Murtaza klatscht begeistert in die Hände, und ich klettere auf die Ladefläche. An die Kabine gelehnt singe ich mit, aus vollem Halse. Der Wind zerrt an meinem langen Haar, die Melodie beflügelt meinen Körper, meine Hüften bewegen sich wie von selbst.

Ich werde Elham befreien. Meine große Liebe.

I'm a survivor!

Zögerlich lassen die anderen Männer sich auf den Song ein. Die Magie des musikalischen Gebets betört sogar diese abgehärteten Kämpfer. Sie klatschen und schnippen mit den Fingern, mein Gewehr gibt ihr Metronom. Die Augen geschlossen, berauscht vom Sog der Stimmen, singen wir im Chor vom Überleben.

Keiner von uns hört das Surren der Drohne, nur ein schwaches Knistern flüstert mir zu. Die feine Ader eines Blitzes mündet in einer wuchtigen Detonation und wirft mich in den Himmel. Federleicht, dem Himmel so nah. Murtazas Stirn, einem reifen Granatapfel gleich, aufgeplatzt. Glas und Blut tanzen wie Diamanten und Rubine im grellen Strahl der Sonne.

Ich schwimme in der Luft. Es ist ganz einfach. Die Paillettenkleider der Sängerinnen flattern. Die Badende atmet perlende Blasen ins Nass. Sommersprossen blitzen in Wamblees ungleichen Augen auf.

Elhams Finger, rot verziert, ranken sich um meinen Körper. Licht flackert durch ihre Locken, wie Kalligrafie treiben sie in den sanften Wogen. Leicht liegt sie in meinen Armen, eine Wolke. Ihr Kirschmund süßer als Honig.

Eine Blüte explodiert in meiner Brust. Der Vorhang fällt.

»Mama!«, höre ich meine Stimme rufen.

Ein Auge erblickt mich in der Dunkelheit. Es schimmert grün und indigo.

Vielleicht gehört es mir.

Typografie und Satz: frese-werkstatt.de
Umschlaggestaltung: Judith Banham, Middlecott Design LLC
Druck und Bindung: CPI – Clausen und Bosse, Leck
ISBN 978-3-95614-385-4